Das Ende allen Lichts
John Barns

D1731063

JOHN BARNS

DAS ENDE ALLEN LICHTS
Science Fiction Roman

DeBehr

Copyright by: John Barns
Herausgeber: Verlag DeBehr, Radeberg
Erstauflage: 2017
ISBN: 9783957533708
Grafik Copyright by Fotolia by Kovalenko I

ZUR ERINNERUNG
VULKAN UNZEN JAPAN 1991

Immer wenn es in den Tiefen des grauen Riesen rumorte, ahnten die Menschen, was ihnen bevorstand. Der Berg würde Feuer und Asche spucken. So war es immer gewesen, wenn er sein Erwachen ankündigte. Es war nichts Außergewöhnliches und daher sah man dem Ereignis gelassen entgegen. Ein Vulkanausbruch gehörte für die Menschen dieser Region einfach zum Leben. Sie hatten sich darauf eingestellt und wussten von den Gefahren des Berges. Dennoch zog man nicht davon. Der Berg schenkte ihnen die fruchtbaren Äcker und Wiesen. Er nahm sich einen Teil davon zurück. Nirgends in der Umgebung gab es besseren Boden als hier am Fuße des Feuerspuckers.

Als die Eruption begann, sah alles nach einem ganz normalen Verlauf aus. Wie üblich bildete sich im Krater des Berges ein Lavadom, der sich langsam in die Höhe schob. Dann brachen Teile des glühend heißen Gesteins ab, um als pyroklastischer Strom ins Tal zu donnern. Durch die Erfahrungen vorheriger Ausbrüche hatte man die Täler im oberen Teil nicht besiedelt, damit es keine Schäden gab. Währenddessen versammelten sich zahlreiche Schaulustige und Geologen am Fuße des Berges.

Unter ihnen Maurice und Katja Krafft. Das Paar galt in der Szene als besonnen und äußerst erfahren. Durch ihre Dokumentationen und Fachbücher hatten sie sich den Ruf der Superstars erworben. Ihre Aufnahmen vom Kiluea, von Heimaey, Mt. St. Helens und vielen anderen aktiven Bergen galten als einzigartige Dokumente. Niemand hatte je eindrucksvollere Bilder und Filme über Vulkane gemacht. Daher war es nicht verwunderlich, dass die beiden hier am Unzen erschienen. Die geschichtlichen Aufzeichnungen sprachen von gigantischen, glühenden Wolken die vom Berg ausgingen. Das Paar hoffte, dass ihnen der Unzen den Gefallen tat, mit solch einem Spektakel aufzuwarten. Während eines Interviews äußerte sich Maurice allerdings enttäuscht von dem, was ihnen geboten wurde. "Selten habe ich solch kleine Ströme gesehen wie hier", gestand er den Journalisten. Tatsächlich tat sich nichts, was sich lohnte aufzuzeichnen. Der Berg verhielt sich auffallend ruhig und das Wenige, das man sehen konnte, begeisterte niemanden von ihnen. Als sich der Vulkan in den nächsten Tagen nicht bemühte, etwas mehr von seiner Gefahr zu zeigen, beschlossen die Kraffts, zusammen mit anderen Kollegen den Weg hinauf zum Krater zu suchen, um festzustellen, was dort oben geschah.

Vom Fuße des Berges beobachteten zahlreiche Kameras, was geschah: Die Mannschaft war bereits auf halben Wege zum Gipfel, als sich ein gewaltiger Brocken aus zähem, porösem Gestein löste und als riesiger pyroklastischer Strom mit nahezu vierhundert Stundenkilometern ins Tal raste. Nichts konnte dieser Gewalt entgegentreten, nichts sie aufhalten. Erschreckt sahen die Beobachter, wie er dabei genau auf die Position der Wissenschaftler zulief. Maurice hätte seine Freude gehabt. Leider waren er und seine Frau unter der Gruppe im Berg. In Sekundenschnelle raste der Strom über sie hinweg. Sie und weitere vierzig andere Forscher wurden Opfer der Vulkane, die sie so sehr liebten.

IM GEDENKEN AN KATJA UND MAURICE KRAFFT, DEREN DOKUMENTATIONEN ÜBER DIE VULKANE DEN MENSCHEN UNVERGESSEN BLEIBEN WERDEN.

VORWORT

Es geschah, ohne dass die Menschen es erkannten. Es geschah, ohne dass man es bemerkte. Es geschah, ohne dass man etwas dagegen tun konnte. Es geschah, weil es in der Natur der Dinge lag. Niemand beachtete die Vorzeichen. Die Natur hat ihre eigenen Spielregeln, auch wenn manche Menschen glaubten, sie zu beherrschen.

Der Mensch glaubt, den Himmel zu kennen. Sicherlich, die Bahnen der Planeten, die Umläufe der Sterne und viele andere Geheimnisse waren den Astronomen seit Jahrtausenden bekannt. Sie wussten, wann welcher Komet am Himmel erschien und wie nah er an der Erde beziehungsweise an den anderen Planeten vorbeizog. Sie kannten den Mond besser als das eigene menschliche Zuhause. Merkur, Venus, Mars und all die anderen zum Sonnensystem gehörenden Himmelskörper wurden durch Sonden erforscht und bestens erkundet.

Der Sonnenzyklus war bestens berechnet und das Alter der Sonne bekannt. Die Forscher hatten ihr Alter auf knapp 8 Milliarden Jahre festgelegt und man ging davon aus, dass sie eine weitere Milliarde Jahre so scheinen würde, ohne dass es große Veränderungen im Energiehaushalt geben würde. Die natürliche Fusion der Kerne aus Helium und Wasserstoff hielt den Motor des Tagesgestirns in permanentem Gleichgewicht. Weder das eine noch das andere Element war im Übermaße vorhanden. Dieses sensible Gleichgewicht sorgte für eine gleichmäßige Abstrahlung der Energien und für das gemäßigte Klima auf der 148 Millionen Kilometer entfernten Erde. Nur in einem schmalen Korridor zwischen 140 und 161 Millionen Kilometern Sonnenentfernung konnte Leben existieren. Alles was näher oder weiter entfernt lag, brachte unweigerlich das Ende allen Lebens. Entweder es gefror oder verbrannte.

Seitdem die Erde entstanden war, raste sie mit kaum messbaren Abweichungen auf dieser Bahn. Nur hier konnte sich das Leben über Milliarden von Jahren entwickeln. Die Erde hatte schon viele Lebensformen gesehen und als der Mensch auf der Bühne erschien, gebar die Natur ein Wesen, das von sich behauptet, es sei allem bisher da gewesenen überlegen. Nie zuvor veränderte sich das Aussehen der Erde so drastisch wie in jener kurzen Zeitspanne, da der Mensch erschien. Er allein verfügte über Techniken, die es ihm ermöglichten, über das Wohl und Wehe des Planeten zu entscheiden. Er glaubte an seine Allmacht und seine göttliche Bestimmung. Er glaubte, er sei unsterblich und dass er niemals von der Erde verdrängt werden könnte. Er, der so von sich überzeugt war, sollte erfahren, wie sehr er sich doch geirrt hatte.

Dabei gab es schon lange Hinweise, dass etwas nicht stimmte. Doch sie wurden einfach übersehen oder falsch gedeutet. Keiner ahnte, dass kosmische Kräfte dabei waren, das sensible Gleichgewicht zu stören und damit den Beginn eines Infernos einzuleiten, wie es die Erde noch nicht erlebt hatte!

VAKUUM-TURM-TELESKOP AUF TENERIFFA, 14. SEPTEMBER 1996

Wie jeden Morgen hatten Professor Soltau und seine Mitarbeiter vom Max-Planck-Institut die Spiegel des großen Teleskops so ausgerichtet, dass der Strahl tief ins Innere der 27 Meter tiefen Röhre auf einen Spiegel fiel. Es war normale Routine geworden, seit der Professor vor vielen Jahren diesen Dom der Wissenschaft mit konstruiert hatte. Was folgte, war der ganz normale Tagesablauf. Als Erstes würde man den Spaziergang über die Sonne machen, so wie jeden Tag. Man erwartete nichts Ungewöhnliches, zumindest nicht für die Wissenschaftler. Ein Laie hingegen wäre fasziniert gewesen von dem, was das Riesenfernrohr dort oben, acht Lichtminuten von der Erde entfernt, aufspürte. Die Forscher begaben sich hinunter zum Beobachtungsraum, wo es nur so von Computern wimmelte.

Soltau setzte sich in seinen Stuhl vor einen der großen Monitore, wohin die Bilder von der Sonnenoberfläche übertragen wurden. Zunächst stellte er das System auf den Sektor AA567 ein. Hier hatte er am Tag zuvor die Bildung eines neuen Fleckens beobachtet. Es war für ihn trotz aller Routine und Gleichmäßigkeit immer wieder ein faszinierendes Ereignis, wenn man die Geburt eines solchen Fleckens beobachtete. Soltau nahm seine Beobachtung auf. Er sah, wie der Fleck immer größer wurde und kleine Satelliten sich um ihn bildeten. Für Soltau nichts Ungewöhnliches. Er fand dauernd solche Flecken und wusste, dass sie irgendwann in sich zusammenfielen oder auf die der Erde abgewandte Seite wanderten. Daher war der Fleck für ihn nicht von besonderem Interesse und er wendete sich anderen Bereichen der Sonne zu. Nichts deutete an diesem Tage auf besondere Ereignisse auf dem Feuerball hin. Alles schien im normalen Bereich zu sein und so wandte sich der Professor anderen Tätigkeiten zu. Da waren der monatliche

Bericht ans Institut und die Anforderung neuer Studenten. Auch war es an der Zeit, den aktuellen Kapitalbedarf für die Forschung einzureichen, um so das Teleskop betreiben zu können.

Während sich der Professor so seinen Schreibtischtätigkeiten widmete, übernahm sein Assistent Werner Meier die Beobachtungen am Hauptgerät. Zunächst betrachtete er den Stern im normalen sichtbaren Licht. Da das Bild von den Rechnern umgewandelt wurde, konnte er die Oberfläche gefahrlos betrachten. Durch Veränderung der Helligkeit konnte er deutlich die verschiedenen Konturen sichtbar machen. Er widmete sich der Sektion AA567. Sie wanderte langsam hinüber auf die Rückseite der Sonne. Dort würde der Fleck, wie schon so oft, in sich zusammenfallen. Bisher war es immer so gewesen und es gab keinen Grund zur Annahme, dass es dieses Mal anders sein würde.

VAKUUM-TURM-TELESKOP AUF TENERIFFA, 29. SEPTEMBER 1996

Die Sonne hatte sich um die Hälfte gedreht. Wie schon in den Tagen zuvor, geschah nichts Ungewöhnliches. Aber gerade diese Tatsache verunsicherte Professor Soltau. Längst hätte es eine Veränderung durch den Zusammenbruch des Sonnenflecks geben müssen, doch nichts deutete darauf hin. Die Korona hatte sich nicht wie erwartet aufgeladen und auch sonst blieben die vorher berechneten Ereignisse aus. Jetzt wanderte am rechten Rand der Sonne jene Erscheinung, die sie in der Sektion AA567 beobachtet hatten, ins Blickfeld der Forscher.

Als Soltau sie an diesem Morgen sah, erkannte der Wissenschaftler sofort, dass sich der Fleck verändert hatte. Statt der berechneten Schrumpfung, war der Fleck um ein Vielfaches angewachsen. Das durfte aber nicht sein. Um sicherzugehen, dass er sich nicht geirrt hatte, verließ Soltau das schützende Gebäude, um, nur mit einer Spezialbrille bewaffnet, einen Blick auf seine Beobachtung zu werfen. Als er den dunklen Fleck ohne optische Hilfsmittel auch mit bloßem Auge erkannte, wusste er genau, was geschehen würde. Unverzüglich machte er sich auf den Weg in sein Büro, um seine Vorgesetzten in Berlin zu informieren.

Sternwarte des National Geographic Instituts Mt. Kiloea auf Hawaii am 29. September 1996

Hier am großen Vulkankrater betrieben amerikanische Astronomen ihr größtes Teleskop. Dank der exponierten Lage hatte man hier schon viel Neues über das Universum erfahren. So waren die Forscher in Regionen des Universums vorgedrungen, die oft Milliarden von Lichtjahre von der Erde entfernt waren. Sie hatten unbekannte Gasnebel und Galaxien aufgespürt und dabei die Geburt und den Tod von Sternen gesehen. Das Gerät galt als größtes Auge der Menschheit und die Forscher aus aller Welt kamen hierher, um neue Erkenntnisse zu gewinnen, was zum Ansehen der Anlage mit beitrug.

Am heutigen Morgen fand der leitende Wissenschaftler, Dr. Adam Bormann, eine Mitteilung vom VTT aus Teneriffa auf dem Tisch, die ihn zu einem Lächeln zwang. „Lächerlich", war sein Kommentar. Was sollte das auch? Er war gewohnt, in den Fernen des Universums zu forschen, doch dieser Auftrag führte ihn in den Vorgarten der Menschheit. Er sollte mit einem der kleineren Rohre eine Sektion auf der Sonne in Augenschein nehmen. Nur widerwillig kam er dem Auftrag nach und richtete das Gerät auf die angegebene Position. Noch immer glaubte er an einen Scherz. Als er seine Augen auf den angegebenen Abschnitt richtete, begriff er jedoch sofort den Ernst der Lage.

Zu deutlich und unübersehbar sah er die Anomalie auf der Oberfläche.

RAUMSTATION MIR, 2. OKTOBER 1996
Der neue Arbeitstag begann für Lenorev stets mit einem Überblick seines Forschungsprogramms. Da waren die Experimente in der Schwerelosigkeit, die seine ganze Aufmerksamkeit erforderten. Bereits jetzt hatte er alle Langzeitaufenthalte im All gebrochen und er war sich sicher, dass er noch ein weiteres halbes Jahr hier oben hoch über der Oberfläche verbringen würde. Er arbeitete so vertieft, dass es für ihn ein regelrechter Schock war, als mehrere optische und akustische Warnsignale gleichzeitig ertönten. Besonders das Warnlicht für die Strahlungsintensität fand sein Augenmerk. Was war da los? War eine Sektion der schützenden Hülle zu lange der harten Sonnenstrahlung ausgesetzt gewesen? Das konnte nicht sein, denn zahlreiche Überwachungsgeräte sorgten dafür, dass sich die Mir gleichmäßig um ihre eigene Achse drehte. Fast parallel mit dem Signal meldete sich die Bodenstation.

„Mir, hier Bodenstation. Schalten sie unverzüglich die Sonnensegel ab und begeben sie sich in ihre Strahlenschutzkammer. Bitte bestätigen!" Lenorev erstarrte. Warum sollte er die so lebenswichtigen Segel abschalten. Schließlich waren sie für die Energieversorgung der ganzen Station unverzichtbar. Er schwebte hinüber zur Funkstation. „Bodenstation, hier Mir. Habe ich richtig verstanden, dass ich die Segel abschalten soll?"
„Sie haben richtig verstanden. Beeilen sie sich!" Lenorev war es gewohnt, jeden Befehl der Bodenstation zu befolgen und so tat er es auch dieses Mal. Er suchte den richtigen Schalter und drückte ihn. „Station auf Batteriebetrieb umgeschaltet", erklang

es aus dem Lautsprecher. Danach machte sich der Kosmonaut auf den Weg in die Strahlenschutzkammer der Station. Hier schützten gewaltige Bleiwände vor jeder Art von Strahlung, seien es Röntgen-, Gamma- oder UV-Strahlen. Es war jener Ort, den die Besatzung nur aufsuchte, wenn es ums Überleben ging. Nun hieß es ausharren, bis die Bodenkontrolle ihm erlaubte, wieder seiner normalen Arbeit nachzugehen. Das große Warten begann.

Lufthansa LH203 von New York nach Frankfurt, ebenfalls am 02. Oktober 1996

Gleichmäßig zog der schwere Airbus A300 in 12000 Metern Höhe seine Bahn in Richtung Osten. Hier hoch über dem Atlantik, jenseits der Wolken, fühlte sie Kapitän Meerbusch wohl. Das beruhigende Summen der zwei Triebwerke vermittelte ein Gefühl der Ruhe. Die Gewissheit, in einem der sichersten Flugzeuge zu sitzen, wiegte ihn in Sicherheit. Er konnte sich auf die computerunterstützten Systeme stets verlassen. Damals, als ihn die Fliegerei in seinen Bann zog, musste er noch richtig arbeiten. Da war nichts mit Fly by write oder anderen unterstützenden Hilfen, die dem Piloten viele Entscheidungen abnahmen. Damals konnte er sich nur auf sein Können und nicht auf die Technik verlassen. So saß er nun seelenruhig in seinem Cockpit, nicht ahnend, dass er diesen Flug sein Leben lang nicht vergessen würde.

VAKUUM-TURM-TELESKOP AUF TENERIFFA
02. OKTOBER 1996, 13.00 UHR MEZ

Die Anomalie auf der Sonne wurde jetzt von mehreren Wissenschaftlern beobachtet. Sie war in den letzten Stunden gewaltig angewachsen. Wie lange würde sie in diesem Zustand wohl noch verbleiben?, dachten alle. Was würde geschehen, wenn es zum Kollaps käme? Die Antwort auf diese Fragen sollte nicht lange auf sich warten lassen, denn um 13.10 Uhr geschah es. Hier am VTT sah man es zuerst. Der riesige Fleck zog sich innerhalb weniger Sekunden zusammen und verschwand aus dem Sichtfeld der Beobachter. Gleichzeitig registrierten die Messgeräte einen enormen Anstieg der Strahlungswerte. Die Männer und Frauen erkannten, dass es sich um einen gewaltigen Ausbruch auf der Sonne handeln musste. Da die Sektion nicht am Sonnenrand lag, konnte die Größe der Protuberanz nur erahnt werden. Nach dem, was die Systeme zeigten, musste die gewaltige Feuerfontäne gut 20 Millionen Kilometer ins All hinausgeschossen sein, wobei sie Millionen Tonnen solarer Materie mit sich riss. Der Sonnensturm raste mit nahezu Lichtgeschwindigkeit auf die Erde zu. Für eine Warnung war es jetzt zu spät. Als die Katastrophe im Teleskop sichtbar wurde, waren gut acht Minuten vergangen. Diese Zeit benötigte das Bild von der Sonne bis zu Erde. Fast zeitgleich kam der Sonnensturm auf der Erde an. Das Magnetometer, die Strahlenmessgeräte und Seismometer reagierten fast synchron und zeigten Werte an, die sich am Rande der äußersten Messskala befanden.

RAUMSTATION MIR, 2. OKTOBER 1996, 13.15 UHR MEZ
Lenorev bemerkte es am deutlichsten, wie gefährlich der Ausbruch war. Seine Station geriet regelrecht ins Taumeln und er wurde in seiner Strahlenschutzkammer durchgerüttelt. Ein unheilverkündendes Ächzen der Station zeigte ihm an, wie die Mir zum Spielball der Naturgewalten wurde. Doch er konnte nichts tun, sondern nur hoffen, dass die Station diesem Ansturm gewachsen war. Es dauerte Minuten, die zur Ewigkeit wurden. Dann war die Schockwelle vorbei und es wurde ruhig auf der Station.

STERNWARTE DES NATIONAL GEOGRAPHIC INSTITUTS MT. KILOEA AUF HAWAII, AM 02. OKTOBER 1996, 13.20 UHR MEZ

Da es vollkommen dunkel war, konnte man hier nicht direkt den Ausbruch beobachten. Dennoch reagierten die Messgeräte wie fast überall auf der Welt. Zugleich fielen kurzfristig all jene Geräte aus, die ihre Daten drahtlos übertrugen. Selbst die so angeblich sicheren Handys gaben keinen Ton mehr von sich. Die Seismografen hingegen schlugen aus wie bei einem Vulkanausbruch. Dabei hatte sich die sonst so unruhige Erde überhaupt nicht bewegt.

LUFTHANSAFLUG LH203, 13.20 UHR
KURZ VOR DER FRANZÖSISCHEN KÜSTE

Meerbusch wurde aus seiner Ruhe gerissen als die Auswirkungen des Sonnensturms das Magnetfeld der Erde urplötzlich veränderten und sämtliche elektronischen Geräte schlagartig beeinflussten. Das schwere Flugzeug begann durchzusacken, als die Triebwerke und die Steuerung keine Impulse mehr bekamen. Die roten Warnlichter an den Konsolen zeigten einen Totalausfall aller automatischen Systeme an. Geistesgegenwärtig reagierte er, wie er es gelernt hatte. Die Erfahrung aus vielen Tausend Flugstunden bewährte sich. Er schaltete den Autopiloten ab, um manuell weiter zu fliegen. „Verlassen sie sich nie auf die Elektronik", hatte man ihm während des Trainings immer wieder eingebläut. Dieser Satz sollte ihn und allen anderen an Bord nun das Leben retten. Er schaltete die Kabinenwarnung ein, damit sich die Passagiere anschnallten. Danach drückte er die beiden Schubhebel für die Triebwerke in die höchste Stufe. Doch geschah zunächst nichts. Der Klipper stürzte weiterhin im Sinkflug ab. Noch zeigte der Höhenmesser gut 10.000 Meter bis zum Grund, doch selbst diese Höhe konnte hier zu ungeheuren Gefahren führen, da der jetzige Flugkorridor mit zu den am stärksten beflogenen Regionen gehörte. Wehe, wenn er auf den Gleitweg eines niedriger fliegenden Flugzeugs geriet. Die Folgen wären katastrophal.

Diese und andere Überlegungen gingen Meerbusch durch den Kopf, als er den Kampf mit der Technik aufnahm. Minuten vergingen und der Abstand zum Boden wurde immer kleiner. Dabei schmierte die Maschine nicht senkrecht, sondern in einem langgestreckten Bogen ab. Als der Höhenmesser noch knapp 3000 Meter zeigte, begannen die Bemühungen endlich, Erfolg zu zeigen. Langsam fing sich die Maschine und die Nase erhob sich. Urplötzlich meldeten sich auch sämtliche elektronischen Geräte zurück und als sich die Maschine eine Viertelstunde später anschickte, ihre ursprüngliche Flughöhe wieder zu erreichen, schien es so, als sei überhaupt nichts geschehen. Jetzt flog sie wieder, wie man es gewohnt war.

Der Sonnensturm fegte an der Erde vorbei und veränderte für kurze Zeit das Magnetfeld der Erde. In dieser Zeit fielen alle Mobilfunknetze und anderen Übermittlungssysteme, die auf Funkbasis beruhten, für kurze Zeit aus, was zu einem Chaos in der Kommunikation führte. Am nächsten Tag hörte man in den Nachrichten von dem Ereignis. Es schien ein ganz normaler Sonnensturm gewesen zu sein, wenn auch ein sehr heftiger. Der Nachrichtensprecher wies darauf hin, dass man in den folgenden Tagen auch außerhalb der Polarregionen Nordlichter sehen konnte, dies aber ein ganz natürliches Phänomen sei.
Tatsächlich schien der Himmel über London und Paris in den nächsten zwei Nächten zu brennen. Ein geheimnisvolles rotes Licht mit phosphoreszierendem grünen Schleier erhellte die Nächte. Gebannt sahen die Menschen auf das seltene Himmelsspektakel.

Vakuum-Turm-Teleskop auf Teneriffa: 12. Januar 1997

Doktor Soltau und seine Mitarbeiter waren immer noch mit der Auswertung der Ereignisse vom 2. Oktober beschäftigt. Der ungewöhnlich heftige Ausbruch hatte all ihre Vorhersagen durcheinandergeworfen. Bisher hatte man einen regelmäßigen Anstieg der Sonnenaktivitäten mit einem Zyklus von 11 Jahren gehabt. Als der Ausbruch geschah, befand sich die Sonne in der abflauenden Phase. War es ein Zufall, oder wurden sie Zeugen einer Phase der Veränderungen? Noch konnte die Wissenschaft keine eindeutigen Beweise für eine erhöhte Aktivität liefern. Zwar gab es nach dem Ausbruch weitere Sonnenflecken, doch diese lagen in normalen Grenzen. Nach dem bisherigen Wissensstand müsste die nächste hochaktive Phase in sieben Jahren kommen. Dieser Zyklus würde sich erst in gut einer Milliarde Jahren verändern. Das lag in fernster Zukunft. Trotzdem arbeitete man schon heute an dem Szenario des Sonnenuntergangs. Nicht um das Ende der Menschheit vorherzusagen, sondern vielmehr, um Vergleichsmodelle zu erstellen, die auf andere Sonnen in der Nähe zutrafen. Ein astronomischer Laie würde sich nicht vorstellen können, dass diese Sonnen der Erde gefährlich werden konnten. Die Astronomen sahen das anders: Wenn ein Stern im Umkreis von 1.000 Lichtjahren explodierte, würde die Erde in Mitleidenschaft gezogen werden. Die Schockwellen würden den Planeten treffen und unvorhersehbare Schäden anrichten, vielleicht sogar die Bahnen der Planeten und Monde im Sonnensystem verändern. Je näher der betroffene Stern am Sonnensystem lag, umso gravierender die Folgen.

In dem angenommenen Umkreis gab es mehrere Kandidaten. Als besonders auffällig wurden Beteigeuze im Sternbild des Orion und Wega in der Leier eingestuft. Beide Sonnen wurden als rote Riesen bezeichnet, Sterne, die ihren Höhepunkt überschritten hatten und auf denen sich jene Veränderungen abspielten, welche die Wissenschaftler erst im besagten Zeitraum für die eigene Sonne erwarteten. Besonders Wega stellte dabei eine Gefahrenklasse erster Güte dar. Erstens war sie mit 27 Lichtjahren Entfernung nicht gerade weit von der Erde entfernt. Zweitens war Wega ein Mehrfachsternensystem, was hieß, dass sich in diesem System mehrere Sterne befanden. Bei Wega waren es sechs an der Zahl. Wenn der Hauptstern explodierte, würde er zwangsläufig die anderen fünf entweder aus ihren Bahnen reißen oder zur Reaktion zwingen. Würde Letzteres geschehen, so die Annahme der Wissenschaftler, käme es zur Entstehung einer Supernova. Der dabei entstehende Energiesturm würde wie bei einer Kettenreaktion viele Sonnen zum großen Knall zwingen. Die Kräfte würden sich ungeheuer potenzieren und im weiten Umkreis würden die Sonnensysteme vergehen. Bei einer solch verheerenden Energiemenge bestand jedoch noch eine viel größere Gefahr, die Bildung eines schwarzen Lochs, jenem Phänomen, das wie ein gigantischer Staubsauger alles an sich ziehen würde. Im Extremfall wäre die Stabilität einer ganzen Region gefährdet. Aussichten, die den Wissenschaftlern gar nicht gefielen.

Bei Beteigeuze war die Situation nicht ganz so gravierend. Zwar war auch dieser Stern ein roter Riese, aber die Entfernung von 435 Lichtjahren würde ein gewisses Zeitfenster ermöglichen. Zeit, in der man vielleicht einen Teil der Menschheit retten könnte, Zeit, um der Menschheit eine Heimat in den Weiten des Weltalls weit fort von ihrer jetzigen Welt zu suchen.

Bis es jedoch so weit war, beschloss man, sich der Entwicklung auf der heimischen Sonne zu widmen. Ein wichtiger Schritt in diese Richtung war es, eine Beobachtungsstation so nah wie möglich in ihrer Nähe zu platzieren. Als wenn die Welt es geahnt hätte, waren bereits zwei Sonden dieser Art auf den Weg geschickt worden. Helios 1 war am 10. Dezember 1974, Helios II am 15. Januar 1976 von Florida gestartet worden. Nur die NASA verfügte über die starken Titan-Zentaur-Raketen, mit deren Hilfe es überhaupt möglich war, die fast 400 Kilogramm schweren Satelliten als vorgeschobene Beobachtungsposten der Menschheit so nah wie möglich an die Sonne zu platzieren.

Ursprünglich hatte man vorgehabt, beide Sonden nur zur Strahlungsmessung einzusetzen, um so neue Erkenntnisse über die Struktur und die Funktionsweise der Sonne zu gewinnen. Jetzt sollten sie auch optische Eindrücke und Bilder von der Hölle am Himmel übertragen. Als man die ersten Bilder von Helios I am 15. März 1975 aus einer Sonnenentfernung von „nur" 48 Millionen Kilometern erhielt, war man bereits euphorisch und feierte die Mission als großen Erfolg. Man beschloss, in Abweichung zum ursprünglichen Plan, die Schwestersonde noch näher an die Sonne zu bringen. Ende April 1976 passierte Helios II den sonnennächsten Punkt in einer Entfernung von 45 Millionen Kilometern. Bis zum heutigen Tage arbeiteten beide Sonden absolut zuverlässig, obwohl sie doch weit näher an der Sonne waren als der nächste Planet Merkur, der in einer Entfernung von 57,9 Millionen Kilometern zur Sonne seine Bahn zog.

MAX-PLANCK-INSTITUT BERLIN, MITTE MÄRZ 1997
Auf diese beiden Kundschafter setzte Soltau seine ganze Hoffnung. Es wurden Verbindungen zur NASA geschaltet, damit

die Daten der beiden Sonden direkt in das Max-Planck-Institut geschickt werden konnten. Als Leiter des Projekts sollte Soltau mit seinem Mitarbeiterstab aus Teneriffa fungieren.

Als der Professor die Bilder von der Oberfläche sah, bekam er Dinge zu sehen, die nie zuvor in dieser Klarheit und Auflösung zur Erde gesandt wurden. Das Großteleskop auf dem Tejo schaffte es, Objekte bis 100 Kilometer aufzulösen. Die Sonden hingegen brachten es auf eine Größe von knapp 10 Kilometern. Ein Grund hierfür lag an der fehlenden Atmosphäre der Erde, die einein Großteil des Lichtes abfing. Soltau sah zahlreiche kleine Flecken, die sich immer wieder vereinten und zu größeren Gruppen zusammenschlossen, bis sie zu einem großen Einbruch auf der Sonne wurden. Aus diesen so entstandenen Klüften wurde Energie aus dem Innern der Sonne in die Korona geleitet. Die Wissenschaftler verstanden erstmals die Zusammenhänge zwischen der relativ kühlen Sonnenoberfläche und dem heißen Gasring rund um die Sonne. Die Verbindung zwischen den beiden Komponenten musste mit den Sonnenflecken zusammenhängen, denn die Wissenschaftler hatten festgestellt, dass jedes Mal, wenn ein solcher Fleck in sich zusammenfiel, die Temperatur in der Korona schlagartig anstieg. Um die Bestätigung für diese Theorie zu bekommen, musste man zwangsläufig auf den nächsten Kollaps warten.

Am 18. März kam es zu einem solchen Zusammenbruch. In der Region ER664 am oberen linken Rand des Gestirns hatte sich zunächst eine Anzahl von Flecken gebildet, die sich, wie schon so oft beobachtet, zu einem großen Fleck vereinten. Soltau war der sicheren Überzeugung, dass dieser Fleck innerhalb weniger Stunden in sich zusammenbrach. Seine Vorhersage bestätigte sich. Er und sein Stab wurden Zeugen, wie sich der Einbruch vollzog. Wenige Minuten später meldete Helios II einen Anstieg der Temperatur in der Gashülle innerhalb des gleichen

Sektors. Der Beweis für den Zusammenhang war erbracht. Was aber waren die Sonnenflecken nun ganz genau?, fragte sich Soltau. Bisher war man der Annahme gewesen, die Flecken entständen durch Abkühlung innerhalb eines engen Bereichs auf der Sonne. Diese Abkühlung wurde optisch als dunkler Fleck sichtbar. Als Soltau die Temperaturen im Zusammenbruch im Sektor ER664 nochmals studierte, fand er Erstaunliches. Tatsächlich schien rund um den Fleck eine gewisse Kälte zu sein. Im Zentrum jedoch bildete sich wenige Sekunden vor dem Verschwinden des Flecks ein Hitzering. Es schien so, als ob mit dem Kollaps ein Energieschub aus dem Innern des Gestirns durch das Zentrum des Flecks in die Korona geleitet wurde. Durch diese Erkenntnis bekamen die Flecken eine vollkommen andere Bedeutung. Sie schienen eine Art Kamin zu sein, der heiße Gase ableitete. Je mehr Sonnenflecken also zu sehen waren, umso mehr Energie wurde von der Sonne in den Gasring geleitet und dieser aufgeheizt. Kam es nun zu einer Energieübersättigung, so entstanden die gigantischen Fackeln, die Protuberanzen.

Aufgrund dieser neuen Erkenntnisse, ergab sich ein vollkommen anderes Bild der Sonne und der Flecken. Was aber war der Grund für die Bildung der Flecken? Diese Frage konnte der Stab nicht beantworten. Sie beschäftigten sich mehr als Astronomen und kannten daher nur Teilbereiche. So wusste man, dass die Sonne aus zwei Hauptkomponenten bestand, Wasserstoff und Helium. Beide Elemente wurden durch den ungeheuren Druck der Sonne zusammengepresst und erhitzt. Ab einer bestimmten Wärme wurden die Atome verschmolzen. Es kam zur Kernfusion, wodurch Heliumkerne in Wasserstoffatome und umgekehrt umgewandelt wurden. Die hierbei freigesetzte Energie war der Motor des Sterns. Bei einem gleichmäßigen Anteil der beiden Bestandteile würde die Sonne noch Milliarden von Jahre Energie abstrahlen können. Erst wenn ein Element überwog, käme der Haushalt durcheinander und die Sonne bekäme ein anderes Gesicht. Könnte es sein, so fragten sich die Wissenschaftler, dass ein Fehler in diesen Vermutungen steckte? Was wäre, wenn bereits heute, in der Gegenwart, der Zeitpunkt gekommen wäre, da genau dieses für die Zukunft gedachte Modell auf der Sonne eingetreten war? Um diese Frage zu lösen, konsultierte Soltau die Kernspezialisten in der Kernforschungsanlage in Jülich.

KERNFORSCHUNGSANLAGE JÜLICH, MITTE MAI 1997

Hier arbeitete die Firma Siemens an einem kühnen Plan. Sie wollten mittels kontrollierter Kernfusion ein neues Zeitalter in der Energieversorgung aufschlagen. Bisher kannte man nur die unkontrollierte Fusion beim Zünden von H-Bomben. H-Bomben wiesen gegenüber der normalen Atombombe eine Besonderheit auf. In ihr wurde Wasserstoff mittels Kernspaltung von Uran zur Reaktion gezwungen. Das dabei entstehende Element Helium entsprach genau der Komponente, wie sie auch auf der Sonne vorkam. Wie verheerend die Wirkung einer solchen Bombe war, welch ungeheure Energie kurzfristig freigesetzt wurde, davon zeugten zahlreiche Krater auf den Atollen im Pazifik, wo man diese Bomben gezündet hatte. Obwohl die Fusion nur wenige Sekunden aufrechterhalten wurde, verbrannte die entstehende Hitze alles im weiten Umkreis. Durch den Einsatz von Uran als Zünder gab es jedoch einen äußerst radioaktiven Niederschlag, den Fallout.

Durch ihn wurde die Wirkung der Bomben zusätzlich verstärkt. Überall dort, wo man diese Tests durchgeführt hatte, durfte niemand über Jahrzehnte den Boden betreten. Dass die umgesiedelten Bewohner der Inseln trotzdem zurückkehrten, nahm man stillschweigend in Kauf. Boten sie doch zugleich eine Art

Versuchsmäuse für die Auswirkungen nach dem Atomschlag. In Jülich hingegen wollte man keine neue Waffe entwickeln, sondern einzig und allein den Fusionsprozess nutzen, um eine neue Energiequelle zu haben. Ziel war es, die Fusion in einem geschlossenen Areal über lange Zeit aufrechtzuerhalten, um die dabei entstehende Wärme wie bei jedem anderen Kraftwerk in Energie umzuwandeln. Würde dies gelingen, so brauchte man nur noch ein einziges Kraftwerk für den ganzen Kontinent, selbst wenn sämtliche Haushalte das drei- bis vierfache an Strom verbrauchten. Mit der Fusionstechnik wäre das Problem schlagartig gelöst und der Menschheit stände eine Quelle zur Verfügung, wie man sie nur aus utopischen Romanen kannte. Zu diesem Zwecke war ein Reaktor entwickelt worden, in welchem Experimente im Hochtemperaturbereich durchgeführt werden konnten: der Block A.

Hier arbeitete und forschte man mit unvorstellbaren Energien. Da selbst Stahlbeton den zu erwartenden Gewalten nur Bruchteile von Sekunden standhielt, wurde bei jedem neuen Versuch zunächst ein Energiefeld aufgebaut, das sich wie eine Kugel um den Kern des Spaltmaterials schloss. Die hierfür benötigten Kräfte leitete man sinnvollerweise vom Block B des Kraftwerks direkt in den Reaktor. Sobald das Feld stabil war, begann man mit dem Erhitzen vom Wasserstoff. Schon des Öfteren war man dabei an die Grenzen gestoßen und der Versuch aus Sicherheitsgründen abgebrochen worden. Nur ein einziges Mal gelang es bisher, die erforderlichen 100 Millionen Grad Wärme für Bruchteile von Sekunden zu erreichen. Dabei gelang für wenige Millisekunden die Fusion. Danach brach das Feld zusammen und der Reaktor wurde vollkommen isoliert. Doch bereits jetzt konnte man ablesen, wie groß der Erfolg gewesen war. Die Energie für die Erwärmung und Stabilisierung des Systems war mehrfach zurückgewonnen worden und in das normale Stromnetz eingeflossen.

Als Soltau mit seinen Fragen die dortigen Wissenschaftler konsultierte, fand man recht schnell Interesse an der gestellten Aufgabe und versprach die volle Unterstützung. Die Mannschaft in Jülich begann dort, wo man zuletzt aufgehört hatte, der kurzzeitigen Fusion. Im Laufe von Monaten erstellte man Berechnungen und Modelle über das geschilderte Phänomen.

WESTEUROPA, 11. AUGUST 1999

Bereits Tage zuvor gab es kein anderes Thema in den Medien. Nach langer Zeit sollte sich an diesem Tag die Sonne über Europa verfinstern. Im Vorfeld des Ereignisses brachten fast alle Fernsehsender ausführliche Berichte und Reportagen. In einigen der öffentlich-rechtlichen Anstalten verfolgte man die Bedeutung einer solchen Finsternis bis in die Anfangszeit der Menschheit und deren Auswirkungen zurück. Sonnenfinsternisse galten seit jeher als böses Omen für die Zukunft. Viele Seher nutzten sie für ihre düsteren Vorhersagen. Oft wurde mit diesem Ereignis das Ende der Menschheit und das Ende aller Tage prophezeit. Die Kirchen der verschiedensten Regionen fanden in der Erscheinung ihren Gefallen und gutgläubige Menschen strömten in Scharen zu ihnen, um ihren Predigern zuzuhören. Dabei gab es wirklich nichts Schlimmes an einer Finsternis. Wäre da nicht die Angst vor dem Verschwinden des Tagesgestirns für alle Zeiten, man hätte sie mehr oder weniger als wunderschönes und einmaliges Schauspiel genossen.

Selbst heute noch, am Ende des zwanzigsten Jahrhunderts, war die Faszination geblieben. Clevere Geschäftsleute sahen hier eine Möglichkeit, rasch sehr viel Geld mit Finsternisbrillen aller Art zu verdienen. Gerade in den letzten Tagen kam es zu Hamsterkäufen dieser Art und jene, die versuchten noch kurz vor dem Ereignis eine Brille zu ergattern, mussten feststellen, wie die Preise sich mehr als verzehnfachten. Dieser Trend wurde von den Medien zusätzlich geschürt, da man allerorts darauf hinwies, wie gefährlich der ungeschützte Blick in das Tagesgestirn sei. Selbst Schweißbrillen waren der ungeheuren Helligkeit nicht gewachsen und praktisch nutzlos.

Die großen Teleskope und Fernsehkameras wurden mit speziellen Aluminiumfiltern versehen, um so der Finsternis ein Stück näher zu rücken und den Menschen einen unvergessenen Einblick in die Hölle am Himmel zu verschaffen. In der schmalen Zone absoluter Totalität strömten unzählige Menschen zusammen, um das Ereignis zu erwarten. Viele von ihnen wurden jedoch enttäuscht, da ausgerechnet mit Beginn der Verdunkelung dicke Wolken den ungetrübten Blick zum Himmel verschleierten. Mehr Glück hatten jene, die sich in den Bereichen der Teilfinsternis versammelten. Hier gab es an vielen Stellen einen strahlend blauen Himmel ohne jede Beeinträchtigung. In Deutschland reagierten die Medien rasch und stellten ihre Übertragungsfahrzeuge dort auf. Zwar gab es keine vollkommene Finsternis, dennoch waren die Menschen mehr als begeistert, als um 10.03 Uhr das Schauspiel begann.

Als der Höhepunkt um 13.15 Uhr erreicht war, sahen viele Menschen in der Totalitätszone zum ersten Male den die Sonne umgebenden Gasring in seiner vollen Schönheit. Als die Korona erschien, reagierten sie je nach Gesinnung euphorisch und voller Begeisterung, oder mit einem stillen andächtigen Erstaunen. Hier und jetzt konnten Medien und Wissenschaftler tief in die Seele der Menschen schauen. Viele hätten den kurzen Zeitraum der vollkommenen Finsternis gerne verlängert und genossen daher die entscheidenden drei Minuten in jeder Sekunde aus. Nur wenige, die es sich leisten konnten, hatten sich ein

Ticket für einen Überschallflug mit der Concorde besorgt. Die Sonderflüge waren binnen kürzester Frist ausverkauft gewesen. So verfolgten Wissenschaftler und Laien das Schauspiel über Stunden hinweg, während das Flugzeug in zwanzigtausend Metern Höhe exakt der Erddrehung folgte.

Auch Soltau und sein Team nahmen eine solche Gelegenheit wahr. Für das Max-Planck-Institut war eine eigene Maschine reserviert und mit zahllosen Messinstrumenten ausgestattet worden. Zunächst erfreuten sich die Wissenschaftler an dem Naturschauspiel, doch kurz bevor das Ende des Fluges erreicht wurde, machte einer der Mitarbeiter eine Entdeckung, die alle anderen sofort an die Sichtgeräte beorderte. Am oberen Rande der verdecken Sonne hatte er eine gewaltige Protuberanz ausgemacht, die sich weit über die Grenze des Gasrings wie eine Hand in den Himmel schob. Soltau war verblüfft, denn trotz intensiver Beobachtung hatte er diesen Ausbruch nicht vorhersagen können. Im Gegenteil. Die Sonnenflecken auf der erdzugewandten Seite waren endlich weniger geworden. Es blieb nur eine Erklärung. Auf der abgewandten Seite musste sich ein ungeheurer Fleck entwickelt haben und kollabiert sein. Eine andere Möglichkeit gab es nicht. Die Entwicklung der Zone musste binnen weniger Tage geschehen sein, denn sonst hätte man ihn entdecken müssen, da durch die Eigenrotation des Gestirns diese Zone hätte sichtbar sein müssen. Die Heftigkeit des Ausbruchs und die Entstehung der Gaszunge mussten gigantisch sein. So etwas hatte man bisher nicht gesehen. Was war los mit der Sonne? Soltau fand keine Erklärung und hoffte, dass Jülich recht bald mit einer einleuchtenden Theorie aufwarten würde.

KERNFORSCHUNGSANLAGE JÜLICH AM 19. NOVEMBER 1999

Fast zwei Jahre waren seit der Anfrage aus Berlin vergangen. Zu Beginn des Forschungsauftrages hatte man zahlreiche Erkenntnisse, aber keinerlei Beweise für das Verhalten der Sonne gefunden. Um zu einem Ergebnis zu gelangen, beschritt man einen neuen Weg. Wie im Dunkeln tastete man sich vor und so wie einst die Forscher betraten sie Neuland in der Kernforschung. Die Wissenschaftler modifizierten das Verhältnis von Helium und Wasserstoff neu und konstruierten so ein verändertes Bild. Als man den Heliumanteil um nur 3 % erhöhte, stellten sie eine erstaunliche Reaktion fest. Die modellhafte Sonne begann, rasch abzukühlen. Es bildeten sich Kältezonen aus, die im fortschreitenden Stadium die Fusion vollkommen zum Erliegen brachten. Nun übertrugen die Männer und Frauen das Ergebnis auf die Sonne. Tatsächlich begann der Computer, im virtuellen Bild verstärkt Sonnenflecken darzustellen. Genau von diesem Ereignis hatte man ihnen in Berlin berichtet. Wie im Zeitraffer veränderte sich die Oberfläche des Models und die einst helle Oberfläche wurde zu einer schwarzen Kruste, die kaum noch einen Energieausstoß zuließ. Am Ende des Prozesses brach die umgebende Gashülle zusammen und die Sonne verfinsterte sich. Was Milliarden von Jahren dauerte, spielte sich innerhalb weniger Minuten ab. Soweit war das Experiment gelungen, doch hatte ihnen Soltau nicht von ungeheuren Ausbrüchen auf der Sonne berichtet? Diese Komponente kam bei einem Heliumüberschuss nicht vor. Was also, so überlegte man weiter, würde geschehen, wenn man den umgekehrten Weg einschlug und den Wasserstoffanteil übermäßig erhöhen würde?

OHNE LANGE ZU ZÖGERN, GAB MAN DIE NEUEN DATEN IN DAS SYSTEM EIN UND WARTETE DARAUF, DASS DER RECHNER DAS BILD ANZEIGT. EINIGE MINUTEN VERGINGEN. DANN ERSCHIENEN ABERMALS DIE SONNENFLECKEN. BIS HIERHER STIMMTE SCHON EINMAL DAS BILD. ZUSÄTZLICH BILDETE DAS MODELL JEDOCH RIESIGE FACKELN AUS, DIE INS ALL SCHOSSEN. GENAU VON DIESEM PHÄNOMEN HATTE SOLTAU BERICHTET. MAN WAR AUF DER RICHTIGEN SPUR. DIE VERÄNDERUNGEN AM BILDSCHIRM GINGEN WEITER. WAS NUN KAM, ERSCHRECKTE DIE WISSENSCHAFTLER. DAS MODELL BEGANN, SICH AUFZUBLÄHEN, UM SICH KURZE ZEIT SPÄTER ZU VERKLEINERN. WAR DAS DAS ENDE? NEIN, DENN DER STERN BLÄHTE SICH ERNEUT AUF. LANGSAM ENTWICKELTE SICH EIN RHYTHMUS ZWISCHEN AUFBLÄHEN UND ZUSAMMENZIEHEN. EINE ART PULS BILDETE SICH, DER LANGSAM ABER STETIG IMMER SCHNELLER WURDE. DANN KURZ VOR DEM ENDE MACHTE DIE SONNE EINE WEITERE VERÄNDERUNG DURCH. DAS PULSIEREN HÖRTE AUF UND DER GASBALL WUCHS SICHTBAR AN, OHNE SICH ERNEUT ZUSAMMENZUZIEHEN. DABEI VERFÄRBTE ER SICH INS RÖTLICHE. AUCH DIESER PROZESS SETZTE SICH GERAUME ZEIT FORT, BIS DAS MODELL TAUSENDMAL GRÖSSER WAR ALS ZUM ZEITPUNKT DES GLEICHGEWICHTS. NUN WARTETEN DIE WISSENSCHAFTLER AUF DAS ENDGÜLTIGE ENDE. ALS ES KAM, EXPLODIERTE DER STERN REGELRECHT UND STIESS SEINE GESAMTE OBERFLÄCHE AB. DER REST FIEL IN SICH ZUSAMMEN, BIS SICH EIN WINZIGER BALL VON UNGEHEURER DICHTE GEBILDET HATTE. DIESER GLÜHTE LANGSAM AUS. WAR ES DAS, WAS DER SONNE BEVORSTAND? WAREN ALLE BISHERIGEN PROGNOSEN EIN IRRTUM GEWESEN? ES HATTE DEN ANSCHEIN. UM DEN ENDGÜLTIGEN BEWEIS FÜR DAS SZENARIO ZU ERHALTEN, BLIEB NUR EINE EINZIGE WAHL. MAN MUSSTE DIE BEOBACHTUNGEN AUS DEM VERSUCH MIT DEN TATSÄCHLICHEN AKTIVITÄTEN DES GESTIRNS VERGLEICHEN.

WENN NUR WENIGE DER BERECHNUNGEN UND VORAUSSAGEN EINTREFFEN WÜRDEN, HÄTTE MAN GEWISSHEIT.

MAX-PLANCK-INSTITUT BERLIN, 22. DEZEMBER 1999

DAS TEAM AUS BERLIN UND JÜLICH SAß VOR EINEM GROßPROJEKTOR IN EINEM DER HÖRSÄLE DER ANGESCHLOSSENEN UNIVERSITÄT. GEBANNT UND SCHWEIGEND VERFOLGTEN SIE DIE VORFÜHRUNG. NIEMAND DER ANWESENDEN VERMOCHTE SICH DEN ÄUßERST REALEN BILDERN ZU ENTZIEHEN. ZU FANTASTISCH, ZU EINDRINGLICH WAREN DIE EINDRÜCKE DER VORFÜHRUNG. ALLEIN DIE VORSTELLUNG, DASS ES GESCHEHEN KÖNNTE, BERÜHRTE DIE ANWESENDEN. WAS WÄRE, WENN SICH DAS GESEHENE TATSÄCHLICH EINES TAGES IN DIESER FORM ABSPIELEN WÜRDE? SAH MAN HIER DAS ENDE DER MENSCHHEIT BEREITS VORWEG? WIE WÜRDEN DIE MENSCHEN REAGIEREN, WENN SIE ERFAHREN WÜRDEN, DASS DER EXITUS BEVORSTAND? DIESE UND VIELE ANDERE FRAGEN BEWEGTEN DIE MÄNNER UND FRAUEN. AM ENDE DER VORFÜHRUNG HERRSCHTE BEDRÜCKENDE STILLE. ES WAR SCHWER, SICH VORZUSTELLEN, DASS ES SO SEIN KÖNNTE. DAS MODELL SCHIEN ZU REAL, ALS DASS ES EINFACH ALS FIKTION ABGEHAKT WERDEN KONNTE. EINER DER MÄNNER AUS JÜLICH ÜBERLEGTE KURZ, BEVOR ER SEINE PROGNOSE ABGAB. „NACH UNSEREN JETZIGEN BERECHNUNGEN BLEIBEN UNS KNAPP 200 JAHRE, BIS ALLES LEBEN AUF DER ERDE UNTERGEHT. SOLLTE SICH DER PROZESS JEDOCH BESCHLEUNIGEN UND EREIGNISSE EINTRETEN, DIE WIR BISHER IN UNSEREM MODELL NICHT BERÜCKSICHTIGT HABEN, KÖNNTE DIE ZEITSPANNE NOCH KÜRZER SEIN. "

„WAS MEINEN SIE MIT EREIGNISSE? ", FRAGTE SOLTAU NACH.

„WIR HABEN ZUM BEISPIEL DIE AUSWIRKUNGEN AUF DAS ERDMAGNETFELD, BEGLEITENDE KLIMAVERÄNDERUNGEN, DYNAMIK DER ERDROTATION, VERÄNDERUNGEN INNERHALB DER UM-

LAUFBAHNEN DER ANDEREN PLANETEN UND VIELES ANDERE NICHT BERÜCKSICHTIGT, SONDERN UNS AUSSCHLIEßLICH AUF DIE VERÄNDERUNGEN DER SONNE KONZENTRIERT. ALLE ANDEREN MÖGLICHKEITEN BERGEN ZU VIELE UNSICHERHEITEN UND MÜSSTEN NACHTRÄGLICH EINGEARBEITET WERDEN. DAS JEDOCH IST NICHT UNSER FACHGEBIET. WIR SIND KERNFORSCHER UND KEINE GEOLOGEN, BIOLOGEN ODER ASTRONOMEN. UM EIN WIRKLICH GENAUES BILD DER VERÄNDERUNGEN ZU BEKOMMEN, MÜSSTEN SICH WELTWEIT ALLE ANDEREN FACHRICHTUNGEN AN DEM PROJEKT BETEILIGEN. NUR WENN ALLE MÖGLICHKEITEN AUS DIESEN BEREICHEN MIT IN DAS SZENARIO EINFLIEßEN, LÄSST SICH DER TATSÄCHLICHE ZEITPUNKT BIS AUF EIN PAAR JAHRE GENAU BERECHNEN. "

DIESER AUSSAGE KONNTE SOLTAU NUR ZUSTIMMEN. ZUGLEICH SAH ER VOR SEINEM GEISTIGEN AUGE EINE UNGEHEURE AUFGABE. ERSTMALIG IN DER GESCHICHTE DER WISSENSCHAFT WÜRDEN ALLE FACHBEREICHE, EGAL IN WELCHER SPARTE SIE AUCH ANGESIEDELT WAREN, ZUSAMMENARBEITEN, DAMIT DAS BILD KLAR WÜRDE. EIN GIGANTISCHES NETZWERK SAMMELTE ALLE VERFÜGBAREN INFORMATIONEN FÜR NUR DIESEN EINEN ZWECK, DEN TAG ZU BESTIMMEN, DA SICH DIE MENSCHEN EINE NEUE HEIMAT SUCHEN MÜSSTEN! SOLTAU BESCHLOSS NOCH AM SELBEN TAGE, DIE WICHTIGSTEN ENTSCHEIDUNGSTRÄGER ÜBER DIE GEWONNENEN ERKENNTNISSE ZU INFORMIEREN. ES WAR KEINE ZEIT MEHR FÜR GROßE REDEN, SONDERN FÜR TATEN. BEVOR ER SICH ERHOB, UM SOFORT DAMIT ZU BEGINNEN, STELLTE ER KLAR, DASS DIE GEZEIGTEN EREIGNISSE AUF KEINEN FALL AN DIE ÖFFENTLICHKEIT GELANGTEN. EINE PANIK VON NIE DA GEWESENEM AUSMAß WÄRE DIE FOLGE. SEKTEN ALLER RICHTUNGEN WÜRDEN DIE ENTSTEHENDE MASSENHYSTERIE ZU IHREN GUNSTEN AUSNUTZEN. VERBRECHEN, PLÜNDERUNGEN, MORD UND ANARCHIE WÄREN DIE FOLGEN. ALLE SICHERUNGSSYSTEME, ALLE MORALISCHEN BEDENKEN WÜRDEN MIT EINEM MALE

HINWEGGEFEGT. ALLEIN DER GEDANKE DARAN ZEICHNETE DIE DÜSTERSTEN VISIONEN. DIES UM JEDEN PREIS ZU VERHINDERN, WAR VORRANGIG. DIE NATÜRLICHEN AUSWIRKUNGEN KONNTE MAN NICHT AUFHALTEN, WOHL ABER ALLES ANDERE. DENNOCH FRAGTE SICH SOLTAU, WIE ER DIE GEWÄHR ÜBERNEHMEN KONNTE, DASS ALLES UNTER DEN FACHLEUTEN BLIEB. KONNTE ER DEN VERANTWORTLICHEN POLITIKERN TRAUEN? WÜRDEN NICHT AUCH SIE VERSUCHEN, AUS DEM BEVORSTEHENDEN EREIGNIS IHRE VORTEILE ZU ZIEHEN? WIE OFFEN SOLLTE ER SEINE ANNAHMEN DARLEGEN UND WAS WÄRE, WENN SICH DIE WISSENSCHAFTLER TROTZ ALLER MODELLE GEIRRT HATTEN? MÜSSTE MAN NICHT DEN IRRTUM DER VERGANGENHEIT EINGESTEHEN, UM DIE NEUEN TATSACHEN ZU AKZEPTIEREN? DIESE UND VIELE ANDERE FRAGEN JAGTEN MIT LICHTGESCHWINDIGKEIT DURCH SEIN GEHIRN, WÄHREND ER SICH MIT DEN VORBEREITUNGEN AUF DAS TREFFEN MIT DEN POLITIKERN BEFASSTE. WAS SOLLTE ER TUN? WAS WAR RICHTIG, WAS FALSCH? SOLTAU WUSSTE ES NICHT.

BÜRO DR. SOLTAU, AM 23. DEZEMBER 1999

DIE MEISTEN POLITIKER WAREN BEREITS IN DIE WINTERFERIEN ENTLASSEN WORDEN. DIE LETZTE GROßE SITZUNG DES ABLAUFENDEN JAHRTAUSENDS HATTE MIT EINEM RÜCKBLICK AUF DAS GESCHAFFENE GEENDET. MIT NEUEM MUT UND DEN BESTEN WÜNSCHEN FÜR DIE KOMMENDEN AUFGABEN WAR MAN FORTGEFAHREN UND NUR EINIGE WENIGE STAATSBEAMTE SORGTEN FÜR DIE AUFRECHTERHALTUNG DER WICHTIGSTEN FUNKTIONEN ZWISCHEN DEM JAHRESWECHSEL. DR. SOLTAU BEKAM ES SEHR DEUTLICH ZU SPÜREN, WAS ES HIEß, WENN DIE STAATSFÜHRUNG LIEBER FEIERTE, ALS SICH AUSGERECHNET UM SEINE ANGELEGENHEITEN ZU KÜMMERN.

„Das hat doch bis zum nächsten Jahr Zeit", war die geläufige Antwort, als er versuchte, sein Anliegen vorzubringen. Je öfter Soltau die verschiedenen Nummern anrief, umso mehr verfinsterte sich sein Gemüt. Niemand wollte angesichts des Jahrtausendwechsels mit schlechten Nachrichten konfrontiert werden. Es schien, als schließe man nicht nur ein Jahrhundert, sondern auch ein Kapitel der Menschheitsgeschichte mit dem Datum ab. Man wollte ein Signal für den Neuanfang setzen. Mit dem Aufbruch ins dritte Jahrtausend nach dem gregorianischen Kalender sahen viele Politiker ihre Möglichkeit, sich wieder einmal werbewirksam zu profilieren. Seit Monaten hatten die Redenschreiber formuliert, um ihren Vorgesetzten Worte in den Mund zu legen, die bei der Bevölkerung ankamen. Hymnen mit euphorischem Inhalt wurden verfasst, um das Volk in einen Taumel der Begeisterung zu führen. In dieses Konzept passten die schlechten Nachrichten der Astronomen nicht hinein und wurden daher als unliebsame Erscheinung beiseite gedrängt. Nein, bloß keine Katastrophen in dieser sensiblen Zeit. Alles nur nicht das.

Nach vielen Stunden und zahlreichen Ausreden erkannte Soltau, dass der so nicht weiterkam. Es hatte keinen Sinn mehr, sich über die Sturheit der Beamten aufzuregen. So beschloss er, seine Bemühungen aufzugeben und hoffte darauf, dass es in den nächsten Tagen keine kosmischen Hiobsbotschaften aus dem All geben würde.

Das neue Jahrtausend begann und aus dem anfänglichen Optimismus wurde recht bald Gleichgültigkeit. Es gab nichts, was darauf hindeutete, dass sich etwas Besonderes ereignen würde.

BUNDESKANZLERAMT BERLIN, AM 04. JANUAR 2000
Die Sonne hatte sich tatsächlich nicht mehr weiter verändert. Zwar gab es noch immer große Ausbrüche, die sich aber im normalen Rahmen der aktuellen Entwicklung bewegten. Es schien so, als hätte die Natur der Menschheit einen kleinen Aufschub geschenkt. Dass dies die Ruhe vor dem Sturm war, wussten nur die Eingeweihten. Jederzeit konnte es zu einem großen Knall kommen, dachte Soltau. Daher war er froh, als er nun, nachdem man das Großereignis der Datumswende gefeiert hatte, endlich für sein Anliegen Gehör fand. „Wann können sie im Kanzleramt sein?", wurde er gefragt. Soltau fiel nur ein Wort ein, um die Ernsthaftigkeit der Situation zu beschreiben. „Sofort!", hatte er geantwortet. „Dann machen sie sich auf den Weg. Wir erwarten sie innerhalb der nächsten Stunden in Berlin!", wurde ihm entgegnet. Angesichts der Eile hatte Soltau im Vorfeld schon alle Unterlagen zusammengestellt und brauchte nur noch seinen unscheinbaren Koffer zu nehmen, um sich auf den Weg zu machen. Niemand würde ihn und seinen kleinen Koffer beachten, dachte er als er das Flugzeug bestieg.

Dabei führte er doch die Büchse der Pandora mit sich, die, sobald sie geöffnet würde, das Ausmaß einer globalen Katastrophe auf die Menschheit offenbarte. Kaum war das Flugzeug in Tegel gelandet, da begleiteten ihn einige dezent gekleidete Herren des Geheimdienstes ins Amt. Man bat Soltau in einen kleinen Konferenzraum, wo bereits die politische Elite auf ihn wartete. Ohne lange Vorrede kam Soltau zur Sache. Je länger er dozierte, umso ernster wurden die Mienen der Anwesenden. Als er zum Schluss das Videoband aus Jülich vorführte, musste jeder der Anwesenden den Ernst der Situation erkennen. Es herrschte Schweigen im Raum und niemand wagte, das Wort zu ergreifen. Zu unfassbar war das Gesehene. Die Vorstellung dessen, was man gesehen hatte, überstieg alles Bisherige. „Tausend, aber nicht noch mal tausend Jahre werde ich die Erde existieren lassen", zitierte einer der Anwesenden aus der Bibel. Mein Gott, sie hat recht! Es stellt sich nur noch eine Frage: wie lange? Hierauf konnte und wollte Soltau keine verbindliche Antwort geben. Daher antwortete er ausweichend. „Vielleicht zehn, vielleicht hundert, vielleicht tausend Jahre oder noch mehr. Keiner hat je ein solches Phänomen erlebt. Wir wissen noch zu wenig über die Vorgänge auf der Sonne, als dass wir ein genaues Datum bestimmen könnten."

„Zehn Jahre oder mehr? Sie wagen es, uns mit solchen Lächerlichkeiten zu konfrontieren, zeigen uns ein Videoband, das einem Horrorfilm gleicht, verbreiten hier den Anschein, als stände die Apokalypse unmittelbar bevor und dann sagen sie, es dauert noch sehr viele Jahre? Mann, sie haben doch überhaupt keine Ahnung! Solange sie uns keine feststehenden Fakten präsentieren können, behalten sie ihre Ahnungen besser für sich. Für Unfug haben wir in der jetzigen Zeit überhaupt keinen Sinn!"

SOLTAU HATTE ERSCHRECKT DEN MANN ANGESEHEN. MIT EINER SOLCH VERNICHTENDEN REAKTION HATTE ER NICHT GERECHNET. ER WOLLTE SICH BEREITS VERTEIDIGEN, ALS MAN IHM KLAR ZEIGTE, DASS ES KEINEN SINN HAT. SOLTAU SPÜRTE, DASS ES AN DER ZEIT WAR, AN SEINE ARBEITSSTELLE AUF TENERIFFA ZURÜCKZUKEHREN, UM DIE BEOBACHTUNGEN FORTZUSETZEN. NUR SO WÜRDE ER BEWEISE FÜR SEINE ANNAHME FINDEN. RESIGNIERT NAHM ER SEINE UNTERLAGEN UND VERLIEß DAS AMT.

VAKUUM-TURM-TELESKOP, 12. JANUAR 2000
Soltau machte sich wieder an seine Forschungsarbeit. Die Erlebnisse im Kanzleramt hatten ihn doch sehr mitgenommen.

Er musste erkennen, dass die Herren dort keinerlei Interesse an seiner Arbeit zeigen würden, solange es nicht eindeutige Beweise für seine Beobachtungen gab, die eine akute Gefahr darstellten. „Vielleicht bin ich einfach zu voreilig gewesen", überlegte er, während sein Blick auf die Bilder des Monitors fiel. Zurzeit gab es dort nichts, was nicht sein sollte. Die Sonne schien sich nach dem großen Ausbruch vom 18. März 1997 beruhigt zu haben. Das war nun drei Jahre her. Sicher, es hatte seit jenem Ereignis immer wieder kleinere Zwischenfälle gegeben, aber waren diese der „missing link"? War das Modell und die Vorhersage vielleicht doch nur ein Szenario, das in ferner Zukunft stattfinden würde? Hatte man vielleicht sogar einen falschen Ansatz gewählt, der zu den Aussagen führte? Alle diese Fragen, doch keine Antworten. Wo lag die Lösung oder brauchte es gar keiner? Soltau beschloss, die bohrenden Fragen zur Seite zu legen und sich seiner Hauptaufgabe, dem Entschlüsseln der kosmischen Geheimnisse, zu widmen. Sein Steckenpferd war zwar die Sonne, doch gab es noch zahlreiche andere Wunder im Universum. Daher kam die nächste Warnung für Soltau umso überraschender.

VAKUUM-TURM-TELESKOP, 12. JULI 2000
KURZ NACH MITTERNACHT

Mitten in der Nacht klingelte das Telefon. „Dr. Soltau?", hörte er eine unsichtbare Stimme aus dem Hörer: „Ja bitte, was kann ich für sie tun?", erkundigte sich der Professor, während er noch schlaftrunken versuchte, dem Anrufer zu folgen. „Mein Name ist Dr. Heldbock vom Kilauea-Observatorium. Wir haben soeben eine erneute Zunahme der Sonnenaktivität festgestellt!" Jetzt wurde Soltau schlagartig hellwach. „Was haben Sie"? Die Stimme wiederholte ihre Aussage. „Wir haben einen hellen Blitz ausmachen können. Unsere Messgeräte haben einen enormen Anstieg der Ionen- und Röntgenstrahlung festgestellt. Optisch konnten wir nichts feststellen. Der Ausbruch muss auf der uns abgewandten Seite der Sonne geschehen sein. Sobald es bei ihnen Tag ist, bitten wir um ihre Bestätigung für unsere Beobachtung." Soltau willigte ein. Er sah auf die Uhr. Es war jetzt 2.00 Uhr und so würde es noch eine Weile dauern bis er sein Teleskop entsprechend justiert und die genannte Region in Augenschein nehmen konnte. Trotzdem stand er auf und begab sich zum Observatorium. An Schlaf war nun nicht mehr zu denken.

Selten hatte er den Sonnenaufgang so sehr herbeigesehnt wie in diesem Augenblick. Noch war alles still und die meisten seiner Mitarbeiter schliefen noch. Um die Zeit nicht ungenutzt verstreichen zu lassen, beschloss er daher, sich seinen Aufzeichnungen zu widmen. Vielleicht gab es ja doch einen Hinweis auf die Vorgänge dort oben. So vertiefte er sich in seine Arbeit. Er las die Chronologie seiner Beobachtungen und da fiel es ihm ins Auge. Da war er, der so lange gesuchte Beweis für seine Behauptung. Wenn es stimmte, was ihm sein Kollege aus Hawaii berichtete, dann gab es tatsächlich eine Verkürzung des Sonnenzyklus! Soltau dachte weiter: Bisher galt, dass die Wissenschaftler alle elf Jahre bei der Sonne eine zunehmende Aktivität feststellten. Der aktuelle Ausbruch aber durfte somit gar nicht geschehen. Er war antizyklisch und damit außerhalb der bisherigen Annahmen. Wenn er nun weiter rechnete, so müsste er Hinweise finden, wonach sich die Zusammensetzung der Heliosphäre, der Photosphäre und die Temperatur in der Korona verändern. Sollte sich dies bestätigen, dann müsste die Sonne pulsieren und damit wäre der Beweis vom Anfang des Endes erbracht. Dann wäre eine wichtige Frage beantwortet, denn pulsierende Sterne gab es zahlreiche im Universum. Sie galten als kosmische Leuchtfeuer. Sie kündeten vom bevorstehenden

Ende eines Sterns. Letztendlich bliebe in einem solchen Falle nur noch die Frage der Zeit zu beantworten.

Wann würde sich die Sonne insoweit verändern, dass sie zu einer echten Gefahr würde?

VAKUUM-TURM-TELESKOP, 12. JULI 2000, 5.20 UHR ORTSZEIT

Der ersehnte Moment war gekommen. Die Sonne stieg endlich über den Horizont und Soltau konnte das VTT in Betrieb nehmen. Sein geübtes Auge fand sofort jene Stelle, von der ihm Dr. Heydback berichtet hatte. Die Sonne schleuderte gigantische Mengen von Materie heraus und der Gasring strahlte hell auf. So schnell es nur ging, begab sich Soltau zu den Strahlungsmessern. Die für einen Laien unverständlichen Zahlenreihen bildeten für ihn einen klaren Beweis dessen, was er vermutet hatte. Die Sonne pulsierte! Wie lange würde der Ausbruch dauern und wann käme der nächste? Soltau wartete gespannt.

Während der nächsten vier Tage verbrachte er, wann immer er konnte, am Gerät. Er ließ sämtliche anderen Verpflichtungen und Vorlesungen verschieben. Das hier hatte erste Priorität. Nach dieser Zeitspanne nahm die Aktivität plötzlich ab. Genauso hatte er es erwartet. Jetzt brauchte er nur noch etwas Zeit, um zu warten, bis es wieder losging.

VAKUUM-TURM-TELESKOP, 11. NOVEMBER 2003

Dreieinhalb Jahre waren vergangen. Während dieser Zeit hatte sich nichts verändert. Die Sonne trat, wie man es berechnet hatte, in eine Ruhephase ein. Als jedoch an diesem Tag der nächste große Ausbruch stattfand, bestätigten sich die Vermutungen aus ihren Berechnungen. Der Zyklus war kürzer geworden, die Spanne zwischen Ruhe- und Aktivitätsphasen um mehr als zwei Drittel kürzer geworden. Das war mehr, als man zunächst vermutet hatte und passte dennoch zum schlimmsten anzunehmenden Fall. Jetzt war klar. Die Wissenschaftler hatten sich bei der Lebensdauer der Sonne um mehr als 1 Milliarde Jahre verrechnet! Ein Fehler, der unverzeihlich war. Eine derartige Fehleinschätzung hätte nicht passieren dürfen. Doch was sollte man nun noch tun? Man konnte es nicht rückgängig machen. Dass die Sonne anfing zu sterben, war unzweifelhaft bewiesen. Das einst in Jülich aufgestellte Modell hatte seine volle Gültigkeit. Der Unterschied lag einzig und allein in der verbleibenden Zeitspanne. Wenn die Entwicklung, so wie sie sich jetzt darstellte, weiterhin fortschritt, dauerte es nur noch wenige hundert Jahre bis zum großen Knall. In der Zwischenzeit aber würde es als Folge der Entwicklung zu immer größeren Ausbrüchen kommen, die ihrerseits zu extremen Auswirkungen für die Erde führen mussten. Es wurde Zeit für die Menschheit, diese Tatsache zu akzeptieren und Maßnahmen zu ergreifen, die ein Fortbestehen des Geschlechts garantierten. Für Soltau war der Zeitpunkt gekommen, erneut in Berlin zu erscheinen.

BUNDESKANZLERAMT, BERLIN, 14. JANUAR 2004

„Ist das der Anfang oder bereits das Ende?", lautete die Frage. Soltau spürte wie ihn die Männer und Frauen ernst und zugleich voller Hoffnung ansahen. Kaum dass er in Berlin gelandet war, hatte man ihn diskret zum Amt geleitet. Nun saß er hier im Konferenzraum und er wusste genau, was man von ihm erwartete. Wie gerne hätte er gesagt, dass es vorbei sei, doch das wäre eine Lüge gewesen. Würde man seiner Einschätzung der Lage Glauben schenken? Sein Gesicht wurde sehr ernst, als er versuchte, die Politiker mit der komplexen Materie, den astronomischen und geologischen Annahmen und Theorien vertraut zu machen.

Alle hörten ihm wie gebannt zu und so berichtete Soltau erneut von dem, was man bisher herausgefunden hatte. Welche Befürchtungen und Auswirkungen der Sonnensturm nach sich ziehen würde, welche Konsequenzen man ziehen musste, um der sich anbahnenden Situation entgegenzutreten. Über eine Stunde dozierte er und als er letztendlich schwieg, herrschte absolutes Schweigen im Raum. Die Stille tat bereits körperlich weh und die Luft vibrierte vor Spannung.

„Maximal 300 – 400 Jahre bis zum Exodus, 50 – 100 Jahre bis das Leben auf der Erde praktisch unmöglich wird. Ab jetzt tickt die Zeitbombe dort oben und keiner kann sie entschärfen. Wenn sie mich fragen, wann sie etwas unternehmen sollen, dann kann ich nur sagen: ab sofort. Die Zeit der Erde läuft ab und das schneller als erwartet. Keiner wird sich dagegen schützen können. Die Ausbrüche werden rasch nacheinander erfolgen. Durch das zunehmende Aufblähen des Gestirns verändern sich die Umlaufbahnen der Planeten. Unsere Atmosphäre wird erhitzt. Dagegen ist die von ihnen ständig angemahnte Luftverschmutzung ein unbedeutendes Nichts. Selbst wenn sie ab sofort die Emissionen auf null reduzieren würden, könnten sie den Anstieg der globalen Erwärmung nicht verhindern. Gegen das, was sie machen können, nehmen sich die Auswirkungen wie ein Streichholz in einem Hochofen aus. Inwieweit sich das Magnetfeld der Erde, die innere Dynamik, Neigungswinkel, geologische und tektonische Gegebenheiten und viele andere Dinge verändern, kann ich ihnen nicht sagen. Ich bin Astronom mit dem Fachgebiet Sonnenforschung. Bedaure, aber Geologie war nur eines meiner Nebenfächer. Fragen sie die Kapazitäten und wenn sie schon dabei sind, ziehen sie Dynamiker, Vulkanologen, Biologen und andere Kräfte der verschiedensten naturwissenschaftlichen Disziplinen zurate. Erst wenn alle ihre Meinung geäußert haben, bekommen wir ein klares Bild von der Lage. Viele der Gebiete greifen ineinander über und ergänzen sich. An ihrer Stelle würde ich nicht lange zögern, sondern eine Expertenkommission zusammenstellen. Nur wenn diese mit allen anderen Spezialisten rund um den Globus in engster Zusammenarbeit, ohne Vorteilnahme des einen oder anderen, sich intensiv berät, bekommen sie die gewünschte Antwort. Das Ganze müsste schnellstmöglich ohne große Bürokratie zum nächstmöglichen Termin vonstattengehen. Wer weiß, vielleicht erleben wir schon morgen den nächsten Schlag. Ich von meiner Person aus kann für nichts mehr garantieren und wage daher auch keine Vorhersage mehr. Zu deutlich hat mir das Erlebte gezeigt, dass wir Menschen uns irren können. Die Zeit ist gekommen, dass wir handeln, denn weiteres Abwarten käme einem Selbstmord gleich."

Der Vorsitzende sah den Professor mit ernster Miene an. Er hatte verstanden. „Also gut, Dr. Soltau. Leiten Sie alles in die Wege. Hiermit ernenne ich Sie zum Leiter des Projekts Dädalus. Sie werden das deutsche Team zusammenstellen. Benachrichtigen Sie, wen Sie wollen. Sie haben vollkommen freie Hand. Wir unsererseits werden für die internationalen Kontakte sorgen. Sie haben vollkommen recht mit ihrer Feststellung, dass es Zeit ist zu handeln. Blinde Vermutungen bringen uns jetzt nicht mehr weiter. Es ist Zeit, die Fakten zu erfahren. Von nun an hat Dädalus für Sie höchste Priorität. Ihre Forschungen auf Teneriffa wird jemand anderes fortführen müssen. Sicherlich kennen Sie jemanden, der in der Lage ist, dies zu tun. Veranlassen Sie alles, was erforderlich ist, damit die Menschheit erfährt, was auf sie zukommt. Vermeiden Sie jedoch, die Öffentlichkeit zu informieren. Dädalus muss streng geheim bleiben, solange es nur eben geht. Wenn es zu weiteren Katastrophen kommt, ist immer noch Zeit, eine Stellungnahme abzugeben."

Mit diesen Worten erhoben sich alle. Die Politiker machten sich daran, ihren Teil der Vereinbarungen einzulösen, während Soltau zum Max-Planck-Institut eilte, um sich mit der neuen Aufgabe vertraut zu machen. Noch ahnte er nicht, dass er eine Herkulesaufgabe vor sich hatte, die ihn schon recht bald an seine Grenzen brachte.

GEBÄUDE DER UN, NEW YORK, 25. AUGUST 2004

Monate waren seit dem Treffen in Berlin vergangen und Soltau hatte von jenem Tage an achtzehn bis zwanzig Stunden gearbeitet. Ein Privatleben gab es nicht mehr, sondern nur noch die gestellte Aufgabe. Wie sollte er an die Experten kommen, die er für seine Abteilung brauchte? Er hatte die Universitäten im Lande nach Fachleuten abgegrast, sich erkundigt, wer auf welchem Gebiet führend war und wo er die jeweilige Person finden konnte. Dabei gab es zahlreiche Hürden zu überwinden, denn viele der angeforderten Experten arbeiteten an Projekten in den entlegensten Winkeln der Erde, ohne Aussicht auf Erreichbarkeit. Um das Problem zu lösen, bat Soltau um die Einrichtung eines Benachrichtigungdienstes. Diese Abteilung hatte nur eine Aufgabe: Das Aufspüren der Männer und Frauen für das Projekt Dädalus. Egal, wo sie auch waren, sie mussten gefunden und so rasch wie möglich in die Heimat geholt werden.

Nun saßen sie alle im größten Raum des Wolkenkratzers, um über das Schicksal der Menschen zu beraten. In unzähligen Gesprächen und Reden wurde zunächst der aktuelle Status besprochen. Erst danach begannen die Experten, laut über eine Rettung zu diskutieren. Doch gab es überhaupt eine Rettung?

War man nicht verdammt, dem Ende sehenden Auges entgegenzutreten? 6 Milliarden Menschen warteten auf diese Antwort. Dabei war man doch klug genug gewesen, die Mitglieder
von Dädalus so unauffällig wie möglich hierher einzuladen.
Oberste Geheimhaltung war angeordnet worden und so waren
sie als einfache Touristen getarnt ins Land gekommen. Niemand außer den Eingeweihten durfte erfahren, dass hier und
heute die Weichen für ein neues Kapitel der Menschheitsgeschichte aufgeschlagen wurde.

Über Tage und Wochen hinweg wurde ein klares Bild von den
Experten erarbeitet, Puzzlestück um Puzzlestück in das Bild
eingefügt. Je mehr Erkenntnisse und Theorien bei den Diskussionen gewonnen wurden, umso klarer wurde das Bild, umso
grausamer die Wirklichkeit. Während sich die Astronomen mit
den äußeren Einflüssen befassten, begannen Geologen, Biologen, Dynamiker, Physiker, Chemiker, aber auch Soziologen,
Volkswirtschaftler und die Fachleute vieler anderer Disziplinen
das neue Bild der Erde zu erstellen. Es galt, eine
Mammutaufgabe zu lösen, an deren Ende nur eine Lösung stehen durfte: Das Überleben der Menschheit oder zumindest Teile von ihr. Eines wurde relativ schnell klar. Die Lebensverhält-
nisse auf der Erde würden sich dramatisch verändern. Wenn
man nicht untergehen wollte, musste sich der Mensch den neu-
en Gegebenheiten entweder anpassen oder untergehen. Diese
Tatsache führte zu einem weiteren Problem. Viele Menschen
würden sich nicht umstellen wollen. Er, das egoistische Lebewesen, dachte oft nur an sein eigenes Wohlbefinden. Genau
diese Tatsache würde in nächster Zukunft zu gewaltigen sozialen Spannungen führen. Die Industrieländer sahen Möglichkeiten, dank ihrer technischen Entwicklung das Leben so weiterzuführen, wie es bisher war. Dabei übersah man, dass es nur
ein Aufschub sein würde. Vielleicht einige Jahrzehnte. Mehr

nicht. Dann würde man auch hier erkennen, dass man gemeinsam auf einem Planeten lebte und es am Ende, wenn der große Knall kam, nichts nützen würde. Wie aber sollte man vorgehen, um die Menschheit vorzubereiten auf das, was da anstand. War Offenheit oder Verschwiegenheit angesagt? Was würde geschehen, wenn die Medien die ungeschönte Wahrheit über die Veränderungen verbreiten würden? Gäbe es eine Massenpanik oder gar einen Krieg? Letzteres war nicht ganz unwahrscheinlich. Jetzt, wo man nichts mehr zu verlieren hatte, galt es, sich die verbleibende Zeit so angenehm wie möglich zu machen.

Am Ende wurde allen klar, dass es zwei Projekte geben musste: Dädalus und Ikarus. Nur auf diese Weise würde es gelingen, dem Menschen eine Zukunft zu geben. Während sich Ikarus ausschließlich mit den natürlichen Veränderungen und der Suche nach einer neuen Heimat für die Menschen beschäftigen würde, käme Dädalus das Problem des menschlichen Verhaltens zu. Fachlich voneinander getrennt sollten beide Aufgaben parallel geführt werden und zugleich dort, wo es gemeinsame Berührungspunkte gab, miteinander verknüpft werden. Nur wenn sich beide Projekte ergänzten, konnte es diese Zukunft geben. Am Ende stellte der Leiter der Konferenz eines ganz deutlich klar. Es galt zu handeln, anstatt zu reden, denn die Zeit würde knapp werden.

SONDE HELIOS III, 25. NOVEMBER 2004
Hier, nahe am Glutofen des Systems, war der nächste Außenposten der Menschheit. Mit der Sonde hatte man eine Möglichkeit gefunden, auch kleine Veränderungen in der Chemie der Sonne festzustellen. Durch ihre besondere Hitzeabschirmung war das Objekt in der Lage, nicht nur sehr nahe an der brodelnden Oberfläche des außer Kontrolle geratenen Sterns zu

operieren, sondern kurzfristig in eine der vielen Protuberanzen einzutauchen. Bei einem solchen Durchkreuzen wurden neben verschiedenen Messungen winzigste Teile des heißen Materials in eine spezielle Kammer an Bord eingesaugt und vollautomatisch auf ihre Zusammensetzung untersucht. Seitdem diese Sonde an vorderster Front stand, hatte man einige der wichtigsten Grundlagen für den Kollaps entschlüsselt. Das theoretische Modell der Jülicher Forscher wurde hier vor Ort nachhaltig bewiesen. Als interessant erwies sich dabei die Tatsache, dass während der Entstehung der Fackel der Wasserstoffanteil übermäßig hoch lag. Mehr als 70 % der herausgeschleuderten Substanz bestand aus Wasserstoffatomen. Der Rest bestand überwiegend aus Silikaten, dem Festmaterial der Sonne. Aber auch hier staunten die Männer und Frauen auf der Erde, denn ihre Festigkeit lag auf der Härteskala bei 9,8. Nur Diamanten höchster Güte erreichten den Wert 10. Bei der mikroskopischen Untersuchung der millimetergroßen Stücke sah man außerdem deutlich, dass die einzelnen Kristalle mit zahlreichen scharfen Kanten und Ecken versehen waren.

Jetzt wurde den Forschern klar, warum ein Sonnensturm solche verheerenden Auswirkungen hatte. Wenn diese Partikel mit fast Lichtgeschwindigkeit in den Raum geschleudert wurden, wirkte jedes Einzelne von ihnen wie ein scharfkantiges Messer, das durch seine enorme Härte jedes andere Material durchschlug. Jeder Ausbruch wirkte wie eine Schrotladung. Alles, was sich den Abermilliarden Teilchen in den Weg stellte, wurde durch sie regelrecht pulverisiert. Bereits diese Tatsache reichte, um genug Schaden anzurichten. Während eines großen Ausbruchs riss der entstehende Sturm noch Unmengen an ionisierten Atomen mit. Diese waren für die moderne Technologie der Erde eine ebenso große Gefahr. Ihre Eigenschaft störte sämtlichen Kommunikationsverkehr, egal ob drahtlos oder durch Kabel. Während kleinere Immissionen fast unbemerkt blieben, reichte schon ein mittlerer Wert, um diese Störungen hervorzurufen. Bei den Sonnenstürmen, wie sie jetzt auftraten, kollabierte das System völlig und fiel über Tage und Wochen aus. Neben dem materiellen Schaden führten die Ionenstürme somit zu volkswirtschaftlichen Problemen. Nachrichten und Daten konnten während und nach dem Sturm nur in schriftlicher Form übermittelt werden. Erst jetzt wurde den Forschern klar, wie vielfältig die komplexen Vorgänge bei einem Sonnensturm waren. Durch ihre wechselseitige Wirkung aus fester und gasförmiger Materie standen sie einem Phänomen gegenüber, das alles, was man kannte, bei Weitem übertraf. Nichts, so wurde rasch klar, konnte es aufhalten, egal, was man auch entwickelte. Es gab keinen Ausweg.

VAKUUM-TURM-TELESKOP AUF TENERIFFA, 12. JANUAR 2007

Drei Jahre waren seit dem Tage vergangen, da man beschlossen hatte, die Zukunft der Menschheit zu sichern. Drei Jahre, in denen die Verantwortlichen damit begonnen hatten, der Menschheit klarzumachen, dass man sich einigen musste, um zu überleben. Noch immer war Soltau der Leiter des Projekts Ikarus. Als Initiator oblag es seiner Verantwortung, alle Informationen auszuwerten, die auf neue Entwicklungen hindeuteten. Er, der so gerne die Sonne betrachtete und sich an den Vorgängen dort oben begeistern konnte, war nun sehr ängstlich, wenn er sein Auge auf die Oberfläche warf.

Die Angst vor dem nächsten großen Ausbruch und deren Folgen war schon schlimm genug, doch noch wesentlich größer war die Hilflosigkeit. Er würde nur die Auswirkungen erkennen, jedoch keinen Schutz anbieten können. Manchmal, wenn er ganz allein in seinem Büro saß, verzweifelte er. Als einziger

Trost blieb ihm, dass er das Ende nicht mehr erleben würde. Sein Schicksal würde ihn gnädig davor bewahren. Schon jetzt hatte er einen Nachfolger bestimmt, Dr. Meier, einen jungen Sonnenforscher, der ihm zur Seite stand. Er würde das fortführen, was er einst begonnen hatte. Ihm würde nach seinem Ende die Verantwortung obliegen. War Dr. Meier stark genug, oder würde auch er eines Tages resigniert den Posten abgeben, da ihm klar wurde, dass er alles verloren hatte? Wer würde in ferner Zukunft jener sein, der den letzten Tag der Menschheit voraussagte und erlebte? All dies Fragen würde die Zukunft beantworten. Die Gegenwart verlangte Lösungen. Deutlich erkannte Soltau, dass man seit der ersten Konferenz damit begonnen hatte, die Weichen zu stellen.

Aus den primitiven Anfängen von Ikarus hatte sich ein gigantischer Mechanismus entwickelt. Die einst so spärlichen Forschungsgelder waren durch gemeinsame Anstrengungen in astronomischem Maße aufgestockt worden. Das größte Problem bei dem Projekt blieb weiterhin die absolute Geheimhaltung. Um jeden Verdacht zu entschärfen, wurden die Mittel für beide Projekte aus den verschiedensten Quellen finanziert. Ohne dass es auffiel, flossen aus den einzelnen Ministerien Gelder ab. Gleichzeitig verteuerten sich einige Waren unmerklich. So konnte der Etat für Ikarus fast vollständig hierüber gedeckt werden. Das Ganze war so verstrickt und vernetzt, dass es selbst Eingeweihten schwerfiel, die Vielzahl von Verknüpfungen zu überblicken. Unbemerkt entwickelten sich beide Projekte weiter.

Mit Ikarus entschlossen sich die Verantwortlichen zur größten Anstrengung in der Geschichte: Die Marsmissionen wurden ins Leben gerufen. Als Gemeinschaftsprojekt propagiert und finanziert sollte der Menschheit die unbedingte Notwendigkeit nahegebracht werden. Innerhalb von nur 10 Jahren, so die offizielle Version, sollte ein Mensch den Roten Planeten betreten. Unter Ausnutzung der Medien wurden die Menschen in den Zustand der Euphorie für das Projekt versetzt. Wie lange schon gab es diesen Traum? Endlich würde der Mensch den ersten wirklichen Schritt ins All wagen. Offen gab man zu, dass es nicht billig würde, diese Utopie zu realisieren. Trotz vieler Skepsis über den Nutzen, fanden sich mehr Befürworter als Gegner. Der Mars als zweite Heimat des Menschen? Was für Aussichten. Wie aber würde der Mensch mit den lebensfeindlichen Bedingungen dort zurechtkommen?

Als Anfang 2004 die ersten Sonden ihr Ziel in 60 Millionen Kilometern Entfernung erreichten, sahen die Menschen erstmalig die neue Umgebung. Da gab es keine Wälder und Flüsse. Nur karges Gestein in einer vertrockneten Landschaft. Öder konnte kein Platz im Universum sein. Und hier sollte der Mensch nun leben? Niemals. Doch auch hier entwickelten die Wissenschaftler eine Lösung.

„Terraforming" hieß das Zauberwort. Hinter diesem Schlagwort verbarg sich die Umwandlung der Felsbrocken in eine für Menschen geeignete Umwelt. Als Erstes musste die Zusammensetzung der Atmosphäre verändert werden. Zu diesem Zwecke wurden gewaltige Trägerraketen mit Co^2-Gasen bestückt. Dieses als Treibhausgas bekannte Gemisch wurde zum Mars geschickt, um dort die trockene, kalte Luft künstlich zu verschmutzen. Der einst so klare Blick auf die Oberfläche würde sich verändern, sobald die Konzentration der Gase hoch genug war. Als positiver Nebeneffekt würde die Durchschnittstemperatur um mindestens 10 Grad steigen. Wenn alles so lief, wie man es erwartete, würden sich kleine Eiskristalle bilden, aus denen wiederum Wolken wurden, die irgendwann abregneten. In der normalen Planungsphase würde es von der ersten Injektion bis hin zum ersten Niederschlag gut 50 bis 60 Jahre dauern. Diese Zeit aber hatte die Menschheit nicht mehr.

Unter dem Zeitdruck beschleunigte man nun die äußeren Einflüsse derartig, dass spätestens nach 10 Jahren der Effekt eintreten würde. Somit blieb zur Besiedlung genügend Zeit, um vielen Menschen ein neues Zuhause zu bieten. Alles würde glattgehen, solange nur die Sonne mitspielte. Gleichzeitig wurden im Rahmen des Projekts weiteren Plätze gesucht, denn der Mars sollte nur eine Option für das Überleben sein. Je mehr Orte weit fort aus dem Einflussbereich des untergehenden Sterns, umso besser. Außer Mars sollten die Monde des Saturn als mögliche Heimstatt für die Menschheit untersucht werden. Hier hatten Ende des 20. Jahrhunderts Sonden große Wasservorkommen entdeckt. Ihre Erschließung und Umwandlung würde zwar aufwendiger als die des Roten Planeten, dennoch würde es geschehen. Es galt nur noch zu handeln. Ikarus begab sich in die nächste Phase, den Auszug der Menschheit.

Einige Unternehmen bekamen plötzlich vorsichtige Anfragen, ob sie in der Lage wären, größere Mengen von Kohlendioxid zu liefern. In den Führungsetagen dachte man zunächst an einen schlechten Scherz, doch dann kamen ganz offizielle Anfragen aus Regierungskreisen. Nun wurde klar, dass es sich um konkrete Aufträge handeln würde. Über Jahre hinweg hatte man sich bemüht, den Ausstoß dieser Gase deutlich zu reduzieren und nun das. War man vom Plan der Luftverschmutzung abgerückt? Doch nein, denn in der Anfrage standen klare Angaben. Die Regierungen wollten das Gas in einer leichten, aber stabilen Hülle geliefert bekommen. Dabei wurden klare Abgrenzungen der Hüllen angegeben. Es sollte in Aluminiumzylindern von jeweils 50 Metern Höhe und 7 Metern Durchmessern geliefert werden. Diese wiederum mussten an einen bestimmten Ort, in der Nähe der großen Startrampen, wie Kourou, Cape Canaveral als auch Baikonur geliefert werden. Nur von hier aus konnten die Behälter zunächst in einen erdnahen Orbit befördert werden, wo sie miteinander verbunden wurden. Hier in der Schwerelosigkeit konnten so Gebilde geschaffen werden, die Tausende von Metern Länge hatten. Jeweils 30 der Zylinder wurden so miteinander verkoppelt und mit einem Treibsatz versehen, der sie zum Mars beförderte. Mit dem ersten Start einer solchen Einheit am 02. Januar 2008 leitete man das Projekt endgültig ein. Da es sich um unbemannte Flugkörper handelte, brauchte man hier keinerlei Rücksicht auf die Beschleunigungswerte zu nehmen. In kürzester Frist erreichte man eine Geschwindigkeit, die 4-mal höher lag als bei einer bemannten Mission. Die ersten Projektile schlugen bereits im April in ihren Zielgebieten auf dem Mars auf. Hier brachen die Hüllen der Behälter und setzten die Gase frei. Von nun an ging fast täglich eine Staffel auf Reisen. Der Rote Planet erlebte eine erste Invasion.

VTT, 15. März 2009, 14.23 Uhr Ortszeit
FÜR DEN HEUTIGEN TAG ERWARTETEN ER UND SEIN STAB EINEN WEITEREN AUSBRUCH DORT OBEN. OBWOHL MAN WUSSTE, DASS ER KAM, HOFFTE MAN INSTÄNDIG, DASS ER AUSBLIEB, UM DEN ZYKLUS ZU UNTERBRECHEN. SEIT STUNDEN SAß DER GESAMTE STAB VOR DEN BEOBACHTUNGSSCHIRMEN. IN DEN LETZTEN TAGEN HATTE SICH DER ZUSTAND DER SEKTION NOCH DRASTISCHER VERÄNDERT, ALS MAN ZUNÄCHST ANGENOMMEN HATTE. SELBST OHNE OPTISCHE HILFSMITTEL KONNTE MAN DEN SONNENFLECK VON DER ERDE AUS BEOBACHTEN. ES SCHIEN, ALS HÄTTE DIE SONNE EINEN RISS. EIN LANGER, SCHWARZER, OVALER STREIFEN ZEIGTE DEN BEREICH AN.

Als die Sensoren den Anstieg verkündeten, registrierten es die Wissenschaftler. Sie konnten nur zusehen und abwarten, was geschah. Es galt nur noch zu beobachten und die Auswirkungen weiterzuleiten, mehr konnten sie nicht tun. Während der nächsten drei Tage schickte die Hölle am Himmel gigantische Mengen an solarer Materie ins All. Dann klang die Eruption wie erwartet ab.

„Es geschieht", stellte Soltau nüchtern fest. Tatsächlich brach die Zone in sich zusammen. Ein Gebiet, zehnmal größer als die Erde stürzte ein und am Teleskop konnten die Wissenschaftler zum ersten Male seit langer Zeit tief ins Innere des Gestirns sehen. Wie der Krater eines Vulkans spie die Sonne Millionen von Tonnen superheißer Materie aus. „Koronenfilter", befahl Soltau hektisch. Die Sonnenscheibe wurde abgedeckt und der Gasring sichtbar. Die Feuerzunge raste hinaus. Um ihre tatsächliche Größe zu sehen, wurde auf eine geringere Vergrößerung umgeschaltet. Die Sonne wurde kleiner, aber noch immer stand die Glutfackel am Rande der runden Sichtscheibe. „Noch kleiner", wünschte sich der Wissenschaftler. Erst langsam deutete sich an, dass die Fackel ihre Explosionsenergie aufgebraucht hatte und sich nicht weiter ausbreitete. 25 Millionen Kilometer über der Oberfläche kam sie zum Stillstand.

Der entstandene Sonnensturm raste weiter, unvorstellbare Energiemengen trafen Merkur. Anschließend wurde Venus der vernichtenden Welle ausgesetzt. Die schützende Hülle des Planeten leuchtete grell auf. Es schien, als würde der Planet um Hilfe funken, doch niemand konnte ihn hören. „Jetzt geht es uns an den Kragen", stellte Soltau fest. Seit dem Ausbruch waren gerade mal 3 Minuten vergangen. Da das Licht schneller als der Sturm war, gab es eine gewisse Zeitdifferenz zwischen beiden. Als der Ionensturm die Erde erreichte, prasselten Milliarden und Abermilliarden glutheißer Teilchen in die Lufthülle, was zu gigantischen Blitzen führte, die von Polarlichtern nie gekannter Intensität begleitet wurden. Das Magnetfeld der Erde geriet in Unordnung, sämtliche Satelliten gaben kurzfristig ihren Dienst auf. Es schien, als hätte jemand eine überdimensionale Atombombe im All gezündet und so die Störung hervorgerufen. Der Himmel leuchtete in allen Farben des Prismas. Die Menschen sahen verängstigt zum Himmel. Was war das? Doch es gab keine Antwort. Sämtliche Kommunikationsmittel versagten ihren Dienst und selbst die sicheren drahtgebundenen Systeme blieben nicht verschont.

NOCH SCHLIMMER TRAF ES DEN TRABANTEN. DER MOND WAR OHNE EINE SCHÜTZENDE GASHÜLLE DEM ENERGIESTURM NICHT GEWACHSEN. ALS DIE WELLE IHN ERREICHTE, ERLEBTE LUNA EINEN KOSMISCHEN STURM, WIE ER SEIT MILLIONEN VON JAHREN NICHT MEHR DA GEWESEN WAR. DER SONNENSTURM FÜHRTE MILLIARDEN KLEINSTER STAUBKÖRNCHEN MIT SICH, DIE EINZELN FÜR SICH BETRACHTET KEINEN GROßEN SCHADEN ANRICHTEN KONNTEN. DIE GESAMTZAHL DER NIEDERGEHENDEN PARTIKELN HINGEGEN HATTE SEHR WOHL DIE KRAFT, DAS AUSSEHEN DES MONDES ZU VERÄNDERN. WIE EIN GIGANTISCHES SCHLEIFBAND SCHMIRGELTEN DIE TEILCHEN EINIGE DER HOHEN ERHEBUNGEN EIN. GANZE KRATERRÄNDER WURDEN EINGEEBNET. EINEM SANDSTURM GLEICH SCHOB SICH DIE WELLE DER TEILCHEN ÜBER DIE MONDOBERFLÄCHE. AUF DER ERDE KANNTE MAN SANDSTÜRME SEHR WOHL, DOCH AUF DEM MOND WAREN SIE FEHL AM PLATZE, DENN HIER GAB ES KEINE ATMOSPHÄRE UND SOMIT AUCH KEIN KLIMA. WÄHREND SO DER KOSMISCHE STURM ÜBER UNSEREN TRABANTEN HINWEG ZOG, KAM ES SELBST FÜR DEN LAIEN ZU EINEM NICHT MEHR ZU ÜBERSEHENDEN SIGNAL, DENN DIE SONST KLAREN STRUKTUREN AUF DER OBERFLÄCHE WURDEN DURCH DIE STAUBWOLKE VERDECKT. DER MOND

KONNTE NICHT MEHR BETRACHTET WERDEN. ES SCHIEN, ALS HÄTTE JEMAND EIN LEICHENTUCH ÜBER IHN GEDECKT, UM SO DIE EREIGNISSE ZU VERBERGEN. TAGE VERGINGEN UND ALS DIE MENSCHEN DEN MOND WIEDER BETRACHTEN KONNTEN, SAH ER VOLLKOMMEN ANDERS AUS ALS VOR DEM EREIGNIS. VIELE BER-GE UND KRATER WAREN VERSCHWUNDEN. SELBST DER WUNDER-SCHÖNE KRATER KOPERNIKUS WAR AUFGESCHÜTTET WORDEN UND VERSCHWUNDEN. ALLE BISHERIGEN MONDKARTEN HATTEN NACH DIESEM EREIGNIS IHRE GÜLTIGKEIT VERLOREN. DIE KAR-TEN MUSSTEN NEU ERSTELLT WERDEN.

Mit den drastischen Veränderungen auf dem Trabanten sahen die Befürworter einer Siedlung auf dem Mond eine Vision zerstört. Sie, die immer davon träumten, eine neue Welt in Sichtweite der alten Heimat zu erschaffen, mussten nun einsehen, wie verletzbar gerade diese Nähe war. Hätte man ihrer Forderung nach dem Bau der ersten Siedlungen Folge geleistet, wäre nun nach dem verheerenden Sturm alles umsonst gewesen. All die Entwicklungskosten, die Zeit für die Besiedlung, der Ausbau der Station wären mit dem Sturm hinweggefegt worden. So nahm man mit dem Abklingen der Erscheinung endgültig und für immer Abschied vom Projekt Luna.

WÄHREND DER SONNENSTURM ANHIELT, STRAHLTE DER VAN-ALLEN-GÜRTEL RUND UM DIE ERDE HELL AUF. DAS LICHT WAR SO HELL, DASS SELBST DIE GRÖSSTEN OBJEKTE WIE DIE PLANE-TEN JUPITER UND SATURN ÜBERSTRAHLT WURDEN. NICHTS AU-ßER DEM LICHT WAR ZU SEHEN. ZWEI VOLLE TAGE HIELT DER STURM AN, EHE ER LANGSAM ABFLAUTE.

WEITERE SIEBEN TAGE SPÄTER WAREN DIE MEISTEN TELEFON-NETZE UND VIELE DER SATELLITEN WIEDER IN BETRIEB. EINIGE HATTEN DEN STURM ALLERDINGS NICHT ÜBERSTANDEN UND WA-

REN VON IHREN UMLAUFBAHNEN ABGEKOMMEN. ALS WELT-
RAUMSCHROTT STÜRZTEN SIE ENTWEDER IN DIE ERDATMOSPHÄ-
RE UND VERGLÜHTEN ODER WURDEN VON DER ENERGIEWELLE
MIT FORTGERISSEN, UM AUF NIMMERWIEDERSEHEN ZU VER-
SCHWINDEN. FÜR DIE RAUMSTATION ISS GAB ES KEINE GEGEN-
WEHR. SIE WURDE VON DEM STURM REGELRECHT ZERRISSEN
UND STÜRZTE IN DEN PAZIFIK. DAS EINSTIGE PRESTIGEOBJEKT
UND ERSTES ZEICHEN INTERNATIONALER ZUSAMMENARBEIT
EXISTIERTE NICHT MEHR. GOTT SEI DANK GAB ES KEINE OPFER,
DENN DIE STATION WAR BEREITS MIT DER ANKÜNDIGUNG DES
STURMS VOLLKOMMEN EVAKUIERT WORDEN.

Erst als man das vollkommene Ausmaß der Katastrophe erkannte, war klar, dass man von vorn anfangen musste. Normalerweise hätte man nun jahrelang planen und konstruieren können, doch in der momentanen Situation blieb hierfür keine Zeit.
So wurde improvisiert, denn die ISS war mehr als nur ein be-
mannter Satellit gewesen. Durch die Entwicklung bedingt, war
sie als Startbasis für Flüge zum Mars und Mond aufgerüstet
worden. Eine regelrechte Werft für Raumschiffe war entstanden. Hier, in der Schwerelosigkeit, konnten selbst kühnste
Konstruktionen von gigantischen Ausmaßen zusammengesetzt
und gestartet werden, da man die Antriebsenergie für den Start
einer erdgebundenen Rakete vergessen konnte. Das wiederum
erhöhte die Nutzlast der Raumschiffe um ein Vielfaches. Das
Aussehen der Schiffe hatte sich verändert. Aus den einst spit-
zen und schlanken Geschossen waren klobige nur auf Nutzlast
getrimmte Transporter geworden, an deren Heck Antriebe ge-
koppelt wurden, die äußerlich nichts mehr mit den ersten
Treibsätzen aus dem Beginn der Raumfahrt gemein hatten,
außer dem Zweck, das Schiff so rasch wie möglich auf die erforderliche Fluchtgeschwindigkeit zu bringen.

All das aber war Vergangenheit, seitdem ISS nicht mehr war. Um so rasch wie möglich einen neuen Stützpunkt im Orbit zu haben, hätte man die Station nach den alten Plänen rekonstruieren und neu bauen können. Doch wäre dieser Weg wenig sinnvoll. Der Sonnensturm hatte deutlich die Schwächen der ISS aufgezeigt. Sie war trotz ihrer für den Laien modern anmutenden Konstruktion dem Sturm nicht gewachsen gewesen. Ihre Oberfläche war zu groß und das hatte letztendlich ihr Schicksal besiegelt. Um die neue Station vor einem ähnlichen Untergang zu bewahren, wurde ein neuer Weg beschritten. Autarker Sektionsverbund hieß die neue Devise. Es wurden einzelne Teile gebaut, die über Verbindungstunnel und Klammerringe miteinander verbunden wurden. So entstanden zahlreiche Einzelteile, die man beliebig miteinander verbinden konnte. Im Notfall konnten diese Zellen in kürzester Zeit voneinander getrennt werden, da jedes Modul über einen eigenen Antrieb verfügte. Hierdurch wurde die Gesamtoberfläche der Station auf ein Minimum reduziert. Die Wahrscheinlichkeit des Totalschadens wurde verringert. Zwar würde die eine oder andere Zelle so nicht dem Verlust entgehen, doch das war immerhin besser, als eine ganze Station zu verlieren. Außerdem konnten so Teile ausgetauscht werden, ohne dass man jedes Mal die Gesamtheit der Einheit verändern musste. Das System wurde flexibel und zugleich variabel. Jedes Segment war ja an jeder gewünschten Stelle positionierbar. „Ein Ganzes doch zugleich nur ein Teil." Diese Vision wurde mit der neuen Station zur Wirklichkeit. Einzig allein die Verbindungen waren einheitlich. Jedes Segment konnte sein ganz eigenes Aussehen und seine individuelle Funktion haben, ein System, wie es sich die Wissenschaftler immer erträumt hatten. Mit der neuen Station, die binnen eines halben Jahres am Himmel entstand, erfüllte sich eine Vision der Wissenschaftler.

BODENKONTROLLSTATION PASADENA, USA
15. AUGUST 2009, 9.10 UHR MEZ

Gespannt wartete man auf den Start des Kundschafters. In der Not hat man rasch gehandelt. Nun, wo allen klar wurde, wie ernst die Situation war, gelang es erstmalig, die wissenschaftlichen Ressourcen aller Staaten zu vereinen. In einer beispiellosen Aktion hatte man im Eilverfahren ein Projekt aus dem Boden gestampft, das unter dem Namen „Last Hope" stand. Das Endergebnis stand nun zum Start bereit und wartete darauf, dass es auf seine lange Reise zum Saturn gehen konnte. Das mehrstufige Raketenmonster von 150 Metern Höhe sollte in der Lage sein, die Reise von mehr als 1,3 Milliarden Kilometern in kürzester Zeit zu bewältigen.

Brauchte Pionieer XI noch 7 Jahre bis zum Planeten der Ringe, so wollte man diese Zeitspanne um mehr als die Hälfte verkürzen. Dafür musste eine direkte Flugbahn ohne Umwege gewählt werden, was bedeutete, dass man auf die Begegnung mit Jupiter verzichtete. Die Berechnungen sahen vor, dass spätestens Mitte 2011 der Planet und seine Monde erreicht wurden. Hier sollte die „Last Hope" ein halbes Jahr mit Erkundungen und einem Landeteam tätig sein, um nach Überlebensmöglichkeiten zu forschen. Bei einer erfolgreichen Mission würde man unverzüglich eine erste bemannte Mission in das Gebiet schicken. Seine Aufgabe wäre es, eine erste Siedlung dort aufzubauen, eine industrielle Nutzung der Bodenschätze zu erkunden und Fläche für eine umfangreiche Besiedlung zu erkunden.

Als die gigantische Rakete langsam und mit riesigem Getöse die Startrampe verließ, nahm sie die Hoffnung all jener mit sich, die an ihrer Entwicklung mitgearbeitet hatten. Die erste Etappe führte den unbemannten Botschafter hinauf zur neu erschaffenen Raumstation. Hier wurde sie mit zusätzlichen

Antriebsraketen und weiteren Ausrüstungsgegenständen, die zur Erkundung benötigt wurden, ausgestattet. Die zusätzliche Bestückung hier oben im Orbit erlaubte eine enorme Gewichtsersparnis, denn für jedes Gramm Nutzlast hätte zusätzliche Startenergie aufgewendet werden müssen. In der relativen Schwerelosigkeit spielte das keine Rolle mehr. Hier musste nur noch die Masse in Bewegung gesetzt werden. Gleichzeitig erfolgte eine erneute Betankung des Schiffes. Nach gut 3 Tagen war alles bereit, um Last Hope auf seine mehr als 2 Milliarden Kilometer zu schicken.

Vorsichtig, wie ein rohes Ei, entfernten sich die beiden Objekte voneinander. Als der Abstand 20 Kilometer betrug, zündete das Haupttriebwerk. Ein Feuerstrahl am Heck des Schiffes erschien. Er würde das Geschoss von 28.000 auf über 100.000 Kilometern pro Stunde beschleunigen. Zwei Stunden lang sollte es nun brennen und dabei knapp 25 Prozent des mitgenommenen Treibstoffs verbrauchen. Der Rest würde für den Eintritt in die Umlaufbahn um den Saturn als auch für Manöver im Zielgebiet benötigt.

Nachdem die Rakete erfolgreich auf seine Flugbahn zur neuen Heimat der Menschheit gebracht worden war, konnte man nur noch abwarten, bevor der nächste Schritt von Ikarus getan werden konnte. In der Zwischenzeit würde man jedoch nicht untätig sein, denn schließlich gab es noch den Mars. Hier war man schon wesentlich weiter. Die Sonden hatten positive Nachrichten übermittelt. Noch während Last Hope sich auf den Weg machte, begannen die Vorbereitungen für den Start der „New Hope"-Mission. Auch hierfür musste ein Trägersystem mit entsprechender Ausrüstung ausgestattet werden. Im Unterschied zur Mission zum Saturn sollte dieses Raumschiff länger an der Raumstation verbleiben. Hier würde ein komplexes

Ökosystem angedockt, denn erstmalig sollten Menschen mit auf die Reise gehen. Um ein Überleben für mehrere Jahre zu garantieren, wurde dem Träger eine zusätzliche Nutzlast angeheftet. Neben Lande- und Versorgungseinheiten stand den ersten Menschen auf dem Mars ein komplettes Materiallager zur Verfügung. Dieses sollte zunächst in der Umlaufbahn des Roten Planeten verbleiben, um von dort aus jederzeit das benötige Material abrufen zu können. In kleinen Containern käme es zur Oberfläche. Ziel war es, so rasch wie möglich eine geschützte Biosphäre zu errichten. Sobald die überlebensfähige Umgebung zuverlässig arbeitete, sollten die ersten echten Umsiedler auf die Reise geschickt werden, um auf dem Mars ein neues Leben zu beginnen. Ihre Aufgabe wäre es, das erste Team so gut wie möglich zu unterstützen und die Basis weiter auszubauen, damit die nächste Gruppe folgen konnte. In einer Art Schneeballsystem würde so der Mars für menschliche Bedürfnisse kultiviert und besiedelt. Prognosen zufolge sollten hierfür maximal 10 im schlimmsten Falle 20 Jahre vergehen, bevor der Mars zur zweiten Erde würde.

Die Reise selbst würde knapp ein Jahr dauern. Eine Verkürzung durch höhere Beschleunigung war nicht möglich, ohne den menschlichen Organismus zu gefährden. Die Kräfte während der Beschleunigungs- und Bremsmanöver mussten so weit wie möglich minimiert werden. Mit dem Start von New Hope am 15. Juni 2009 endete die erste Phase des Auszugs der Menschheit. Erst in knapp eineinhalb Jahren war man in der Lage, den nächsten Schritt zu tun. Bis dahin konnte man nur beobachten und hoffen, dass die Sonne mitspielte und sich ruhig verhielt.

Ganz anders sah es beim Projekt Dädalus aus. Hier begann man mit den Vorbereitungen für das Überleben der Menschen. Das Hauptproblem der gewaltigen Aufgabe war klar umrissen:

Man wollte so viele Menschen wie möglich umsiedeln. Bei mehr als 6 Milliarden Menschen ein aussichtsloses Unterfangen. Doch auch hier fand man rasch eine erste Lösung. Die Bevölkerung musste langsam aber stetig reduziert werden, was in erster Linie eine sofortige Senkung der Geburten verlangte. „Ein Kind pro Familie" war daher das oberste Gebot der Stunde. Man hoffte, in der verbleibenden Zeit die Bevölkerungsdichte unter eine Milliarde zu drücken. Doch selbst das würde nicht reichen, denn die neuen Domizile für die Menschen waren auf maximal eine halbe Milliarde Menschen ausgelegt und selbst dann würde es an den verschiedenen Plätzen eng.

Für die Bevölkerung der Industrieländer war das Unternehmen kein allzu großes Problem, da hier die meisten Paare entweder gar keine beziehungsweise maximal zwei bis drei Kinder hatten. Ganz anders sah die Situation in den verbleibenden Gebieten aus. Hier war man seit Hunderten von Jahren an sieben und mehr Kinder gewöhnt. Sie waren der Garant für das Überleben. Als nun die Verordnungen ergingen, gab es rasch tumultartige Szenen. Die einfache Bevölkerung verstand nicht, warum man plötzlich nur ein Kind haben durfte. Viele Familien gingen dazu über, das zweite oder gar dritte Kind einfach nicht zu melden. Es entwickelte sich eine Grauzone, denn die Strafen gegen das Verbot waren drastisch. Selbst als man den Frauen und Männern eine kostenlose Sterilisation anbot, veränderte sich nichts. So wuchs gerade hier die Bevölkerung gegen den Trend weiter an. Dass man ihre Nachkommen in den sicheren Untergang schickte, konnte niemand ahnen.

Langsam begannen die Maßnahmen des Projekts sich auf der Erde auszuwirken. Zwar würde es immer noch sehr lange dauern, bis man auch nur annähernd die gesteckten Ziele erreichen würde, aber der erste Schritt war getan. In den Großstätten der

Industrieländer konnte man als Erstes die Auswirkungen feststellen. Die Einwohnerzahlen nahmen bereits nach weniger als
5 Jahren deutlich ab. Das lag zum Großteil an der Überalterung
der Menschen, die dank optimaler medizinischer Versorgung
immer älter wurden. Die durchschnittliche Lebenserwartung
von 85 Jahren traf auf fast ein Drittel der Bewohner zu. Mit
ihrem Sterben reduzierte sich das Alter drastisch. Lag es vor
den ergriffenen Maßnahmen bei knapp 55 Jahren, stellten die
Statistiker eine Verjüngung um gut 20 Jahre fest, wobei sich
der Großteil im Altersbereich von 25 bis 45 befand. In den
nächsten 30 Jahren sollte auch diese Gruppe zu jenen zählen,
denen man eine Auswanderung verwehren würde. Für zu alte
Menschen gab es einfach keinen Platz!

RAUMSCHIFF „NEW HOPE", 1. AUGUST 2010, 7.33 UHR MEZ

Die lange Reise von der Erde zum Roten Planeten war beendet.
Kapitän Fletcher zündete die Bremstriebwerke des stählernen
Giganten, um in die Umlaufbahn einzuschwenken. Da war sie
nun, die neue Heimat der Menschheit. Hier, auf diesem trostlo-
sen roten Felsbrocken, sollte man das große Werk beginnen.
Während die New Hope den Planeten umkreiste, entdeckte die
Crew an einigen Stellen Veränderungen. Lokale Wolkengebil-
de trübten den Blick auf die Oberfläche. Sie waren das Ergeb-
nis menschlichen Eingriffs. Die in Unmengen abgeworfenen
Zylinder mit Treibhausgasen zeigten ihre Auswirkungen. Als
man die Temperatur in den Gebieten prüfte, stellten die Biologen einen deutlichen Anstieg fest. Vor der Injektion mit Co^2-
Gasen lag sie bei durchschnittlich 5 Grad Celsius. Die aktuelle
Messung ergaben mehr als 10 Grad, was einer Verdopplung
entsprach. Selbst außerhalb der betroffenen Zonen stieg der
Wert langsam.

Hier war der Unterschied zwar nicht so groß, aber dennoch messbar. Es schien, als ob der Weg frei wäre.

Um sicher zu gehen, setzte man vor der eigentlichen Landung einige unbemannte Sonden direkt in den Zielgebieten ab. Sie sollten die exakte Zusammensetzung der Gase und die Auswirkungen auf die Bodenbeschaffenheit zur Station melden. Schließlich wollte man keine bösen Überraschungen erleben. Wer wusste denn schon, was an Leben, und sei es noch so klein, dort existierte? Wie reagierten sie auf die veränderten Lebensbedingungen? Man erwartete zwar keine großen Lebensformen, doch selbst unbekannte Pflanzen, oder Bakterien konnten für das Landeteam eine nicht unerhebliche Gefahr bedeuten.

Drei Tage vergingen, in denen die Sonden Werte lieferten. Erst danach entschloss man sich zur Landung. Anscheinend bestand keine Gefahr. Einzig allein der äußerst geringe Sauerstoffgehalt verlangte nach einer hermetisch abgeschlossenen Umwelt. Als am 15. August 2010 das Gefährt in der Äquatorzone aufsetzte, ging ein Traum in Erfüllung. Der Mensch nahm Besitz vom Roten Planeten.

STATION FIRST STEP IN DER NÄHE DES MARSÄQUATORS AM 16. AUGUST 2010. FRÜHER MORGEN ORTSZEIT
Phil Morgen und seine Mannschaft wurden sich des historischen Moments bewusst, als ihr Landegerät sanft auf der ebenen Fläche aufsetzte. Wie lange hatten er und seine acht Begleiter auf diesen Augenblick gewartet? Nun war man am Ziel. Phil sah aus den Fenstern des Fahrzeugs. Rund um ihn herum leuchtete die Landschaft in allen nur möglichen Rotfarben. Kein Baum, kein Strauch war zu sehen. Nur diese auf ihre Art

geheimnisvolle Ödnis. Ein beklemmendes Gefühl machte sich breit, als er realisierte, dass er nicht in irgendeiner Wüste auf der Erde, sondern mehr als 60 Millionen Kilometer auf einem anderen Planeten war. Im Notfall konnte ihm nur das Raumschiff im Orbit helfen, eine nicht gerade hilfreiche Aussicht.

„Es ist so weit", hörte er hinter sich eine weibliche Stimme. Sie riss ihn aus seinen Gedanken. Ja, es war so weit. Man musste mit der gestellten Aufgabe beginnen. Für Gefühle war jetzt keine Zeit. Der Zeitplan sah zunächst die Errichtung einer ersten Wohn- und Arbeitszelle vor. Die ersten Teile waren mit ihnen zusammen gelandet. Phil setzte den Bohrer an der Außenhaut des Gefährts in Betrieb und bohrte ein erstes Loch in den Boden. „Der erste Eingriff direkt vom Menschen", dachte er. Ohne Probleme drang der Bohrer tiefer. Die erforderlichen drei Meter Tiefe waren binnen einer halben Stunde erreicht. Dabei war man sehr vorsichtig zu Werke gegangen, um das kostbare Gerät nicht zu sehr zu strapazieren. Der Rover, so nannten sie ihre Landeeinheit, bewegte sich auf seinen Ketten einige Meter vorwärts. Hier bohrte man erneut ein Loch in den Boden. Auf diese Weise entstanden 36 Bohrungen in einem Umkreis von 15 Metern. Nun fuhr das Gerät zurück zum ersten Loch.
Der Greifer holte eine erste blitzende Stange aus Aluminium aus dem außenbords angebrachten Container. Diese Stangen waren jeweils 4 Meter lang und an einem Ende mit Schraubgewinden versehen. Nach einem genauen Bauplan wurden sie miteinander verbunden und es entstand eine Art Gerüst, das kreisrund war. „Wie ein Zirkuszelt", dachte Phil, als das Gerüst stand. Er hatte nicht ganz unrecht, denn es hatte tatsächlich die Form eines Zeltes.
Als Nächstes wurde nun der Boden mit dünnen Platten aus Aluminium ausgelegt. Wo sich die Platten berührten, sorgte ein

spezieller Klebstoff, der auf die Marsbedingungen abgestimmt war, für den sicheren Verbund. Auch zu den Stangen hin erfolgte so eine sichere, aber vor allem dichte Verbindung. Darüber wurde es Mittag und die Sonne erreichte ihren höchsten Stand. Jetzt war das Licht so grell, dass man nur noch mit Sonnenbrillen etwas sehen konnte. Phil überschaute seinen Zeitplan. Es würde eng werden, stellte er fest, denn noch bevor die Sonne hinter dem Horizont verschwand, sollte diese erste Zelle stehen. So entschloss er sich, ohne Pause weiterzuarbeiten. Nur der Rest seiner Mannschaft konnte sich ausruhen, denn ihm allein oblag die Errichtung dieser menschlichen Behausung. Seine Mitstreiter würden erst nachdem er seinen Part erledigt hatte ihren Aufgaben nachkommen. Das würde frühestens am nächsten Morgen geschehen, wenn die Basis stand.

Mithilfe des Computers nahm der Kran ein großes Paket vom Dach des Rovers, die Hülle der Station. Ganze 5 Millimeter Dicke sollten den Menschen vor seiner noch feindlichen Umwelt trennen. 5 Millimeter Aluhaut entschieden über Leben und Tod. Wehe, wenn man einen Materialfehler übersehen hatte. Es konnte zum Scheitern der Mission führen.

Der Kran fuhr aus und hob das Paket über die Spitze des Gerüstes. Per Funk löste Phil wie gelernt die Haltestreifen des Pakets. Mittels einer Druckluftpatrone im Zentrum des Pakets entfaltete es sich zu einem überdimensionalen Regenschirm, der sich wie ein dunkler Nebel langsam über die Stangen legte. Phil zog den Kran ein, denn der Rover sollte innerhalb der Behausung eine eigene Basis für den Notfall bilden. Langsam senkte sich das Gebilde immer tiefer und umschloss das Gerüst und das Gefährt. Die Ränder legten sich um die Kanten der Aluplatten und verklebten sich, kaum dass sie einander berührten. Diese Technik war in jahrelanger Arbeit auf der Erde entwickelt worden. Der spezielle Kontaktkleber funktionierte wie erwartet. Drei Stunden später stand die erste menschliche Behausung auf dem Mars. Phil öffnete die zahlreichen Sauerstoffpatronen an der Außenseite des Gefährts, um so eine auf menschliche Bedürfnisse ausgerichtete Umgebung zu schaffen. Während das Gas entwich, konnte der Kommandant nur überwachen. Langsam aber sicher zeigten die Messgeräte wie aus der feindlichen Umwelt ein lebenswerter Raum entstand, der genügend Sauerstoff und Wärme für Morgan und seine Mannschaft enthielt.

Als Luftdruck, Sauerstoffgehalt und Wärme den geplanten Werten entsprachen, ließ Morgan noch eine weitere Stunde vergehen, um sicher zu sein, dass die Behausung dicht war. Erst danach informierte er die anderen. Andächtig öffnete er die Luke am Dach des Gefährts. Es zischte leicht, als der Druckausgleich stattfand. Dann war es soweit: Phil Morgen stand als erster Mensch am 16. August des Jahres 2010 um 18.45 Uhr MEZ auf dem Mars. Er, Phil Morgen, 27 Jahre alt, aus einem unbedeutenden Nest in der Nähe von Los Angeles, war jener Pionier, der diesen Schritt tat. Das würde in die Geschichtsbücher eingehen. Er überlegte und sah die Ahnenreihe jener Männer vor sich, an deren Spitze er nun stand. Da war Orville Wright mit ihrem ersten Motorflug am 17. Dezember 1903, Charles Yaeger der am 14. Oktober 1947 als erster Mensch schneller als der Schall flog und natürlich Neil Armstrong, der am 22. Juli 1969 um 3.56 Uhr als erster Mensch den Mond betrat. Immer würde man sich des Ersten erinnern. Der Zweite geriet rasch in Vergessenheit.

Um diesen historischen Augenblick festzuhalten, stellte er eine elektronische Uhr im Zentrum des Zelts auf. Alle Anzeigen standen auf null. Erst als Phil sie in Betrieb nahm, begann die

Uhr zu ticken. Mit dem Betreten des Menschen auf dem Mars sollte ein neues Zeitalter beginnen. Es war jetzt null Uhr null, am ersten Januar des Jahres Null, Ortszeit Mars, und damit der Beginn einer neuen Zeitrechnung!

Nach einem Moment, in dem er sichtlich bewegt das Ereignis in sich hinein saugte, erlaubte er dem Rest der Mannschaft, den Rover zu verlassen. Sie sahen sich um. Noch war alles steril und ungemütlich, doch das würde sich binnen kurzer Frist ändern, sobald das nächste Team herunterkam. Das sollte am nächsten Morgen passieren. Jetzt war zunächst Ruhe angesagt, um sich von den Strapazen zu erholen. Man beschloss jedoch, die Nacht nicht im Gefährt, sondern in der neuen Behausung zu verbringen, egal was die Vorschriften sagten. Einzig und allein die erfolgreiche Vollzugsmeldung an New Hope wurde abgesetzt und Glückwünsche ausgetauscht. Sonst nichts.

Dort oben im Orbit sah man bei jeder Umkreisung des Planeten die grau schimmernde Hülle der Basis. Viele der Anderen hier oben hoch über der Oberfläche wären zu gern dabei gewesen, als die Menschheit sich anschickte, den ersten wahren Schritt in den Kosmos zu tun. Doch es konnte nur einen geben. So wartete man ungeduldig darauf, endlich nachfolgen zu dürfen. Am nächsten Morgen in aller Frühe machte sich das Folgeteam bereit zu Landung. Im Gegensatz zu „First Step" handelte es sich um ein fast dreimal so großes Landegerät, da es auch die Grundlage für echtes Arbeiten landen sollte. Mehrere große Container sollten mit der Basis verbunden werden und so eine erste kleine Siedlung errichten. Für eine exakte Landung direkt an der Außenhülle wurde das Segment vom Raumschiff aus dirigiert, was auch gelang. Zwei Stunden nach dem Abkoppeln und dem Abstieg zur Oberfläche berührten sich die beiden Einheiten.

Ein Verbindungstunnel wurde an die Außenhaut verklebt und unter Druck gesetzt.

Gespannt wartete man auf First Step. Hier hatte man die Nacht im Tiefschlaf verbracht, überwacht und sicher behütet von zahlreichen Einheiten, die jeden noch so minimalen Druckverlust lautstark gemeldet hätten. Doch nichts geschah. Als das sanfte Kratzen an der Außenhaut die Ankunft des nächsten Segments ankündigte, starrten alle auf die entsprechende Stelle. Trotz eines intensiven Funkverkehrs der beiden Einheiten stieg die Spannung von Minute zu Minute. „Wir durchschneiden jetzt die Haut", meldete man von außen. Der Moment, auf den man gewartet hatte, war gekommen. In wenigen Sekunden würde aus First Step eine echte erste Siedlung. Eine Art rotierendes Messer zeigte sich, das einen bogenförmigen Schnitt zog. Dann faltete sich das Gewebe in sich zusammen und gab den Blick in die erweiterten Räumlichkeiten frei. Aus der engen Behausung wurde ein erster Palast. Dann traten die beiden Kommandanten aufeinander zu. Obwohl doch nur knapp 36 Stunden voneinander getrennt, kam es Phil so vor, als wären Jahre vergangen. Er trat hinüber.

Die Container erlaubten durch dicke Scheiben einen Blick hinaus auf die Oberfläche. Jetzt wurde Phil klar, dass er wirklich auf dem Mars war. Ein komisches Gefühl machte sich in ihm breit. Auch die anderen drängten sich um die Fenster, um den Anblick zu genießen. Man ließ sie gewähren. Doch so schön und faszinierend der Anblick auch war, man musste arbeiten. Sie waren keine Touristen, sondern Pioniere mit einer Aufgabe. Das hatte Priorität. Sehen und Staunen konnte man in der Freizeit.

Als Nächstes sollten Bodenproben analysiert werden. Schließlich sollte sich der Mars so rasch wie möglich selbst versorgen können, um auf die Hilfe von der Erde verzichten zu können. Die Beteiligten erfüllte der Geist des Neuen und Unbekannten. Das Wissen, eine neue Grundlage für die Menschheit zu schaffen, spornte sie an und gab ihnen die Kraft, hier in der Enge der abgeschirmten Basis zu arbeiten, wohlwissend, dass man es für jene tat, die sich noch auf der Erde befanden.

Tage und Wochen vergingen. Insgesamt ein Vierteljahr. Dann hatte man konkrete Ergebnisse. Ja, der Mars barg viele Schätze. Sein Boden konnte bei entsprechender Bewirtschaftung im landwirtschaftlichen Sinne genutzt werden. Es fehlte nur ein wenig Feuchtigkeit und Sauerstoff. In einem praktischen Versuch wurde ein erstes Feld mit Getreide angelegt. Man stellte fest, dass die Keimung schneller als auf der Erde vor sich ging, wenn der Sauerstoffgehalt nur geringfügig erhöht wurde. Als die ersten grünen Halme nach nur einer Woche aus dem Boden kamen, war man sich des Erfolgs bewusst und jeder der nur irgendwie Zeit hatte, schaute bei den Biologen vorbei, um das erste Marsfeld zu betrachten. Die Männer und Frauen waren stolz auf ihr Ergebnis und hüteten die Pflanzen wie einen Schatz. Recht bald, so hoffte man, würde man mittels künstlichem Wind die Bestäubung des ausgesäten Weizens durchführen. Das war der klare Vorteil gegenüber anderen Gewächsen, die Insekten benötigten. Als unmittelbare Folge des Wachstums wurde es in den Treibhäusern wärmer und der Sauerstoffgehalt stieg durch die Produktion der Pflanzen weiter an. Der natürliche Kreislauf setzte sich langsam in Bewegung.

Angespornt durch den Erfolg begann man nun rasch mit dem zügigen Ausbau der Felder. Dann, knapp drei Monate nach der Aussaat, ernteten die Wissenschaftler ihr erstes Getreide. Die Ausbeute war hier, wo die Schädlinge fehlten, weit größer als auf der Erde. Die so gewonnenen Körner wurden unverzüglich in den Ausbau des Projekts eingebracht, um die Erträge zu steigern.

Während es bei den Biologen bestens lief, machten sich die Geologen auf die Suche nach Rohstoffen für die Industrie. Rasch erkannte man den außergewöhnlich hohen Anteil an Eisenerzen auf dem Mars. Egal, wo sie Proben nahmen, überall fand man das Mineral. Doch auch andere Erze, darunter Edelmetalle, wurden gefunden. Die Ergebnisse wurden so rasch wie möglich an die Erde weitergeleitet, wo Konstrukteure damit begannen, erste Industrieanlagen zur Ausbeute und deren Verhüttung zu entwickeln. Diese Anlagen mussten zunächst sehr klein sein, um sie zum Mars zu schaffen. Später, wenn die Produktion anlief, würde man große, hochmoderne Stahlwerke bauen. Ziel war es, diese Anlagen als Freiluftanlagen zu betreiben, denn die als Abfall geltenden Gase sollen keinesfalls in die Wohnsiedlungen gelangen.

Eine weitere Gruppe machte sich auf die Suche nach Wasser. Sie fuhren mit den Rovern einige der tiefen Täler an. Ihre ersten Bohrungen waren enttäuschend. Keine Spur von Wasser. Man beschloss, die Möglichkeiten von First Hope zu nutzen. Dort, aus dem Weltraum, konnte man ihnen sicherlich besser helfen bei der gezielten Suche. Der Planet wurde nun während jedes Umlaufs untersucht. Dabei galten die Polarregionen als aussichtsreichste Quelle. Hier gab es Eis und wo Eis war, musste sich auch Wasser befinden. Man beorderte die Prospektoren in diese Richtung, was sich als fataler Fehler erweisen sollte.

Während sich die Gruppe in das Gebiet begab, umrundete First Hope den Mars und konnte so den Sektor für einige Zeit nicht beobachten. Als man nach gut eineinhalb Stunden erneuten

Blickkontakt hatte, sah man etwas, mit dem niemand gerechnet hatte. Ein gewaltiger Sandsturm bewegte sich in Richtung der Gruppe. Sofort erging eine Warnmeldung zur Oberfläche hinunter. Doch sie kam zu spät.

Als sie eintraf, befand sich das Fahrzeug auf einer freien Ebene. Verzweifelt suchte man irgendeinen Felsen um dort denn Rover auf der windabgewandten Seite zu parken. Doch nirgends gab es auch nur den geringsten Schutz vor der mit über einhundert Stundenkilometern heranrasenden Sandwelle. Wie ein Schiff im Sturm erfasste die Woge aus feinsten Sandkristallen den Rover und wirbelte ihn umher.

„Schließt die Sichtluken", ordnete der leitende Geologe Ivan Vetrow an. Er hatte Angst, dass die feinen Sandkörner die Panzerscheiben durchschlagen würden. Rasch senkten sich die Platten. Es wurde dunkel im Rover. Sie waren blind den Gewalten ausgeliefert.

Die Männer und Frauen an Bord wurden gewaltig durchgeschüttelt, als sie die volle Wucht der Naturerscheinung traf. Immer stärker und wütender heulte der Wind. Es schien so, als wollte sich der Mars gegen seine Besiedlung stemmen. Auf dem Höhepunkt angelangt, hielt das schwere Fahrzeug den Naturgewalten nicht mehr stand. Es hob ab und wurde Hunderte von Metern durch die Luft geschleudert, um anschließend auf dem Dach zu landen. Die Ketten ragten anklagend zum Himmel.

„Ich glaube, jetzt sitzen wir mächtig in der Klemme", stellte Vetrov ironisch fest. Er erhielt keine Antwort. Als er sich umsah, fand er seine vier Kollegen bewusstlos und in verkrümmter Haltung angeschnallt auf ihren Plätzen. Die junge Biologin aus Deutschland hatte es anscheinend besonders schlimm erwischt, denn an ihrer Schläfe sah er eine tiefe, klaffende Wunde, aus der Blut strömte.

„Rover eins an Basis", sprach Vetrov ins Funkgerät. „Rover eins an Basis. Hört ihr uns"? Er schaltete auf Empfang, doch außer einem Rauschen war nichts zu hören. Immer wieder versuchte Vetrov, Hilfe herbeizurufen, bis er einsah, dass es nutzlos war. Anscheinend hatte die Antenne etwas mitbekommen. Resigniert gab er auf. Er konnte nur auf First Hope hoffen. Hoffen, dass man sie ortete und die prekäre Situation richtig einschätzte. Hoffen, dass man sie fand und das rasch.

Dort oben im Orbit verfolgte man die Geschehnisse mit größter Sorge. Man sah, was mit dem Rover geschah, doch blieb während ihrer Umrundung nicht genügend Zeit, das Ende zu verfolgen. „Verdammter Mist", fluchte Jean Caroll, der heute als stellvertretender Kommandant die Aufsicht übernommen hatte. Am liebsten hätte er den nicht vorhandenen Rückwärtsgang eingeschaltet, um stationär über dem Rover zu bleiben. Doch die Gesetze der Gravitation ließen diese Möglichkeit nicht zu. So musste er warten, bis sie nach 70 Minuten wieder in den Bereich gelangten, wo man Kontakt aufnehmen konnte. Anschließend blieben maximal 20 Minuten, um Hilfestellung zu geben. Das war in der derzeitigen Situation viel zu wenig. Um mehr Zeit zu gewinnen, entschloss sich Caroll, eigenmächtig die Umlaufbahn zu verändern. Mittels einer Triebwerkszündung auf der Rückseite des Planeten würde er aus der bisherigen kreisrunden Bahn in eine weit gezogene Ellipse einschwenken. Hierdurch würde man den Funkschatten verkürzen, da man sich der Oberfläche bis auf eine gerade noch zu verantwortende Distanz näherte, während man auf der anderen Seite sich bis auf ein Maximum von ihr entfernte. Caroll errechnete, dass man so mindestens 90 Minuten Kontakt halten würde. Die Zeit der Funkstille würde durch die zunehmende Geschwindigkeit, während man auf den Planeten zustürzte, auf ganze 20 Minuten reduziert, da man, bedingt durch die Eigengeschwindigkeit des Himmelskörpers, einen zusätzlichen Antrieb erhielt.

Kurz entschlossen setzte er seine Gedanken in die Tat um. Erschrocken fuhr Kommandant John Freemond in seiner Koje hoch, als die Triebwerke zündeten. Er hatte sich zur Ruhe gelegt und war davon ausgegangen, dass er, wenn irgendein Notfall eintrat, unverzüglich informiert wurde. Das schien jedoch nicht der Fall zu sein. So rasch er nur konnte, zog er sich an, um zur Kommandoabteilung zu eilen. Die auftretenden Fliehkräfte erschwerten das Vorwärtskommen ungemein, als er das Dreifache der normalen Schwere zu spüren bekam. Er wurde wütend.

Auf seinem Weg sah er, was das unüberlegte und voreilige Handeln des Wachhabenden auslöste. Überall flogen Dinge durch die Gänge des Schiffs. Papiere und andere Unterlagen wirbelten ihm entgegen, darunter auch schwere Gegenstände. Als ihn an der Schulter gar einer der vielen Stühle traf, reichte es ihm. Ohne Rücksicht auf sich oder seine Umwelt, stürmte er vor. Dann hatte er sein Ziel erreicht. Als sich das Schott vor ihm öffnete, sah er das Chaos vor sich. Die wichtigste Abteilung des Schiffes und damit das Herz des Ganzen war vollkommen verwüstet. Als er zu seinem Sessel im Zentrum herübersah, erblickte er einen über alle Maßen verängstigten Caroll, der sich wie versteinert an den Seitenlehnen festhielt.

„Das hab ich nicht gewollt", hörte er dessen Stimme, in der nun Angst und Verzweiflung lagen. Freemond wollte ihn bereits zur Rede stellen, doch dafür blieb im Moment keine Zeit. Zunächst musste eine stabile Fluglage hergestellt und danach die Schäden behoben werden. Erst danach konnte er sich ihn vorknöpfen. Freemond stürmte ans Pult und brachte die Triebwerke zum Stehen. Die nun eintretende negative Beschleunigung hatte zur Folge, dass sich die Gravitation im Schiff aufhob. Es herrschte für kurze Zeit Schwerelosigkeit. Danach schlugen die physikalischen Kräfte umso härter zu. Kurzfristig schnellte der Zeiger für die Gravitationsanzeige über die rot markierte Fünf der Skala. Das Schiff geriet in eine kritische Situation!

Die Auswirkungen waren im ganzen Schiff zu spüren. Überall krachte und knirschte es, all diejenigen, welche bisher noch festen Halt gefunden hatten, wurden losgerissen oder aus ihren Kojen geschleudert. Überall im Schiff hallten die Schreie der Verletzten durch die Gänge. Dann wurde es ruhig und still.

Erst jetzt verschaffte sich Freemond einen Überblick. Sein Blick fiel auf die zahlreichen Anzeigen. Hinter jedem Zeiger, jeder digitalen Zahl, jedem farbigen Messbalken, verbarg sich eine Botschaft. Sein Gehirn analysierte und bewertete die Aussagen, suchte nach Lösungen. Viele der Werte waren voneinander abhängig oder ergänzten sich. Je mehr Freemond sah, umso klarer wurde das Bild der Gesamtsituation. Es war nicht sehr schön, was sich seinem geistigen Auge bot. Durch den Schub war unnötig viel des kostbaren Treibstoffs verbraucht worden. Die Flugbahn war instabil und er würde weitere Kurskorrekturen durchführen müssen, was noch mehr vom Lebenselixier der Maschinen kostete. In zahlreichen Stationen waren durch die unerwarteten Belastungen wichtige Instrumente zu Bruch gegangen. Hinzu kam eine ihm unbekannte Zahl von Verletzten mit verschiedenen Graden. Bei den aufgetretenen

Kräften konnten Brüche, Quetschungen und Wunden aller Art nicht ausbleiben. Viele der losen Gegenstände waren wie Geschosse durch das Schiff gerast und überall dort, wo sie auftrafen, hinterließen sie ihre Spuren. Einem in Fahrt geratenen Stuhl war es egal, ob er eine Wand oder einen menschlichen Körper traf. Die aufgebaute Energie seiner Masse wurde auf jeden Fall abgegeben.

Damit nicht genug. Die First Hope war zum momentanen Status in Gefahr, auf die Oberfläche zu stürzen und damit das Scheitern der Mission auszulösen. In die ursprüngliche Umlaufbahn konnte man wegen des hohen Energieaufwandes nicht zurückkehren. Die jetzige Bahn hingegen führte viel zu dicht über die Oberfläche. Teilweise raste das Schiff durch die obere Atmosphäre, was zu einer weiteren Abbremsung führen musste. Dieser Zustand musste so schnell wie möglich korrigiert werden. Alles andere, auch die Verletzten, mussten warten.

Ganz vorsichtig betätigte Fletcher den Joystick für die Manövertriebwerke. Seine Bewegungen waren kaum zu sehen und doch reichten sie aus, dem Schiff die Rettung zu ermöglichen. Nach drei Umrundungen und fünf Stunden später hatte er es geschafft. First Hope zog auf seinem nächsten Punkt in einer Höhe von gut hundert Kilometern, auf seinem fernsten Punkt, zweitausend Kilometer über die Oberfläche des Mars.

Während dieser Zeit hatten sich die wenigen Unverletzten um die Anderen gekümmert. Gott sei Dank war man gut ausgerüstet und die Ärzte an Bord konnten aus dem Vollen schöpfen. Sie hatten alle Hände voll zu tun, bis sie die Prellungen, Schnitt- und Risswunden, Brüche und ausgerenkten Gliedmaßen einigermaßen versorgt hatten. Für drei der fünfzig Männer und Frauen an Bord kam allerdings jede Hilfe zu spät. Sie waren die ersten Opfer und, wenn nicht bald Hilfe eintraf, würde es weitere im Rover geben.

Das wusste auch Fletcher. Er ortete das umgestürzte Gefährt und erkannte, dass Hilfe angesagt war. Doch was sollte er tun? Dank des Missgeschicks seines Stellvertreters stand man zu weit ab vom Mars, als dass man vom Schiff aus helfen konnte. Einzig allein die Basis verfügte mit dem zweiten Rover über eine echte Möglichkeit, die Verunglückten zu retten. Wäre da nicht der Sandsturm genau zwischen den beiden Punkten, es wäre kein Problem. Doch der ließ nur ganz langsam nach. Tage würden vergehen, bevor er sich legte. Bis dahin wären die Anderen erstickt. Es sah aussichtslos aus.

Während die First Hope so auf ihrer neuen Umlaufbahn dahinzog, überlegte man auf der Basisstation, welche Möglichkeiten ihnen zur Verfügung standen, um die Rettung dennoch erfolgreich durchführen zu können. Doch selbst als man alle Materialien sichtete, fand man keine geeignete Lösung.

„Wir sind doch Pioniere. Uns muss etwas einfallen", stellte Phil fest. „Lasst uns improvisieren, irgendetwas zusammenbauen, mit dem wir die Anderen retten können. Kommt, lasst eure Gehirne schwitzen. Wir geben sie nicht auf." Die anderen sahen ihn erstaunt an. „Wir haben hier nichts, mit dem wir eine Rettungsmission starten können. Alle wichtigen Dinge sind dort oben", warf der Däne Björnström ein. Morgan sah ihn erstaunt an. Das war es! Selbst wenn sie hier nicht über das entsprechende Material verfügten, man würde sich ein Gefährt ausdenken, das in der Lage sein musste, vom Raumschiff zu den Vermissten zu gelangen. Wie genau das vonstatten gehen sollte, davon hatte er keine Ahnung. Er war schließlich als begabter Techniker ins Team aufgenommen worden.

Vom Fliegen hatte er nur wenig Ahnung. Wie das unbekannte Gefährt ins Zielgebiet gelangen sollte, welche Flugroute eingeschlagen werden musste, wann das Gefährt vom Mutterschiff abgekoppelt und zum Mars fliegen würde, darüber mussten andere nachdenken.

Das größte Hindernis auf dem Weg zur Rettung bestand zunächst darin, das umgekippte tonnenschwere Gefährt umzudrehen. Zugleich musste eine Möglichkeit gefunden werden, die Überlebenden mit Wasser und Sauerstoff zu versorgen. Beides musste zeitgleich erfolgen, denn was nützte ein fahrtüchtiges Gefährt, wenn es nur Tote beförderte? Nichts. Dann wäre es besser, man würde die Opfer später bergen. Was war auf dem Basisschiff vorhanden, das genau diesen Anforderungen entsprach? Morgan besprach per Funk seine Überlegungen. Auf der First Hope sah man es genauso. Um rasch zu einer geeigneten Lösung zu kommen, wurden die Bestände durchforstet und nach Material gesucht. Dabei fand man einige zusammengelegte Hüllen aus Aluminium. Sie waren eigentlich zur Erforschung der Atmosphäre gedacht. Nun aber wurden sie umgebaut. Anstatt in die Höhe zu schweben, sollten sie zum gestrandeten Fahrzeug hinabschweben und an den Rover ankoppeln. Doch das allein hätte nicht zum gewünschten Ergebnis geführt. Daher wurden an der Unterseite der Hülle mehrere Sauerstoffflaschen angebracht, die ihren Inhalt freigeben würden, sobald ein direkter Kontakt bestand. Mit dieser Möglichkeit konnten beide Probleme gelöst werden, denn einerseits fungierte die Hülle wie ein Wagenheber, indem sich die Hülle unter den Rover grub, um ihn einseitig anzuheben, andererseits musste anschließend der Sauerstoff in das Gefährt geleitet werden. Und abermals ergab sich ein Problem, das es zu lösen galt. Wie sollte man die Hülle unter den umgestürzten Wagen bekommen? Es musste sich regelrecht unter ihm eingraben.

Erst dann konnte die Hülle aufgeblasen werden.

„Wir müssten die Hülle mit einer Art Kettenantrieb versehen", schlugen die Techniker der Bodenstation vor. „Als Energiequelle für den Antrieb verwenden wir einige unserer Solarzellen, die wir mit einem Motor koppeln. Dann hätten wir eine Art Maulwurf", erläuterte man den Gedanken weiter. Tatsächlich erschien der vorgeschlagene Weg eine realisierbare Lösung zu sein. So machte man sich dort oben hoch über der Oberfläche ans Werk. Binnen kürzester Frist entstand ein Gebilde, wie es noch keines gab. Das Ganze sah aus wie ein Pfannkuchen auf Ketten.

Wie aber sollte es unbeschadet zur Oberfläche gelangen? Der Weg durch die dünne Luft hätte immer noch genügend Reibungshitze erzeugt, um das Gefährt unbrauchbar zu machen. Doch auch dieses Problem konnte gelöst werden. In einer Art Airbag verpackt, könnte die Landung gelingen. Um ein sanftes Aufsetzen zu erreichen, mussten gleich drei dieser Konstruktionen um das Gefährt platziert werden. Der Erste würde nach erfolgreichem Eintritt in die unteren Luftschichten abgeworfen, während sich im gleichen Moment der zweite Luftsack aufblähte. Sinnvollerweise konnte genau hierdurch die erste Hülle abgestoßen werden. Der dritte Ballon hätte die Aufgabe, das havarierte Gefährt aufzurichten. Jetzt galt es nur noch, den exakten Augenblick der Abkopplung festzulegen, damit das Gefährt so schnell wie nur möglich ins Zielgebiet gelangen konnte.

Die Ballistiker des Teams sahen ihre Stunde gekommen. Nun endlich konnten sie beweisen, dass sie nicht umsonst mit auf der langen Reise dabei waren. Sie errechneten die kürzesten Winkel zwischen Umlaufbahn und Oberfläche.

Durch die elliptische Bahn würde man es, kurz nachdem die größte Annäherung zum Planeten durchlaufen war, in einer engen Flugbahn abstoßen. Diese gekrümmte Bahn schien sicherer als der direkte steile Weg. Jetzt gab es nur noch ein Problem: die Zeit. Es würde sehr eng werden. Hoffentlich reichte es.

Zwölf Stunden nach dem Unglück war es so weit. Die First Hope erreichte jede Sekunde den Abwurfpunkt. Um die Rettungskapsel steuern zu können, hatte man in letzter Sekunde noch einige Steuerdüsen mit eigenständigem Antrieb angeheftet. Das ging zwar zulasten der Treibstoffreserve des Mutterschiffs, war aber immer noch besser als aufzugeben. Für die ganze Aktion hatte man nur achtzig Minuten Zeit. Danach würde der Funkkontakt abreißen und die Kapsel unkontrolliert zu Boden stürzen. Gespannt verfolgten alle, die Zeit hatten, die Aktion.

„Fünf, vier, drei, zwei – Abwurf!" Das letzte Wort hatte Freemond regelrecht herausgeschrien. Durch die Scheiben verfolgte er, wie das unförmige Gefährt sich langsam in Richtung Oberfläche bewegte und dabei immer kleiner wurde. Nun hatte der Steuermann das Wort. Er saß vor einer Konsole mit dem Joystick in der Hand. Um sich besser konzentrieren zu können, hatte der erfahrene Mann seine Augen geschlossen. „Wenn sie mich lotsen, fliege ich das Ding blind ins Ziel", hatte er sein Verhalten begründet. Man sah ihn zunächst ungläubig an, doch man vertraute ihm. Diesem Mann wäre alles zuzutrauen. Seine optimistische Ausstrahlung wirkte beruhigend auf alle, die ihn ansahen. So lauschte er nur noch auf die Stimme des Kommandanten.

„Safeback tritt in die Atmosphäre ein", meldete einer der Beobachter. Jetzt galt es, diese erste Hürde zu nehmen und das unförmige Gefährt exakt auf Kurs zu halten. Drei Minuten später war es geschafft. Dank der umgebenden Hülle stürzte es nun, da es stark durch die Luft abgebremst war, ins Zielgebiet. „Noch fünftausend Meter bis zum Boden. Geschwindigkeit dreißig Meter pro Sekunde", hörte Freemond. Er überlegte kurz. „Airbag Nummer zwei!" Der Mann an der Konsole drückte auf einen Knopf, der den entsprechenden Impuls ohne jede Verzögerung weiterleitete. „Airbag bläst sich auf. Nummer eins wird abgestoßen", kam die Vollzugsmeldung. Wenige Sekunden kam die nächste Nachricht. „Hundert Meter bis zum Boden. Entfernung zum Ziel einhundertfünfzig, Geschwindigkeit fünfzehn." Fletcher war zufrieden. Wenn es so weiterging, würde das Gerät in unmittelbarer Nähe des Rovers niedergehen. Er wurde in seinen Gedanken unterbrochen. „Safeback setzt auf. Entfernung bis Ziel 10 Meter." Niemals hätte man gedacht, so nahe am Objekt zu landen. „Airbag entleeren", ordnete er an. Abermals raste ein unsichtbarer Impuls zur Oberfläche. „Airbag ist entleert!"

Freemond sah zum Steuermann. Dieser saß in aller Ruhe vor seinem Gerät. „Jetzt sind sie am Zuge", sprach er. „Fahren sie ihn aus der Hülle. 7 Meter mit beiden Ketten." Der Mann reagierte. Seine Finger bewegten sich kaum merklich und doch reichte es aus, um die Rettungseinheit aus der Hülle zu fahren. „Wie ein junges Küken", dachte Freemond. Er sah auf die Uhr. Ihnen würde nicht mehr viel Zeit bleiben. Schon war der Zenit erreicht und First Hope stürzte dem Planeten entgegen. In knapp 25 Minuten musste es geschafft sein.

„Safeback hat die Hülle verlassen noch drei, zwei, ein Meter. Objekt steht am Ziel." Jetzt begann die schwerste Phase des

Unternehmens. Das Gefährt musste sich unter den Rover wühlen. „Beide Ketten sollen sich eingraben." Wieder reagierte der Steuermann, während man andernorts den Vorgang beobachtete. „Safeback gräbt sich ein. Tiefe 30 Zentimeter. Grabung geht weiter." Das Gerät schuf sich allein durch den Druck gegen den Rover und die durchdrehenden Ketten eine schmale, nach unten führende Rampe. „40, 50, 60 Zentimeter. Safeback gerät unter Objekt." Tatsächlich schien es zu gelingen, doch plötzlich gab es ein Problem. „Safeback hängt an einem Hindernis fest. Es scheint sich um einen verborgenen Felsen zu handeln. Safeback kommt zum Stillstand."

Freemond erschrak, als er diese Meldung hörte. War hier das Ende für die Besatzung? Er überlegte. Normalerweise hätte sich Safeback noch gut einen Meter weiter unter das schwere Fahrzeug wühlen müssen. Doch so wie es aussah, ging es nicht. Das Fahrzeug zurückzufahren und einen anderen Weg zu suchen, dafür blieb keine Zeit. Bevor er den Befehl gab, überlegte er. Der Airbag würde nur ein einziges Mal funktionieren. Nur diese einzige Möglichkeit entschied über Sieg oder Niederlage, Leben oder Tod. Wie würde er bei einem Fehlschlag mit der Situation fertig? Egal. Es musste sein. „Nummer drei aufblasen. Und Leute fangt an zu beten, damit es gelingt." Der Techniker zögerte eine kaum wahrnehmbare Zeitspanne. Dann drückte er bestimmt den Knopf. Die Würfel waren endgültig gefallen.

Auch auf der Bodenstation machte sich nun im entscheidenden Moment die ungeheure Anspannung breit. Würden die anderen gerettet, oder hieß es am Ende nur: „Es tut uns leid, aber wir können nichts mehr für euch tun." Wie würde man selbst reagieren, wenn jede Hoffnung vergebens war? Wie ist das, wenn man genau weiß, dass man stirbt?

Während First Hope und First Step untereinander in Verbindung standen, wusste man im umgestürzten Rover nichts von dem Rettungsversuch. Man war taub. Die Zeit verrann, ohne dass man etwas unternehmen konnte. Hatte man sie überhaupt entdeckt und ihre Misere erkannt? Falls ja, wie sollte man ihnen angesichts der tobenden Naturgewalten zu Hilfe kommen. Stunde um Stunde verging. Einige der Besatzungsmitglieder waren eingeschlafen und schienen davonzudämmern, obwohl die Sauerstoffreserven noch einige Tage reichen würden. In der engen ungemütlichen Stahlkammer machte sich eine stille Verzweiflung breit.

Plötzlich hörte Vetrov ein Geräusch, das von außen kommen musste. Was war das? Er schreckte auf. Einige der anderen reagierten ebenfalls und fuhren in die Höhe. Dann knackte es leise an der Hülle. Gab es Leben auf dem Mars? Versuchen uns Unbekannte zu retten? Fragen, aber keine Antwort. Vetrov verließ seinen Platz und drängte sich so nah an die Außenwand des Rovers. Jetzt vernahm sein Ohr ein Kratzen, das langsam unter das Fahrzeug wanderte. Deutlich konnte man es hören. Von Tieren hatte man hier auf dem Roten Planeten noch nie etwas gehört. Was also war es? Vetrov sollte nicht weiterkommen, denn ohne jede Vorankündigung geriet das Fahrzeug in eine seitliche Bewegung. Die Männer und Frauen an Bord bemerkten, wie sich die Neigung langsam aber stetig veränderte.

„Airbag bläst sich auf", hörte Fletcher. Nichts konnte den Prozess jetzt, da er eingeleitet war, noch aufhalten. Die Pressluft würde bis zur vollkommenen Entleerung in den Ballon geblasen. Hoffentlich reichte die Menge, um den Rover umzudrehen. „Rover kommt in seitliche Bewegung, Neigung bis null 150 Grad." Also schien es zu gelingen. „130 Grad Tendenz setzt sich fort." Es lief alles so, wie es sollte. „100 Grad."

Bald war es geschafft. „Seitwärtsbewegung verringert sich, 95 Grad Neigung." Jetzt wurden die letzten Reserven in die Hülle geblasen. „89 Grad, keine weitere Bewegung mehr feststellbar." Das war das Ende. Alle Luft war im Sack. Jetzt konnte man nichts mehr tun. Der Rover würde zwar nicht mehr auf dem Rücken, sondern auf der Seite liegen, doch das schien nicht zu reichen.

„Verdammte Technik", schrie der Steuermann verzweifelt. Dabei schob er ungewollt den Joystick nach vorn. Unten am Boden machte das Aggregat urplötzlich einen Satz nach vorn. Genau dieser Ruck aber genügte, um dem Rover jenen kleinen Schubs zu geben, der nötig war, damit er sich auf seine Ketten stellte. „Rover kommt wieder in Bewegung. Rover fällt auf seine Ketten. Rover hat null Grad Neigung." Verwundert sah Freemond auf seinen Steuermann. War es Absicht gewesen, oder hatte da jemand Schicksal gespielt? Gab es einen Gott, der hier seine Hand im Spiel hatte? Wenn ja, dann war es dieser nun breit grinsende Mann neben ihm. „Manchmal muss es eben mit der Brechstange sein", entgegnete dieser und lachte befreit. „Hoffentlich haben die da unten kapiert, dass sie zur Basis zurückfahren können", fuhr er fort.

Oh ja, hier hatte man reagiert. Rasch wurde Vetrow und den anderen klar, was da draußen vor sich ging. Sie stemmten sich mit aller Gewalt gegen die sich langsam neigende Seitenwand, um so zusätzliches Gewicht zu erzeugen. Als das Gefährt auf der Seite lag und sich nicht weiter neigte, schien alles vergebens zu sein. Doch dann erfolgte plötzlich dieser unerwartete Ruck und das Fahrzeug kippte auf die Ketten. Nun war der Boden wieder Boden, oben wieder oben und unten wieder unten. Vetrow stieg zurück in seinen Sitz. Wenn jetzt der Motor ansprang, würde man heimkehren.

Als er das laute Summen vernahm, klang es wie Musik in seinen Ohren. Seine Hände umfassten die beiden Steuerknüppel und drückten sie energisch nieder. Der Rover ruckte an und setzte sich in Bewegung. „Leute es geht zurück", sprach er laut und deutlich.

„Rover fährt an", meldete der Beobachter hoch über ihnen. „Sie kehren zur Basis zurück." Überall im Schiff und drunten auf der Station löste diese Meldung Jubel aus. Die Männer und Frauen lagen sich in den Armen. Man hatte es tatsächlich geschafft. Nach weiteren 14 Stunden erreichten die Geretteten ihr Ziel, die grau schimmernde Behausung in der Unendlichkeit der öden Landschaft. Das Abenteuer war zumindest für sie gut ausgegangen.

Anders sah es an Bord der First Hope aus. Hier gab es mehrere Tote zu beklagen. Durch die vielen Steuermanöver war überflüssigerweise sehr viel Brennstoff verbraucht worden, was die Verweildauer im Orbit zusätzlich verkürzte. Anstatt wie geplant 2 Jahre, entschied sich Fletcher, nach Absprache mit der Erde bereits in Kürze den Rückflug zur Erde anzutreten. Man würde zwar nicht den geplanten kürzeren Weg nehmen können, doch angesichts des aktuellen Geschehens blieb ihm keine andere Wahl. Er beauftragte seine Navigatoren mit der Berechnung des Rückflugs zum nächstmöglichen Zeitpunkt. Nach dieser Entscheidung nahm sich Freemond seinen Stellvertreter vor, der das Chaos im Schiff durch eigenmächtiges Handeln herbeigeführt hatte. Vor versammelter Mannschaft degradierte er ihn. Auf der Erde würde er ein Verfahren gegen ihn einleiten. Damit war der Fall zunächst erledigt und man konnte an die Aufräumarbeiten gehen.

Drei Tage später stand fest, dass man innerhalb von einer Woche zurückfliegen würde. Diese Zeit nutzte man, um Material, das auf dem Mars noch gebraucht werden konnte, zur Basis zu schaffen. Alles, was an Bord des Raumschiffs nicht mehr benötigt wurde, schaffte man hinunter zur Oberfläche. Dort hatte man zuvor ein weiteres luftdichtes Segment aus Aluminiumplatten aufgestellt. Hierher wanderte alles hinein, was von oben kam. Für die Siedler waren es unbezahlbare Schätze. Neben dem eigentlichen Materiallager entstand ein weiteres Bauteil zur Gasgewinnung. Hier würden in kürzester Frist Kondenswasser und Sauerstoff aus der Pflanzenproduktion in riesige Tanks geleitet. Aber nicht nur das. In einer separaten Abteilung entstand eine Art Biokraftwerk, nach dem Prinzip der Anlagen auf der Erde. Der gesamte biologische Abfall wanderte in diese Abteilung. Durch Gärung wurde Methan freigesetzt, das als Brennstoff und zur Herstellung von Energie bestens geeignet war. Man hoffte, auf diese Weise die noch vorhandenen Reserven zu schonen und recht bald eine autarke Versorgung der ganzen Siedlung zu erreichen. Als sich nach 10 Tagen die ersten Anzeichen der biologischen Zersetzung in Form von Gas abzeichneten, wurden die Siedler zuversichtlich. Wenn es weiter wie im Augenblick lief, würde man auf weitere Hilfe vonseiten der Erde recht bald verzichten können. Eine eigene unabhängige Kolonie wurde langsam zu Realität.

Als Kapitän Freemond den Rückflug für den 27. September 2011 bestimmte, fragte er jedes Besatzungsmitglied, ob es zur Erde mit zurückkehren oder lieber hier auf dem Mars auf das nächste Schiff warten wollte? Erstaunlicherweise sprachen sich fast alle für den Verbleib aus. So auch die Männer um Phil Morgan. Freemond versuchte alles, um zumindest die Stammmannschaft zu behalten, was nicht einfach war. Viele sahen jetzt, dass sich der Erfolg der Mission abzeichnete, die Möglichkeit des Neubeginns und damit die Chance, noch einmal ganz von vorn anfangen zu können.

„Was sollen wir auf der Erde? Hier ist unsere neue Heimat", argumentierte sie. Auf diese Aussage konnte Morgan nichts erwidern. Er nahm Kontakt zum Schiff und dieses wiederum mit der Erde auf. Man gab nach kurzer Überlegung das O. k. Ab jetzt würde der Mars bewohnt. Ein Menschheitstraum hatte sich erfüllt.

„Wenn die nächsten Siedler kommen, werden sie sich wundern", versprach Vetrow, als es an das Abschiednehmen ging. Dann zündeten die Triebwerke der First Hope, um sich auf den langen Heimweg zu machen. Von der Oberfläche aus sah man das immer kleiner werdende Objekt langsam verschwinden. „Gute Reise und grüßt mir die Erde", sprach Morgan mit einem komischen Gefühl im Bauch. War es richtig, nicht mitzufliegen? „Ja", hörte er eine Stimme in sich. „Hier und jetzt kannst du etwas Neues, Großes aufbauen." Noch ein letzter Blick in den Himmel. „Werden wir sie je wiedersehen", fragte er sich? Vermutlich nicht kam die Antwort. Er sollte sich irren. Niemand konnte ahnen, dass kaum ein Monat vergehen würde, bevor sich die First Hope melden würde. Dann jedoch unter anderen Vorzeichen.

First Hope, 07. Oktober 2011

Immer wieder sah Freemond aus dem Fenster. Noch war der Mars größer als die Erde, die er nur im Navigationsfenster als kleinen blauen Punkt in der Unendlichkeit ausmachen konnte. Nach dem Beschleunigungsmanöver flog das Raumschiff antriebslos auf seinem Kurs zur Erde. Es würde noch sehr viel Zeit vergehen, bis man die Hälfte der Strecke geschafft hatte.

Jetzt, da es nichts zu tun gab, konnte er sich endlich mit den kleinen Alltäglichkeiten befassen. Da war der Bericht über seinen Steuermann, sein Tagebuch, das er seit Langem vernachlässigt hatte, sein Rapport. Eben viel Schreibkram und Bürokratie, ohne das es selbst hier zwischen den Welten nicht ging. Seit Tagen schon kümmerte er sich um diese Dinge und verließ sich darauf, dass die Mannschaft es ebenso tat. Nichts, aber auch gar nichts störte den Heimflug. Es war irgendwie anders an Bord. Eine Art Langeweile machte sich breit.

VTT TENERIFFA, 07. OKTOBER 2011, 9.32 UHR ORTSZEIT
Wann immer es möglich war, besuchte Soltau seine einstige Wirkungsstätte. Hier in der vertrauten Umgebung mit Gleichgesinnten fühlte er sich wohl. Hier konnte er ein wenig entspannen und sich vom Stress des Projekts Ikarus ein wenig ablenken. Obwohl er erst 52 Jahre alt war, wirkte der Professor wie ein alter Mann. Wäre da nicht sein Nachfolger Dr. Meier gewesen, der ihm, wann immer es erforderlich war, unter die Arme griff, er wäre an der Aufgabe gescheitert. Doch so arbeitete sich sein Nachfolger langsam in die komplexe Materie ein und übernahm die Funktion von Soltau.

Für den heutigen Tag hatte man sich im VTT verabredet, um sich mit den aktuellen Problemen auseinanderzusetzen. Kaum dass die beiden begonnen hatten, sich einen aktuellen Überblick über die Lage zu machen, klopfte es an der Türe. „Herein", forderte Soltau in ungewohnt scharfem Tone, denn eigentlich wollte er für die Konferenz etwas Ruhe haben.

Die Türe öffnete sich und Soltau sah in das schreckensbleiche Gesicht eines jungen Mannes. Ohne dass dieser auch nur ein Wort sagen musste, ahnte Soltau, dass etwas Ungewöhnliches passiert sein musste. Daher stand er, ohne zu zögern, auf und begab sich zu jenem Platz, von wo er einst die ersten Veränderungen auf der Sonne ausgemacht hatte. Sein erfahrenes Auge fand sofort den Grund der Störung. Wieder kollabierte ein großer Fleck auf der Sonne. Der nächste Ausbruch kam ins Laufen und das knapp 2 ½ Jahre nach dem letzten Einbruch. Gespannt verfolgte man den Verlauf, während gleichzeitig die Notroutine anlief. Hier von Teneriffa aus informierte man die Regierungen der Welt, um sie vorzubereiten. Wie groß genau die Eruption, welche Schäden zu erwarten waren, das konnte man nicht vorhersagen. Nur eines stand fest. Sie würde ungefähr das Ausmaß des Ausbruchs von 2009 haben.

07. Oktober 2011, 10.14 Uhr an Bord der Raumstation

Als die Meldung über den bevorstehenden Ausbruch hier in 200 Kilometern Höhe über der Erde eintraf, begann man unverzüglich mit der Trennung der verschiedenen Abteilungen. Nun musste sich das neue Baukastenprinzip bewähren. Innerhalb einer Stunde trennten sich die mehr als 70 Abteilungen voneinander. Einem Schuss aus einer Schrotflinte gleich trieben die verschiedensten Teile auseinander. Viele von ihnen versuchten, auf der sonnenabgewandten Seite in die Nacht zu gelangen, um so der Hauptwucht zu entgehen. Eine Evakuierung jedoch konnte nicht mehr durchgeführt werden. Der Weg zur Erde wurde durch das knappe Zeitfenster verschlossen.

VTT TENERIFFA, 07. OKTOBER 2011, 12.14 UHR

Der Ausbruch begann wie erwartet. Als der Fleck in sich zusammenfiel, entlud sich innerhalb weniger Sekunden die Kraft von Milliarden Atombomben. Die Feuersäule aus dem Innern des Sterns raste hinauf in die Heliosphäre, wo sich eine gewaltige Feuerzunge ausbildete, die ungebremst ins All raste.

PLANET MERKUR, 07. OKTOBER, 12.16 UHR

Der Planet zeigte noch immer die Narben des vergangenen Ansturms von 2009. Noch immer zeugten zahlreiche Krater vom Inferno, das ihn getroffen hatte. Jetzt sollten neue Schäden hinzukommen. Das aber verkraftete er nicht. Merkur geriet ins Trudeln. Seine einst gleichmäßige Bahn um die Sonne zeigte deutliche Schwankungen auf. Es schien so, als könne er sich nicht entscheiden, ob er Richtung Sonne oder von ihr fortgeschleudert würde. Beides hätte extreme Auswirkungen auf die Bahnen der anderen Begleiter. Das hochsensible Gleichgewicht des gesamten Sonnensystems würde in Mitleidenschaft gezogen.

VENUS, 07. OKTOBER 2011, 12.19 UHR

Der grau gestreifte undurchsichtige Vorhang aus Gasen hoch über der Oberfläche begann, sich zu verwischen, als die Sonnenteilchen den Planeten trafen. Welcher Druck hier einwirkte, konnte niemand messen, doch war er so gewaltig, dass man von der Erde aus erstmalig auf die Oberfläche sehen konnte, wenn man es denn getan hätte. Doch dafür blieb keine Zeit, denn schon näherte sich das Himmelsspektakel dem Blauen Planeten.

DIE ERDE, 07. OKTOBER 2011, 12.22 UHR

Mit Lichtgeschwindigkeit traf die kosmische Lawine ein. Lautlos, aber von ungeheurem Gefahrenpotenzial. Als die Teilchen in die Atmosphäre eintraten, glühten sie hell auf. Es schien, als wolle der Himmel explodieren. Überall fielen erneut die Funkverbindungen aus. Es wurde sehr still. Minutenlang tobte die Welle aus kosmischen Teilchen über Terra hinweg. Die freigesetzten Gewalten zerrten und rissen an dem Planeten, als wollten sie ihn zerstören. Doch noch war der Planet stark genug, sich selbst diesen Urgewalten zu widersetzen. Noch geschah offensichtlich nichts, was ihn zerstören konnte. Noch hielt er dieselbe Umlaufbahn wie zum Zeitpunkt seiner Entstehung vor mehr als drei Milliarden Jahren.

Anders sah es außerhalb der schützenden Lufthülle aus. Für viele der künstlichen Satelliten waren die Kräfte einfach zu groß. Milliardenwerte verschwanden erneut, als sie mit der Welle fortgerissen wurden oder als glühende Feuerbälle in Richtung Oberfläche stürzten. Mit ihr auch Teile der neuen Station. Nur die Segmente auf der dem Sturm abgewandten Seite hatten überlebt. Das Hauptsegment hingegen wurde pulverisiert und mit ihm viele der verbliebenen Mannschaft. Dann raste die Welle weiter.

Der Mond am selben Tage
Er sollte zu spüren bekommen, was es heißt, wenn keine Atmosphäre vorhanden war. Ohne diesen Schutzschild war er den tobenden Gewalten schonungslos ausgeliefert. Wie Bomben aus kleineren und größeren Teilchen schlug der kosmische Schrott auf ihm ein. Schon beim letzten Ansturm hatte der Trabant schwere Schäden erlitten. Doch dieses Mal war es zu viel. Er wurde aus seiner Bahn gerissen, hinaus in die Unendlichkeit. Dieser Vorgang geschah nicht abrupt, sondern langsam, aber messbar. Die Auswirkungen seines Verschwindens sollten sich dramatisch auf die Erde auswirken.

Die Warnung kam überraschend. Wie gerne hätte man in aller Ruhe den langen Weg zurück zur Erde fortgesetzt. Angesichts der anrollenden Gefahr geriet man an Bord in eine ernste Situation. Wie sollte sich das Schiff gegen Gewalten stemmen, denen selbst Planeten nicht gewachsen waren? Kapitän Freemond konnte hierauf keine Antwort geben. Wie ein Spielzeug in der Hand eines Riesen wurde das Schiff hin und her gewirbelt. Es knackte beängstigend, als die volle Wucht das Schiff erwischte. Die Männer und Frauen sahen voller Angst zur schützenden Außenhülle. Wehe, wenn sich nur ein winziges Loch zeigte. Das Vakuum würde in Sekundenschnelle die Luft aus allen Räumen ziehen und den sicheren Tod bringen.

Minuten vergingen, doch noch hielt das Schiff tapfer durch. Es schlingerte und taumelte wie verrückt. Die Besatzung hatte größte Mühe sich auf den Beinen zu halten. Viele von ihnen flogen haltlos durch die Räume oder wurden gegen die Wände geschleudert. „Wir können den Kurs nicht mehr halten", schrie entsetzt der Steuermann. Freemond hätte lieber einen Augenblick überlegt, um die richtige Entscheidung zu treffen, doch blieb hierfür keine Zeit. Er musste handeln. Doch wo war der richtige Weg? Was würde aus dem Schiff, wenn er die falschen Befehle gab? Hier und jetzt war er der einsamste Mensch, den es gab. Seine Entscheidung konnte den Tod oder die Rettung für alle an Borde bedeuten. „Dreißig Grad steuerbord, aber schnell", empfahl er dem Mann an der Konsole. „Schiff reagiert sehr schwerfällig", kam die Antwort. „Hilfstriebwerke zuschalten, das ist unsere einzige Überlebensmöglichkeit." Einige Knöpfe wurden betätigt und tatsächlich reagierte das Schiff. Nun bot es der Welle den geringsten Widerstand. Man konnte nur hoffen, dass es reichte.

Abermals vergingen Minuten. Den Menschen an Bord erschien diese Zeit wie eine Ewigkeit. Die Sekunden tropften träge dahin. Doch dann wurde es ruhiger. „Wir scheinen nur in die Ausläufer geraten zu sein. Hätte uns die Hauptwelle erwischt, dann wären wir nicht mehr", stellte Freemond fest. Als endlich feststand, dass die Welle vorüber war, erwartete er die Schadensmeldungen. Rasch stellte sich heraus, dass einige der Außentanks für Wasser und Sauerstoff erhebliche Schäden aufwiesen. Auch waren einige der Sonnensegel ruiniert und unbrauchbar. Einzig die Außenhaut schien nur einige Kratzer abbekommen zu haben. „Müssen einige Beulen sein, doch gottlob keine Risse oder Löcher", stellte einer der Ingenieure ironisch fest. Dann begann das große Rechnen. Als Ergebnis stellte sich heraus, dass man mit den zur Verfügung stehenden Reserven niemals bis zur Erde kommen würde. Einzig der Mars lag in erreichbarer Nähe und selbst bis dorthin würde die Reise zum russischen Roulette. Man konnte ein Raumschiff nicht einfach abbremsen und auf Gegenkurs bringen. Freemond entschied sich, es mit einem langen Bogen von einhundertachtzig Grad zu versuchen. Ein abruptes Stoppen und anschließender erneuter Beschleunigung war bei dem wenigen Treibstoff nicht möglich. Nach kurzer Beratung entschloss man sich, dieses Wagnis einzugehen. „Also, Kurs Mars, sofern es ihn noch gibt", befahl der Kapitän.

Station First Step auf dem Mars, 10 Minuten nach dem Ausbruch des Sonnensturms

Die Welle aus solarer Materie ließ sich Zeit, bevor sie zum Angriff ansetzte. Zweieinhalb Minuten, nachdem die zerstörerische Kraft die Erde passiert hatte, stand nun Mars auf ihrem Plan. Mittlerweile war sie mit Geröll und anderen Teilchen zu einem todbringenden Monster herangewachsen, das sich anschickte, das Sonnensystem zu durchqueren. Überall, wo sie auf Widerstand traf, hinterließ sie ein Werk der Zerstörung von ungeheurem Ausmaß. So auch auf dem Mars. Hier wurden die beiden Monde Phopos und Deimos hinweggefegt. Sie verschwanden, ohne dass es auf die Umlaufgeschwindigkeit oder Eigendrehung Auswirkungen hatte. Dafür waren beide Monde einfach zu klein.

Als der Sturm die Oberfläche erreichte, vernahm die Besatzung der Station, wie sich die Teilchen an der Außenhülle rieben. Wie ein Wunder kam sie recht ungeschoren davon. Es dauerte eine ganze Weile, bevor sich das Inferno legte. Tage des Bangens vergingen und jeder rechnete mit dem Ende der Station. Doch sie hielt stand, was unverständlich erschien. Als es vorüber war, machte sich ein Trupp daran, die Schäden der Hülle zu begutachten. Bei ihrer Fahrt mit dem Rover fanden sie die Lösung der Rettung. Einige hundert Meter von der Station entfernt standen die Reste der kleinen Hügelkette. Ihr allein verdankte man das Überleben, denn First Step lag bei der Windrichtung im Schatten.

Während sich das Team mit der Begutachtung beschäftigte, versuchten die Funker, Kontakt mit der Erde zu bekommen. Doch außer einem Rauschen war nichts zu vernehmen. War die Erde zerstört worden? Die Männer sahen sich fragend an.

„Versuchen sie es weiter", verlangte Morgan. „Wir brauchen Gewissheit"
„Wenn Sie meinen" antwortete man ihm. „Unserer Ansicht nach ist es reine Zeitverschwendung. Wir sollten uns mit dem Gedanken anfreunden, dass sie nicht mehr existiert und wir die einzigen Überlebenden sind." Trotzdem machten sie weiter.

Noch hoffte man weiter auf ein Lebenszeichen des Blauen Planeten.

Stunden später hörte der Funker endlich ein Signal. Doch anstatt der Erde meldete sich das Raumschiff. Aus den undeutlichen und oft von Störungen überlagerten Worten verstand man, dass es zum Mars zurückkehren würde. Bis zur Ankunft würden zwar noch einige Tage vergehen, doch sollte man sich auf einen deutlichen Zuwachs der Station gefasst machen. Der Havarist würde versuchen, so nah wie möglich bei der Station zu landen. Für Morgan stellte die Mitteilung zunächst ein Problem dar. Wie sollte er, so fragte er sich, die Besatzung der First Hope unterbringen, da die Station für nur wenige ausgelegt war? Außerdem: Was wäre, wenn es zu einer Bruchlandung kommt, oder das anvisierte Zielgebiet verfehlt würde? Im schlimmsten Falle würde die Besatzung des Raumschiffs komplett sterben. Diese und viele andere Fragen beschäftigten den Leiter der Station, während er auf die Ankunft seiner Kameraden wartete.

STATION FIRST STEP, 11. OKTOBER 2011, KURZ NACH SONNENAUFGANG
Bereits seit Stunden war der wichtigste Mann der Station am Funkgerät, der einzigen Verbindung hinauf zum Schiff. Zusammen mit Kapitän Fletcher besprach er alle Eventualitäten für den Notfall. So wusste Morgan bestens über den aktuellen Stand an Bord des heranrasenden Raumschiffs Bescheid. Um die Eintrittsgeschwindigkeit zu verringern, würde es zunächst in einen Orbit einschwenken und sich langsam dem Planeten nähern. Unmittelbar vor dem Eintritt in die Marsatmosphäre käme es zu einem weiteren starken Abbremsen des Schiffes. Dabei würde fast sämtlicher Treibstoff verbraucht, doch das

war einkalkuliert. Dadurch hoffte man, die entstehende Reibungshitze beim Eindringen in die tieferen Luftschichten zu verringern. Sobald die Geschwindigkeit soweit wie möglich verringert würde, käme es zum Abtrennen des Maschinenteils. Er würde nicht mehr gebraucht. Ausschließlich der Versorgungsteil und die Überlebenseinheit sollten die Oberfläche erreichen. Zwar konnte man keine genaue Vorhersage machen, doch vertraute man darauf, dass beide Teile weitgehend unversehrt landeten. Morgan wusste, dass alles an einem seidenen Faden hing.

Raumschiff First Step kurze Zeit später
Der Mars war nun in unübersehbare Nähe gerückt. Deutlich konnte die Besatzung Strukturen auf der Oberfläche erkennen. Allen an Bord wurde bewusst, dass man hier und jetzt die Kugel für ein Russisches Roulette geladen hatte. „Schiff tritt in die Umlaufbahn ein. Höhe über Grund 150 Kilometer. Geschwindigkeit 28.000 Kilometer pro Stunde", verkündete der Steuermann.
Das war die erste kosmische Geschwindigkeit. Würde man sie beibehalten, so würde das Schiff um den Planeten herumgeschleudert und anschließend wieder von ihm fortfliegen, wobei sich beim Abflug das Tempo um die Drehgeschwindigkeit des Planeten erhöhen würde. In der Vergangenheit hatte man dieses Verfahren genutzt, um Sonden ins All zu schicken. Im Fachjargon nannte man diesen Vorgang Swing-by. Nur so war es gelungen, die Pioneer- und Voyagersonden zu den äußeren Planeten zu senden, ohne sie mit gigantischen Antriebseinheiten zu versehen. Auch der Kundschafter Last Hope nutzte dieses Verfahren.
Nun musste die First Step soweit verlangsamt werden, dass die Anziehungskraft des Planeten stark genug war, um das Schiff

einzufangen. Andererseits durfte es nicht zu langsam werden, denn schließlich wollte man ja nicht direkt abstürzen, sondern in einer langsam enger werdenden Spirale sich der Oberfläche nähern. Fletcher zündete die Triebwerke. Über drei Minuten lang brannten sie mit voller Kraft. Während dieser Zeit machte sich die auftretende Schwerkraft der Verzögerung unangenehm an Bord bemerkbar. Alles, was nicht festgeschnallt war, kam in Bewegung und stürzte nach vorn. Da die Besatzung auf diesen Effekt vorbereitet war, passierte nichts. Dann schalteten die Triebwerke ab. „Geschwindigkeit 9.000 Kilometer, Höhe 100 Kilometer", verkündete der Steuermann. Der erste Schritt war geschafft.

Um den Eintritt bei Tageslicht durchzuführen, verständigte man die Station darüber, dass man von nun an langsam näherkäme und erst am darauffolgenden Tag den endgültigen Schritt unternehmen würde. Insgesamt würde man den Mars noch mehr als 50-mal umrunden, bevor der Zeitpunkt des Eintritts erreicht war. In dieser Zeit würde die Geschwindigkeit weiter herabgesetzt werden. Freemond wollte sich bei der letzten Umdrehung in einem möglichst flachen Eintrittswinkel der Oberfläche nähern und das Schiff landen. Das würde zwar mehr Reibungswiderstand erzeugen, doch gleichzeitig die Kräfte beim Aufprall verringern. Dennoch würde es erhebliche Schäden geben, denn das Schiff war für den freien Raum konstruiert worden und nicht für den Flug durch die Atmosphäre. Ihm blieb jedoch keine Wahl, denn das Schiff verfügte nicht über genügend Rettungskapseln, um alle Mitglieder der Besatzung zu evakuieren. Er musste alles auf eine Karte setzen und auf sein Glück vertrauen. Die Zeit es Wartens begann.

FIRST STEP, 12. OKTOBER 2011, KURZ VOR MITTAG

„Es ist so weit", verkündete Freemond. Jeder an Bord wusste, was er damit sagen wollte. Das Schiff trat in die letzte Umdrehung ein. In den vergangenen Stunden war es auf Minimalgeschwindigkeit abgebremst worden. Von den 9.000 Kilometern war man nun bei lächerlichen 1.000 Kilometern angelangt. Vor der letzten Umdrehung hatte man bereits kurzzeitig Bekanntschaft mit der Lufthülle gehabt. Es ruckelte mächtig, aber noch ging alles glatt. Man war jetzt im Dunkeln auf der Rückseite des Planeten und bereitete sich auf die Landung vor. Die Bremstriebwerke zündeten ein letztes Mal.

STATION FIRST HOPE ZUR GLEICHEN ZEIT

„Es geht los", verkündet Morgan. Kurz zuvor hatte er die letzten Worte mit Freemond gewechselt. Nun konnte er nur noch warten und hoffen. Die beiden Rover waren längst für die Bergung besetzt. Ein Wort genügte, so wusste Morgan, und sie würden zum Landepunkt fahren. Was würden sie finden? Einen Haufen Schrott und nur Tote? Die Frage nagte an den strapazierten Nerven. Ungeduldig sah er auf die Uhr. Jeden Moment müsste das Schiff am Horizont erscheinen.

RAUMSCHIFF FIRST HOPE

„Sind alle angeschnallt?", war die letzte Frage. Mehr zu sagen oder noch anzumerken war überflüssig. Von jetzt an konnte man nichts mehr tun. Es galt. Schon machte sich die Luft unangenehm bemerkbar. Das Schiff schlingerte und taumelte mehr, als es flog. Das war kein Wunder, denn mit diesem Tempo zu fliegen war praktisch nicht mehr möglich. Es ähnelte vielmehr einem kontrollierten Absturz. Freemond sah, wie sich die Oberfläche ständig näherte. Noch waren es zwar etliche

Kilometer bis zur Station, doch hoffte er, dass es ihm gelingen würde, das Schiff durch diese Hölle zu manövrieren. Er wusste, dass man den langen Kondensstreifen über viele Kilometer hinweg sehen würde. Erst wenn das Schiff soweit abgebremst war, dass die Reibung ausgeglichen war, würde dieser Streifen abreißen und es als großer silberner Punkt zu sehen sein.

Immer stärker wurde das ächzende Geräusch im Schiff, je näher es der Oberfläche kam.

„Höhe 30.000 Meter, Geschwindigkeit 800, Entfernung zur Basis 120", hörte Freemond und wenig später: „Höhe 15.000, Geschwindigkeit 750, Entfernung 75." Allmählich wurde es kritisch. Sämtliche Warnanzeigen leuchteten im grellen Rot. Die Außenhülle wurde ungeheuren Belastungen ausgesetzt. Der Winkel war so flach, dass man fast meinen konnte, das Schiff würde geradeaus fliegen.

10 Minuten später: „Höhe 3000, Entfernung 9, Geschwindigkeit 350." Mit diesen Werten zeigte der Navigator an, dass man in die kritische Phase eintrat. Freemond konnte nur hoffen, dass sie keine größeren Hindernisse im Weg hatten, an denen das Schiff zerschellen würde.

„Höhe 1000, Entfernung 2, Geschwindigkeit 300. Dreißig Sekunden bis Bodenkontakt." Jetzt gab es kein Zurück mehr. Die First Hope würde gleich aufsetzen. „Bremsraketen auf Vollschub", befahl Freemond. Als die kleinen, blauen Flammen am Bug erschienen, verzögerte das Schiff abrupt. Der Zeitpunkt war gekommen, dass man nur noch hoffen konnte, einigermaßen unversehrt den Boden zu erreichen. Freemond rechnete dennoch mit dem Schlimmsten. Innerlich verfiel er trotz der enormen Anspannung in eine Art Apathie.

STATION FIRST STEP, UNMITTELBAR VOR DER LANDUNG DES SCHIFFES

Morgan sah, wie das Schiff von Westen heranrauschte. Es sah aus, als näherte sich ein Komet mit langem Schweif der Station. Allerdings war dieser Komet mit Menschen bemannt. Er machte sich Sorgen um die Freude an Bord des Ungeheuers, das da schnurstracks auf die Station zuraste. Immer größer wurde das langgestreckte silberne Objekt. An Bord der Station verfolgte der erfahrenste Techniker den Landeanflug. Wie nahe würde das Schiff bei der Station landen? Hatte man an Bord überhaupt noch eine Möglichkeit der Steuerung, oder würde es unkontrolliert zu Boden stürzen? Würde es die Station treffen und diesen Außenposten der Menschheit ausradieren? Fragen über Fragen, deren Antworten in wenigen Minuten erfolgen würden. Jeder der Zeit hatte, saß vor den großen Scheiben der Station, um das faszinierende Schauspiel mit anzusehen. Jeder hoffte, dass es glattgehen würde. Jeder hoffte um das Leben jener Menschen, die dort waren.

RAUMSCHIFF FIRST HOPE

„Höhe unter 100, Entfernung 0, Geschwindigkeit 150.“ Man befand sich in Höhe der Station. Wie ein Schatten raste sie unter dem Schiff hinweg. Dann kam der Aufprall. Wie eine Kugel schlug das Schiff flach auf dem Boden auf und pflügte eine lange Furche hinein. An Bord regierte in diesen Sekunden das Chaos. Die silbrige Außenhaut riss von den auftretenden Gewalten teilweise auf. Der Boden beulte sich. Stühle, Liegen, Regale und Schränke machten sich selbstständig und schlugen wild hin und her. Manch einer der Besatzungsmitglieder verlor jeglichen Halt oder wurde einfach mit seiner Befestigung durch das Schiff geschleudert. Sekunden vergingen, doch für Freemond war es eine Ewigkeit, bis sämtliche Bewegungen zum Stillstand kamen. Dann, urplötzlich, wurde es still. Die First Hope, die erste Hoffnung, lag flügellahm in einem weiten Tal.

Es dauerte geraume Zeit, bis man begriff, dass es gelungen war. Die First Hope hatte ihr letztes Ziel erreicht. Freemond versuchte, sich den Schweiß der Anspannung vom Gesicht zu putzen. Als er seine Hand wieder herunternahm, sah er das Blut an ihnen. Anscheinend war er verletzt. Als wenn diese Erkenntnis der Startschuss für die Zeit danach gewesen wäre, hörte er nun die Schreie der Verletzten. Trotz seiner eigenen Verwundung machte sich der Kapitän auf, um nach der Mannschaft zu sehen. Gleichzeitig hoffte er auf rasche Hilfe von außen, denn nur so würde es überhaupt die Möglichkeit einer Rettung geben.

Station First Step unmittelbar nach der Landung
Für Morgan gab es nur einen Gedanken. „Schickt die Rover los!", befahl er. Die beiden Raupenfahrzeuge bewegten sich, kaum dass der Befehl erteilt war. Ihr Ziel: der Rest des Schiffs. Als es unmittelbar vor der Landung über die Station gerast war, hatten alle instinktiv ihre Köpfe eingezogen. Eine Druckwelle hatte kräftig an dem soliden Bau gerüttelt, aber keine Schäden angerichtet. Wenige Sekunden später wirbelte eine rote Staubwolke auf, die anzeigte, dass die First Hope gelandet war. Messungen ergaben, dass es sich praktisch um eine Punktlandung handelte. Ganze zwei Kilometer östlich schlug das Schiff auf. Eine wahre Meisterleistung.

Während man versuchte, Funkkontakt zu bekommen, eilten die Rover der Absturzstelle entgegen. In weniger als zehn Minuten müssten sie vor Ort sein, um mit der Bergung zu beginnen.

Würden sie noch Überlebende finden, oder war das Schiff zum Sarg geworden? Eine Frage, die alle beschäftigte.

ABSTURZSTELLE FIRST HOPE

Die Rover hatten das Wrack erreicht. Von dem einst stolzen Schiff, das einst als einer der größten Errungenschaften der Menschen galt, war nur noch ein Haufen Blech übrig geblieben. Vorsichtig manövrierten die schweren Kettenfahrzeuge durch das Trümmerfeld nach vorn zur Kommandokapsel. So wie es jetzt aussah, konnte man alle Hoffnungen begraben, denn wie sollte jemand diesen Aufprall überleben. Trotzdem gaben die Männer nicht auf. Damals, als das Schiff hoch über der Erde zusammengesetzt wurde, hatten die Konstrukteure den Fall eines Absturzes oder den Zusammenprall mit anderen kosmischen Himmelskörpern einkalkuliert. Um der Besatzung eine letzte Überlebenschance zu bieten, war der Kommandoteil extrem gepanzert worden. Auf diese Konstruktion vertrauten die Männer der Bergung. Als man die Spitze des Schiffes erreichte, sahen sie einige abgerissene Platten, doch unter ihnen lugte die kugelförmige Rettungseinheit fast unversehrt hervor. Dank der Umsicht jener, die das Schiff gebaut hatten, gab es eine reelle Möglichkeit, hier Menschen lebend zu bergen.

Alean Forester, der als Leiter der Rettungsmannschaft fungierte, hatte die Pläne des Schiffes zuvor studiert. Er wusste von jener kleinen Luke, die mit dem Rettungstunnel der Rover verbunden werden konnte. Gezielt steuerte er sein Fahrzeug dorthin. Als das Fahrzeug zum Stillstand kam, fuhr er den Tunnel aus. „Tunnel ist angedockt", meldete er zur Station. Er und zwei weitere Mitglieder stiegen in die schmale Röhre hin zur Luke. Kaum dass er den Öffnungsmechanismus betätigte, schwand das schwere Schott nach innen auf. Die Männer begaben sich an Bord der First Hope.

Freemond hörte das Geräusch. Erleichtert stellte er fest, dass man dabei war, sie zu retten. Dann sah er den ersten Mann. „Haben sie ein Taxi bestellt?", hörte er ihn fragen. Freemond nickte. „Ein Taxi und einen Krankenwagen, falls es ihnen nicht zu viel Mühe macht", bestätigte er. Nun kamen auch die anderen aus dem Rover. Sie suchten nach Überlebenden. In der nächsten Stunde fanden sie insgesamt 30 Personen. Viele von ihnen hatten Schürf- und Schnittwunden, einige aber auch schwerere Verletzungen und Brüche. „Da wird unser Arzt aber eine Menge zu tun haben", stellte Forester fest, während er einzelne Gruppen zusammenstellte. Schließlich konnte jeder der Rover maximal 6 Leute bergen. Es waren somit 5 Fahrten notwendig. Insgesamt rechnete man damit, den Rest des Marstages mit der Bergung zu verbringen. Zuerst wurden die Schwerverletzten hinübergebracht und zur Station geschafft. Zum Schluss die Leichtverletzten. Gott sei Dank gab es keine Toten zu beklagen. Das Schiff hatte sie alle gerettet.

MARSSTATION FIRST STEP, 15. OKTOBER 2011
In den vergangenen Tagen hatte man sich ausschließlich mit der Bergung von Menschen und Material beschäftigt. Wie Forester vorausgesagt hatte, gab es für die Ärzte und Sanitäter der Station viel zu tun. So wie es aussah, würden bis auf eine Person alle einigermaßen wiederhergestellt werden. Nur für den 23 Jahre alten Norweger Ulvason kam jede Hilfe zu spät. Zwar hatte man ihn noch lebend herübergebracht, doch die inneren Verletzungen zeigten sich als zu schwerwiegend. Die Ärzte gaben ihm nur noch wenige Tage.

First Step, 25. Oktober 2011

Ulvason war tot. Am frühen Morgen dieses Tages war er gestorben. Seinem letzten Wunsch entsprechend, beerdigte man ihn in der Nähe der Station in dem weichen Marsboden. Trotz der Trauer um den Verlust, musste es weitergehen. Es galt jetzt, vorrangig die Lebensbedingungen für alle in der Station lebenden Personen zu verbessern. Dabei gab es ein großes Problem. Einst war diese erste Basis für maximal 20 Personen ausgelegt. Jetzt aber waren es nahezu 50. Es war verdammt eng und wenn man nicht rasch weitere Räume schuf, würde es zu sozialen Konflikten kommen. Es galt zu improvisieren und das schnell.

First Step, 14. November 2011

Mehr als ein ganzer Monat war seit dem Absturz des Schiffes vergangen. Man hatte die Zeit genutzt und aus dem Wrack herübergeholt, was noch irgendwie zu gebrauchen war. Insbesondere die großen Lebensmittelcontainer bargen Möglichkeiten in sich. Mittels der Rover hatte man sie herübergeschleift zur Station, wo sie sinnvoll um die Zentrale aufgestellt wurden. Aus Resten der Außenverkleidung gelang es, Verbindungstunnel zu schaffen und so die großen Behälter als Erweiterung der Station zu integrieren. Aus den Anfängen der ersten Behausung entwickelte sich ein kleines, hermetisch gegen die Außenwelt abgeschirmtes Dorf auf dem Mars. Scherzhaft wurde es von den Bewohnern auf „Little Marshatten" getauft.

Dank der erweiterten Bewegungsmöglichkeiten konnten die aufkommenden Spannungen zwischen den Mitgliedern der Station abgebaut und entschärft werden. Um die Verantwortung für die Belange besser zu koordinieren, beschloss man, eine Art Verwaltungsrat mit zwei Vorsitzenden zu gründen.

Dieser hatte die Aufgabe, alle Tätigkeiten im Rahmen der vorhandenen Möglichkeiten zu steuern. Einstimmig wurden als Vorsitzende die beiden Kommandanten Freemond und Morgan gewählt, eine Wahl, die sich für die zukünftige Entwicklung der Siedlung als glücklich erweisen sollte. Beide Männer waren echte Führungspersönlichkeiten. Sie schweißten die Mannschaft regelrecht zusammen. Es hatte den Anschein, als würde es eine echte Demokratie auf dem Mars geben.

Nachdem der Rat gebildet war, galt seine vorrangige Aufgabe der Nahrungsversorgung. Aus den Trümmern des Schiffs sollte ein großes Gewächshaus entstehen, das in der Lage war, genügend Nahrung für alle bereitzustellen. Um das Projekt so rasch wie möglich in die Tat umzusetzen, sollte jeder seine persönliche Idee einbringen. Während der Planungsphase entwickelten einige der Männer und Frauen neue Talente. Eigenständig entwickelten sie Möglichkeiten, das Leben zu verbessern. So entstand innerhalb kürzester Frist nicht nur ein völlig neues Gewächshaus, das allen Anforderungen mehr als genügte, sondern auch ein Trockenklärwerk. Beide Errungenschaften sorgten dafür, dass fast alles Biologische sinnvoll wiederverwendet werden konnte. Als genial erwies sich die Idee einer anderen Gruppe, die sich freiwillig mit der Beschaffung von Wasser auseinandersetzte. Sie entwickelte aus einfachsten Mitteln ein Kondensationshaus, wo die Feuchtigkeit innerhalb der Station zu trinkbarem Wasser aufbereitet wurde. Hatte man vor Inbetriebnahme mit dem Wasser streng haushalten müssen, so konnte dank dieser Erfindung über 90 Prozent des Wassers wieder zurückgewonnen werden – ein überragender Erfolg.

Durch diese vielen kleinen und großen Anstrengungen angespornt, entwickelte sich auf First Step eine eingeschworene Gemeinschaft, die Freude an ihrer Pionierleistung hatte.

Man war sich der Einzigartigkeit ihres Unternehmens bewusst und würde auch zukünftig daran festhalten. Der Mars schien endgültig eine neue Heimat für die Menschen zu sein. Zwar vergaß man nicht, woher man kam, doch die Erde war bereits nach Kurzem für einige ein fremder Planet, der weit fort war.

GEBÄUDE DER UN NEW YORK AM 18. NOVEMBER 2011

Die Führungsgremien von Dädalus, Ikarus, als auch zahlreiche Staatschefs samt ihren Beratern hatten sich für diesen Tag zu einer außerordentlichen Sitzung verabredet. Es galt, die Auswirkungen der letzten Ereignisse zu besprechen und endlich die richtigen Entscheidungen zu fällen.

Als erster Redner trat wie schon so oft Dr. Soltau ans Rednerpult. Für ihn sollte es einer seiner letzten Auftritte werden, so hatte er es sich zumindest vorgenommen. Es wurde Zeit, den Vorsitz niederzulegen und die Verantwortung an seinen Nachfolger Dr. Meier zu übergeben. Am heutigen Tage, so hatte er beschlossen, würde er einen Appell halten, der selbst Ungläubige überzeugen musste. Lange Zeit hatte er an seiner Rede gefeilt, ohne sie bis zum letzten Wort aufzuschreiben. Er war es gewohnt, frei und fesselnd zu dozieren und so würde es auch heute sein. Bedächtig trat Soltau ans Pult. Ein letztes Durchatmen, ein wissender Blick auf die Anwesenden, die sich noch immer mit langweiligen Diskussionen über das Beste für die Menschheit beschäftigten. Dann wurde um Ruhe gebeten. Langsam legte sich eine gespannte Stille auf die Anwesenden, als Soltau begann.

„Sehr geehrte Minister, Freunde, Mitstreiter und sonstige Anwesende. Ich begrüße sie alle hier im Gebäude der UN. Der Anlass, warum wir uns hier und heute treffen, ist wahrlich kein angenehmer. Bevor ich mich zu den aktuellen Vorkommnissen äußere, lassen sie mich eine kurze Rückschau auf die Vergangenheit machen." Soltau machte eine kurze Pause, bevor er weiterredete. „Seitdem sich das Max-Planck-Institut mit den Phänomenen der Sonne beschäftigt, haben wir immer wieder darauf hingewiesen, dass die Möglichkeit einer Veränderung besteht. Was ist aus unseren Voraussagen geworden? Ehrlich gesagt, es ist schlimmer gekommen, als wir es je annehmen konnten. Obwohl wir eindeutige Beweise haben, dass sich die Sonne in unnatürlicher Weise verändert, glauben viele der hier Anwesenden immer noch an eine Zukunftsvision. Dass dem nicht so ist, beweist die Tatsache, dass sie alle heute hier zu den Beratungen zusammengekommen sind. Die Lage ist mehr als nur ernst. Unsere Visionen haben sich auf dramatische Weise und zu unserem Bedauern bewahrheitet. Wir, die sich unter dem Projekt Ikarus zusammengeschlossen haben, warnen seit Jahren vor dieser Entwicklung. Was muss geschehen, bevor sie die Verantwortlichen endlich begreifen, dass die Lage ernst ist? Wie viele Opfer müssen wir noch beklagen, ehe sie endlich handeln? Meine Damen und Herren – es wird Zeit, dass sie aufhören zu diskutieren, sondern handeln. Wie schon in der Vergangenheit, kann ich nur an ihre Vernunft appellieren. Begreifen sie endlich, dass die Uhr nicht nur tickt, sondern abläuft.

Seit den Ereignissen von 2009 ist diesbezüglich nicht viel geschehen, zumindest nicht in der Richtung, die Menschen vor dem sicheren Untergang zu bewahren. Gut, wir haben den ersten Schritt auf den Mars getan. Wir haben eine Sonde hinauf zum Saturn geschickt, wir haben eine neue Raumstation, doch was nützen diese Errungenschaften dem einfachen Menschen hier auf der Erde? Das alles ist doch mit der Absicht verbunden, einigen wenigen ein Überleben in ferner Zukunft zu garantieren. Eine Zukunft, die es so, falls wir so weitermachen, nicht geben wird. Um tatsächlich unseren Fortbestand zu gewährleisten, müssen wir heute und jetzt die entsprechenden Schritte einleiten und nicht erst in zehn Jahren. Wenn ich mir die aktuelle Situation vor Augen führe, so bekomme ich ehrlich gesagt Panik. Ohne als Pessimist verschrien zu werden, sage ich Ihnen für die nächsten Monate gravierende Veränderungen für das Leben auf der Erde voraus. Mein Szenario, welches ich Ihnen heute präsentiere, wurde von Biologen, Geologen, Klimaforschern, Astronomen und anderen Naturwissenschaftlern entwickelt. Und glauben Sie mir, es ist der reinste Albtraum. Es ist keine Vision, sondern wird binnen Kurzem so passieren. Spätestens jetzt wird es Zeit, dass Sie reagieren, denn, wie schon gesagt, unsere Zeit wird knapp. Die Zeit der persönlichen Interessen und Profilierungssucht einzelner weniger ist vorbei. Bitte begreifen Sie endlich, dass nur die Anstrengungen aller Staaten das Überleben garantieren können. Ich appelliere nochmals an Ihre Vernunft: Lassen Sie es uns gemeinsam tun im Interesse aller. Feindschaften und Egoismus können wir uns in der jetzigen Situation wirklich sparen."

Soltau machte eine Pause, um seine Worte wirken zu lassen. Gleichzeitig fragte er sich, ob seine Worte nicht, wie schon so oft, ungehört blieben?

„Unser Trabant, so steht nach aktuellen Messungen fest, wird seine aktuelle Umlaufbahn um die Erde verlassen. Dabei wird er nicht einfach geradeaus davonfliegen, sondern in einer immer längeren Spirale. Da zwischen der Erde und ihm ein besonderes Verhältnis besteht, müssen wir uns mit den Auswirkungen seines Verschwindens auseinandersetzen. Die bestehende, gegenseitige Dynamik beider Himmelskörper zueinander wird sich hierdurch verändern, was wiederum Auswirkungen auf das Leben auf der Erde hat. Um es knallhart zu formulieren: Verabschieden Sie sich am besten sofort von der Vorstellung, dass es wie bisher weitergeht. Den uns bekannten Tag mit 24 Stunden wird es recht bald nicht mehr geben. Mit jedem Kilometer da sich der Mond von uns entfernt wird die Erdrotation langsamer! Mit jedem Kilometer Entfernung wird die Anziehungskraft der Erde auf den Mond schwächer. Mit jedem Kilometer Entfernung müssen wir uns vom bisher bekannten Leben verabschieden. Als logische Konsequenz sollten Sie sich daran gewöhnen, dass sich Ebbe und Flut, als auch das Weltklima, stark verändern. Die aktuelle Sonnenscheindauer wird zunehmen und die Erde zusätzlich erwärmen. Berücksichtigen wir die ständig ansteigende Aktivität der Sonne, so müssen wir mit einem Anstieg von bis zu zehn Grad annehmen, was zum raschen Abschmelzen aller Eiskappen auf der Erde führt. Grönland und Antarktis werden ihr wahres Gesicht zeigen, das Eis des Nordpols gibt es nicht mehr. Die Gletscher der Anden, des Himalaja, der Alpen und aller anderen Hochgebirge werden sich viel schneller zurückziehen als bisher angenommen und nur Geröllhalden hinterlassen. Der Meeresspiegel wird im Schnitt um drei bis vier Meter weltweit steigen, was zur Folge hat, dass die Städte an den Küsten gefährdet sind. Überschwemmungen werden in den betroffenen Regionen recht bald zur Tagesordnung gehören. Das alles ist schon schlimm genug. Mit dem Verschwinden des Eises wird der Menschheit zusätzlich die wichtigste Süßwasserreserve genommen. Viele der Gletscher speisen die großen Flüsse der Erde. Diese werden wiederum kurzfristig anschwellen, um danach auszutrocknen, da kein Nachschub an Wasser erfolgt. Letztendlich wird der Salzgehalt der Meere durch die Injektion an Süßwasser sinken. Die Auswirkungen durch die verstärkte Sonnenscheindauer wird das System der Meeresströmungen vollkommen durcheinanderbringen, was zusätzlich weltweite Klimaschwankungen und Veränderungen zur Folge hat. Die Folge sind globale Hungersnöte, insbesondere im Bereich des Äquators. Hier wird die Erde am ehesten versteppen, während es in den anderen Gebieten zu verstärkten Niederschlägen kommt. Die schon jetzt betroffenen Dürregebiete werden sich nach Norden und Süden ausdehnen. Stürme jeglicher Form werden unvorstellbare Schäden anrichten und glauben Sie mir, niemand wird Sie vor diesen Naturgewalten schützen können."

Abermals machte Soltau eine Pause. Er sah, wie ihn viele der Anwesenden ansahen. Würden die Modelle Wirklichkeit, so musste mit einer dramatischen Veränderung der Bedingungen auf der Erde zu rechnen sein. Doch damit war die Vision noch nicht zu Ende. Soltau fuhr fort:

„Wenn sich diese Entwicklung fortsetzt, kommt es am Ende zu einer weiteren globalen Veränderung. Das Wasser der Meere wird immer stärker aufgeheizt, was für viele der dort lebenden Tiere das Aus bedeutet. Sie werden durch den abnehmenden Sauerstoff ersticken. Durch die Verdunstung wiederum verstärkt sich anfangs der Niederschlag in den nördlichen und südlichen Breiten. Es wird den Anschein haben, als käme alles wieder ins Gleichgewicht. Doch diese Annahme ist trügerisch, denn irgendwann werden die Niederschläge aufhören, da die Verdunstung abnimmt. Nun sterben die Pflanzen ab, was zu einer Abnahme des Sauerstoffgehalts führt. Sobald diese Spezies nicht mehr existiert wird die Erde aussehen wie jetzt der Mars, wo wir gerade damit beginnen, ihn auf unsere Bedürfnisse einzustellen. Das alles aber wird der Erde erspart bleiben, falls sich die Entwicklungen auf der Sonne wie im Augenblick fortsetzen. Nicht eingerechnet sind in dieses Modell geologische Veränderungen wie Vulkanausbrüche. Bei einer Veränderung der Erddynamik könnte es hier zu uns unbekannten Reaktionen kommen. Auch ist eine Veränderung der Erdachse nicht berücksichtigt, da wir diesbezüglich noch keine Daten haben. Sollte der letzte Sonnensturm hier etwas verändert haben, so muss die Menschheit mit zusätzlichen Problemen rechnen. Wem dies alles noch nicht reicht, um endgültig zu handeln, dem sei gesagt, dass durch die beschriebenen Veränderungen die Menschheit drastisch reduziert wird. Die Zahl der Toten durch die bevorstehenden Ereignisse wird jeden Krieg aus der Vergangenheit um ein Vielfaches übertreffen. Welche sozialen und volkswirtschaftlichen Probleme sonst noch auf uns zukommen, darüber wird ihnen später mein sehr verehrter Kollege Jean Betrone von der Universität Paris berichten. Lassen sie mich nun noch einige Worte über die Projekte Mars und Saturn verlieren."

Klar und voller Optimismus setzte Soltau die Anwesenden über den aktuellen Stand in Kenntnis. Seine Worte zeugten klar von den Fortschritten und den Möglichkeiten der Projekte. Dabei stand der Mars als nächste Lösung klar im Vordergrund. Seine Vision über die vollständige Besiedlung fand allgemeine Anerkennung. Es schien so, als gäbe es einen Ausweg. War der Mars der rettende Strohhalm, oder würde auch hier das Leben recht bald ein Ende finden? Wo, wenn nicht hier, gab es die Möglichkeit das Menschengeschlecht überleben zu lassen?

Zum Schluss seiner Rede brachte er seinen Entschluss vor, von seinem Amt als Leiter des Projekts Ikarus zurückzutreten, was von allen mit Verwunderung aufgenommen wurde. Kurz und knapp schilderte er seine Gründe und schlug gleichzeitig Dr. Meier als Kandidaten für das Amt vor. Der Vorschlag wurde mit großer Mehrheit angenommen. Anschließend trat der angekündigte Professor Breton ans Pult, um über Dädalus zu sprechen.

Dessen Bild sah im Gegensatz nicht ganz so optimistisch aus. Die Einwohnerzahlen sanken nicht im angestrebten Maßstab. Insbesondere jene Staaten mit starker Überbevölkerung lagen weit hinter den gesteckten Zielen. Die Ursachen hierfür lagen in der Mentalität und oft im Glauben der Einwohner. Viele Kinder bedeuteten Reichtum und Anerkennung. Zudem scherten sich viele Politiker nicht um die Probleme des Gesamtprojekts. Ihr Egoismus hemmte die Bestrebungen von Dädalus. Einen weiteren negativen Trend sah Breton in der technischen Entwicklung jener Produkte, die universell auch auf anderen Himmelskörpern einsetzbar waren. Diese Produktion musste so schnell wie möglich deutlich steigen. Sein eindringlicher Appell in diese Richtung war unüberhörbar. Insbesondere, da die erste echte Auswanderungswelle für Anfang des kommenden Jahres geplant war. Anfang 2014, so stand fest, würden weitere Großraumschiffe mit über 2.000 Menschen an Bord auf Marskurs gehen und ihn Mitte 2014 erreichen. Obwohl wegen des letzten Sonnensturms keine konkreten Ergebnisse oder Daten zur Verfügung standen, hielt man an diesem Zeitpunkt fest. Notfalls mussten die neuen Missionen in die Schuhe von First Hope steigen und deren Aufgabe erledigen. Sobald die nächste Staffel den Erdorbit verlassen hatte, sollten innerhalb von fünf Jahren weitere 100.000 Menschen jüngeren Alters die Erde verlassen. Nur so konnte der Mars endgültig besiedelt werden. Über die Risiken des Unternehmens würde man nur die Führung der Schiffe informieren, während der normale Siedler nur seine Vision behielt. Mit diesen Aussichten beendete Brenton seinen Vortag.

In den nächsten 4 Tagen übergaben die Führungen von Dädalus und Ikarus ihren Fachkreisen die anstehenden Arbeiten. In zahlreichen Konferenzen, Vorträgen und Diskussionen hatten sie konkrete Vorschläge zu erarbeiten, die zur Realisierung der vorgegebenen Ziele führen sollte. Innerhalb dieser Konferenzen bildeten sich weitere Kleingruppen aus Fachleuten, die sich mit alternativen Plänen auseinandersetzten.

Eine dieser Gruppen entwickelte dabei einen utopischen Plan, der dem scheidenden Dr. Soltau vorgelegt wurde. Als dieser die Fakten sah, fiel es ihm wie Schuppen von den Augen. Wenn dieser waghalsige Plan gelingen würde, könnte man vielleicht einen entscheidenden Durchbruch beim Auszug der Menschheit in die Tat umsetzen. Die Gruppe hatte sich mit Fachleuten aus dem Bereich Himmelsmechanik zusammengetan. Wie bereits feststand, würde der Mond recht bald seine alte Umlaufbahn verlassen und als kosmischer Vagabund durch das All ziehen. Die Berechnungen ergaben, dass er in acht bis neun Jahren in Richtung Mars abdriften würde. Bis zu diesem Zeitpunkt wäre er ein leicht erreichbares Ziel. Die Vision war nun die Folgende: Wenn es gelänge, unterirdische Siedlungen in den Mond zu graben könnte man hier gut eine Million Menschen unterbringen und den Erdtrabanten wie ein überdimensionales Raumschiff nutzen, das sich innerhalb von 20 bis 30 Jahren dem Mars so weit näherte. Sobald die Entfernung am geringsten war, würden die Ausgänge geöffnet und die Umsiedlung eingeleitet.

Die Hauptprobleme des ganzen Projektes lagen in der Versorgung der Menschen. Wie sollten Luft, Wasser und Nahrung für so viele Menschen auf der langen Reise gesichert werden? Wie sollten sie untergebracht, unterhalten und beschäftigt werden? Wer sollte für Ruhe und Ordnung auf der langen Reise sorgen? Wer kam überhaupt infrage für die Reise. Diese und viele andere Fragen mussten gelöst werden, bevor man überhaupt den ersten Spatenstich ausführte. Das alles würde Zeit brauchen, Zeit die man nicht hatte.

Als Soltau das ganze Ausmaß vor seinem geistigen Auge sah, wurde ihm klar, dass man ein weiteres Kapitel zur Rettung der Menschheit aufschlug. Der Aufwand wäre gewaltig und beim ersten Hinsehen fast unlösbar. Doch die vorgebrachten Fakten zeigten ein anderes Bild: Wenn die Berechnungen stimmten, würden die Kinder der Aussiedler den Mars erreichen. Es musste gelingen, koste es, was es wollte. Noch am selben Tag besprach sich Soltau mit Breton. Am Ende der Besprechung stand fest, dass es ein neues Projekt geben würde. „Luna live!" wurde an diesem Tage beschlossen. Binnen acht Jahren musste es abgeschlossen sein. Als Stichtag wurde der 01. Januar 2019 festgesetzt. An diesem Tage würden die Eingänge auf der Oberfläche des Mondes geschlossen.

RADIOTELESKOP ELFEISBERG, 12. DEZEMBER 2011, 08.45 UHR MEZ

Das größte deutsche Teleskop für den akustischen Empfang kosmischer Nachrichten gehörte mit zu den modernsten Einrichtungen dieser Art in Europa. Seit es in Betrieb war, hatte man unglaubliche Entdeckungen gemacht. Nachrichten aus längst vergangenen Tagen, den Nachhall explodierender Sterne, das Summen und rhythmische Pochen der Pulsare, die einzigartigen Töne der Planeten und das Raunen der Sonne, all das war hier empfangen und analysiert worden. Das Teleskop spürte Radiosterne in weit entfernten Galaxien ebenso auf, wie undefinierbare Töne aus dem Zentrum der eigenen Milchstraße. Insgeheim hofften die Wissenschaftler aber auf Signale, die nicht natürlichen Ursprungs waren. Nachrichten anderer Zivilisationen, deren Existenz von keinem mehr bezweifelt wurde, sollten den Beweis erbringen, dass man nicht allein war.

So waren Bernd Fleischmann und seine Kollegen auch an diesem frühen kalten und nebligen Tage wieder dabei, den Himmel nach Signalen abzusuchen.

Im Gegensatz zur optischen Beobachtung konnte man hier jederzeit und immer horchen.

Fleischmann suchte zunächst nach Signalen im Gigahertzbereich. Hier, so die Vermutung, würde man am ehesten etwas finden, was auf intelligentes Leben schließen ließ. Auch von der Erde wurden in diesem Bereich Nachrichten ins All geschickt, damit sie vielleicht irgendeinen Empfänger in der Unendlichkeit erreichten. Doch so angestrengt der Wissenschaftler auch horchte, außer dem Rauschen aus dem Hintergrund war nichts zu hören.

Nach gut einer Stunde hatte er die Nase voll. „Wird mal Zeit, dass ich meinen Mitstreitern etwas zu hören gebe", murmelte er in Gedanken vor sich hin. Er drückte einige Schalter und das Gerät durchforstete den Bereich um 250 Megahertz, einer Frequenz von der Fleischmann wusste, dass er etwas hören würde.

Wenig später ertönte ein leichtes Zirpen aus dem Lautsprecher. Jeder andere wäre vor Erstaunen aufgewacht. Für Fleischmann war dieses Signal eines, das er nur zu gut kannte. Dennoch machte er den Eintrag. „Signal von Pioneer X um 9.56 Uhr auf Frequenz 250,89 MHz empfangen." Sein Blick fiel auf die Ortung. Für ihn als Radioastronomen befand sich das Signal direkt vor der Haustüre, mal eben 9,5 Milliarden Kilometer von der Erde entfernt. Irgendwann, so wusste er, würde die Sonde die geheimnisumwitterte Oortsche Wolke erreichen, die noch kein Mensch gesehen hatte. Hier vermuteten die Astronomen einen Ring aus Restmaterial von der Entstehung des Sonnensystems. Doch bis dahin würde Pioneer wohl noch einige Jahre unterwegs sein. Trotzdem war es erstaunlich, dass die Sonde immer noch Signale von sich gab, seit sie am 02. März 1972 von Cape Kennedy gestartet wurde.

Weiter ging die Suche. „Wollen doch mal hören, was oben auf der Station los ist", sprach er wieder vor sich hin. Kaum hatte er damit begonnen, das Band zu wechseln, als er abrupt stockte. Aus dem Lautsprecher kamen deutliche Worte, die auf keinen Fall von der Erde stammen konnten.

Hallo Erde, hier Marsstation First Hope, Commander Morgan. Wir hoffen, dass Sie unsere Nachricht hören. Leider können wir ihre Meldung nicht empfangen, da unser Funkgerät nur sendet. Wer immer diese Meldung auch hört, bitte leiten sie unsere Nachricht an Ikarus weiter. Projekt First Hope ist erfolgreich abgeschlossen worden. Alle Besatzungsmitglieder wohlauf, Raumschiff First Step nach Sonnensturm hier notgelandet. Alle Besatzungsmitglieder bis auf einen lebend geborgen. Ich wiederhole: Wir sind gesund bis auf eine Person. Brauchen jedoch zum weiteren Ausbau der Station dringend Hilfe und Material. Hallo Erde hier Marsstation First Hope ..."

Die Nachricht wiederholte sich. Da alle Signale vollautomatisch aufgezeichnet wurden, ging Fleischmann nach nebenan und brannte die Nachricht auf eine CD. Diese nahm er und schrieb Ort, Datum und Sendekoordinaten darauf. Als er fertig war, rief er einen seiner Assistenten, der ihm eine Verbindung zur Zentrale von Ikarus herstellen sollte.

ZENTRALE IKARUS, NEW YORK, 12. DEZEMBER 2012 03.15 UHR ORTSZEIT, 09.15 UHR MEZ

Die Nachricht vom Elfeisberg schlug ein wie eine Bombe. Als man keine Signale erhielt, war man vom Scheitern der Mission ausgegangen. Nachdem was man jetzt wusste, funktionierte die Station, wenn auch mit Problemen. Man konnte sie zwar hören, doch keine Mitteilungen senden.

In einer rasch anberaumten Sitzung beschlossen die Verantwortlichen, eine Rettungsmission in die Wege zu leiten. Binnen kürzester Frist würde eine Versorgungseinheit starten, um so schnell wie möglich den Mars zu erreichen. Als unbemannter Flugkörper brauchte man auf Beschleunigungswerte keine Rücksicht zu nehmen. Trotzdem würde es über ein halbes Jahr dauern, bevor das Objekt auch nur annähernd in die Nähe des Roten Planeten gelangte. Inklusive Vorbereitung würde gut ein Dreivierteljahr vergehen. Würde die Besatzung so lange aushalten? Diese Frage konnte erst nach dem Erfolg der Mission „Save the Mars" beantwortet werden. Da keine Zeit zu verlieren war, begannen die Vorbereitungen bereits am nächsten Tag.

SONDE HELIOS IN SEINER UMLAUFBAHN UM DIE SONNE
03. JANUAR 2013

Noch immer beobachteten hochempfindliche Kameras die Sonnenoberfläche. Das andauernde Wabern, die vielen kleinen und großen Gasausbrüche, kleinere und größere Sonnenflecken, all das, was den Mechanismus des Sterns am Leben erhielt, wurde täglich an die Erde weitergegeben. Es schien, als gäbe es nichts Neues und doch wusste man, dass die Sonne krank war. Ihr Rhythmus war gestört und die damit verbundenen Veränderungen würden den Stern zum Kollaps führen. Daher waren die Beobachtungen der Sonde umso wichtiger, damit bereits im Ansatz Veränderungen erkannt und so darauf reagiert werden konnte.

An diesem Tage entdeckte Helios im nördlichen Bereich die Entstehung einer Einbruchzone. Unverzüglich sendete der Kundschafter seine Entdeckung in Richtung Erde, wo sie acht Minuten später eintraf.

Zentrale Ikarus, 03. Januar 2013, am späten Nachmittag
„Es geht wieder los." Mit diesen wenigen Worten stand für die Wissenschaftler fest, dass man eine weitere Sonneneruption zu erwarten hatte. Zu eindeutig waren die Bilder der Sonde. Noch wusste man nichts über das Ausmaß des Ausbruchs und deren Folgen. Fest stand nur, dass es binnen weniger Tage erneut so weit war. Unverzüglich wurde der Alarm ausgelöst und damit ein weltumspannender Mechanismus in Gang gesetzt. Binnen weniger Stunden traten sämtliche Katastrophenpläne in Kraft. Wo immer es ging, suchten die Menschen Schutz vor der Gefahr aus dem All, soweit man sich vor dieser überhaupt schützen konnte. Zu groß, zu gewaltig war das, was sich dort oben abspielte, als dass man es kontrollieren konnte. Machtlos war man den Gewalten der Sonne ausgeliefert.

VTT Teneriffa am 12. Januar 2013, 11.45 Uhr MEZ
Der Zeitpunkt der Eruption war gekommen. Was würde dieses Mal auf die Menschheit zurollen? Wie viele Milliarden Tonnen solarer Materie würden dieses Mal die Erde treffen. Keiner wagte, auch nur eine Prognose abzugeben. Fest stand nur, dass es geschah.

Nur wenige Minuten brach der ausgespähte Teil in sich zusammen. Was die Fachleute erstaunte, war die Stärke des Ereignisses, denn sie widersprach allen Berechnungen. Man hatte einen größeren Ausbruch wie zwei Jahre zuvor erwartet, der die Sonne zum Pulsieren brachte. Das, was man nun sah, passte einfach nicht ins Konzept. Statt des erwarteten Ansturms geschah praktisch nichts! Die Männer auf am VTT sahen sich ratlos an. Warum schleuderte der Stern nicht ungeheure Massen an Materie aus sich heraus? Warum gab es nicht die erwartete Fackel, die wie ein Signal hoch über der Sonne stand? Hatte man Fehler bei der Vorhersage gemacht?

Wo blieb der Sturm?

Augenscheinlich blieb er aus. Was die Männer und Frauen auf Teneriffa nicht sehen konnten, meldete Helios: Der Stern blähe sich auf, behielt aber seine Energie für sich, anstatt sie in den Raum zu schleudern. Der Umfang wuchs nur kurzfristig an. Die Sonne wurde ein wenig größer. Dann war es auch schon vorüber. Nichts deutete wenig später darauf hin, dass sich dort oben etwas ereignet hatte, was Auswirkungen auf die Erde hatte. Und doch war es so, nur dass man es nicht bemerkte.

Durch die vergrößerte Sonnenoberfläche strahlte der Stern wesentlich mehr Energie ab als ursprünglich. Erst Wochen später konnte man die Auswirkungen auf der Erde spüren. Es wurde wärmer. Hatte die Natur Erbarmen mit den winzigen Erdbewohnern? Gab sie ihnen eine weitere Galgenfrist? Es schien so. Doch wie lange noch würde die Natur den Menschen einen Aufschub gewähren? Wann würde der nächste große Knall erfolgen und alle Hoffnungen in einer gewaltigen Explosion schlagartig zunichtemachen? Kein Mensch konnte zu diesem Zeitpunkt die nächste große Eruption voraussagen, denn die Natur spielt nach ihren eigenen Regeln.

Die Raumstation im Erdorbit, Anfang Juni 2013

Hoch über der Atmosphäre schwebte ein langer, dünner Stift. Die silberne Hülle konnte selbst von der Oberfläche ausgemacht werden. Das unbemannte Versorgungsschiff für den Mars war startbereit. Das über 800 Meter lange Geschoss war bereit sich auf seinen Weg zu machen. Trotz seiner irrsinnigen Ausmaße sah es sehr zerbrechlich aus. „Bleistiftmine" hatten es die Techniker scherzhaft genannt. Dieser Vergleich passte in jeder Hinsicht, denn der Versorger bestand aus vielen hintereinandergestellten Containern, die über dünne Schweißnähte miteinander verbunden waren. Über diesen Zug stülpten die Techniker eine dünne Aluminiumhaut, die vor übermäßiger Hitze und kleineren Partikeln schützen sollte. Am Bug war ein kleiner, kegelförmiger Aufsatz angebracht, der nichts anderes als ein Funksystem und Steuerungselemente enthielt. Das Heck dieses kosmischen Güterzuges hingegen enthielt den Treibsatz. Er wurde gezündet, sobald man die Raketen in einer sicheren Entfernung zur Station positioniert hatte. Etliche Feststoffbooster übernahmen die Aufgabe, das Geschoss anschließend auf über 100.000 Kilometer pro Stunde zu beschleunigen, um die Reise zum mehr als 60 Millionen Kilometer entfernten Mars in kürzester Frist zu überbrücken. Als unbemannter Flugkörper konzipiert, brauchte man auf Andruckwerte keinerlei Rücksicht zu nehmen, sondern nur die Festigkeit der Verbindungsnähte als physikalischen Maßstab festlegen.

DER ERDORBIT, 15. JUNI 2013, 12.12 UHR MEZ
„Zehn, neun, acht, sieben, sechs, fünf, vier drei, zwei, eins – null!" Die letzte Zahl war vom verantwortlichen Flugleiter regelrecht herausgeschrien worden. Ein Techniker drückte leicht auf den roten Knopf seiner Konsole, der den Zündvorgang einleitete.

Hoch über ihren Köpfen sprangen unsichtbar Funken über und entzündeten das explosive Gemisch der Feststoffraketen. Eine kilometerlange Feuerzunge aus den Düsen schoss in den Raum. Fast unmerklich, dann aber immer schneller setzte sich das Fahrzeug in Bewegung. Nach fünfzehn Minuten meldete das Radar eine Geschwindigkeit von fünfzigtausend Kilometern pro Stunde.

Nach weiteren dreißig Minuten erreichte es seine vorausberechnete Reisegeschwindigkeit von 100.000 Kilometern in der Stunde. Dennoch flammte am Heck die blaue Stichflamme weiter auf, die Geschwindigkeit stieg weiter an.

Am Boden versuchte man alles, um den tobenden Gewalten Einhalt zu gebieten. Verzweifelt schlug der Techniker auf den Knopf für den Brennschluss, doch es half nichts. Die Rakete zeigte keinerlei Reaktion auf den Befehl. Irgendwo dort oben musste sich ein Fehler eingeschlichen haben, der zum Scheitern der Mission führen konnte.

15. Juni 2013, Bodenkontrollstation, 13.10 Uhr MEZ
Ungläubig sahen die Männer und Frauen auf das große Fernsehbild an der Wand. Das Bild kam von der Raumstation, welche den Kurs der Rakete verfolgte. Rechts neben dem riesigen Monitor zeigte eine Anzeigetafel das Koordinatenkreuz des Flugverlaufs in mehreren farbigen Linien auf. Grün wäre der errechnete und gefahrlose Weg gewesen, doch die rote Linie wich überdeutlich von ihr ab. Sie zeigte den aktuellen Status an und der war wenig erfreulich. Wenn die Rakete weiterhin so kontinuierlich beschleunigte, würde sie das Zielgebiet vor dem Eintreffen des Mars erreichen und glatt an ihm vorbeifliegen.

„145.000 Kilometer pro Stunde. Geschwindigkeit weiter steigend", meldete der Flugbeobachter. Angestrengt überlegte der Flugleiter, was er tun könnte. Sicher, er hätte das Geschoss per Fernzündung sprengen können, doch damit wäre ein monatelang vorbereiteter Flug vorzeitig zu Ende. Nein, das würde er auf keinen Fall tun. Die Sprengung musste die letzte Option bleiben. Eher würde er versuchen, durch ein Manöver den Kurs zu verändern. Schließlich hatte das Schiff für diesen Fall ein

Reservesystem an Bord, das man jederzeit in Betrieb nehmen konnte.

Seine Überlegungen wurden unterbrochen, als die nächsten Daten hereinkamen. „150.000 Kilometer pro Stunde. Triebwerke haben abgeschaltet." Von nun an würde das Schiff mit irrsinniger Geschwindigkeit antriebslos weiter durch den Raum jagen. Falls es den Mars verfehlte, erreichte es einige Monate später die Umlaufbahn des Jupiters und wenn es heil durch den Asteroidenring käme, den Planeten selbst. Wenn auch dies ihn nicht stoppen würde, ginge der Flug vorbei an den anderen Planeten des Systems hinaus in den freien Raum. Dann würde es alle Rekorde brechen und in ganz ferner Zukunft das Sonnensystem verlassen. Das aber durfte nicht sein.

„Alle Mann sofort in den Konferenzraum 5", befahl der Flugleiter. Nur durch die intensive Zusammenarbeit konnte man das Schiff vielleicht retten. Er, der Flugleiter allein hatte die Verantwortung zu tragen. Von dem, was möglich wäre, von all den technischen Finessen, astrophysikalischen Gegebenheiten, verstand er nur die Grundlagen. Dafür gab es andere Spezialisten in seinem Team. Mit ihnen und den Herstellern der einzelnen Bestandteile würde man einen Weg finden, den Versorger zu retten. Momentan bestand kein Grund zum direkten Handeln, denn es würden noch etwas mehr als zwei Wochen vergehen, bevor das Schiff nur annähernd die Umlaufbahn des Mars erreichte. Bis spätestens zum 01. Juli aber musste eine Lösung gefunden werden, denn drei Tage später wäre die Umlaufbahn passiert.

28. Juni 2013, Bodenkontrollstation, 03.04 Uhr MEZ
Dreizehn Tage waren seit dem Start des Versorgers vergangen.

Dreizehn Tage, in denen man immer neue Pläne erarbeitet hatte, um die Mission zu retten. Dreizehn Tage, wo immer wieder bei der Überprüfung festgestellt wurde, dass es nicht klappen konnte. Erst spät in der Nacht des 27. Juni hatte eine weitere Simulation zu einem positiven Resultat geführt. Mehrmals hatte man die Möglichkeit durch unabhängige Rechnersysteme gejagt und jedes von ihnen meldete eine positive Möglichkeit. Also würde man es versuchen. Der Plan war so einfach wie genial.

Man würde das Schiff in der Umlaufbahn des Planeten parken, was bedeutete, dass die Bremsraketen gezündet werden mussten, bevor dieser Punkt erreicht würde. Mars würde später genau diesen Punkt passieren und damit den Versorger regelrecht einholen. Das Hauptproblem bestand im Großen und Ganzen darin, den exakten Zeitpunkt der Verzögerung zu berechnen, um das Schiff auf den Meter genau zu positionieren. Die Toleranz durfte nicht mehr und nicht weniger als 50 Kilometer betragen. Nur innerhalb dieser Entfernung konnten die Container einzeln zur Oberfläche gelangen. Bei einem zu weiten Abstand würde Mars an den dringend benötigten Hilfsgütern vorbeifliegen. Im anderen Falle schlügen sie hart auf ihm auf und würden höchstwahrscheinlich durch die Wucht des Aufpralls zerstört. Beide Fälle mussten daher ausgeschlossen werden. Es gab nur einen einzigen Versuch und der musste klappen.

KONTROLLSTATION FÜR DEN VERSORGER AUF DER ERDE, AM 02. JULI 2013, 10.45 UHR MEZ
„Bremszündung!" Als der Flugleiter diesen Befehl gab, wusste er, dass es ab jetzt kein Zurück mehr gab. Als der verantwortliche Techniker den Knopf für das Bremsmanöver betätigte, wurde dieser Impuls direkt zum Steuerungscomputer des

Schiffs geleitet. Zusammen mit den Koordinaten der Schiffsposition für den Bremspunkt würde er das Reservetriebwerk auf die Nanosekunde in exakter Dosierung zünden. Die Zeitverzögerung von etwas mehr als 4 Minuten war dabei einkalkuliert. Diese Zeit benötigte der Impuls, um das Schiff zu erreichen. Bis zur Bestätigung würde abermals die gleiche Zeit vergehen.

Von nun an hieß es warten und das war mehr als anstrengend. Wie gerne hätte man auf der Erde ein System gehabt, das schneller als das Licht war. Doch noch bildete diese Einheit eine undurchdringliche Barriere und solange man keinen anderen Weg fand, würde es so bleiben. Das Licht war einfach nicht schnell genug.

Der Versorger auf dem Weg zum Mars
02. Juli 2013, 10.49 Uhr MEZ

Der Impuls von der Erde erreichte den Bordcomputer. Eine endlose Reihe von Nullen und Einsen wurde in eine sinnvolle vom Rechner verständliche Befehlskette umgewandelt. So wusste der Rechner, wann er reagieren musste. Selbstständig, ohne weitere Hilfe von außen, reagierte er. Pünktlich, auf dem Meter genau, aktivierte er das Reservesystem, um das Schiff wie geplant zu verlangsamen.

Der Versorger in der Marsumlaufbahn, 02. Juli 2013
12.07 Uhr MEZ

Das Ziel war erreicht. Kurz zuvor hatte das Triebwerk seinen Dienst eingestellt, um mit der Restenergie den Punkt zu erreichen, den der heranstürmende Mars innerhalb von 30 Minuten erreichen würde. Riesig und bedrohlich kam der Rote Planet auf den Versorger zu. Der Zeitpunkt, dass die Container einzeln voneinander gelöst würden, um hinabzusteigen auf die Oberfläche, war nicht mehr fern.

MARSSTATION FIRST HOPE, 02. JULI 2013, 12.30 UHR MEZ

Gerade wollte sich Morgan zu seinem wohlverdienten Mittagessen zurückziehen. Zusammen mit Freemond hatte er den ganzen Vormittag über an neuen Plänen gearbeitet. Ohne Hilfe von der Erde hatte man seit dem Abriss der Funkverbindung vor gut 18 Monaten damit angefangen zu improvisieren und die Überlebenden zu motivieren. Im Anfang war es schwer gewesen. Einige von ihnen hatten in der Anfangszeit unter starkem Heimweh gelitten und waren in Depressionen verfallen. Wieder andere hatten sich resigniert in ihr Schicksal ergeben. Eine schwere Zeit des Neubeginns lag hinter ihnen.

Mit der Zeit aber war aus dem zusammengewürfelten Haufen ein echtes Team geworden. Intensiv hatten er und Freemond daran gearbeitet, aus dem Nichts etwas Neues zu schmieden. Heute dachte kaum noch jemand an die Erde. Dafür war sie viel zu weit fort. Der Depression war die Euphorie des Neuen gewichen und hatte rasch um sich gegriffen. Aus Resignation wurde Tatendrang, der wie ein Virus um sich griff. Little Marshatten wuchs und wuchs. Aus den zaghaften Anfängen war eine echte Stadt geworden, die fernab der Erde ihr eigenes Dasein fristete.

Nebenher entwickelten sich zwischen einigen der Bewohner zwischenmenschliche Beziehungen. Männer und Frauen fanden zueinander. Das war insoweit unproblematisch, da es ein ausgewogenes Verhältnis zwischen beiden Geschlechtern gab.

Irgendwann würde es die ersten Marsmenschen geben, davon war man überzeugt. Nur er, Morgan, wollte noch keine Beziehung eingehen. Er vertiefte sich derartig in seine Arbeit, dass ihm keinerlei Zeit für ein Privatleben blieb.

Mitten hinein in seine Gedanken erreichte ihn die Meldung eines der Rover, der sich auf Erkundungsfahrt in der näheren Umgebung der Station befand. „Rover I an Station. Bitte melden!" „Hier Station", sprach Morgan ruhig. „Was gibt es?" „Rover I an Station, schauen sie mal aus dem Fenster."

Morgan folgte der Aufforderung, obwohl er sich nicht vorstellen konnte, etwas Neues und Aufregendes zu sehen, denn der Mars bot wirklich nichts, was er nicht schon kannte. Dann aber sah er, was die Mannschaft des Rovers meinte. Hoch oben am Himmel war ein langes, glitzerndes Objekt erschienen.

DER VERSORGER IN DER MARSUMLAUFBAHN, 02. JULI 2013, 12.35 UHR MEZ

Genau jetzt war der Zeitpunkt gekommen, den ersten Container aus dem Verbund zu lösen. Ein Impuls sprengte die Spitze des Zuges ab, die sich langsam vom Schiff entfernte. Anschließend zündete der Computer die Sprengverschlüsse der ersten Einheit. Die silberne Hülle platzte auf. Wie von Geisterhand geführt senkte sich der erste Behälter der roten Oberfläche entgegen. 120 Sekunden später folgte der zweite. So ging es fort, bis auch der letzte Container abgesprengt war. Nur das Triebwerk und die kegelförmige Spitze verharrten hoch über der Oberfläche. Sie würden in einen nahen Orbit einschwenken und von nun an die Oberfläche beobachten. Es sah aus wie eine lange unsichtbare Perlenschnur, an der die Container hingen. Als die Behälter in die Atmosphäre eintraten, wurden sie durch die

Reibungshitze stark erwärmt, doch das hatten die Konstrukteure vorher berechnet und die Unterseiten mit Keramikplatten verstärkt. Sie hielten den extremen Belastungen stand. Zugleich bremste die Lufthülle die großen Quader ab, je dichter die Luft zur Oberfläche hin wurde. Um eine einigermaßen sanfte Landung zu gewährleisten, war jeder Container mit riesigen Fallschirmen ausgerüstet, die sich in 10.000 Metern Höhe vollautomatisch entfalteten. Als sie letztendlich auf die Oberfläche trafen, war ihre Geschwindigkeit so weit herabgesetzt worden, dass die Gebilde nicht zerbrachen. Ein Bewegungsmelder reagierte, als die schweren Kolosse ihre Aufprallenergie aufgebraucht hatten und sie stießen die Fallschirme ab. Sie wurden nicht mehr gebraucht.

MARSOBERFLÄCHE IN DER NÄHE VON FIRST HOPE
02. JULI 2013, 14.00 UHR MEZ

Das Erste der unbekannten Flugobjekte war niedergegangen und so wie es aussah, folgten weitere. Im Abstand von wenigen hundert Metern grub sich einer nach dem anderen knöcheltief in den roten Marsboden ein. Als der Rover ihn erreichte, las die Besatzung: „Ein verspätetes Weihnachtsgeschenk. Schöne Grüße von der Erde." Diesen Satz hatte wohl einer der Konstrukteure als Scherz mit blauer Farbe auf die Außenhaut des Behälters gepinselt.

Als man den Fund an die Station meldete, war allen klar, dass man sie nicht vergessen hatte. Ihr unbeantworteter Ruf war also gehört worden. Nie hätte man gedacht, dass man so schnell reagieren würde. Der Rover näherte sich dem Container weiter. Staunend fuhr er um das zweiundzwanzig Meter lange Gebilde herum. Anscheinend war er weitestgehend unbeschädigt. Am Heck sah man die lange Furche der Landung, während sich vorn ein Haufen von rotem Schutt aufgehäuft hatte.

Doch was war in dem Behälter? Wie Schatzsucher, die endlich ihr ersehntes Ziel gefunden hatten, griff die Erregung auf die Männer an Bord über. Wo war der Mechanismus zum Öffnen der Blechdose? Abermals suchte das Team. Mehrmals umrundete der Rover das Gebilde, doch nirgends eine Spur. Erst nach einer halben Stunde sahen sie den großen roten Knopf. Er lag vorn an der Unterseite. Fast wäre er von dem Schutt vergraben worden. Ein kleines Schild mit der Aufschrift „Open, press here", verriet den Zweck. Man hätte ihn beinahe übersehen. Der Rover fuhr seitlich heran und fuhr seinen Greifarm aus. Was verbarg sich wohl im Innern und war es trotz der nicht gerade sanften Landung unbeschadet? Nur das Pressen des Knopfes würde eine Antwort geben. Ohne weiter lange zu überlegen, drückte der Greifarm auf den roten Punkt, der sich nur wenige Zentimeter tief in die Führung pressen ließ.

Im Innern reagierte der Öffnungsmechanismus. Treibgas strömte in einen Kolben und presste ihn nach oben. Ein Hebel wurde betätigt, der auf mehrere Gelenke einwirkte und so den Öffnungsmechanismus endgültig aktivierte. Scheinbar lautlos fiel die große Klappe nach vorne auf. Dem Rover gähnte der Inhalt des Behälters entgegen. Innen auf der Klappe selbst befand sich ein weiterer Zettel. Neben einem Begrüßungstext beschrieb er den Inhalt und dessen genauen Lagerort. Am Ende der Liste stand ein Verweis, dass insgesamt 34 Container zur Gesamtlieferung gehörten.

Als Morgan hörte, was die Besatzung des Rovers entdeckt hatte, war er mehr als erstaunt. Die Inventurliste enthielt alles, was man dringend benötigte. Ganz vorn im ersten Behälter befand sich ein nagelneues Funkgerät nebst Antennenanlage und einer Betriebsanleitung. Es folgten zahllose Kisten mit Lebensmitteln und vor allem Behälter mit Wasser. Unverzüglich ließ

Morgan den zweiten Rover besetzen, um zusammen mit ihm die unverhofften Schätze zu bergen.

In den nächsten Tagen herrschte rege Tätigkeit und Aufregung auf First Hope. Mit jedem entladenden Container fand man etwas, was der Station zugute kam. Drei der Behälter waren ausschließlich mit Wasser befüllt worden, das in stoßsicheren Kanistern gelagert war. Allein damit konnte man die bisherigen Vorräte auffüllen und ergänzen. In anderen fand sich Werkzeug, Maschinen, Bücher und andere Medien, teilweise mit wissenschaftlichen, teils mit unterhaltendem Material. Noch vieles andere, oft sinnvolle Kleinigkeiten und selbst Nadeln und Fäden holte man aus den riesigen Dosen. Morgan und Freemond sorgten dafür, dass alle Güter zunächst in einem eigenen Bereich der Station gelagert wurden. Im Laufe der Zeit würde man die neuen Dinge ins allgemeine Leben der Station integrieren. Selbst die Container würde man zur Erweiterung der Station verwenden. Dank ihrer sinnvollen Konstruktion konnten die einzelnen Teile problemlos miteinander verbunden werden. So entstand eine riesige Halle, die vielseitig verwendet werden konnte.

In der ganzen Aufregung vergaß man jedoch eines: die Inbetriebnahme des Funkgerätes. Erst Tage später fiel es Freemond auf. Er besprach sich mit Morgan. Sollte man es überhaupt verwenden? Musste die Erde überhaupt erfahren, dass ihre Postsendung angekommen war? Würde man nicht falsche Hoffnungen bei einigen Mitgliedern der Crew wecken? Über diese Probleme hatte man überhaupt noch nicht nachgedacht. Man war bisher der Ansicht gewesen, einfach stillschweigend die Waren in Empfang zu nehmen. Was scherte einen die Erde? Nein, Freemond war schon jetzt mehr ein Marsianer als ein Mensch. Lange Zeit hatte er seinen Ursprung vergessen, denn hier auf dem Mars hatte er ein neues Leben begonnen. Er war skeptisch, was das Funkgerät anging.

Morgan sah das schon etwas anders. Er war sich seiner Herkunft durchaus bewusst, denn schließlich konnte er des Nachts den leuchtend blauen Punkt seiner Herkunft dort am Himmel sehen. Er war sich stets sicher gewesen, dass man irgendwann erneut Kontakt aufnehmen würde. Wenn sie jetzt das Funkgerät in Betrieb nahmen, konnte man doch erfahren, was dort in der Heimat geschah. Denn eines war ihm immer klar gewesen, wenn ihre Mission gescheitert wäre, hätte man nichts unversucht gelassen, die nächste Mannschaft zum Roten Planeten zu schicken. Außerdem: Wer hatte denn immer wieder darauf gedrängt, eine Nachricht zur Erde zu senden? Das war doch auch Freemond gewesen. Warum zögerte er also jetzt? Hatte er Angst, dass man ihn zurückholen wollte? Das würde man nicht zulassen. Schließlich lebte man auf dem Mars und hier galten die eigenen Gesetze.

Da sich die beiden nicht auf eine gemeinsame Entscheidung einigen konnten, berief man den Rat der Siedlung ein. Diese Institution war bereits kurz nach der Strandung von First Step ins Leben gerufen worden. Mit ihr sollte vermieden werden, dass einer das Sagen hatte. In der ersten Sitzung waren beide als Entscheidungsträger gewählt worden. Um Entscheidungen zu treffen, die alle angingen, war man dazu übergegangen, eine echte Demokratie zu pflegen. Außerdem konnten so Missverständnisse und Konflikte von vornherein ausgeräumt werden.

Der Rat war das höchste Gremium und jeder der hier Lebenden hatte sich bedingungslos dazu verpflichtet, sich der Entscheidung zu unterwerfen. Es gab keine Ausnahmen.

Um eine weitere parteiliche Abhängigkeit zu vermeiden, mussten alle Entscheidungen einstimmig sein. Wenn einige anderer Ansicht waren, trat der Kompromissausschuss in Kraft. Mit dieser Möglichkeit wurde die Entscheidung so weit verändert, dass ein jeder damit zufrieden war. Das Instrument aus Rat und Ausschuss funktionierte absolut zuverlässig und wurde von jedem akzeptiert. Damit war der Rat auch in der Lage, Konflikte zu lösen und trat wie ein Gericht ein.

First Hope, 10. Juli 2013, 15.00 Uhr, Sitzungssaal des Rates
Kaum dass alle Bewohner der Station anwesend waren, erläuterten Freemond und Morgan ihre Argumente. Jeder schilderte auf seine Weise Hoffnungen und Befürchtungen über den Einsatz des Funkgerätes. Leidenschaftlich und voller Hingabe dozierten sie. Jeder versuchte, die Mannschaft auf seine Seite zu bringen, was zu kontroversen Diskussionen führte. Sicher, eine Funkverbindung zur Erde wäre nicht schlecht. Endlich würde man wieder Kontakt zu jenen aufnehmen, die einem etwas bedeuteten. Aber bestand nicht die auch Gefahr, dass man ihnen ihre Eigenständigkeit nahm? Würden sie nicht durch die Verbindung wieder Untertanen der Erde? Viele sahen es so. Jetzt, wo man hier auf dem Mars ein neues Leben begonnen hatte, sollte man sich einer Zivilisation beugen, die viele Millionen Kilometer entfernt auf einem Planeten lebte, der vom Untergang bedroht war. Was aber wäre, wenn man schwieg und so tat, als gäbe es die Siedlung auf dem Mars nicht? Was wäre, wenn man sich einfach totstellen würde? Auf diese Fragen antworteten Freemond und Morgan identisch. Sie waren der Überzeugung, dass die Erde eine weitere Mission senden und einen erneuten Versuch der Besiedlung unternehmen würde. Wenn diese dann First Hope als intakte Einheit vorfinden würde, wären alle Bemühungen umsonst gewesen. Kundschafter

könnten in diesem Falle die ablehnende Haltung der Siedler an die Erde melden, wo man dann nach geeigneten Maßnahmen suchte, sie im schlimmsten Falle zurückzusiedeln. Nein, das konnte und wollte man nicht riskieren.

Am Ende der langen Sitzung wurde ein Kompromiss beschlossen, der die volle Zustimmung aller erhielt. Die Funkstation würde in Betrieb gehen und der Kontakt zur Heimatwelt hergestellt. Man würde ihnen schildern, wie man die Zeit hier auf dem Mars zugebracht hat und dass ein Überleben möglich war. Man würde sich bedanken für die Hilfsgüter, aber versuchen, von nun an autark zu sein. So wurde es beschlossen und verkündet.

First Hope, 11. Juli 2013, 9.35 Uhr MEZ

Es war so weit. Noch in der Nacht waren die riesige Parabolantenne und das Funkgerät für die erneute Aufnahme der Verbindung aufgestellt worden. Morgan wurde dazu auserwählt, zukünftig den Kontakt zur Erde herzustellen und ihn zu überwachen. Alle wichtigen Meldungen sollten unverzüglich den Siedlern mitgeteilt werden, damit sie über Entscheidungen der Erde unterrichtet waren. Nur so konnte man reagieren. Entschlossen drückte Morgan den Knopf und sprach ins Mikrofon.

Radioteleskop Elfeisberg, 11. Juli 2013, 09.45 Uhr MEZ

Seit geraumer Zeit war die Frequenz auf 235,9 Kilohertz eingestellt, jene Frequenz, auf der sich der Mars melden musste. Seitdem die Kommandoeinheit des Versorgers den erfolgreichen Abwurf der Container gemeldet hatte, wartete man auf den Kontakt. Die Kameras hatten aus der Umlaufbahn ein sternförmiges Gebilde auf der Oberfläche ausgemacht, die Siedlung. Durch extrem hohe Auflösung wurden Details sichtbar, so auch die Bewegungen der Rover. Es gab also menschliche Aktivität dort unten. Als aus dem Rauschen ein klares Signal wurde, wusste man, dass endlich wieder Kontakt bestand. Unverzüglich wurde eine Konferenzschaltung zum Hauptsitz nach New York aufgebaut, damit die Verantwortlichen ohne Zeitverzögerung mithören konnten.

Freemond und Morgan, so hatte man beschlossen, waren als gleichrangige Kommandanten tätig. Zunächst erstattete Morgen einen umfassenden Bericht über die Station. Er beschrieb die Probleme und Erfolge in sachlicher Kürze. Dann bedankte er sich für die Hilfslieferung. Anschließend berichtete Freemond von der Havarie des Raumschiffs, der Rettung durch die Mitglieder der Station und das Leben auf der mehr als 60 Millionen Kilometer entfernten Station.

Je länger der Bericht wurde, desto sicherer war man auf der Erde, dass der erste Schritt gelungen war. Der Mars war besiedelt und von nun an würde jede weitere Expedition und Besiedlung kein Neuland mehr sein. Alles, was jetzt dort hingeschickt wurde, fand eine bestens funktionierende Infrastruktur vor. Für die Männer und Frauen, die einst das Projekt geplant hatten, wurde offenbar, dass man das Ziel erreicht hatte. Nun konnte in aller Ruhe die nächste Phase eingeleitet werden.

RAUMSTATION IM ERDORBIT, ANFANG OKTOBER 2013

Seit mehreren Wochen tat sich Seltsames. Kaum dass der Versorger in Richtung Mars verschwunden war, begann man mit dem Umbau und der Erweiterung des Stützpunktes hoch über der Erde. Immer neues Material wurde von den verschiedenen

Startpunkten auf der Erde hinaufgeschafft. Die Station bekam ein neues Gesicht. Erstmals wurde eine regelrechte Werft gebaut, auf der Raumschiffe direkt entstehen konnten. Die relative Schwerelosigkeit hier oben gestattete es, selbst kühnste Konstruktionen zu realisieren. Das Gewicht spielte keine Rolle, da später lediglich die Masse in Bewegung gesetzt werden musste. Um gleichzeitig an verschiedenen Baugruppen arbeiten zu können, hatte die Werft die Form eines riesigen U's. Über 4.000 Meter lang ragten die begehbaren Seitenteile ins All. Von der Erde aus konnten sie ohne jegliche optischen Hilfsmittel beobachtet werden. Oft standen die Menschen starr vor Staunen und sahen, was dort oben geschah.

Langsam begriff man, dass es an der Zeit war, auf Wiedersehen zu der gewohnten Umgebung zu sagen. Irgendwann würden nur noch wenige die Erde bevölkern, während der Rest sich in den Weiten des Sonnensystems eine neue Heimat suchte. Wer würde bleiben, wer gehen? Diese Frage bewegte die Menschen. Wie Soltau und Brennton es eindringlich gefordert hatten, lief die Maschine für die Rettung der Menschheit an.

Immer mehr Produkte und Erfindungen wurden auf die gestellten Bedürfnisse geprüft. Schon gab es Zeichnungen von kompletten Großstädten wie jene auf der Erde. Wolkenkratzer mit Hunderten von Stockwerken, Fernstraßen rund um den Mars, neue Verkehrsmittel wie Magnetschwebebahnen, all das, wovon man auf der Erde träumte, sollte in der neuen Heimat funktionieren.

Dass Eile geboten war, zeigte sich an den prophezeiten Auswirkungen der Klimaforscher. Immer mehr Gletscher verschwanden, als ob man sie mit einem Brennglas abschmelzen würde. Der Meeresspiegel stieg rasant an. Um der Bevölkerung überhaupt noch Schutz vor den Wassermassen zu geben, erhöhte man die Dämme und Deiche.

Als in diesem Jahr der Sommer auf der nördlichen Halbkugel total verregnete und am Äquator die höchsten Temperaturen seit Beginn der Wetteraufzeichnung gemessen wurden, bekamen die Menschen einen ersten Vorgeschmack auf die sichtbaren Veränderungen. Das Polareis der Antarktis schmolz und gigantische Eisberge brachen ab, die nach Norden trieben. Anhand ihrer Wanderung konnten die Meeresforscher deutlich die Veränderungen des Humboldtstroms erkennen. Dieser zog seit Urzeiten als kalte Strömung an beiden Seiten des südamerikanischen Kontinents entlang. Nun aber veränderte sich der Strom. Anstatt die Hälfte in den Pazifik zu schicken, zog er ausschließlich an der Ostküste entlang. Wenn er diese neue Richtung beibehielt, würde der einstige Fischreichtum an der Westküste versiegen. Zudem beeinflusste das kalte Wasser den Golfstrom. Er, der als wärmste Meeresströmung galt, kühlte aus. Die Häfen an der norwegischen Küste galten bisher als eisfrei. In Zukunft würden sie zufrieren.

Neben diesen Auswirkungen stellten die Forscher eine Veränderung an der afrikanischen Westküste fest. Dort, in Höhe des Äquators, hatte es bisher immer genügend Niederschläge gegeben. Das warme Wasser verdunstete über dem Meer und bildete Wolken, die nach Westen zogen, um anschließend über dem Land abzuregnen. Die gleichmäßige Zuführung von Feuchtigkeit hatte über Jahrhunderte dazu geführt, dass der tropische Regenwald entstand. Als sich das Strömungssystem drastisch veränderte und der Ozean kälter wurde, kam dieser Kreislauf zum Erliegen. Die segensreichen Regenfälle nahmen ab und versiegten im Laufe weniger Jahre. Irgendwann würde es hier so aussehen, wie im Süden des Kontinents, wo große Wüsten wie die Kalahari das Landschaftsbild prägten. Das ganze Ökosystem der Erde geriet in Unordnung. Die Folgen waren unübersehbar und dennoch erst der Anfang. In den kommenden Jahren würde sich dieser Prozess beschleunigen und globale Auswirkungen erreichen.

SONDE LAST HOPE IN DER UMLAUFBAHN UM DEN SATURN
18. OKTOBER 2013

Vier Jahre lang hatte man von der Sonde nichts Neues erfahren. Viele hatten sie schlicht weg einfach vergessen. Nur die Kontrollstation verfolgte den Kurs des Kundschafters. Als er an diesem Tage in eine stabile Umlaufbahn um Saturn einschwenkte, wusste man, dass der erste Schritt gelungen war. Die Kameras sendete Bilder von unglaublicher Schärfe zur Erde. Die Bilder des beringten Planeten sahen beeindruckend aus. Klar erkannte man das Ringsystem, die verschiedenen Monde und die brodelnde Hülle des Giganten. Jetzt, wo man nahe genug am Ziel war, wurde das mitgeführte Arbeitsprogramm automatisch gestartet. Die Sonde begann damit, den Planeten und seine Monde systematisch zu untersuchen und die Daten zur Erde zu funken, wo sie eine Stunde später eintrafen, um gespeichert zu werden. Später, sobald genügend Informationen gesammelt waren, konnte man sich ein klares Bild machen. Eines stand jedoch schon jetzt fest. Saturn selbst war für eine Besiedlung höchst ungeeignet. Sein Druck, seine Temperatur, die Luftzusammensetzung und Bewegung boten keine Möglichkeit.

Anders sah es bei den Monden aus. Bereits Ende des vergangenen Jahrtausends hatten die Sonden Pioneer und Voyager aufregende Entdeckungen gemacht. Japeus und einige andere kleine Himmelskörper zeigten riesige Vorkommen von gebundenem Wasser und Wasserstoff. Wenn man nun noch eine stabile Landmasse finden würde und dazu Sauerstoff, so wäre es ein idealer Besiedlungsort. Gestützt auf diese Erkenntnisse sollte es die vordringliche Aufgabe von Last Hope sein, neue Beweise zu sammeln. In wenigen Wochen würde man Klarheit haben und anschließend im Rahmen des Projekts Ikarus die weiteren Schritte planen. Keiner ahnte zu diesem Zeitpunkt, dass Last Hope eine Entdeckung machen würde, die alle Planungen der Besiedlung in ein vollkommen anderes Licht setzen würden. Keiner wusste über das, was die Sonde nun aus nächster Nähe sah. Keiner ahnte, dass Teile des vorhandenen Wissens über Saturn schlagartig ihre Bedeutung verlieren würden.

LEITUNG IKARUS, NEW YORK, 29. OKTOBER 2013

Seit fast einer Woche trafen ununterbrochen Messergebnisse und Bilder von Last Hope ein. Da man besonderes Interesse an der Auswertung hatte, erfolgte diese unverzüglich. Last Hope hatte eine Sonde tief in die Atmosphäre des Planeten geschickt. Was sie meldeten, erstaunte die Wissenschaftler sehr. Konnte es wahr sein, was von dort berichtet wurde? Gab es nicht einen Fehler? Man überprüfte die Daten erneut. Das Ergebnis blieb dasselbe. Jetzt erst war sicher, dass auf Saturn eine Reaktion anlief, wie man sie bisher nur von der Sonne kannte. Was war geschehen?

Die Sonde hatte festgestellt, dass der Saturn mehr Wärme abgab, als er von der Sonne erhielt. Das konnte nur eines bedeuten: seine Umwandlung zu einer Sonne. Tief unten im Kern des Planeten, 60.000 Kilometer von der Oberfläche entfernt, lief die Kernfusion an. Das erstaunte die Forscher, denn bisher war jeder davon ausgegangen, dass Jupiter als größter Planet des Sonnensystems ein Kandidat für diese Entwicklung sei. Sein Markenzeichen, der rote Fleck, galt als klares Indiz für eine typische Entwicklung in diese Richtung. Der Fleck war nichts anderes als ein gewaltiger Feuerorkan von der Größe der Erde. Die Forscher waren immer von der Idee eines gewaltigen Energiepotenzials im Innern des Himmelskörpers ausgegangen. Mit den Ergebnissen vom beringten Nachbarplaneten galt diese Annahme als eindeutig falsch. Was aber würde geschehen, wenn Saturn tatsächlich zur Sonne würde?

Neue Rechenmodelle und Visionen mussten hier Klarheit schaffen, denn eines war jetzt allen klar: Die Möglichkeit, die Monde des Planeten zu besiedeln, war mit dem neuen Wissen vom Tisch. Sobald die Umwandlung vollendet war, würde Saturn seine Monde und das gesamte Ringsystem verschlingen und den Rest des Sonnensystems in ein neues Gleichgewicht zwingen. Die Bahnen der anderen Planeten mussten sich zwangsläufig verändern, was zu enormen Veränderungen führte. War damit die Besiedlung des Mars überhaupt noch sinnvoll? Würde nicht auch die neue Heimat im Feuersturm des neuen Zentralgestirns vergehen? Fragen über Fragen, die so rasch wie möglich nach einer klaren Lösung verlangten. Schließlich ging es um das eigene Geschlecht. Die Experten machten sich ans Werk.

RAUMSTATION IM ERDORBIT, 14. NOVEMBER 2013
Seit nunmehr 8 Tagen donnerten der Station die Raketen von den verschiedenen Startbasen im
5-Stunden-Takt entgegen. Ob von Baikonur, Cape Kennedy oder aus Französisch-Guayana. Sie alle wurden von der Station aufgefangen und auf entsprechenden Plätzen geparkt. Mit jeder neuen Lieferung gelangte Material an, wo es in sinnvoller Weise zum größten Raumschiff in der Geschichte zusammengefügt wurde. Computer überwachten den reibungslosen Ablauf des

ganzen Geschehens. Als Erstes hatte man das Korsett zusammengefügt. Es bildete die Grundlage des gewaltigen Projekts. Millimetergenau trieben die Einzelteile aufeinander zu, um abschließend durch das Personal verschweißt zu werden. Innerhalb weniger Tage entstand so ein neues Gebilde von ungeheuren Dimensionen. Mit einer Länge von 5.000, einer Breite von 800, und einer Höhe von 400 Metern wurde ein Korpus geschaffen, der alles Bisherige bei Weitem übertraf. Noch nie hatten Menschen ein Objekt dieser Größenordnung geschaffen. Es war die Titanic unter den Raumfahrzeugen, das anschließend durch zahllose Zwischen- und Längsstreben zu einem widerstandsfähigen Skelett verstärkt wurde.

Anfang Dezember konnte es selbst tagsüber als glitzernder Punkt auf seiner Umlaufbahn um die Erde beobachtet werden. Als diese fundamentalen Arbeiten abgeschlossen waren, fügte man im Zentrum des Giganten zunächst die Kommando- und Rettungseinheit ein. Beide waren so konstruiert, dass selbst wenn der Rest des Schiffes zerbrechen würde, ein Überleben der Crew gewährleistet war. Das ganze System hatte die Form einer überdimensionalen Hantel. Jede der beiden Kugeln hatte einen Durchmesser von 400 Metern und ragte damit bis an die spätere Außenhülle des Schiffes. In ihnen gab es zahllose Räume und zahlreiche Hangars, die mit Rettungskapseln ausgefüllt waren. Im Notfalle würden sie von der Besatzung aufgesucht werden und durch einen Zündmechanismus wie Schrotkugeln ins All katapultiert. Jede dieser Kapseln war groß genug, um 3 Personen aufzunehmen. Im Falle des Falles würden sie nach ihrem Abschuss den Eintritt in die Atmosphäre von Mars oder Erde problemlos überstehen. Voraussetzung hierfür war allerdings, dass man nahe genug an dem jeweiligen Himmelskörper war, denn für lange Flüge durch das All waren sie nicht geeignet. Allein die Anziehungskräfte der Planeten mussten reichen. Kleine Steuerdüsen erlaubten lediglich geringe Bahnkorrekturen. Für den Fall, dass es zu einem Einsatz zwischen Erde und Mars käme, hatte man auf der Erde unbemannte Rettungsraketen geplant, die binnen weniger Tage die Menschen bergen sollten. Sie würden einfach aufgesammelt und zur Erde gebracht.

Nachdem diese beiden Einheiten vollendet waren, kamen die Lagerräume an die Reihe. Auch ihre Größe sprengte sämtliche bisher gebauten Transporteinheiten. Wie schon beim Versorger verwandte man ein Containersystem. Nur waren diese Einzelbehälter um ein Vielfaches größer. Erst hier oben in der Schwerelosigkeit konnten sie zusammengebaut werden. Kein Transporter war in der Lage auch nur einen von ihnen direkt von der Erde zur Station zu bugsieren. Jede der Boxen wurde quer zu Länge des Schiffes eingebaut. Dabei nutzte man den Raum zwischen den äußeren Abmessungen bis auf den Millimeter aus. Jede der quadratischen Boxen hatte eine Kantenlänge von 400 Metern, was einen Stauraum von über 70 Millionen Kubikmetern je Einheit bedeutete. Das Schiff wurde insgesamt mit 10 dieser Boxen ausgestattet. Die fünf vor der Zentrale bildeten den eigentlichen Laderaum mit einem Fassungsvermögen von 350 Millionen Kubikmetern. Dieser Stauraum würde nach der Vollendung des Schiffes mit unzähligen Gütern verschiedenster Art bestückt. Hier endlich zeigte Dädalus seine Auswirkungen. Auf der Erde hatten Spezialisten eine Liste all jener Dinge erstellt, die man auf einem anderen Planeten benötigte.

Die Container hinter der Zentrale beinhalteten ausschließlich den Treibstoff des Ungeheuers. Noch während die Würfel aufgestellt wurden, begannen die Triebwerkstechniker mit ihrer Arbeit. Um einen solchen Giganten in Bewegung zu setzen und ihn auf die Reisegeschwindigkeit von 100.000 Kilometern pro Stunde zu beschleunigen musste man von den bisherigen Antrieben Abschied nehmen. Sie waren für das neue Schiff ungeeignet, da ihr Brennstoff zu viel Raum einnehmen würde. Erstmals griff man dabei auf eine Idee aus der Zeit zum Ende des Jahrtausends zurück, dem Ionenantrieb.

Dieser basierte auf der explosionsartigen Beschleunigung hoch erhitzter Teilchen. Als Basis diente feiner Eisenstaub, der in den Containern mitgeführt wurde, die unter hohem Druck standen. Nachdem über einen Kernreaktor die erforderlichen Temperaturen aufgebaut waren, wurde diese Energie in eine weitere äußerst hitzebeständige Reaktionskammer geleitet. Durch die Reaktion mit dem eingeblasenen Eisenstaub ionisierten die Teilchen und traten über mehrere Düsen mit annähernd Lichtgeschwindigkeit aus. Der Rückstoß konnte durch vermehrte beziehungsweise verminderte Zugabe der Eisenteilchen auf einfache Weise kontrolliert werden. Das Hauptproblem bestand indes darin, die Stabilität der Reaktionskammer bei den auftretenden Temperaturen und Druckverhältnissen zu gewährleisten. Doch auch hier fand man eine einfache wie geniale Lösung. Ein Teil der im Reaktor gewonnenen Energie wurde zum Aufbau eines abschirmenden Magnetfeldes eingesetzt, das sich wie ein Schutzfilm über die Kammerwände legte und die Hauptlast der auftretenden Belastung übernahm.

ERDORBIT, 27. FEBRUAR 2014
Es war so weit: Nach nur drei Monaten wurden an diesem Tage die Arbeiten am Schiff abgeschlossen. Stolz sahen die Monteure auf das Geschaffene. „First Hope III" hieß das neue Schiff. Dieser Name war zwar nicht so genial wie das Schiff selbst, doch von nun an würde jedes weitere Auswandererschiff zum

Mars dieser Reihe denselben Namen tragen. Dort wo die Kommandokapsel war, waren sämtliche Landesflaggen der Erde angebracht, als Symbol der neuen Vereinigung. Was nun kam, war die Bestückung des Transporters mit allem, was man brauchte, um die mehr als Tausend Passagiere während des Fluges und der ersten Zeit auf dem Mars mit allem zu versorgen. Die Zeit drängte, denn schon mahnte Ikarus zur Eile. Wehe, wenn der nächste Sonnensturm losbrach, bevor das Schiff einsatzfähig war. Gegen den Ansturm hatte es keine Möglichkeit gehabt. Es würde einfach verschwinden und in Tausenden von Fragmenten zur Erde stürzen. Das Risiko war ungeheuer und so beeilte man sich noch mehr als zuvor. Noch während die Laderäume bestückt wurden, kamen die Mannschaft und die Siedler an Bord. Man hatte es sehr eilig, von der Erde fortzukommen.

FIRST HOPE III, 16. MÄRZ 2014
Der Tag des Abschieds war gekommen. Sämtliche Güter und Menschen waren an Bord des stählernen Giganten. Über dem amerikanischen Kontinent ging gerade die Sonne auf, als das Schiff ablegte und sich mit seinen Manöverdüsen von der Station auf eine sichere Distanz entfernte. Eine halbe Stunde verging und vom Boden aus konnte man deutlich beobachten, wie plötzlich zwei Objekte am Himmel standen. Immer weiter drifteten sie auseinander, während vom Boden aus ein letztes Mal alle Funktionen überprüft wurden.

Bereits vor zwei Tagen hatte man mit dem Anfahren des Reaktors begonnen und langsam die Temperatur in der Reaktionskammer erhöht. Um eine Ionisation zu erreichen, musste sie auf mindestens 80.000 Grad Celsius gebracht werden, damit die Stützmasse sofort reagieren konnte. Dieser Wert war nun erreicht. Eine letzte Überprüfung der Magnetfelder zeigte keine Probleme. Der Moment, da das Schiff starten konnte, stand unmittelbar bevor.

„Ready for take-off?", kam die Frage der Kontrollstation. Kommandant Harris sah in die Runde. War man wirklich bereit, den Flug anzutreten? Alle im Kommandostand sahen ihn fragend an. Er wusste genau, wenn er nur ein Wort sagte, würde das Schiff in der Umlaufbahn bleiben. Alle vertrauten ihm. Daher nickte er nur stumm dem Funkoffizier zu. „Hier Raumschiff First Hope III. Wir sind startbereit!"

„Kontrollstation an First Hope III. Sie haben go für den Start." Entschlossen drückte Harris den grünen Knopf direkt vor seinen Augen. Mit ihm wurden die Ventile für die Stützmasse geöffnet. Innerhalb von weniger als einer Sekunde würde er erstmalig einen vollkommen neuen Antrieb zünden. „Zündsequenz eingeleitet", bestätigte er. „Steuermann behalten sie den Geschwindigkeitsanzeiger und die Lagekontrolle im Auge." Der Angesprochene starrte auf die beiden Digitalzeiger vor sich. Noch hatte man nur die normale Umdrehungsgeschwindigkeit um die Erde mit 28.000 Kilometern pro Stunde. Das würde sich bald ändern, so hoffte man zumindest.

Hinten im Heck, kurz vor den Düsen reagierte der Eisenstaub. Die ungeheure Hitze verdampfte ihn, kaum dass er in die Kammer gelangt war. Hier brach nun eine Hölle aus. Der Druck stieg schlagartig, was im Kommandostand bemerkt wurde. 4.000 Bar Staudruck war absolut normal. Selbst das Doppelte konnte die Kammer aushalten. Erst bei 10.000 Bar wurde es kritisch.
Am Heck zeigte sich ein greller weißblauer Blitz, der zu einer regelmäßigen, kilometerlangen Feuerzunge wurde.

Das Triebwerk hatte gezündet. Langsam, als wolle es sich nicht aus der Umlaufbahn lösen, kam Bewegung in den Giganten. Weitere 10 Minuten später war es so weit. Die First Hope III beschleunigte nun kontinuierlich.

„Geschwindigkeit 35.000 Kilometer pro Stunde. Lage normal", meldete der Steuermann 20 Minuten später. Harris nickte zufrieden. „Geschwindigkeit weiter steigern. Kurs Mars!" Das Schiff reagierte. Von nun an würde man sich Zeit lassen, um den ungewohnten Siedlern nicht allzu viel zuzumuten. Erst in 15 Stunden war der Zeitpunkt gekommen, die Triebwerke abzuschalten, um danach antriebslos der neuen Heimat entgegenzufliegen.

DER MOND AM 28. MÄRZ 2014

Während die First Hope III vor mehreren Tagen in Richtung Mars entschwunden war, begann man damit, das Projekt Lunalife in die Tat umzusetzen. Seit mehr als zwei Jahren arbeitete ein eigener Stab an diesem Projekt. Man hatte es bewusst streng geheim gehalten, denn erst wenn die geologischen Voraussetzungen zeigten, dass man den Trabanten besiedeln konnte, würde man das eigentliche Projekt in Angriff nehmen. Daher waren Expertenteams unbemerkt von der Öffentlichkeit zum Mond geflogen und hatten zahlreiche Untersuchungen durchgeführt. Nach gut einem Jahr stand fest, dass man es wagen konnte.

Jetzt begannen Bergfachleute, Bau- und Versorgungsspezialisten, Städteplaner, Architekten und Statiker damit, eine neue Stadt auf dem Mond zu planen. Eine Aufgabe, die utopisch schien. Woche um Woche verging, doch dann wurden aus den ersten Gedanken konkrete Zeichnungen und Computersimulationen. Nur hier konnte man die Stadt tief unter der Oberfläche betreten, die erst in 10 Jahren existieren würde.

An eben diesem 28. März landeten zahlreiche kleinere Raumfahrzeuge in Höhe des Äquators des Mondes. Die erste Mannschaft begann damit, geschützt in Raumanzügen und Fahrzeugen, den Zugang zu den unterirdischen Katakomben in den Boden zu fräsen. Über diesen Zentralschacht sollten später die verschiedenen Ebenen der Stadt erreichbar sein. Während der Bauzeit kam alles Material von hier aus herein. Da man in die Tiefe, statt in die Höhe baute, konnte das Grundgerüst des wabenartigen Gebildes der neuen Stadt recht problemlos erstellt werden. Dass man dabei ungeheure Ausdehnungen unter der Oberfläche ausheben musste, war man von anderen Minenschächten auf der Erde gewohnt. Noch waren es wenige Quadratmeter, die man in die Tiefe grub. Später, nach Fertigstellung der Stadt würde sie einem Durchmesser von mehr als 500 Kilometern haben. Am Fuße in mehr als 4000 Metern Tiefe würden riesige Lagerräume entstehen, die während des jahrelangen Fluges das Überleben der Einwohner gewährleisten würden. An der Oberfläche und damit sichtbar standen die größten Sonnenkraftwerke, die jemals gebaut wurden. Fast zwei Drittel des Mondbodens würden mit blauen Solarzellen überzogen und damit die Energie für die Stadt liefern. Trotz aller Eile und der Mahnung von Ikarus ging man systematisch beim Bau der Stadt vor. Würde man es schaffen? Ein einzigartiger Wettlauf gegen die Natur begann.

STATION FIRST HOPE AUF DEM MARS, 16. APRIL 2014
Freemond und Morgan hatten sich in den letzten Tagen und Wochen oft zusammengesetzt. Bei diesen Konferenzen ging es im Regelfalle um die Ankunft der neuen Siedler und ihre Integration in die bestehende Gemeinschaft. Sobald sie gelandet

waren, würde der ursprüngliche Teil zur Minderheit werden. Sie würden ihre Unabhängigkeit verlieren und damit viele ihrer Freiheiten zugunsten der vergrößerten Gemeinschaft aufgeben müssen. Über diese Vorstellung wurde seit dem Start der First Hope III intensiv diskutiert. 1.000 neue Bewohner auf einen Schlag, 1.000 verschiedene Gesichter und Charaktere, 1.000 verschiedene Ansichten und Meinungen. Wie sollte man das alles mit den bestehenden Strukturen vereinigen, ohne dass es Konflikte geben würde? Wie eine drohende Welle schien man auf der Erde der Ansicht zu sein, das bisherige Eigenleben der Marsbewohner in der von ihr angedachten Weise zu überrollen, um sie damit indirekt wieder unter ihre Kontrolle zu bekommen. Diese Vorstellung behagte niemandem und so bildete sich bereits vor der Ankunft ein Klima des Misstrauens und der Angst vor dem, was da auf sie zuflog. Wie würde man dort auf dem Blauen Planeten reagieren, wenn man feststellte, dass die Siedler unerwünscht waren und nicht freundlich aufgenommen würden? Käme es im Extremfall gar zu einer Auseinandersetzung in der nicht mehr Worte, sondern Taten die Oberhand bekamen? War es vorstellbar, dass es gar Krieg auf dem Mars gab?

Diese Aussichten behagten den beiden überhaupt nicht. Sie waren stets dafür eingetreten, dass der Mars friedlich blieb. Sie wollten der Grundstein einer neuen Gemeinschaft sein. Schließlich war es doch die Erde gewesen, die sie hierhergebracht hatte.

Sie begannen damit, ihren Einfluss auf die anderen geltend zu machen und so über Tage und Wochen den Boden für Toleranz und Frieden zu legen. Es musste gelingen, denn alles andere würde unweigerlich zur Katastrophe führen und damit vielleicht das ganze Projekt gefährden. Immer wieder beraumten sie Sitzungen und Versammlungen an, um die Bewohner auf das bevorstehende Ereignis vorzubereiten. Immer wieder führten sie mit den einzelnen Interessengruppen intensive Gespräche und appellierten an die Vernunft. Wenn das versagte, griffen sie zu Worten der Angst und Panik. Sie zeichneten Visionen, die jedem klarmachten, dass jeglicher Widerstand zwecklos war. Die Übermacht der Erde und sei sie auch noch so fern, war zu groß. Erst wenn dieses Kräfteverhältnis ausgeglichen war, würde man sich für die Eigenständigkeit einsetzen können. Doch bis dahin war es ein weiter Weg. Über Jahre hinweg kämen neue Einwanderer und so lange diese ihre eigenen Interessen verfolgten, musste ein permanenter Kompromiss für die Aufrechterhaltung des Lebens hier auf dem Roten Planeten gefunden werden. Insgeheim aber hoffte man darauf, dass die Neuankömmlinge sich den Interessen der bestehenden Gruppe anschließen würden und damit die Gemeinschaft stärken, statt schwächen würden. So wartete man die Ankunft der Neuen ab.

DER MARSORBIT, 11. AUGUST 2014
AUSSIEDLERSCHIFF FIRST HOPE III
Bereits seit einigen Tagen sah man die Menschen an Bord des Raumgiganten immer häufiger an den Fenstern. Der Mars wuchs und wuchs. Aus dem einst unscheinbaren hellen Punkt am Himmel war eine kleine rötliche Kugel geworden, die sich von Minute zu Minute vergrößerte. Drei Tage zuvor hatte man jenen Punkt der langen Reise erreicht, da man begann, die Geschwindigkeit zu drosseln. Die First Hope III sollte sich ganz behutsam dem Roten Planeten nähern und damit ihrer Besatzung die Möglichkeit eröffnen, sich an die neue Bleibe zu gewöhnen.
Während des gesamten Fluges boten zahlreiche Informationsveranstaltungen Gelegenheit, sich mit dem Mars vertraut zu

machen. Seine Besonderheiten, die zu erwartenden Lebensbedingungen, die geologischen und klimatischen Gegebenheiten
und vieles andere mehr wurden in ausführlichen Beiträgen mit
Unterstützung visionärer Eindrücke und Präsentationen den
Menschen nähergebracht. Ärzte und Psychologen betreuten
intensiv Menschen. Schließlich stand fest, dass man die Erde
nie wieder sehen würde. Die Umsiedlung auf den Mars war
unumkehrbar und endgültig, was vielen der Menschen erst
langsam bewusst wurde. Depressionen und Apathie verbreiteten sich wie eine schleichende, unsichtbare Seuche auf dem
ganzen Schiff. Wehe, wenn es nicht gelang, diese Erscheinung
in den Griff zu bekommen. Im schlimmsten Falle konnte es zu
einer Meuterei an Bord kommen. Es oblag der Schiffsführung,
die Stimmung zu verbessern und wieder jene Kräfte wie zu
Beginn des Fluges zu mobilisieren. Es nützte niemandem etwas, wenn die Landung glückte, die Menschen aber in Tatenlo-
sigkeit versanken.

Als eine der Maßnahmen hatte man nun häufig Bild und Ton-
kontakt mit der bereits existierenden Station. Diese Sendungen
wurden zu einem wichtigen Bestandteil des Lebens an Bord
des Schiffes. Sie sollten in suggestiver Weise zeigen, wozu ein
Mensch in einer starken Gemeinschaft fähig war. Auf Anraten
der Psychologen wurden dabei ausschließlich die positiven
Seiten in den Vordergrund gestellt, während sich die anderen
Probleme nur dem geübten Auge erschlossen. Schiff und Station wurden auf diese Weise allmählich miteinander bekannt und
vertraut. Insbesondere Morgan und Freemond schilderten ihre
Erfahrungen. Rasch wurde klar, dass diese beiden Männer das
Sagen dort unten hatten, was manch einem der Siedler nicht
behagte. Schließlich wollte man frei und ungezwungen auf
dem Mars leben und sich nicht einer Gemeinschaft beugen.

So kam es auch während der Übertragungen öfters zu kontroversen Diskussionen über das Zusammenleben.

Andere hingegen waren froh, dass man auf eine gewachsene Gemeinschaft vertrauen konnte. Sie brauchten Idole und Vorbilder, um sich orientieren zu können. Für sie waren die beiden Persönlichkeiten, die wussten, was sie erwartete. Die Ärzte an Bord stellten rasch fest, dass es bereits jetzt zu einer Spaltung der Interessen kommen würde zwischen jenen, die versuchten durch ihr Auftreten eine Machtposition zu erlangen und jenen, die bereit waren, sich führen zu lassen. Man begann Persönlichkeitsprofile zu erstellen, um so die Rädelsführer und ihre Absichten besser einschätzen zu können. Im Interesse der neuen Gemeinschaft musste ihre Macht eingeschränkt werden. Der Mars durfte nicht in verschiedene Lager aufgespalten werden. Der Traum von Solidarität musste verwirklicht werden. Nur dann würde das künstliche System funktionieren. Als wirkungsvolle Maßnahme sah man die Reihenfolge bei der Landung an. Jene, die nach vorne stürmten und als Erste ihren Platz einnehmen wollten, wurden so weit wie möglich nach hinten in die Landetrupps eingestuft. Andere, wo man davon ausgehen konnte, dass sie sich problemlos eingliedern ließen, motivierte man, indem sie als Erste den Mars erreichen würden. Insgesamt plante man sechs Monate, bis dass der letzte Siedler seinen Fuß auf den Planeten setzte. So hatte man genügend Zeit, eine behutsame Integration vorzunehmen.

Als die First Hope III am 11. August endgültig den Mars erreichte und ihn umkreiste, wurden die Bilder der Außenkameras auf die große Leinwand im Versammlungssaal des Schiffes übertragen. Zu diesem Zeitpunkt herrschte Ruhe in der Atmosphäre. Ein ungetrübter Blick zeigte faszinierende Bilder.

Die großen Täler, Hochebenen und sanften Gebirgszüge, die Polregionen und als Höhepunkt das sternförmige, silberglänzende Gebilde der Station. Insgeheim hatte man auf solche Bedingungen gehofft. Es wäre schlimm gewesen, wenn gerade in diesem Moment einer der gewaltigen Sandstürme den Blick getrübt hätte. So aber zeigte sich der Planet von seiner friedlichen Seite.

Um die Neuankömmlinge zu begrüßen hatte Freemond angeordnet, mit den Rovern einen riesigen Willkommensgruß in die rote Ebene zu zeichnen. Mit dieser Geste hoffte er, bereits im Vorfeld eine Entspannung zu erreichen. Als die Bilder das mehrsprachige Gebilde übertrugen, klatschten viele vor Freude. Nie hatte man es gewagt, auch nur ansatzweise an einen solchen Empfang zu glauben. Als bei der nächsten Umrundung gar fast die gesamte Besatzung in ihren Schutzanzügen zu ihnen hinaufwinkte, konnten viele es nicht länger erwarten, hinabzusteigen. Immer mehr Siedler begannen damit, ihre Habseligkeiten zusammenzuraffen, um sich so mental auf die Landung vorzubereiten. Aufbruchstimmung machte sich breit. Man war so weit, das Seinige dazu beizutragen, aus dieser Ödnis ein neues Paradies zu machen. Genau auf diesen Effekt hatten die Psychologen gehofft. Es würde noch Tage dauern, bis sich die riesigen Schotten des Schiffs sich öffneten. Dann aber gäbe es kein Halten mehr. Immer wieder musste Harris zu Besonnenheit und Ruhe mahnen. Schließlich wollte er planmäßig und geordnet vorgehen.

FIRST HOPE III IN DER UMLAUFBAHN, 14. AUGUST 2014
In den letzten zwei Tagen hatte man den Mars etliche Male umrundet. Nun war der Moment gekommen, da sich die Spitze des Schiffes vom Rest trennte und damit den Weg freimachte

für den Abstieg. Zunächst sollten jene Container landen, die als Übergangsunterkünfte für die Siedler dienten. Das Landeprinzip des ehemaligen Versorgers fand hier seine erneute Anwendung. Als sich die Verankerungen lösten und sich der erste Behälter auf den Weg machte, standen fast alle Mitglieder der Crew und Besatzung an den großen Aussichtsplattformen. Langsam senkte sich das würfelförmige Gebilde dem Planeten entgegen. Als es zehn Kilometer vom Schiff entfernt war, folgte der nächste. So ging es fort, bis die Landezone überflogen war. Dann stoppte man den Abwurf, bis man den Mars erneut umrundet hatte, um anschließend fortzufahren. Bis der letzte Würfel sein Zielgebiet erreichte, sollten mehrere Tage vergehen. Erst danach, so der Plan, würden die ersten Siedler folgen.

STATION FIRST HOPE, 14. AUGUST 2014

Als der erste Würfel landete, begann hier unten ein reges Treiben. Wie schon so oft, mussten die Rover ans Werk und die riesigen Blöcke zu einem großen Komplex zusammenziehen. Normalerweise wäre es ein sinnloses Unterfangen gewesen, denn das Gewicht und die Größe der Einheiten überstieg bei Weitem die Leistungen der Fahrzeuge. Das hatte man bei der Konstruktion berücksichtigt und an der Unterseite der Würfel Raupenantriebe und einen herausragenden Haken angebracht. Über diesen wurden die Einheiten gelenkt, da der Eigenantrieb die Bewegung übernahm. Sobald die gewünschte Position erreicht war, wurde der Haken mittels einer kleinen Sprengladung einfach entfernt. Man hatte beschlossen, die neue Siedlung rings um die bestehende Basis ringförmig anzubringen. Somit würde die ursprüngliche Station als zentraler Mittelpunkt weiterhin existieren, was für deren Besatzung eine wichtige Rolle spielte. Man war und blieb die Schaltzentrale des Ganzen, egal wie viele Erweiterungen auch folgen würden.

Als der letzte Container auf seiner Position verankert war, sah die neue Stadt wie ein riesiges Rad aus. Acht speichenartige Längstunnel verbanden die runde Peripherie mit der Narbe. Das ganze Gebilde hatte einen Durchmesser von knapp 10 Kilometern und musste mit den starken Teleskopen von der Erde aus erkennbar sein. Dann kam der Moment, da die Menschen folgten. Freemond und Morgan warteten gespannt auf ihre Ankunft.

First Hope III, 25. August 2014
Wie lange hatte man auf diesen Moment gewartet? Wie viele Hoffnungen und Visionen sich ausgemalt? Nun war er gekommen. Die ersten 50 Männer und Frauen bestiegen die Fähren. Als sie ablegte, sahen einige den Raumgiganten erstmalig in seiner vollen Größe. Dann aber drehte sich das Shuttle und der Mars geriet ins Blickfeld. Deutlich sah man das überdimensionale Rad, das von Sekunde zu Sekunde größer wurde. Als die Fähre auf die obere Lufthülle traf, rüttelten erste Moleküle am Schiff und die Menschen wurden in ihre Sitze gezwängt.

Weitere fünf Minuten später hatte man den schwersten Teil der Reise hinter sich. Nun glitt das Fahrzeug wie ein Flugzeug auf die Station zu. Obwohl es kein eigentliches Rollfeld wie auf der Erde gab, verlief die Landung doch recht glimpflich. Als die ausgefahrenen Kufen die Oberfläche berührten und die Bremsfallschirme für zusätzliche Verzögerung sorgten, zog es eine riesige, rötliche Wolke aus aufgewirbeltem Staub hinter sich her. Dann endlich kam es ganz in der Nähe der Station zum Stillstand. Erst jetzt wurde vielen bewusst, dass man sein Ziel erreicht hatte, den Mars, der von nun an ihr neues Heim bilden sollte.

Von der Station her zogen die Rover einen gummiartigen Tunnel zum Schiff, der sich wie ein Rüssel über die Ausstiegsluke wölbte und mit Saugnäpfen fest mit ihm verbunden wurde. Freemond und Morgan ließen es sich nicht nehmen, die Neuankömmlinge persönlich zu begrüßen. Als der Druckausgleich hergestellt war, klopfte Freemond an der Luke. Von innen heraus hörte er, wie sie entriegelt wurde. Der entscheidende Augenblick, vor dem man Angst und Hoffnung zugleich hatte, stand unmittelbar bevor. In wenigen Sekunden würde man Menschen begegnen, die von der Erde kamen. Morgan fühlte dieses erwartungsvolle Kribbeln in der Magengegend. Er wusste: In diesem Augenblick würde ein neues Kapitel der Menschheit aufgeschlagen.

Die Luke wurde nach innen geöffnet. Morgan sah in die Augen der Männer und Frauen. Er sah Neugier und Erwartung, er sah Ängste und Hoffnung, und er sah – Freunde. Obwohl er sich zunächst eine Rede ausgedacht hatte, um sie zu begrüßen, wusste er genau, dass jetzt Schweigen angesagt war. So ließ er sich Zeit, um diesen historischen Moment zu würdigen.
„Willkommen auf dem Mars", unterbrach er die Stille und setzte damit ein klares Signal. All seine Befürchtungen, all diese endlosen Diskussionen und Bedenken über das, wie man den Neuen begegnen sollte, all die Ängste wischte er mit diesen wenigen Worten einfach fort. Dann nahm er sanft die Hand des ersten Mannes und half ihm in den Tunnel.

Freemond hatte sich die ganze Zeit im Hintergrund aufgehalten, doch als er bemerkte, wie sein Partner reagierte, geriet auch er in Bewegung. Es war so, als ob man lange auf diesen Moment gewartet hatte und nichts konnte jetzt seine Freude trüben, da es endlich so weit war.
Der ganze Druck der Vergangenheit fiel von seinen Schultern.

Er war erleichtert und so begrüßte auch der sie freudestrahlend.

DER MARS MITTE SEPTEMBER 2014

Hektisches Treiben herrschte in der neu erstandenen Stadt. Die „Neuen" mussten untergebracht ernährt und beschäftigt werden, Aufgaben waren zu planen und zu delegieren. Das alles wurde von einzelnen Stäben bewältigt. Schon recht bald stellte man fest, dass sich immer wieder einzelne Gruppen mit eigenen Interessen bildeten. Solange es sich dabei um konstruktive Ideen handelte, unterstützte man sie. Doch gab es eine Gruppe, die sich auf keinen Fall integrieren ließ. Sie wollte ihren eigenen Weg gehen, mit ihren eigenen Gesetzen und Prinzipien. Rasch wurden sie in der Gemeinschaft unbeliebt, denn durch ihre andauernde Provokation gefährdeten sie das soziale Gefüge. Um dem Treiben Einhalt zu gebieten, beschloss die Führungsspitze, ihnen eine Aufgabe zu stellen, wo sie ihre eigenen Ideen und Lebensweisen verwirklichen konnten.

Bei einer der wöchentlichen Versammlungen im großen Saal stellte die erweiterte Führungsspitze die Idee einer zweiten Siedlung vor. Hier sollten sich all jene niederlassen, denen die Station zu eng war. Um sie in Ruhe gedeihen zu lassen, musste sie fernab liegen und vollkommen autark agieren. Der Vorschlag wurde in demokratischer Weise durch Handzeichen mit überwältigender Mehrheit angenommen. In den nächsten Tagen wurden nun Listen ausgelegt, wo sich jeder eintragen konnte, der dort leben wollte. Insgesamt beschlossen gut 200 Männer und Frauen, den Weg in die Freiheit zu wagen. Das war mehr, als man zunächst erwartet hatte. Durch ihren Fortgang entstände neuer Platz. Mit dem Bau der neuen Siedlung sollte so rasch wie möglich begonnen werden, denn jeder Tag würde zu weiterer Unruhe führen, da die Gruppe drängte.

Die Marsstation am 08. Oktober 2014

Am frühen Morgen waren drei der Rover aufgebrochen. Sie sollten ein Gelände für die neue Station finden. Für die Expedition hatte man sie mit allem beladen, was man brauchte, um mehrere Wochen versorgt zu sein. Im Konvoi machten sie sich auf den Weg. Je weiter, desto besser hatte sich die Gruppe gewünscht. Daher orientierte sich das Team nach Süden hin. Hier in der Nähe des Marspols hoffte man, eine geeignete Stelle für die neue Siedlung zu finden. Morgan war froh, als er sie hinter dem Horizont verschwinden sah.

DIE ERDE, ZENTRALE IKARUS, 09. OKTOBER 2014

Seit gut einem Jahr beschäftigte man sich mit den Ergebnissen von Last Hope und deren Auswirkungen. Aus zahllosen Prognosen und Modellen kristallisierten sich im Laufe der Zeit drei Möglichkeiten heraus, die am wahrscheinlichsten waren. Ein Grund hierfür war ein Aspekt, den man in der Vergangenheit außer Acht gelassen hatte. Was geschah, wenn das bisherige Zentralgestirn in der jetzigen Form nicht mehr existierte? Das Urmodell aus Jülich hatte mit der Bildung eines weißen Zwerges geendet, der über einen unendlichen Zeitraum langsam ausglühte. Dabei würde ein Großteil der Masse und ursprünglichen Anziehungskraft verloren gehen und jene Trabanten, die das Inferno des Untergangs überlebten, aus ihren Bahnen gerissen. Nur die äußeren Planeten ab Mars, so die Berechnungen, würde das betreffen. Merkur, Venus und Erde, da war man sich einig, würde die Sonne verschlingen. Das Sonnensystem hätte aufgehört zu existieren. Nun, da Saturn sich entwickelte, gab es drei Varianten, von denen vielleicht eine das System retten könnte.

Im ersten Modell kam die Explosion der Sonne zu früh. Saturn konnte die Aufgabe nicht nahtlos übernehmen. Die Planeten gerieten aus ihren Bahnen und auch das sich entwickelnde Gestirn zerriss. Am Ende blieb nur ein leerer Raum. Dort wo einst die Wiege des Menschen stand, gab es nichts mehr.

Eine andere Möglichkeit basierte auf der Annahme, dass Saturn sich sehr rasch verwandelte. Dabei nahm er an Masse zu. In dem Moment, da er zu einer echten Sonne wurde, kam es zu extremen Gleichgewichtsschwankungen im System mit weitreichenden Folgen. Zwei Sonnen in derart geringem Abstand würde die gleichmäßigen Kreisbahnen der Planeten in eine Ellipse zwingen. Hierbei würde es sehr kalt auf den einzelnen Himmelskörpern, während sie vom einen zum anderen Gestirn wanderten. Hinzu kamen die veränderten Kräfteverhältnisse. Die Bahnen von Merkur, Venus und Erde konnten sich, je nach Veränderung, überschneiden. In einem solchen Falle wäre eine Kollision nicht auszuschließen, sofern sie nicht durch die neuen Kräfte bereits zerrissen würden.

Dieser Zustand würde sich verändern, wenn die Sonne selbst unterging, wovon ausgegangen werden musste. Während die Schockwelle durch das System raste, bekämen die Planeten zusätzliche Energien ab, deren Auswirkungen nicht abzusehen waren. Falls dieser Vorgang unbeschadet überstanden würde, mussten sich nach den gültigen Gravitationsgesetzen die Bahnen neu um Saturn einpendeln. Leben konnte in dieser Zwischenphase auf keinen Fall länger existieren. Dafür wären die Bedingungen zu ungünstig. Entweder es würde vorher verbrennen oder auf den gestreckten Bahnen erfrieren.

Einzig allein die letzte Möglichkeit barg Hoffnung. Saturn würde mit einer Abweichung von wenigen Jahren oder Monaten vor dem großen Knall die Kraft einer Sonne erlangen. Dabei käme es zu einem ausgeglichenen Gravitationsverhältnis, was zum Einfangen jener Planeten führte, die das Inferno überstanden. Bildlich dargestellt würden sie wie bei einer Weiche auf ihre neuen Bahnen gleiten. Die äußeren Planeten Uranus, Neptun und Pluto waren dann die inneren, Jupiter und Mars die äußeren Trabanten der neuen Sonne. Dabei würde die Masse des Jupiters den Gegenpol im Gleichgewicht zum Saturn bilden. Für Merkur, Venus und Erde hingegen gab es keine Möglichkeit mehr. In keinem der Modelle kamen sie nach dem Untergang der Sonne vor. Sie würde vergehen. Für Mars würde die neue Bahn nur kurzfristige Auswirkungen mit riesigen Temperatur- und Klimaschwankungen bedeuten. Sobald sich die neue Sonne stabilisiert hatte, würde deren Wärmeentwicklung ausreichen, hier Lebensbedingungen zu schaffen, die für den Rest der Menschheit erforderlich waren. Einzig allein der Asteroidenring rund um Jupiter bildete weiterhin eine Gefahr, die nicht einkalkulierbar war. Die Milliarden von Gesteinsbrocken aus der Entstehungszeit des Systems würden wie allen andere ihre derzeitigen Umlaufbahnen verändern. Entweder würde Jupiter sie einfangen, was zu einem enormen Massezuwachs führte, oder sie jagten als ständige Gefahr durch das neue System, wo viele von ihnen durch ihre Einschläge eine ständige Bedrohung darstellten.

Insgesamt kamen nicht gerade rosige Zeiten auf die Menschen zu. Bis es so weit war, musste ein Weg gefunden werden. Die neuen Erkenntnisse forderten bzw. schrien regelrecht nach anderen Möglichkeiten. Was wäre, wenn auch Mars den Untergang nicht überleben würde? Wo gäbe es eine neue Heimat? Sicher, die großen Teleskope hatten einige Systeme mit Planeten ausfindig gemacht. Irgendwo im Sternenmeer der Milchstraße bot sich ein Platz an. Leider hatte die ganze Sache einen gewaltigen Haken.

Die Entfernungen waren im wahrsten Sinne des Wortes astronomisch. Selbst bis zum Alpha Centauri dauerte eine Reise viele Generationen. Dabei war der Stern nur 4,5 Lichtjahre von der Erde entfernt. Sirius brachte es da schon auf 8,3 und Wega auf 27 Lichtjahre. Wenn man die Ausdehnungen der Galaxie betrachtete, lagen diese Systeme mehr oder weniger vor der Haustüre. Bis zum anderen Ende waren es gut 70.000 Lichtjahre. Wie dort hingelangen? Wie ein Schiff bauen, das in der Lage war, die Menschen über Millionen von Jahren zu versorgen? Würde der Mensch nur auf einem solchen überleben? Würde er in näherer Zukunft auf engstem Raume steuer- und ziellos durch das Universum fliegen, auf der verzweifelten Suche nach einer neuen Heimat? Wo würde sie sein und wie lange wäre man unterwegs? Niemand konnte diese Fragen beantworten und trotzdem wurde aus der Idee ein Gedanke, der die Verantwortlichen nicht mehr losließ. Um keine weitere Energie für nutzlose Projekte zu vergeuden, beschloss man, die Idee von Last Hope aufzugeben. Saturn war mit einem Schlag aus der Liste möglicher Ziele gestrichen.

Anders sah es mit Luna live aus. Aus der Idee war längst Realität geworden, seitdem man angefangen hatte, die Stadt zu bauen. Mit jedem Tag, da die Bauarbeiten fortschritten, kam man der Verwirklichung ein Stück näher. Damit boten sich zwei Alternativen, die beide zwar kurzfristig umgesetzt werden konnten, aber keine Garantie für das Überleben darstellten. Das konnte nur ein wirklich sicherer Ort sein, der irrsinnig weit weg von der Erde war.

DER MOND AM 12. OKTOBER 2014
Seit gut einem halben Jahr gruben sich Bohrer und Fräsen immer tiefer in den Boden.

Immer neues Material holten die Maschinen aus dem Boden. Ein neuer Krater entstand. Der künstliche Schacht war auf die geplante Tiefe von 4.000 Meter getrieben worden. Nun fingen die Bergleute damit an, ihn zu erweitern und so die Höhle zu schaffen, in der später die unterirdische Stadt entstand. Während die Arbeiten im oberen Teil zügig fortschritten, traten auf der untersten Sohle unerwartete Probleme auf. Hier trafen die Arbeiter auf ein Gestein, das anscheinend jedem Bohrer trotzte. Es schien härter als Granit zu sein, was sehr überraschte. Erst als man es im Labor untersuchte, fanden sie eine überraschende Erklärung. Die Proben aus der Tiefe ergaben, dass es sich um hoch verdichteten Kohlenstoff in kristallartiger Zusammensetzung handelte. Solche Funde gab es auch auf der Erde, meist in gut bewachten Minen der südafrikanischen Diamantenindustrie. Nichts anderes waren die Funde. Wie aber kamen Diamanten auf den Mond? Die Geologen fanden recht bald die Lösung und entschlüsselten zugleich eine der ältesten Fragen der Geologie, die Herkunft des Trabanten.

Diamanten können sich nur unter bestimmten Bedingungen bilden. Dazu gehören große Mengen an Kohlenstoff, enorme Hitze und gewaltiger Druck. Alle drei Komponenten müssen gleichzeitig zusammenkommen, um den Prozess ins Laufen zu bringen. Vom Mond wusste man, dass er in größten Tiefen über glutflüssiges Material verfügte, genauso wie die Erde. Diese heiße Zone befand sich rund 500 Kilometer vom absoluten Zentrum in einer Tiefe von ca. 1.400 Kilometern. Bei einem Durchmesser von 3. 476 Kilometern ein relativ kleiner Kern. Die internen Wärmeströme des Mondes konnten somit nicht für die Entstehung der Edelsteine verantwortlich sein. Es musste ein anderes Ereignis in der Lebensgeschichte des Mondes gegeben haben.

Die Geologen untersuchten das Gestein auf Nebenprodukte. Dabei fand man Spuren des Elements Iridium, ein Material, das bisher nur bei Meteoren auf der Erde gefunden wurde. Es entsteht, wenn ein Himmelskörper bei Eintritt in die Atmosphäre bis zur Weißglut erhitzt wird und anschließend beim Aufprall stark zusammengestaucht und verdichtet wird.

Wann aber war der Mond einer solchen Belastung ausgesetzt? Es gab nur eine Antwort: bei seiner Entstehung vor über 4 Milliarden Jahren. Damals stieß die Erde mit einem anderen Planeten zusammen. Bei dieser Kollision spaltete sich der Mond als größtes Fragment von ihr ab. Die auftretenden Energiemengen mussten gigantisch gewesen sein. Das Bruchstück wurde mehr oder weniger verflüssigt und durch die Wucht des Einschlages in eine erdnahe Umlaufbahn gerissen. Hier kühlte er über die Jahrmillionen aus, während er sich stetig von der Erde entfernte. Bis zum heutigen Tage war dieser Prozess nicht abgeschlossen. Der Kern würde noch weitere Millionen Jahre benötigen, um abzukühlen. Die jetzt gefundene Diamantader war ein Indiz dieses Vorgangs. Hier, relativ dicht unter der Oberfläche, muss der Druck beim Herausschleudern so stark gewesen sein, dass sich der Kohlenstoff sofort in Kristalle umwandelte, die sich als Edelsteine in die umliegenden Schichten einbetteten.

Als die Nachricht vom Fund auf der Erde bekannt wurde, löste sie eine wahre Goldgräberstimmung aus. Viele Wagemutige wären am liebsten zum Mond aufgebrochen, um nach den Schätzen zu suchen, doch Ikarus schirmte den Mond hermetisch ab, um die Arbeiten nicht zu gefährden. Einzig allein der Verkauf der Steine sollte vom Monopolisten De Beers übernommen werden. Als man dort in Brüssel die ersten ungeschliffenen Steine zu sehen bekam, staunten die Fachleute nicht schlecht. Diamanten dieser Größe waren schon auf der

Erde eine Rarität. Die Diamanten des Mondes übertrafen alles, was bisher gefunden wurde. Riesige Brocken, oft mit weit mehr als 1.000 Karat, gelangten in die Hände der Händler. Bei ihren Untersuchungen stellten sie eine unglaubliche Reinheit fest. Ja, das waren Steine, wie man sie gerne hatte. Nun begann das Veredeln vom Diamanten zum Brillanten. In Idar-Oberstein zeigten die Meister ihres Fachs ihr Können. Als anschließend das fertige Produkt zurück nach Brüssel gelangte, stiegen die Preise für Diamanten von Luna in astronomische Höhen. Jeder, der es sich leisten konnte, wollte unbedingt in ihren Besitz gelangen und war bereit, dafür sehr viel Geld auszugeben.

Ikarus war das ganz recht, denn sie waren prozentual am Erlös beteiligt. Durch die unerwarteten Erlöse konnte das Projekt Luna praktisch allein durch die Ausbeute finanziert werden. Jeden Tag holten die Bergleute Milliardenwerte aus dem Boden und so wie es aussah, gab es reichlich Nachschub. Immer neue Schichten mit Edelsteinen wurden erschlossen und ausgebeutet. Neben Diamanten und anderen Edelsteinen der verschiedensten Gattungen fand man nun Edelmetalle, wie Gold, Silber und das heiß begehrte Platin. Der Mond schien unter seiner tristen Oberfläche eine Schatztruhe zu verbergen, die alles Bisherige überbot.

Den wichtigsten Schatz aber fanden die Bergleute nicht: Wasser. Anscheinend gab es keines auf dem leblosen Trabanten. So musste es entweder wiederaufbereitet oder von der Erde herbeigeholt werden, was den Preis für eine Tonne Frischwasser erheblich verteuerte. Dennoch brauchte man es, und zwar reichlich. So schritten die Arbeiten zum Aufbau der Stadt rasch vorwärts.

DER MARS AM 15. NOVEMBER 2014

Bedächtig und tief in Gedanken versunken kam Freemond an diesem Morgen in die Zentrale. Geistesabwesend begrüßte er das anwesende Wachpersonal und überflog den aktuellen Statusbericht. In Gedanken aber weilte er da draußen. Seit gut 5 Wochen war die Expedition nun schon unterwegs und noch immer hatte sie nicht den geeigneten Ort für eine zweite Siedlung gefunden. Langsam musste das Team zurückkehren, sollte es nicht in Schwierigkeiten kommen. Man stand zwar in Funkkontakt, doch wäre das im Falle eines Falles nur ein Anhaltspunkt für den momentanen Aufenthalt. Wie unberechenbar der Mars sein konnte, hatte man schon erlebt, als der Sandsturm einst den Rover umkippte. Urplötzlich war damals die Sanddüne herangeeilt und wäre da nicht das Raumschiff mit seinen Möglichkeiten gewesen, sie hätten die Crew verloren.

Er wurde aus seinen Gedanken herausgerissen, als der wachhabende Funkoffizier einen erneuten Kontakt zum Außenteam meldete. „Rover I an Basis. Bitte melden."
„Hier Basis. Schön von euch zu hören. Was gibt es Neues? Seid ihr auf dem Rückmarsch"? „Negativ, Basis. Ich glaube, wir haben den Ort gefunden, den wir suchten. Wir sind an der Poleisgrenze angelangt. So wie es scheint, bietet dieser Platz ideale Bedingungen. Er ist eben und so wie es aussieht, könnte es hier Wasser geben, das von den Eiskappen herrührt. Wir wollten euch nur mitteilen, dass wir noch einige Tage länger bleiben werden. Unsere Reserven müssten noch gut 10 Tage reichen. Für die Fahrt zurück brauchen wir ungefähr 6 davon, wenn wir langsam fahren. Bleiben uns noch 4 für die genauere Erkundung."
„Basis an Rover. Wir geben euch maximal 3 Tage zusätzlich. Danach kehrt ihr umgehend auf dem schnellsten Weg zurück. Habt ihr verstanden."

„Rover an Basis. Nein, wir bleiben 4 Tage und damit Ende der Diskussion. Lieber sind wir hier draußen als bei euch in der Konservendose."

Ohne weitere Worte schaltete der Rover ab. Als der Rover unmissverständlich seinen Plan mitteilte, wusste Freemond, dass nichts die Besatzung von ihrem Plan abbringen würde. Eher kämen sie mit den letzten Reserven zurück, als auch nur eine Sekunde zu früh die Station zu erreichen. Was aber geschah, wenn plötzlich einer der Sandstürme unverhofft auftrat? Was wäre, wenn es technische Probleme gab? Dann säßen die Männer und Frauen in der Patsche und die Station musste eine Rettungsaktion starten. Dazu hatte Freemond überhaupt keine Lust.

„Versuchen sie noch mal, eine Verbindung herzustellen", forderte er den Funker auf. Der Befehl wurde umgehend ausgeführt, allerdings ohne jeden Erfolg. Anscheinend hatte man das Funkgerät abgeschaltet oder ignorierte die Aufforderung. Nach einer halben Stunde widerrief Freemond den Befehl. Es hatte keinen Sinn. Irgendwann würden sich die beiden Fahrzeuge schon melden. So wendete er sich den anderen Aufgaben zu.

Die Landvermesser und Geologen hatten ganz in der Nähe der Station eine interessante Entdeckung gemacht. Allem Anschein nach gab es hier eine Stelle, die auf Eisenerz schließen ließ. Nun sollten dort Proben entnommen werden, um endlich auch die industrielle Nutzung der vorhandenen Rohstoffe anlaufen zu lassen. Doch allein damit war es nicht getan, denn das Erz musste noch verhüttet und weiterverarbeitet werden. Auf der Erde geschah dies meist in riesigen Hochöfen, die mit Kohle befeuert wurden. So wie es aussah, würde man diese wichtigen Komponenten hier auf dem Mars nicht antreffen.

So musste man nach einem anderen Verfahren suchen. Doch selbst damit wäre das Problem nicht gelöst, denn um aus dem Eisen Stahl zu produzieren, benötigt man Wasser. Gerade dieses wichtige Lebenselixier konnte man nicht so einfach ersetzen. Bisher hatte man noch keine Quelle gefunden und trotz der vor längerer Zeit eingeleiteten Anreicherung der Marsatmosphäre mit Kohlenwasserstoff bildeten sich nicht die erhofften Regenfälle. Diesbezüglich waren die unzähligen Ladungen ein glatter Fehlschlag gewesen. Vielleicht aber gab es einen anderen Weg. Hier auf dem Mars war man es gewohnt, jeden Tag neue Wege zu gehen.

Tags darauf begannen die ersten Bohrungen. Das Ergebnis war erstaunlich. Wie die Geologen es vermutet hatten, handelte es sich bei den Proben tatsächlich um Eisenerz in höchster Konzentration. Selbst das berühmte Schwedenerz aus Kiruma kam an die Werte nicht heran. Viel wichtiger und interessanter aber war die Tatsache, dass sich rings um das Erz eine ölhaltige Masse befand, eine Entdeckung, die man so nie vermutet hätte. Um zu testen, was geschehen würde, wenn man diese Substanzen erhitzte, konstruierten die Wissenschaftler eine Art Brennkammer. Hier hinein gaben sie den Bohrkern und erhitzen ihn. Als man die 500-Grad-Grenze erreichte, trat ein träger, öliger Dampf aus, der sich entzündete. Die hierdurch gewonnene Energie reichte aus, um das Erz zu schmelzen. Am Ende des Tests befand sich eine aufgeschmolzene, grau schimmernde Platte im Reaktor. Man kühlte sie vorsichtig ab und brach sie in kleinste Stücke. Unter dem Mikroskop zeigten sich eindeutig Spuren von organischer Kohle. Damit stand fest, dass einst auch der Mars über Leben verfügte. Die Frage, ob es Leben auf dem Mars gegeben hatte, war damit beantwortet. Ermutigt durch diesen Fund begannen unverzüglich die Arbeiten.

DER MARS AM 25. NOVEMBER 2014

Freemond und Morgan warteten eingehüllt in ihre Schutzanzüge gemeinsam vor der Siedlung auf die Rückkehr der Rover. Wenige Stunden zuvor hatte sich deren Besatzung gemeldet und kurz ihre Rückkehr angekündigt. Jetzt sahen die beiden Männer am Horizont eine rote Staubwolke, die eindeutig durch ein Fahrzeug aufgewirbelt wurde. Langsam wuchsen aus der Wolke zwei schwarze Punkte, die sich rasch näherten.

Als die beiden Gefährte mit aufheulenden Motoren direkt auf die Station zurasten, ohne sich um die beiden Männer zu kümmern, hatte Morgan die Nase voll. Er, der es gewohnt war, dass diese Aufsässigen ihn und damit die Regeln der Station beachteten, stürmte auf die schweren Maschinen zu, als sie gerade die Schleuse zum Hangar passierten. Freemond folgte, so schnell es die Ausrüstung zuließ. Auch wenn er gerne zugelassen hätte, dass Morgan den Männern eine Strafpredigt erteilte, so musste er dafür sorgen, dass der Streit nicht eskalierte.

„Wir hatten Ihnen befohlen, eher zurückzukehren", raunzte Morgan in scharfem Ton den Erstbesten an. Der sah ihn nur an und wollte sich wortlos davonmachen, als Morgan ihn festhielt. „Haben sie mich nicht verstanden"?
„Leck mich", antwortete sein Gegenüber und riss sich los. Das aber führte eindeutig zu weit, denn jetzt griff auch Freemond in die Geschehnisse ein und stellte sich ihm in den Weg. „Was glauben Sie eigentlich, wen Sie hier vor sich haben? Meinen Sie, wir sehen einfach tatenlos zu, wie Sie hier ihre Eskapaden abziehen, die ganze Basis tyrannisieren und dann noch unsere eindeutigen Befehle ignorieren? Glauben Sie, Sie können sich alles erlauben? Da sind Sie aber gewaltig auf dem Holzweg. Noch gelten hier die Gesetze der Station, an die auch Sie sich zu halten haben." Freemonds Ton war scharf wie eine Klinge

und in seinen Augen funkelte regelrechter Hass.

Der Mann sah ihn nur an. „Ihr mit euren Gesetzen, ihr mit eurer Moral und euren Prinzipien, ihr könnt uns alle mal!" Freemond reichte es. „Gut, wenn das so ist, dann werden wir Sie und die anderen unter Arrest stellen, denn wenn wir, wie Sie meinen, Sie mal können, dann tun wir es auch. Hiermit sind sie und der Rest der Mannschaft wegen Befehlsverweigerung in Haft genommen. In den nächsten Tagen wird der Rat über ihr Verhalten urteilen und danach das Strafmaß festlegen. So sind unsere Gesetze."

„Eure Gesetze gelten nicht mehr für uns. Wir sind freie Männer und Frauen, die mit euch nichts mehr zu tun haben wollen. Wir wollen unseren eigenen Weg gehen und uns frei auf dem Mars bewegen. Genau aus diesem Grunde waren wir ja unterwegs. Sie haben es uns doch selbst erlaubt und nun nach unserer Rückkehr meinen Sie, hier den starken Mann markieren zu müssen. Das ist für Sie doch nur ein Grund zu beweisen, wer hier das Sagen hat."

Trotz dieser Gegenwehr befahl Freemond die Inhaftierung der Mannschaft. Für diesen Zweck hatte man eine eigene isolierte Abteilung außerhalb der Station errichtet, die über einen ausfahrbaren Tunnel erreicht werden konnte. Sobald die Männer dort einquartiert waren, wurde der Tunnel eingefahren. Es gab keine Möglichkeit des Entrinnens, denn ein Aufenthalt ohne Schutzanzug würde binnen weniger Minuten zum Erstickungstod im Freien führen.

Noch am selben Tage wurde beschlossen, den Rat einzuberufen, um die aktuelle Situation zu besprechen. Als Sitzungstag wurde der 28. November bestimmt. Morgan und Freemond waren sich einig, dass sich eine Situation anbahnte, die für das Leben auf der Station rasch hochexplosiv werden konnte. Die Lunte brannte bereits und wenn man sie nicht schnellstens löschte, käme es zu einer Eskalation.

GEBÄUDE DER UN, 26. NOVEMBER 2014
Während sich auf dem Mars Unruhen abzeichneten, wurden hier auf der Erde die nächsten Schritte zum Überleben der Menschheit eingeleitet. Die Erkenntnisse von Last Hope zwangen zu neuen Strategien. Allein auf den Mond und den Mars wollte und durfte man sich nicht verlassen. Beide waren natürliche Himmelskörper, die bei einem weiteren Ausbruch der Sonne jederzeit in Mitleidenschaft gezogen werden konnten. Es musste eine weitere Option geben. Wie diese aussehen sollte, darüber wurde an diesem Tag diskutiert. Als zweiter Punkt der Tagesordnung stand der nächste Aussiedlerschub zum Mars. Schon entstand die First Hope IV im Orbit. Sobald sie fertiggestellt war, würde das Schiff auf Kurs gehen. Wer aber sollte mitfliegen, wer bleiben? Diese Fragen warteten auf eine Antwort.

Als der erste Punkt besprochen wurde, stellte sich Dr. Meier ans Rednerpult. Er sprach über die aktuelle Entwicklung auf der Sonne und deren Auswirkungen. Mahnend, ja fast flehend warnte er vor dem nächsten Ausbruch und dessen unabsehbaren Folgen. Wenn der Zyklus richtig berechnet war, erwartete man ihn im kommenden Jahr. Wie stark, welche Folgen er nach sich ziehen würde, darauf wusste auch Meier keine Antwort. Fest stand nur, er würde kommen.

Anschließend trat Dr. Beriot vom Projekt Dädalus ans Pult. Seine Bilanz fiel erstmalig positiv aus.

Die Industrie hatte reagiert und dank der Funde auf dem Mond konnte eine finanzielle Krise vermieden werden. Einzig allein die Bevölkerungszahlen machten ihm noch starke Kopfschmerzen. Sie würden erst ganz allmählich nach den Gesetzen der Natur zurückgehen. Jetzt galt es, die Auswanderungskapazitäten drastisch zu erhöhen. Doch hierfür standen keine geeigneten Transportmittel zur Verfügung. Die Baukapazität im Orbit war mit der First Hope IV und den an- und ablegenden Schiffen zu Mond und Erde mehr als ausgelastet. Normalerweise hätte man eine weitere Werft dort oben installieren müssen, doch dafür fehlten ebenfalls die Möglichkeiten. Die erdgebundenen Startrampen wurden durch die Versorger der Station blockiert. Nur wenn die Anzahl dieser Weltraumbahnhöfe drastisch erhöht würde, ständen neue Kapazitäten zur Verfügung. Daher appellierte der Wissenschaftler für diese Möglichkeiten.

Der Rat beschloss, neue Rampen in China und in der australischen Wüste zu nutzen beziehungsweise zu errichten. Insgesamt würden in den nächsten 18 Monaten 15 hochmoderne Abschussrampen für Raumschiffe jeder Größe entstehen. Wichtig war nur, dass alle Stationen so nah wie möglich in der Nähe des Äquators lagen, um wenig Antriebsenergie zu benötigen. Die natürliche Umdrehungsgeschwindigkeit der Erde nutzte man seit dem Beginn des Raumfahrtzeitalters.

Anschließend sollte von diesen neuen Startzonen aus eine weitere Großstation im Orbit errichtet werden, die ausschließlich für den Bau neuer Schiffe für den interstellaren Flug bestimmt war. Ferner sollten Pläne für ein Generationenschiff erdacht werden. Diese Idee war bisher nur in Zukunftsromanen angedacht worden. Nun aber sollten ernsthafte Planungen beginnen. Es mussten Schiffe sein, die Hunderttausende von Menschen über Jahrtausende hinweg versorgen konnten.

Ihr Aktionsradius musste praktisch unbegrenzt sein. Wer wusste denn schon heute, wo sie eines Tages landen würden, um der Menschheit ein neues Zuhause zu bieten?

Mit diesen neuen Maßstäben stellte sich die Menschheit einer riesigen Herausforderung. Dabei gab es ein altes Problem – die Sonne. Der Bau der Raumgiganten würde über mehrere Jahrzehnte dauern. In dieser Zeit gäbe es mit absoluter Sicherheit mehrere Sonnenstürme, die eine Gefahr ersten Ranges darstellten. Schutzlos im All schwebend mussten sie den anrollenden Gewalten trotzen. Das aber war nicht möglich. Die Lösung des Dilemmas musste einfach und schnell gefunden werden, und zwar vor dem Baubeginn. Was nützte der riesige Aufwand, wenn nach einem Sturm nur wertloser Schrott dort oben blieb?

Über Tage wurde an dem Problem gearbeitet und eine Lösung gefunden. Sobald klar war, dass es auf der Sonne zu einer Eruption kommen würde, verließen Station und Bauten ihren Platz, um auf der sturmabgewandten Seite von Erde und Mond zu kreuzen. Das bedingte jedoch, dass alles Material unverzüglich fest mit den Bauten verbunden wurde. Hier gab es zumindest eine Überlebensmöglichkeit. Sobald der Sturm vorüber war, würde man die alte Position wieder einnehmen und weiterbauen. Diese Lösung fand allgemeine Zustimmung.

Als letzter Tagespunkt kam das Gespräch auf die First Hope IV. Trotz des Baubeginns vor gut einem halben Jahr, würde es bis zur Fertigstellung noch weitere fünfzehn Monate dauern. Da die nächste Sonneneruption Mitte bis Ende 2015 erwartet wurde, platzte sie mitten in die Abschlussarbeiten. Man musste einen Weg finden, die Arbeiten zu beschleunigen, damit das Schiff vor dem Ausbruch den Marsorbit erreichte und entladen wurde. Es wäre eine absolute Katastrophe, wenn das Schiff während der Bauphase oder auf dem Weg zum Mars von dem Sturm überrascht würde. Der Verlust von Schiff und Mannschaft galt in diesem Fall als wahrscheinlich. Um das Ziel zu erreichen, galt es, einen Kompromiss zu finden, der sich in der Beladung der Größe und Besatzung des Schiffs niederschlug. „Lieber die Hälfte an Material und Mannschaft zum Mars, als gar nichts", lautete die Devise dieser Tage. Spätestens Mitte des nächsten Jahres musste es den Mars erreichen. Bei einer geplanten Reisedauer von gut fünf Monaten blieb nur ein sehr kleines Startfenster, egal wie die Konstellation von Erde und Mars auch aussehen mochte.

Das Problem der Umlaufbahnen der beiden Planeten galt seit den ersten Flügen von Sonden zum Mars. In den Jahren zwischen 1962 und 1971 lieferten sich Amerikaner und Sowjets ein dramatisches Rennen, das von zahlreichen Fehlschlägen gekennzeichnet war. Zu groß waren die Entfernungen, zu unzuverlässig die Technik jener Tage. Erst die Mariner 4 sendete am 14. Juli 1965 brauchbare Bilder.

Die Hauptursachen für eine Reise zum Roten Planeten besteht in den unterschiedlichen Entfernungen, Radien und Umlaufgeschwindigkeiten der beiden Himmelskörper. Während die Erde 149.600.000 Kilometer von der Sonne entfernt ist, liegt dieser Wert für den Mars bei 230.000.000 Kilometer. Damit ergeben sich Umlaufbahnen von 469.744.000 Kilometer für die Erde und 722.200.000 für den Mars. Für einen Sonnenlauf benötigt die Erde rund 365, Mars hingegen 687 Tage. Wird diese Zeitspanne in Sekunden umgerechnet, so ergeben sich 31.536.000 bzw. 59.356.800 Sekunden. Damit rast die Erde in jeder Sekunde 14,89 Kilometer, der Mars hingegen nur 12,16 Kilometer um das Zentralgestirn. Das bedeutet, dass sich die Erde wesentlich schneller fortbewegt als der Mars. Die Differenz pro

Sekunde beträgt 2,73 Kilometer, bzw. 9.822 pro Stunde, 235.733 pro Tag und auf das Jahr gerechnet 86.042.399 Kilometer. Um nun eine exakte Flugdauer berechnen zu können, muss zu den Umlaufgeschwindigkeiten zusätzlich die Entfernung zwischen beiden Planeten einbezogen werden. Dieser beträgt im Durchschnitt 80.400.000 Kilometer. Dieser Wert schwankt jedoch erheblich. So näherte sich der Mars Anfang 2004 der Erde bis auf 60 Millionen Kilometer und damit näher als in vielen Jahren zuvor. Damit allein ist es aber immer noch nicht getan. Im Weltraum kann man ein Schiff nicht in gerader Linie zum nächsten Himmelskörper schicken. Jeder Flug, egal ob zum Mond, Mars oder sonstigen Zielen im Sonnensystem, muss auf einer gebogenen Linie verlaufen. Häufig ist das sogenannte Startfenster nur wenige Stunden groß. Startet ein Raumschiff früher oder später als in diesem Zeitraum, so muss ein erhöhter Energieaufwand einkalkuliert werden.

Bei der geplanten Mission von First Hope IV war dies der Fall. Es blieb keine Zeit auf ein ideales Startfenster zu warten, da in diesem Zeitraum die nächste Eruption fallen würde. Daher wurde beschlossen, diesen Makel durch eine erhöhte Geschwindigkeit auszugleichen. Anstatt mit 100.000 Kilometern pro Stunde würde das Schiff auf 150.000 Kilometer beschleunigt und erst im letzten Moment die Geschwindigkeit bis auf die Umdrehungsgeschwindigkeit des Mars herabgesetzt. Eine Zeit lang würden Schiff und Planet parallel nebeneinander herfliegen. In dieser Phase des Fluges näherte sich die First Hope IV langsam dem Planeten. Der Abschluss und die vollständige Entladung mussten nach aktuellen Berechnungen bis spätestens September 2015 beendet sein. Jeder Tag später barg unnötige Risiken. Unter diesem enormen Zeitdruck beeilten sich die Erbauer des Schiffes, den vorgezogenen Starttermin einzuhalten. Es durfte keine Verzögerung geben.

Die Marsstation am 28. November 2014, der große Saal
Als Morgan und Freemond ihre Plätze einnahmen, wurde aus
dem allgemeinen Tumult langsam Stille. Anlässlich dieser Sitzung hatten die beiden alle Mitglieder der Station ausdrücklich
bestellt. Jeder der Anwesenden sollte mitbekommen, dass hier
und jetzt ein für alle Mal Klarheit in Bezug auf das Verhalten
Einzelner geschaffen wurde. Obwohl die beiden als Vorsitzende des Verfahrens eingesetzt wurden, oblag ihnen nicht das
Urteil. Dieses sollte wie immer über eine demokratische Abstimmung erfolgen.

Erst jetzt wurden die Rädelsführer unter Bewachung auf ihre
Plätze etwas unterhalb des Podiums geführt. Kaum dass sie den
Saal betreten hatten, begannen sie damit, die Institution des
Rates zu verhöhnen. „Wir sind freie Menschen", beklagte sich
ihr Anführer. „Menschen, die wie ihr alle freiwillig hierher
gekommen sind, um ein neues Leben zu beginnen." Er wollte
bereits fortfahren, als Morgan ihm das Wort entzog. „Ihr Plä-
doyer können Sie später halten." Der Mann aber fuhr fort, als
hätte er es nicht gehört. „Ihr mit euren Rechten, ihr mit euren
Gesetzen, ihr mit eurem Getue …" Weiter kam er nicht, denn
abermals reagierte Morgan. „Ich verwarne Sie zum letzten Male. Sollten Sie weiterhin den Rat durch ihre Äußerungen missachten, so werden Sie von der Sitzung ausgeschlossen. Setzen
Sie sich also hin und halten Sie den Mund, damit die Verhand-
lung beginnen kann." Morgans Stimme hatte einen schneiden-
den Ton, der auch auf den Mann wirkte. Tatsächlich setzte er
sich hin und gab Ruhe. Morgan begann mit seiner Einführungs-
rede.

„Es freut mich, dass Sie unserer Aufforderung nachgekommen
sind, hier und heute dieser außerordentlichen Ratssitzung beizuwohnen. Der Grund unserer Versammlung ist nicht gerade

einer, über den wir uns freuen sollten. In der jüngsten Vergangenheit haben sich Dinge auf unserer aller Basis ereignet, die unsere Gemeinschaft in verschiedene Lager zu spalten droht. Einige von ihnen, insbesondere jene, die hier vor uns sitzen, glauben, ihre eigenen Gesetze verwirklichen zu müssen und damit den Frieden in der Station gefährden. Das aber darf nicht geschehen, wenn wir überleben wollen. Als wir vor gut vier Jahren diesen Planeten betraten, hatten wir eine Vision: Wir wollten den Mars bewohnbar machen. Wir wollten eigenständig und ohne Hilfe von außen eine neue Kolonie für die Menschen gründen. Damals war Marshatten nur ein unbedeutendes Staubkorn hier auf dem Mars. Doch aus diesem Staubkorn wurde die Keimzelle für das, was wir heute sehen, eine Stadt, die aufblüht, eine Stadt, in der es sich leben lässt, ein Ort, wo Frieden und Harmonie vorherrschen. Wir wollten es besser machen als die Menschen auf der Erde. Rasch erkannten wir aber, dass es ohne eine gewisse Ordnung nicht geht. Als logische Folge wurde der Große Rat gegründet, der seit jenen Anfangstagen die wichtigste Institution unseres Gemeinwesens darstellt. Anders als auf der Erde werden alle Entscheidungen in direkter demokratischer Manier getroffen.

Diese Einrichtung hat sich bewährt bis auf den heutigen Tag. Nun glauben einige von Ihnen, sie durch eigene Vorstellungen außer Kraft setzen zu müssen. Sie meinen, tun und lassen zu können, was sie wollen. Sie glauben nicht an den Rat, sondern nur an sich selbst. Ihnen ist alles, was mit unserer Gemeinschaft zu tun hat, zuwider, denn sie sind der Überzeugung, das nur ihr Wunsch, ihre Gedanken, ihr Tun zählt. Sie wollen nicht einsehen, dass auch ihnen durch unsere Gemeinschaft das Überleben garantiert wird.
Wir haben versucht, einen Ausweg zu finden, indem wir diesen Männern und Frauen anboten, sich einen Platz für eine neue

Siedlung zu suchen. Wir haben ihnen erlaubt, hierfür die Fahrzeuge der Gemeinschaft zu nutzen. Doch was machten die Teilnehmer der Expedition, als wir sie aufforderten, zurückzukehren, weil wir befürchteten, dass sie in Schwierigkeiten geraten können? Sie ignorierten unsere Bitte, sie verhöhnten uns und damit die Gemeinschaft. Sie glaubten, sich nehmen zu können, was sie wollen. Das aber dürfen wir nicht zulassen. Täten wir es doch so, würden wir unsere eigenen Gesetze missachten. Doch selbst jetzt hier im Saal konnten Sie alle deutlich vernehmen, wie sie zu unserer Gemeinschaft stehen. Das ist der Grund, warum wir heute hier versammelt sind. Nicht wir, die Vorsitzenden des Rates, haben darüber zu urteilen, wie wir mit solchen Menschen umgehen, sondern Sie alle. Sie entscheiden damit, ob es den Rat in der bisherigen Form weiter geben wird, Sie alle werden bei der Abstimmung nur ihrem Gewissen folgen und damit Recht sprechen. Sie alle entscheiden über den Fortbestand dieser Institution und damit über Ihr eigenes Leben."

Mit diesen Worten beendete Morgan seine Rede und setzte sich wieder auf seinen Platz. Freemond erhob sich. „Lassen sie uns nun hören, was die Beklagten zu ihrer Verteidigung zu sagen haben. Ich erteile hiermit das Wort Herrn van der Beck."

Vorn auf der Bank erhob sich ein schmächtiger Mann. Seine Augen blickten hasserfüllt in die Runde. „Was soll ich sagen?", begann er. „Als ich vor wenigen Wochen hier auf den Mars kam, ging ich von der Überzeugung aus, dass ich hier etwas Neues aufbauen konnte. Ich wollte anders leben wie auf der Erde. Ich wollte keine Bevormundung, ich wollte keine Gesetze, ich wollte frei sein. Doch ich wurde getäuscht. Statt Freiheit wurden mir Fesseln angelegt, statt sagen zu können, was ich vertrete, wird mir der Mund verboten. All das, was ich von der

Erde her kannte und dem ich entfliehen wollte, holte mich hier wieder ein. Ja, ich missachte diesen Rat, denn er ist nichts anderes als ein Parlament der Unterdrückung. Ich will frei sein und dazu stehe ich. Ich will nur mir selbst gegenüber verantwortlich sein und sonst niemandem. Wie ich feststelle, denke ich nicht allein so. Viele von Ihnen, die hier in der Runde sitzen, denken ebenso. Doch im Gegensatz zu mir wagen sie es nicht, es zuzugeben. Sie sind feige und genau diese Eigenschaft verachte ich mehr als alles andere. Sie tun so, als ob sie geleitet werden wollen. Aber tief in ihrem Innern sind auch sie Rebellen wie ich selbst. Ich stehe zu meiner Meinung und genau das soll ich nicht dürfen? Sie alle himmeln die beiden da vorn an, als wären sie Götter, doch sie sind nur Menschen. Einzig allein dass sie mit zu den Ersten gehörten, war ihr Vorteil, den sie skrupellos ausnutzen. Sie glauben, die Könige des Mars zu sein und solange man ihren Wünschen folgt, werden sie es bleiben. Wehe aber, wenn Menschen gegen sie aufstehen. Dann schieben sie die Verantwortung auf die anderen. Sie sagen, der Rat entscheidet, doch was wäre, wenn sich der Rat gegen sie wendet? Wenn sie wirklich an das glauben, was sie sagen, so werden sie den Spruch akzeptieren müssen. Doch daran glaube ich nicht. Sie werden bei einem jeden, der hier sitzt und urteilt, versuchen, ihn durch ihre Persönlichkeit zu beeinflussen. Sie sind sich ihrer Sache absolut sicher. Diese Ratssitzung soll für sie die Bestätigung ihrer Macht darstellen. Doch seien sie alle auf der Hut, denn wenn es ein Urteil gegen meine Mitstreiter und mich geben sollte, so werden diese Herren versuchen, weitere Sanktionen und Repressalien gegen sie durchzusetzen. Sie werden es tun, weil ihre Gier nach Macht unendlich groß ist. Sie wollen sich durch diese Sitzung zu den Alleinherrschern aufschwingen und so eine unanfechtbare Position erlangen. Wer das nicht sieht, ist blind. Ich aber bin nicht blind. Seit meiner Ankunft habe ich es gesehen und kann nur warnen. Ich bin mir keiner Schuld bewusst, und das wissen Sie alle. Das Angebot, eine zweite Siedlung zu gründen, täuscht über die wahren Ansichten dieser beiden Cäsaren hinweg, denn auf diese Weise können sie sich jener erwehren, die in ihren Augen als unbequem gelten. Mit unserem Verschwinden würden zugleich ihre schärfsten Kritiker das Lager verlassen. Und genau das ist ihre Absicht. Ich und die anderen, über welche Sie hier urteilen sollen, verlangen eine faire Beurteilung und die kann nur lauten: Sie haben recht."

Van der Beck setzte sich wieder auf seinen Stuhl. Er sah in die Runde. Ein allgemeines Gemurmel, teils zustimmend, teils ablehnend machte sich im Saal breit. Freemond ließ es eine Weile zu. Aus den einzelnen Wortfetzen konnte er die verschiedenen Stimmungen hören. Dann überlegte er. Hatte der Mann etwa recht? Waren er und Morgan wirklich so wie der Mann es beschrieben hatte? Eine innere Stimme sprach zu ihm. „Nein, nein und nochmals nein. Du hast dich stets um das Wohl der Menschen hier gesorgt. Du hast ihnen eine neue Zukunft gegeben."

Weitere zwanzig Minuten vergingen. Es wurde Zeit. Daher stand Morgan auf und bat um Ruhe. „Sie haben jetzt beide Seiten gehört. Es wird Zeit zu entscheiden. Falls Herr Beck glaubt, wir würden uns nicht dem Ratsspruch unterwerfen, so sei ihm geantwortet, dass wir uneingeschränkt dem Spruch folgen werden, egal, zu welchen Gunsten er auch ausfällt. Ich will sie nun nicht mit weiteren Fakten und Entgegnungen beeinflussen. Daher bitte ich um die Abstimmung per Handzeichen. Für eine erste Beurteilung sollte die einfache Mehrheit reichen. Wer also glaubt, dass Herr Beck recht hat, der hebe nun seine Hand."

Tatsächlich hoben einige der Anwesenden die Hand. Es waren überwiegend jene, die von vornherein zu der Gruppe um van der Beck gehörten. Freemond ließ durchzählen. „125 Stimmen für van der Beck", stellte er laut fest. „Nun bitte ich sie um das Handzeichen für unsere Argumente." Die Resonanz war überwältigend, den mehr als zwei Drittel der versammelten stimmten Freemond zu. Diese Entscheidung war mehr als nur eindeutig. Für Freemond und Morgan galt es als Bestätigung ihrer Politik. Damit hatte er nicht gerechnet. Um aber absolut sicher zu gehen, rief er noch jene auf, die sich enthielten. In der Masse der Anwesenden war es schwer, die paar Hände auszumachen.

Freemond sah in die Runde. In seinen Augen konnte er die Freude über diesen Erfolg nicht verbergen. Äußerlich gelassen, aber innerlich aufgewühlt verkündete er den Beschluss des Rates: „Nach dem wie es aussieht, befindet der Rat unsere Argumente als richtig. Was aber sollen wir nun mit jenen tun, die als Verlierer dastehen? Wir könnten ihnen eine Frist setzen, um ihnen die Möglichkeit zu geben, sich ein neues Zuhause hier auf dem Mars aufzubauen. Dafür aber müssten wir einiges von unseren Vorräten opfern, was nicht im Sinne dieser Gemeinschaft sein kann. Außerdem würde so das Hauptproblem nur verlagert, anstatt es zu beseitigen. Wir hätten mit ihrer Ausweisung einen weiteren Brennpunkt für Konflikte hier in unserer neuen Heimat. Ich kann mir nicht vorstellen, dass sich jene, die sich gegen uns wenden, damit zufriedengeben, nur an einem anderen Ort zu leben. Ich muss befürchten, dass sie eines Tages gegen Marshatten vorgehen würden und damit eine kriegerische Eskalation heraufbeschwören. Dennoch würde ich auch dieser Lösung zustimmen, sofern der Rat diese Möglichkeit beschließt.

Doch welche Alternativen haben wir sonst? Wir können sie nicht einfach aus der Station werfen und sie in die Weite schicken. Daher werden wir eine andere Lösung anbieten. Wir nehmen mit der Erde Kontakt auf und bitten sie, die Männer und Frauen zurückzuholen, welche sich lieber der Gruppe um van der Beck anschließen möchten. Sie sollen zurückkehren zu ihren Ursprüngen auf den Planeten von wo sie gekommen sind. Bis zu diesem Zeitpunkt dürfen sie sich auf einem beschränkten Areal hier auf dem Mars bewegen. Sie dürfen weiterhin Kontakt mit anderen haben und auch sonst wie gewohnt ihr Leben führen. Eines jedoch würde unterbunden: ihre aufrührerischen Aktivitäten. Wir wollen in Frieden leben und können auf Schmarotzer dieser Art sehr gut verzichten. Wie also lautet ihrer Entscheidung? Wer ist für eine zweite Siedlung?"

Abermals sah Freemond in die Runde. Dieses Mal war das Abstimmungsergebnis nicht ganz so eindeutig. Fast die Hälfte glaubte, dass eine zweite Siedlung eine gerechtere Lösung als der Rücktransport zur Erde sei. Hauptgrund hierfür war mit Sicherheit die Aussicht, dass in nicht allzu ferner Zukunft die Erde nicht mehr existieren würde. Ein Todesurteil wollte man nicht verkünden, denn nichts anderes wäre diese Entscheidung. Um nicht den Eindruck zu erwecken, ein voreiliges Urteil gefällt zu haben, beschloss der Vorsitz, den Beschluss zu vertagen. Man wollte sich Zeit nehmen, damit man nachdenken konnte. Freemond unterbrach daher die Sitzung und verkündete, dass man eine erneute Abstimmung nach reiflicher Überlegung jedes Einzelnen erneut am 6. Dezember durchführen würde. Dabei ging es nur um eine einzige Frage: Sollte es eine zweite Siedlung geben, ja oder nein? Anschließend beendete er die Sitzung. Von nun an hatte ein jeder Zeit zum Nachdenken. Die Meuterer würden bis zu diesem Tage weiterhin unter Arrest gestellt, da Repressalien ihrerseits zu befürchten waren. Dieser Absicht musste auf jeden Fall vorgebeugt werden.

Die Marsstation am 06. Dezember 2014,
wieder im großen Saal

Wieder war der Saal bis auf den letzten Platz gefüllt. In den vergangenen Tagen hatte es überall in Marshatten rege Diskussionen gegeben. Was sollte mit den Männern geschehen? Die Lösung dieser Frage wurde teilweise heftig diskutiert. In zahllosen Debatten ereiferten sich Verfechter und Gegner über die Möglichkeiten. Das Urteil, so waren sich alle einig, musste gerecht sein. Einzig und allein dass man sie nicht länger hier haben wollte, stand unzweifelhaft fest. Würden sich mit einer neuen Siedlung die Befürchtungen eines eventuellen Konflikts bewahrheiten oder ergäbe sich die Möglichkeit eines friedlichen Nebeneinanders? Die Antwort hätte weitreichende Konsequenzen für alle, die auf dem Mars wohnten. Auch Freemond und Morgan waren zu diesem Thema befragt worden, um ihre Meinungen abzugeben. Beide hielten es jedoch für klüger, hier zu schweigen, denn sonst hätten ihnen ihre Gegner Beeinflussung vorwerfen können, was man auf jeden Fall vermeiden wollte.

Jetzt aber war der Moment der Wahrheit gekommen. Wieder stellte Freemond die Frage: Sollte es eine weitere Siedlung weit abseits der jetzigen geben, ja oder nein? Er war gespannt auf das Ergebnis. Gerade als er um das Handzeichen bitten wollte, bat eine Gruppe aus dem Hintergrund um Rederecht. Es wurde ihnen zugebilligt. Eine junge Frau stand dieses Mal auf. „Bevor ich meine Stimme für oder wider die Entscheidung abgebe, möchte ich noch eines geklärt wissen. Wenn wir uns zur Gründung einer zweiten Station durchringen sollten, wer garantiert uns, dass deren Bewohner uns weiterhin in Ruhe lassen? Gibt es eine Garantie oder müssen wir dann in Angst vor Übergriffen leben. Erst wenn diese Frage beantwortet ist, kann ich mein Urteil bilden."

Freemond nickte zustimmend. Er wusste um die Sorge der Männer und Frauen. Daher war er für diesen Beitrag mehr als nur dankbar. Die junge Frau sprach das aus, was alle dachten, was durch heftigen Applaus unterstrichen wurde. Er hob die Arme und bat um Ruhe. Dann sah er zu van der Beck hinüber.

„Nun, sie haben die Frage gehört. Wie also sehen sie das?" Van der Beck erhob sich und sah hinüber zu der Frau. „Sie wollen wissen, ob sich die Möglichkeit eines Konflikts zwischen Ihnen und uns ergeben könnte? Hierzu kann ich nur von meiner Warte aus etwas sagen. Ich persönlich möchte nur fort von hier. Ich hege, und das versichere ich Ihnen, keinerlei feindliche Absichten. Jedoch kann ich, wie gesagt, nur für mich sprechen. Wie die anderen darüber denken, vermag ich nicht zu beurteilen. Es käme meiner Ansicht nach aber immer auf die Situation an. Solange sie uns nicht mit Sanktionen belegen und uns beim Aufbau helfen, glaube ich nicht, dass etwas geschehen wird. Was danach kommt, steht allerdings in den Sternen. Es mag sein, dass einige meiner Mitstreiter für eine aggressive Haltung gegenüber Marshatten plädieren. Manche von ihnen sind noch rebellischer als ich und ich vermag sie nicht zu kontrollieren, da ich nur als einfaches Mitglied zähle. Ich kann Ihnen somit weder mit ja oder nein antworten."

„Also ist es nicht auszuschließen, dass sie uns attackieren?", fragte Freemond nach. Van der Beck stutzte. Er wusste genau, dass er bei einer negativen Antwort des Feldes verwiesen würde. Er wollte und konnte nicht für alle sprechen. Wie also sollte er antworten? Alle spürten, wie er mit sich kämpfte. Es wurde ganz still und leise im Saal. Was würde er antworten? Dann hörte man ein klares und bestimmtes „Nein!" Jetzt war klar, wie das Urteil ausfallen würde. Die Abstimmung war nur noch eine reine Formsache. Beck und seine Genossen hatten es nicht anders gewollt. Fast alle, mit ganz wenigen Ausnahmen, stimmten gegen den Bau einer neuen Station. Stattdessen wurde beschlossen, Kontakt mit der Erde aufzunehmen und so die Rückkehr einzuleiten. Damit endete die Sitzung. Freemond und Morgan waren über das nun so klare Ergebnis sehr froh. Es wurde Zeit, wieder zu arbeiten, anstatt zu diskutieren.

Sitz von Ikarus auf der Erde am 07. Dezember 2014

Die Nachricht vom Mars brachte neue Probleme mit sich. Wie sollte die gewünschte Rückführung vonstattengehen? Man konnte nicht eben mal ein Schiff zum Mars senden, um die Männer und Frauen abzuholen. Dafür standen keine Möglichkeiten zur Verfügung. Andererseits würde in wenigen Wochen die First Hope IV in Richtung des Roten Planeten aufbrechen. Wenn man nun in den Laderäumen ein Raumfahrzeug unterbringen würde, das genügend Platz und Überlebensmaterial mit sich führen konnte, um bis zur Erde zu gelangen, könnte das Ansinnen erfüllt werden.

So schnell es ging, erarbeitete man eine Lösung. Theoretisch galt es, einen entsprechenden Treibsatz, Unterkünfte und Lebensmittel an Bord der First Hope IV unterzubringen. Wenn man zusätzlich eine Art Fähre verstaute, die die Männer und Frauen in eine Marsumlaufbahn brachte, von wo aus das eigentliche Raumfahrzeug den Rückweg antreten würde, dürfte das Problem lösbar sein. Das alles war jedoch erst noch Theorie. Für die praktische Umsetzung waren die Wissenschaftler wieder am Zuge.

Über Tage und Wochen arbeitete man an dem Problem. Tatsächlich gelang es, ein solches Gebilde unterhalb der First Hope IV zu verankern. Mit ihm konnten bis zu 200 Personen problemlos zur Erde zurückkehren. Sobald sie hier eintrafen, würde die irdische Gerichtsbarkeit über ihr weiteres Schicksal entscheiden. Als man der Station Bescheid gab, spürte man dort die Erleichterung.

Der Erdorbit, 03. März 2015

Der Tag des Starts von First Hope IV. Wie geplant startete das Schiff von der Station aus. Bis Anfang August sollte es den Mars erreicht haben. Bei diesem Flug waren nur 500 Menschen nebst ihrer Ausrüstung an Bord. Aufgrund des Vorfalles auf dem Mars hatte man die Strategie der Auslese verändert und nur solche Menschen ausgewählt, von denen man annehmen durfte, dass sie sich problemlos in die Gemeinschaft dort oben einfinden würden. Unterhalb des Schiffes befand sich fest verankert eine zusätzliche Einheit. Die Rakete für die Rückkehrer. Als das Geschoss sich mit langer blauer Flamme für immer von der Erde verabschiedete, bereitete man bereits den Bau des nächsten Auswandererschiffes vor. Man hatte keine Zeit zu verlieren. Gleichzeitig mit dem fünften Schiff der First-Hope-Klasse entstand in etwas weiterer Entfernung ein anderes Gebilde am Himmel. Hier sollten jene Generationenschiffe entstehen, die nach dem Wegfall des Projekts Last Hope eine Alternative bildeten.

Auf der Erde hatte man für diese neue Klasse von Schiffen, wie einst gefordert, zahlreiche neue Startbasen errichtet. Überall rund um den Äquator konnte man die planierten Flächen mit ihren charakteristischen Starttürmen sehen. Anstatt der fünf geplanten Anlagen waren es inzwischen über dreißig geworden. Sobald alle Basen ihre Arbeit aufnahmen, würde ein ständiges Röhren startender Triebwerke zu hören sein.

Der Mond Ende März 2015
Ein Großteil der Schachtungsarbeiten war vollbracht. Ungeheure Mengen an Aushub aus den Tiefen des Trabanten türm-
ten sich in riesigen Halden. Bevor das Gestein hierher gelangte,
durchlief es eine Sortieranlage. Hier wurde sämtliches Material
auf eventuelle Bodenschätze hin untersucht. Davon gab es
reichlich. Neben Edelsteinen, Gold, Silber und Platin verfügte
der Mond über riesige Mengen Eisenerz und andere verwertba-
re Stoffen. Inzwischen wurden viele der Bodenschätze direkt
vor Ort verarbeitet. Dafür waren die zahlreichen Sonnenöfen
zuständig. Mittels verspiegelter Reflektoren, die das Sonnen-
licht bündelten, konnte jene Hitze erzeugt werden, die zum
Schmelzen gebraucht wurde. Nach jedem Abstich fuhren fern-
gesteuerte Wagen mit dem noch flüssigen Material in Abkühl-
lungsbecken an die Oberfläche, wo man die natürliche Kälte
des Weltraums nutzte. Dieses Verfahren ersparte Unmengen an
Wasser, das auf dem Mond nicht vorhanden war. Sobald ein
Kühlbecken ausgekühlt war, brachen riesige Arbeitsmaschinen
das nun reine Erz, um es in Verbindungsraketen zur Erde zu
schaffen, wo es weiterverarbeitet wurde. Dieses System erwies
sich als wirtschaftlich, da keiner der Transporter leer vom
Mond zurückkehrte.
In den Tiefen hatte man begonnen, jene Lagerräume zu schaffen, die in der Lage waren, mehr als eine Million Menschen auf
den in Jahrtausenden berechneten Flug zu versorgen. Es entstanden Anlagen, die komplett von der Außenwelt abgeschnit-
ten, die Wiederverwertung allen anfallenden Abfalls übernehmen konnten. Dicht unter der Oberfläche waren Botaniker damit beschäftigt, jene Zuchtanlagen zu konstruieren, die den
erforderlichen Bedarf an pflanzlicher und tierischer Nahrung
decken sollten. War man zunächst recht zögerlich mit ersten
Versuchen gestartet, so lief nun ganz allmählich die Großpro-
duktion an.

In wenigen Jahren würde der Mond zu einer unterirdischen Lebensmittelfabrik gedeihen, wie man sie in dieser Form auf der Erde nicht kannte. Die geringere Schwerkraft wirkte sich positiv auf das Wachstum aus. Einzig und allein die Bildung von Muskelgewebe und die leichte Verringerung des Eiweißgehaltes im Blut der Tiere bereitete Kopfzerbrechen. Daher arbeitete man an einem Verfahren, das diesen Missstand beheben sollte. Wenn es möglich war, Bedingungen wie auf der Erde zu schaffen, hatte man auch diese Besonderheit im Griff. Vereinzelt setzte man Versuchstiere in eigene Zentrifugen, um sie innerhalb der Rotation stundenweise einer erhöhten Schwerkraft auszusetzen. Zusammengefasst würde die geplante Schließung der Mondoberfläche am 01. Januar 2019 problemlos erfolgen können. Ausnahmsweise war man mal einen Schritt weiter als geplant.

14. August 2015, Auswandererschiff First Hope IV
Das Ziel war erreicht. Unter dem Schiff zog sich die Oberfläche des Roten Planeten träge dahin. Wie schon beim Vorgängerschiff erfolgte zunächst das Absetzen der Container. Abermals wuchs die Station um etliche Sektionen an. Mittlerweile umfasste sie etliche Quadratkilometer. Mehr als 1500 Bewohner lebten und arbeiteten hier. Mit der nun folgenden Welle würde sie auf über 2.000 Menschen anwachsen. Was die Schreiber von Fantasieromanen immer nur vorhersagten, war zur Realität geworden. Es gab eine eigenständige Kolonie auf dem Mars.

16. August 2015, Station First Hope
An diesem Tag kamen endlich auch die Menschen herunter.

Wie bei der ersten Gruppe wurden sie von Freemond und Morgan als Leiter der Station auf das Herzlichste begrüßt.

Im Gegensatz zur vorherigen Gruppe entwickelte sich von Anfang an eine harmonische Beziehung zwischen den Alteingesessenen und den Neuen. Das Auswahlverfahren auf der Erde zeigte binnen kürzester Zeit deutliche Wirkungen, worüber alle Bewohner mehr als glücklich waren.

Dann kam der Moment, wo die Rebellen ihren Rückweg antraten. Man hatte sie seit dem Prozess in einer abgeschirmten Sektion untergebracht. Hier lebten und arbeiteten sie, sofern man davon sprechen konnte. Meist brüteten sie über irgendwelchen Plänen, um ihren Freiraum zurückzuholen. Doch die Mannschaft war auf der Hut und wendete sich von ihnen ab. So führten sie sich durch ihr eigenes Verhalten immer mehr ins Abseits. Kurz bevor die First Hope IV ihr Ziel erreicht hatte, betete man regelrecht darum, diese Männer und Frauen endlich loszuwerden. „Wie hatte doch Freemond geantwortet, als man ihn fragte, wie er es überhaupt noch aushalten konnte?"
„Augen zu und durch." Und genau nach diesem Motto handelte man.

Kurz nachdem alle Waren und Menschen auf den Mars gelangt waren, landete die Fähre ein weiteres Mal. Unter strengen Sicherheitsvorkehrungen brachte man insgesamt 200 Männer und Frauen in mehreren Flügen hinauf zum Schiff, wo sie in besonders ausgestatteten Räumen untergebracht wurden. Hier gab es nichts, was sie anrichten konnten, denn das vollautomatische Sende- und das Steuersystem war vorne in der Kommandokapsel des Raumschiffs eingebaut. Sämtliche Leitungen, die zum Heck führten, lagen außerhalb jeder Reichweite der Kabinen. So wollte man jeglichem Sabotageakt vorbeugen. Der Start würde per Funkimpuls von der Erde aus erfolgen, sobald die Vollzugsmeldungen vom Mars dort eintrafen.

Der Mars am 18. August 2015
Die Rakete mit den Heimkehrern war startbereit. Als urplötzlich die Triebwerke zündeten, sahen viele der Marsbewohner hinauf. Es war ihr Abschiedsgruß an die Verstoßenen. Von nun an würde man auf dem Mars endlich wieder aufatmen können. Die Neuen wurden in einer extra von der Leitung anberaumten Feierstunde im großen Saal begrüßt. Um zukünftig Zwischenfällen wie in der näheren Vergangenheit vorzubeugen, wurden sie befragt, ob sie der Gemeinschaft beitreten, ihren Gesetzen und Regeln folgen wollten. Ein vielstimmiges Ja ertönte, das von breitem Applaus begleitet wurde. Jeder wusste, dass man durch persönliche Leistung und einer gemeinsamen Lebenseinstellung rasch in der Achtung aller steigen konnte. So machte man sich an das große Werk. Kaum einer dachte in diesen Sekunden daran, wie es jenen ergehen würde, die man zurückgeschickt hatte. Niemand konnte vorhersehen, dass sie niemals die Erde erreichen würden.

Sonde Helios in der Umlaufbahn um die Sonne, am 25. November 2015
Seitdem die Sonde die Sonne umkreiste, hatte sie den Glutofen unter sich ständig im Visier. Um der ungeheuren Hitze überhaupt standhalten zu können, drehte sie sich pro Minute sechsmal um die eigene Achse. Nur so konnte verhindert werden, dass sie verbrannte.
An diesem Tage registrierten die Beobachtungsinstrumente eine anwachsende Aktivität. Sofort erfolgte ein Impuls in Richtung Erde, wo er knapp acht Minuten später eintraf.

Gebäude von Ikarus am gleichen Tage
„Es geht wieder los", stellten die Wissenschaftler fest. 23 Mo-

nate nach der letzten Eruption zeigte das Ungeheuer Sonne seine unsichtbaren Zähne. Wie groß und verheerend würde dieser Ausbruch sein. Würde es wie zuletzt nur zu einer leichten Vergrößerung kommen oder musste man einem Sonnensturm entgegensehen? Beides hätte wie schon so oft Auswirkungen auf die Erde. Unverzüglich gab man Sonnenalarm, um so allen möglichen Schäden vorzubeugen. Die Stationen im Orbit begannen zu kreuzen und sich in riesigen Schleifen auf die sonnenabgewandte Seite der Erde zu bewegen. Sämtlicher Verkehr zwischen Erde und Mond wurde eingestellt. Schiffe, die auf dem Weg zur Station waren, mussten umgeleitet werden und entweder zur Erde oder zum Mond zurückkehren. Sämtlicher Funkverkehr kam bis auf Weiteres zum Erliegen. Viele Menschen zogen es vor, in den Häusern und Kellern den Ereignissen entgegenzusehen. Das große Warten begann und nur die Teleskope waren von diesem Moment an Zeugen der Geschehnisse am Himmel.

VTT auf Teneriffa, in den Morgenstunden des 27. November 2015

Fast zwei Tage waren seit dem Beginn der Aktivität vergangen. Jetzt sahen die Wissenschaftler die Bildung und den raschen Zusammenbruch des Fleckens. Also würde ein Sturm entstehen. Die schlimmste aller möglichen Varianten war nicht mehr aufzuhalten.

Die Sonne, am selben Tage, wenige Minuten später

Der Fleck kollabierte und riss Millionen Tonnen von Materie aus dem Innern des Glutofens. Ungebremst raste die glühende Feuerfontäne ins All. Wenig später erreichte sie Merkur. Abermals wirkten sich die Gewalten auf den Planeten aus.

Seine schon schlingernde Bahn wurde noch extremer. Wie lange würde er diesen Belastungen noch standhalten können? Mit letzter Verzweiflung gelang es dem Himmelskörper, seinen Untergang zu verhindern. Beim nächsten Sturm gäbe es kein Halten mehr. Die Tage des Merkur waren gezählt.

Die Venus, 20 Minuten nach Ausbruch des Sonnensturms
Mit fast Lichtgeschwindigkeit durcheilte die Schockwelle das Sonnensystem. Als sie den Planeten der Liebe erreichte, geriet die zähe Oberfläche in Aufruhr. Spalten taten sich auf, in deren Tiefe das grell leuchtende Magma sichtbar wurde. Die Vulkane gerieten in Aufruhr und spuckten glutflüssiges Material aus. Riesige Lavaströme ergossen sich über die Oberfläche. Der Planet wandelte sein Aussehen.

Die Erde 30 Minuten nach dem Ausbruch
Als hier der Sturm eintraf, verursachte er schon wie gewohnt ein Himmelsspektakel. Überall auf der Erde verkündeten Polarlichter als sichtbares Zeichen das Eintreffen des Infernos. Tief unter der Kruste, von niemandem sichtbar, kam es zu chemischen und physikalischen Veränderungen, deren Auswirkungen sich später zeigen sollten. Wärmeströme veränderten sich, die tektonische Bewegung der eurasischen und atlantischen Platte nahm unverhofft zu. Waren es bisher nur wenige Zentimeter im Jahr gewesen, so wuchs dieser Wert schlagartig auf mehrere Meter an. Diese Erscheinung veränderte die Druckverhältnisse innerhalb der Randzonen gravierend. Erdbeben von nie da gewesener Stärke verursachten entlang der Ränder katastrophale Schäden. Städte, die als erdbebensicher galten, wurden nun von minutenlangen Stößen heimgesucht. Die Bewohner von Paris, London, Oslo und Madrid begriffen schlagartig, dass sie auf

einer hauchdünnen Schale lebten. Einem Erdbeben war es egal, ob es Land oder historische Gebäude erschütterte. Der Druck, ausgelöst durch die ungeheuren Energien aus dem All, musste sich entladen. Die Frankfurter Skyline, oft als Mainhattan bezeichnet, veränderte ihr Aussehen. Die einst so markante Silhouette der Hochhäuser stürzte ein und begrub zahllose Menschen unter sich.

Der als gefährdet eingestufte Rheingraben, jene uralte Bruchzone in der Erdkruste, wurde aktiv. Tief unter den Vulkanen von Eifel und Vogesen stieg das Feuer aus der Tiefe nach oben, um die als ausgekühlt geltenden Magmakammern zu füllen. Doch das konnte niemand sehen. Noch galten die einstigen Feuerberge als erloschen.

Anders sah es bei den aktiven Vulkanen in Italien und auf Sizilien aus. Durch die veränderten Druckverhältnisse im Innern der Erde wurden die Verhältnisse entscheidend verändert. Den Beginn des Erwachens machte der Ätna. Zahlreiche Spaten und alte Krater wurden aktiv. Der Vesuv und die phlegräischen Felder rund um Neapel begannen, sich zu verändern.

In der Nacht zum 28. November 2015 wurden die Menschen dieser Metropole durch zahlreiche Erdstöße aus dem Schlaf gerissen. Die alte Caldera hob sich, als sich die unter ihr befindliche Magmakammer aufblähte. War das Hafenbecken in der Vergangenheit um einige Meter angehoben worden, so presste der Druck ihn nun schlagartig um weitere zwanzig Meter in die Höhe. Dann brach die Kammer zusammen und spie ihren Inhalt aus. Für die Menschen kam jede Rettung zu spät. Sie verbrannten und verdampften in der emporschießenden Glutwolke.

Als ob es ein Signal des Aufbruchs gewesen sei, reagierte auch der Vesuv. Schon lange hatten Vulkanologen vor dem Ausbruch gewarnt. Bislang war der Berg ruhig geblieben. Der jetzige Ausbruch sollte das Inferno aus dem Jahre 79 nach Christus bei Weitem übertreffen. Als die Glutwolke vom flachen Hang fast lautlos den Berg hinabströmte, begrub sie die Perle des Mittelmeeres unter sich. Neapel ereilte das Schicksal von Pompeji.

So wie hier reagierten fast alle empfindlichen Zonen des Planeten. Städte und ganze Landstriche hoben und senkten sich. Manch ein Ort, der bisher weit vom Meer entfernt lag, bekam plötzlich einen Hafen. In dieser Zeit des geologischen Durcheinanders schufen die Kräfte aus dem Innern der Erde nicht nur ein Atlantis. Viele Küstenstädte wurden von den entstehenden Flutwellen einfach ausradiert und für alle Zeiten vom Angesicht der Erde getilgt. Der Mensch war für diese Gewalten weniger als ein Daumen, der eine Ameise zerquetschte. Die Zahl der Toten stieg rasch über mehr als fünfzig Millionen an. Hinzu kamen mehr als eine Milliarde Obdachlose und Verletzte und noch schien kein Ende in Sicht.

Die japanische Inselgruppe wurde von ihrem schmalen Basaltsockel geschoben. Große Teile dieser einstigen Industrienation verschwanden auf Nimmerwiedersehen unter den Fluten des Pazifiks. Osaka, der Hafen von Tokio und viele der einstigen Riesenstädte hörten auf zu existieren, das Volk wurde um mehr als 80 Prozent verringert. Der Fudschijama, einst als heiliger Berg verehrt, verwandelte sich in ein Ungeheuer, das Unmengen glühender Lava auswarf und selbst noch die Reste der einstigen Hauptstadt für immer vernichtete.

Auf Hawaii kam es dabei zum umgekehrten Fall. Der Hot Spot, aus dem einst die Insel aufgebaut wurde, brach in sich zusammen. Langsam versank die einstige Perle und damit der Traum von Südseeidylle. Die vorgelagerte Inselgruppe Alaskas, die Aleuten, hoben sich und waren plötzlich trockenen Fußes zu erreichen. In diesem Prozess schloss sich gleichzeitig die Beringstraße zwischen Asien und Amerika. Es schien, als wolle der Sonnensturm das Antlitz der Erde radikal verändern.

Die beiden Raumstationen befanden sich zu diesem Zeitpunkt Gott sei Dank auf der windgeschützten Seite. Es fielen viele der elektronischen Geräte aus, dennoch blieb die Struktur der beiden fast unbeschädigt und nur einige wenige Bauteile wurden zerstört. Die getroffenen Maßnahmen hatten ihre Feuertaufe bestanden.

Der Mond fast zur gleichen Zeit

Der Mond hatte sich in den letzten Jahren deutlich von der Erde entfernt. Die Bahn glich eher einer immer weiter schwingenden Spirale, als jener einstigen Kreisbahn. Die mittlere Entfernung betrug fast eine Million Kilometer. Spätestens in zwei Jahren war jener Punkt erreicht, da er den Anziehungsbereich für immer verließ. Auch hier richtete der Sturm nachhaltige Schäden an. Die Halden des Aushubs wurden wie von einer riesigen Planierraupe eingeebnet. Ein Teil des Schutts verstopfte die Eingänge zu den unterirdischen Höhlen. Die Menschen wurden eingeschlossen. Als ob es damit nicht genug wäre, setzten plötzlich Beben ein. Ein Teil der Höhlen brach ein. Viele der hier lebenden Menschen gerieten in Panik und drängten zur Oberfläche. Ihnen war es egal, ob sie dort oben ersticken würden. Sie wollten nur raus aus dem Sarg. Nun aber war der Ausgang verschlossen, was zu weiteren Tumulten führte.

Während so die allgemeine Panik wütete, beschlossen erfahrene Bergleute, einen neuen Weg nach oben zu suchen. Dank des vorhandenen Bohrgeräts hatten sie zumindest die Mittel, einen Weg durch das Deckengestein zu bohren. Dabei hatten sie allerdings ein großes Problem. Sobald der Bohrer nach oben durchstieß, würde die gesamte Luft aus den Katakomben herausgesaugt. Einzig und allein ein waagerechter Stollen, der an seinem Eingang durch mehrere Luftschleusen abgedichtet werden konnte, bot eine akzeptable Lösung. Zwischen diesen Schleusen konnte der Abraum beim Durchbruch von einer Sektion in die nächste gebracht werden. Die Bergleute frästen so einen mehr als 200 Meter langen Schacht in das harte Gestein. Erst am Ende dieser Strecke setzten sie den Bohrer an die Decke, um so den Durchbruch zu schaffen. Die Arbeit war hart und schweißtreibend, denn die Männer mussten ihre schweren Schutzanzüge tragen, um sich gegen Undichtigkeiten aus entstehenden Spalten und damit dem Austritt der Atemluft zu schützen.

Es dauerte Stunde um Stunde. Langsam wuchs die Halde des Abraums im Stollen. Jetzt legten die Bohrleute ihr Gerät zur Seite, denn der Schutt behinderte ihre Arbeit. Er musste erst nach hinten durch die verschiedenen Zwischenkammern befördert werden, was geraume Zeit in Anspruch nahm. Erst nachdem der Gang frei war, setzten die Männer ihre Arbeit fort. Zuvor wurde dem Gang die Luft entzogen, damit sie nicht durch den entstehenden Sog herausgeschleudert wurden. Erst danach begannen sie mit dem Durchbruch. Immer tiefer fraß sich der rotierende Bohrkopf in das Gestein, immer tiefer wurde der Gang, bis zu dem Moment, als der Bohrkopf die Oberfläche durchbrach. Es war geschafft. Dreißig Meter Gestein waren es gewesen und jetzt stürzte einiges an Ablagerungen und losem Material hinab. Wäre da nicht die geringe Schwerkraft gewesen, die Männer hätten schwere Verletzungen erlitten, doch so konnten sie den größeren Brocken ausweichen.

Nun kamen jene, die den Gang rund herum befestigten und verrohrten. Ganz oben versahen sie den neuen Eingang mit einer weiteren Schleuse. Damit war der ursprüngliche Zustand zwar noch nicht ganz zufriedenstellend wieder hergestellt, doch allein der Gedanke, an die Oberfläche zu gelangen, beruhigte die Gemüter. Das Schlimmste war überstanden und man konnte nun an die Aufräumarbeiten gehen. Das Leben musste wieder in geregelten Bahnen verlaufen.

Der Mars, 60 Minuten nach Beginn des Sturms
Die Warnung von der Erde war eingegangen und entsprechende Sicherheitsvorkehrungen wurden getroffen. Beim Eintreffen auf dem Mars hatte er bereits einen Teil seiner todbringenden Energie aufgezehrt, sodass hier kaum noch Schäden verursacht wurden. Lediglich einige größere Sandstürme verdeckten kurzfristig den Blick. Die Station selbst wurde rundherum zugeweht, was nicht besonders tragisch war. Schließlich lebte und arbeitete die Besatzung in einem hermetisch abgeriegelten Komplex. Dank der sich auftürmenden Sandmassen wurde sie zusätzlich vor weiteren Schäden geschützt. Freemond und Morgan konnten nach Abklingen des Ereignisses nur minimale Ausfälle feststellen.

Völlig anders sah es dagegen für das Schiff der Heimkehrer aus. In den letzten Monaten hatte es sich der Erde ständig genähert. Deutlich konnten van der Beck und seine Leute die blaue Kugel sehen. Auf ihrer Reise hatten viele die Gelegenheit zum Nachdenken genutzt. Einige von ihnen kamen zu der Schlussfolgerung, dass es besser gewesen wäre, sich der Besatzung auf dem Mars anzuschließen. Doch für Reue war es nun zu spät. Auf der Erde, so wussten sie, würden sie vor ein Gericht gestellt und verurteilt werden. Das schmeckte manch einem von ihnen nicht. Doch wie konnte man sich verteidigen?

Noch während sie überlegten, fing das sonst so ruhig dahingleitende Schiff urplötzlich an zu schlingern. Es schien so, als ob es gegen unsichtbare Kräfte ankämpfen würde. Der Sonnensturm erfasste es mit fataler Gewalt. Wenige Sekunden später hörte das Schiff auf zu existieren. Der Sturm ließ es wie eine Seifenblase zerplatzen. Die Trümmer und mit ihnen die Menschen an Bord flogen davon. Der Tod war gnädig. Er kam überraschend und schnell.

Der Sonnensturm raste weiter Richtung Jupiter. Als er dabei auf den Asteroidenring traf, brachte er Chaos in die sensiblen Umlaufbahnen der kleineren und größeren Gesteine. Viele kamen von ihrem Kurs ab und stießen mit anderen zusammen und erzeugten eine Art Kettenreaktion. Immer mehr Brocken trafen aufeinander und rieben sich teilweise gegeneinander auf.

Jupiter selbst konnte der Sturm nichts anhaben. Er, der größte Planet des Sonnensystems, blieb ohne jede Abweichung auf seiner Bahn. Selbst Io, Europa und Ganymed, die größten Monde des Riesen störte die ankommende Energie nur gering.

Als der Sturm nach gut 14 Stunden auch die äußersten Grenzen des Systems erreichte, war seine Energie nicht mehr messbar. Das Ereignis war vorüber, bis zum nächsten Mal.

Die Erde, Gebäude von Ikarus und Dädalus am 01. Dezember 2015
Wie immer nach einem Sonnensturm wurde Bilanz gezogen.

Rasch wurde allen klar, dass ein weiterer Sturm dieser Stärke die Erde unbewohnbar machen könnte. Schon jetzt waren die Folgen des aktuellen Ereignisses gravierend. Dunkle Wolken aus Asche hingen wie Nebel über den vielen Teilen der Erde. Die Luft war kaum atembar. Es roch nach Schwefel und Tod. Nur die hieraus resultierende weltweite Abkühlung konnte bei dem Chaos als positiv bewertet werden. Noch gab es keine genauen Zahlen über Tote und Verletzte. Insgeheim befürchtete man, dass die Zahl über die 100-Millionenmarke schnellen könnte. Hinzu kamen die mehr als eine Milliarde Obdachlosen und Verletzten. Damit war das Ereignis als schwerste Katastrophe der Menschheit anzusehen.

Der Untergang des japanischen Archipels, die totale Zerstörung vieler wichtiger Hafenstädte und Industrieanlagen sowie die Veränderung der Landmassen bildeten zusätzliche wirtschaftliche Schwierigkeiten. Viele der verloren gegangenen Betriebe waren als Zulieferer für die Großraumschiffe tätig gewesen. Zum jetzigen Zeitpunkt kamen damit diese Bauten zum Stillstand, da der Nachschub fehlte. Es galt als vordringliche Aufgabe, diese Betriebe so rasch wie möglich zu ersetzen und damit die Lücken zu schließen. Doch wo sollten sie gebaut werden? Welches Land war von den Veränderungen nicht betroffen? So wie es aussah nicht eines. Die globalen Veränderungen waren selbst in den entlegensten Winkeln der Erde sichtbar. Theoretisch musste man wieder bei null beginnen und das zu einem Zeitpunkt, da Eile geboten war. Schon das nächste Ereignis auf der Sonne konnte das endgültige Aus für die Erde bedeuten. Erst jetzt begriff man, wie verletzlich, angreifbar und hilflos man den außer Kontrolle geratenen Elementen war. Um zeitlich vorausschauen zu können, verlangte man von den Experten des Projekts Ikarus eine fundierte Expertise über die Vorgänge auf der Sonne.

Tage und Wochen analysierten die Männer und Frauen Vorgänge, erstellten neue Prognosen und Berechnungen. Jede auch nur annähernde Wahrscheinlichkeit wurde ins Kalkül gezogen, doch selbst jetzt konnte und wagte man nicht eine verlässliche Aussage zu treffen. Trotz des hohen Aufwands an Menschen und Material war man immer noch nicht in der Lage, anzugeben, was als Nächstes geschehen würde. Insbesondere als Helios eine weitere Veränderung der Sonne meldete.

Sonde Helios in der Umlaufbahn der Sonne am 28. Dezember 2015

Nach dem Ausbruch hatte sich die Sonne etwas verkleinert. Zumindest diese Erkenntnis passte in die Vorausberechnungen der Wissenschaftler. Das Pulsieren des Sterns gehörte zu den vielen Merkmalen eines untergehenden Sterns. Dann aber veränderte sie ihre äußerliche Farbe. Aus dem gleißend grellen Gelb, das man von ihrem Erscheinungsbild gewohnt war, wurde ein blasses Rot. Auch das kannte man von vielen anderen Himmelskörpern, doch noch nie hatte man es aus der Nähe beobachten können. Als die Sonde diese Veränderung meldete, standen die Menschen vor einem Rätsel.

Projekt Ikarus, 04. Januar 2016

Die Rotverschiebung musste ihre Ursachen haben. Rasch kam man zu dem Schluss, dass sich die chemische Zusammensetzung der Sonne veränderte. Doch was genau im Innern geschah, darüber wusste man noch nichts. Was veranlasste einen Stern, die Farbe zu wechseln? Bisher wurde angenommen, dass rote Sterne sich von der Erde entfernten. Im Rahmen der Prismenastronomie erklärte man es so, dass sich die Wellenlänge des ankommenden Lichts verlängerte, während blau leuchtende Sterne als Annäherung gedeutet wurden. Bei der exakten Messung des Sonnenabstandes aber gab es keine Veränderung. Sie lag weiterhin bei einem Wert von 149.600.000 Kilometern. Die Abweichung von wenigen Kilometern in beide Richtungen lag im normalen Bereich. Somit konnte es nicht an den geltenden fundamentalen Regeln der Prismenforscher liegen. Ein anderes Phänomen musste eingetreten sein. Was tat sich auf der Sonne?

Man begann mit Beobachtungen im Infrarot-, Röntgen- und ultravioletten Bereich. Hier, im nicht sichtbaren Licht, kam die Ursache für die Veränderung zum Vorschein. Das Ergebnis ließ manch einem der Wissenschaftler das Blut in den Adern gefrieren.

Gebäude von Dädalus und Ikarus am 15. Februar 2016
Als Dr. Meier das Licht im Saale abdämmen ließ, herrschte eine gespannte Erwartung. Auf der riesigen Leinwand neben dem Rednerpult erschien zunächst das altbekannte Bild der Sonne vor der Veränderung.

„So haben wir bisher immer unseren Stern gesehen", begann er. „Bisher nahmen wir eine Zunahme des Wasserstoffanteils im Inneren an, der sie zu verstärkter Aktivität und den bekannten Auswirkungen anregte." Er ließ das nächste Bild aufblenden. Jetzt sah man die rot verfärbte Sonne, so wie sie aktuell am Himmel stand. „Nachdem uns die Theorie der Prismenforscher kein befriedigendes Ergebnis geben konnte, kamen wir rasch zu der Überzeugung, dass andere Ursachen für die Veränderungen verantwortlich sein mussten, denn die Entfernung hat sich nicht verändert." Ein weiteres Bild wurde projiziert. Es zeigte die Sonne im ultravioletten Licht.

„Erster Anhaltspunkt bildete diese Aufnahme. Sie wurde von Helios gemacht, die bekanntlich über entsprechendes Equipment verfügt. Bitte sehen sie auf die Bildmitte." Die versammelten Männer und Frauen richteten ihre Augen auf den angesprochenen Punkt. Das zweidimensionale Bild zeigte eine klare Veränderung.

„Was wir hier sehen, ließ uns stutzig werden. Wir beobachten die Sonne nun schon seit Jahren intensiv und waren uns sicher, ihre Krankheit erkannt zu habe. Das, was sie hier sehen, muss sich nach dem letzten Ausbruch ereignet haben, denn es ist eine völlig neue Erscheinung." Der Projektor warf nun ein Röntgenbild mit verschiedenen Graustufen auf die Leinwand. Deutlich war der Punkt aus weißlichen Schleiern im Zentrum der Sonne zu sehen. Dr. Meier erläuterte das Bild. „Diese verwaschenen Streifen sind es, die uns Kopfzerbrechen bereiten. Sie befinden sich im Kern der Sonne und deuten auf klare Strukturveränderungen hin. Auch sie wurden zuvor nicht beobachtet. Um Genaueres herauszufinden, haben wir die nun folgende Aufnahme aus dem Orbit im Infrarotbereich gemacht."

Dr. Meier machte eine bedeutungsvolle Pause, bevor er das entscheidende Bild zeigte. Die Infrarotaufnahme zeigte die Wärmeverhältnisse innerhalb der Sonne, eine Methode, die überall dort angewendet wurde, wo Röntgen- und ultraviolette Aufnahmen keine klaren Aussagen brachten. Ein Aufschrei des Entsetzens ging durch den großen Saal.

Das Bild zeigte die verschiedenen Wärmezonen der Sonne bis in die tiefsten Schichten. Auffällig war die kreisrunde in drohendem Lila aufleuchtende Zone mitten im Zentrum des Bildes. Dr. Meier nahm einen Zeigestock und berührte genau an diesem Punkt die Leinwand. „Was Sie hier sehen, ist eine Zone besonders heißer Materie. Sie befindet sich im innersten Zentrum und durchmisst nach vorsichtigen Schätzungen gut 10.000 Kilometer. Um sie darstellen zu können, wurde das Bild verändert. Obwohl die kühlen Zonen in hellem Blau erscheinen, sind auch sie nahezu viertausend bis sechstausend Grad Celsius heiß. Diese Erscheinung", er tippte mit dem Stock hörbar auf die Projektion, „hat unserer Ansicht nach mehr als 150 Millionen Grad Wärme. Der normale Wert lag lange Zeit bei etwa 50.000 Grad weniger, gerade genug, um die Kernfusion aufrechtzuerhalten. Wenn unsere Vermutungen sich bestätigen sollten, bildet sich hier im Kern ein neuer Körper, sozusagen eine Sonne in der Sonne!"

Die Anwesenden sahen ihn erstaunt an. Wie konnte das möglich sein, und welche Konsequenzen resultierten daraus? Dr. Meier führte seine Rede fort.

„Wenn wir von der Annahme ausgehen, dass sich dieser Bereich ständig erweitert, so wird er durch seinen Druck die Größe des Gestirns verändern, was zu der uns bekannten rötlichen Farbe und verstärkter Abstrahlung führen könnte. Gehen wir ferner davon aus, dass die ihn umgebende Materie ebenfalls in den Prozess hineingezogen wird, dann besteht die Aussicht, dass irgendwann in nächster Zukunft die Gefahr besteht, dass die Sonne einen Großteil ihrer Hülle abstoßen und ins Weltall schleudern wird. In diesem Falle würde in dem alten Stern ein Neuer entstehen und den alten wiederum vernichten. Sollte dieses Ereignis eintreten, wäre das Ende der Erde unausweichlich. Die abgestoßene Masse würde sie und den Großteil der Planeten regelrecht verbrennen. Doch damit wäre der Ablauf noch nicht zu Ende. Der neu entstandene Himmelskörper hat zu wenig Masse und ist nicht dicht genug, um auf Dauer existieren zu können. Das heißt, er würde in einer gigantischen

Explosion auseinanderfliegen und damit zum Verschwinden der Sonne führen. Um unsere Vermutung zu beweisen, habe ich gestern Morgen eine weitere Aufnahme dieser Art machen lassen. Bitte sehr sehen sie sich das Ergebnis an."

Das Bild wechselte. Auf dem neuen sah man, wie schnell sich die Zone erweitert hatte. „Zwischen dem letzten und diesem Bild liegen gerade mal 21 Tage. Die Zone ist sichtbar angewachsen. Wir schätzen ihren Durchmesser auf ungefähr 12.000 Kilometer. Das bedeutet eine Zunahme von etwas mehr als 100 Kilometer pro Tag. Bei einem gleichbleibenden Wachstum wäre die äußerste Hülle spätestens in 6.875 Tagen erreicht. Das sind etwa 18 Jahre und wenige Monate. Doch solange wird die Hülle dem enormen Druck aus dem Innern nicht standhalten. Daher gehen wir von maximal 10 Jahren bis zum Abstoßen der Hülle aus."

Die Männer und Frauen sahen den Wissenschaftler an. Konnte das wahr sein? Bisher war man immer von der Annahme ausgegangen, dass man noch Jahrzehnte Zeit hatte. Die ganze Planung zur Rettung der Menschheit basierte hierauf. Alle Projekte sollten Schritt für Schritt aufeinander aufbauen. Man hatte der Menschheit noch gut 60 bis 70 Jahre eingeräumt. Nun aber sollte es in einem Bruchteil der Zeit geschehen.

Nur noch 10 Jahre – was für eine Erkenntnis. Man konnte schon jetzt erahnen, welche Panik ausbrechen würde, wenn es an die Öffentlichkeit drang. Vor viereinhalb Milliarden Jahren war die Erde einst aus winzigsten Staubpartikeln entstanden. Vor gut 4 Milliarden Jahren war sie mit einem anderen Himmelskörper zusammengestoßen und praktisch vernichtet worden. Doch sie hatte überlebt und im Laufe der Zeit gebar sie Leben. Aus winzigen Einzellern wurden komplexe Körper, erst im Wasser, später an Land. Die Tiere wurden größer und größer. Dinosaurier beherrschten über mehr als 100 Millionen Jahre ihre Oberfläche. Niemals hätte jemand daran gedacht, dass sie aussterben würden. Und doch geschah es. Sie machten Platz für eine neue Art, die Säugetiere, an deren Spitze sich der Mensch wähnte. Er war seiner Ansicht nach die Krönung der Schöpfung. Sollte er die letzte Art unterschiedlichen Lebens auf diesem Planeten sein? Es war kaum vorstellbar.

Wie sollte man jetzt reagieren? Der Zeitpunkt für die Prognose konnte nicht schlimmer sein. Die Erde war großteils verwüstet. Milliarden von Menschen kämpften um das nackte Überleben. Und nun sollten auch sie mit der Sonne in einem gigantischen Feuersturm vergehen? Die Vorstellung überstieg jedes Maß der Dinge. Wie sollte man in der verbleibenden Zeit Überlebende retten, wo es keine Rettung gab? 10 Jahre das waren 3.650 Tage und keiner mehr. Die Uhr tickte rückwärts und niemand würde sie aufhalten können.

Bei der derzeitigen Entwicklung käme für viele Millionen Menschen jede Hilfe zu spät. Selbst wenn man versuchen würde, sie in kürzester Frist mit allen zur Verfügung stehenden Mitteln auf Mars und Mond umzusiedeln, hätten sie keine Chance. In den Generationenschiffen, deren Bauzeit über die verbleibende Zeit hinausging, hatten höchstens 12 Millionen Menschen Platz. Der Rest müsste zusehen, wie sie ihr Heil in der Flucht vor dem Inferno suchten, während man selbst schon bald verbrennen und sterben würde.

Erst ganz allmählich gelangte das Wissen vom Ende des Menschen in die Köpfe der Versammlung. Noch weigerte sich der Verstand, es zu akzeptieren. „Und Sie sind sich ganz sicher", wurde Dr. Meier gefragt? Der Angesprochene zögerte.

War es ein Zeichen dafür, dass er sich vielleicht doch geirrt hatte? Gab es den berühmten Strohhalm, an den man sich klammern konnte? Lieber Gott lass ihn nein sagen!

Dr. Meier sah sich um. Er sah in fragende, ängstliche Gesichter. Er sah Furcht und Verzweiflung. Er wusste um die Erwartungen. Trotz aller Skepsis antwortete er mit „Ja. Maximal 10 Jahre, nach dem, was wir jetzt wissen. Sollte sich der Prozess beschleunigen, könnte noch weniger Zeit bleiben. Vielleicht ereignen sich noch weitere Sonnenstürme, doch davon gehen wir nicht aus. Die Sonne tritt in ihren Todeskampf ein und so sicher wie das Amen in der Kirche wird sie diesen Kampf verlieren. Es tut mir leid, aber es wäre eine Lüge, wenn ich Ihnen etwas anderes sagen würde.“

Bedrückende Stille machte sich breit. Viele erstarrten zu Salzsäumen, weil sie es nicht wahrhaben wollten. Einige begannen zu rechnen. Man schrieb das Jahr 2016, sollte die Erde das Jahr 2030 nicht mehr erleben? Würde in diesem Jahr ein riesiges Loch in einem unbedeutenden Seitenarm am Rande der Milchstraße vom Ende einer Zivilisation zeugen? Würde auf anderen Welten fernab von hier irgendjemand den Blitz und damit das Ende erfassen und richtig deuten? Würde man still und leise die Bühne der Ewigkeit verlassen?

Die hoffnungsvolle Stimmung vieler würde sich in Depression umkehren, während andere sich in ihre Träume flüchteten. Wann und vor allem wie sollte man die Menschen vom bevorstehenden Ende in Kenntnis setzen? Besser sofort, damit sie noch regeln konnten, was zu regeln ist, oder wäre Geheimhaltung der bessere Weg? Hatte es in der Vergangenheit schon etwas Vergleichbares gegeben, aus dem man Rückschlüsse über das Verhalten der Menschen ziehen konnte?

Bei genauerer Überlegung musste die Antwort nein heißen, denn noch nie stand der Mensch an einem Abgrund dieser Dimensionen. In der katholischen Bibel steht ein berühmter Satz über das Ende der Welt. Dort heißt es in der Apokalypse „Tausend, aber nicht noch einmal tausend Jahre wird die Erde existieren." Hatte der Verfasser von damals gewusst, was kommen würde? Es war mehr als unwahrscheinlich. Jener Mensch, dessen Worte recht bald zur Realität werden sollten, war kein Wissenschaftler. Er war Prediger einer Glaubensrichtung, die das Ende der Erde voraussah. Mehr nicht. Die Religionen der verschiedensten Richtungen würden ihre Anhänger aufrufen, ihnen zu folgen und sagen, dass man recht hatte. Wann also war der richtige Zeitpunkt da? Es gab keine Antwort auf diese Frage, denn die Meinungen waren so verschieden wie die Menschen selbst. Daher beschloss man, die Erkenntnisse unter strengstem Verschluss zu halten. Jeder der Anwesenden musste es schriftlich versichern. Es durfte niemand außer ihnen von den bevorstehenden Veränderungen wissen. Die Folgen wären unberechenbar. Um dennoch so rasch wie möglich wieder zum normalen Leben zurückzukehren, beschloss man stattdessen, die vernichtete Industrie mit allen zur Verfügung stehenden Mitteln wieder anzukurbeln. Es galt, keine Zeit zu verlieren. Der Auszug der Menschheit durfte keine weitere Verzögerung erfahren. Von nun an wurde die Zeitrechnung umgestellt. Auf der großen Digitaluhr im Sitzungssaal erschien die verbleibende Zeit: 10 Jahre, und wenig später 9 Jahre 11 Monate 30 Tage.

Der Mond am 24. März 2016, 9 Jahre und 11 Monate vor dem Ende

Die Schäden des Sonnensturms waren weitestgehend beseitigt. Die unterirdischen Produktionsstätten fuhren ihre Kapazität auf Anordnung der Erde bis an die Grenze der Auslastung hoch.

Man hatte erkannt, dass der Mond durch seine erzreichen Minen in der Lage war, die Ausfälle der Erde zu ersetzen. Hier hätte es Monate gedauert, bevor die einstigen Lagerstätten auch nur ein Kilogramm fördern konnten. Niemand wunderte sich daher, dass die Erde jetzt eine verstärkte Nachfrage stellte. Das Geheimnis vom Untergang blieb gewahrt. Hatte man sich bisher nur mit der Verhüttung der Erze befasst, so sollte nun auch die Weiterverarbeitung gleich hier vor Ort erfolgen. Unter der Oberfläche entstanden riesige Walzwerke, Gussanlagen und Fertigungsstätten. Innerhalb von nur wenigen Monaten transferierte man die Technik der Erde zum Mond.

DER ERDORBIT AM 25. AUGUST 2016,
9 JAHRE 7 MONATE VOR DEM ENDE

Die beiden Stationen hatten wieder ihre ursprüngliche Position eingenommen. Doch anstatt von der Erde mit Baumaterial versorgt zu werden, kamen viele der Bauteile vom Mond. Fast täglich trafen die Transporter ein. Der Bau der großen Schiffe wurde zur vordringlichen Aufgabe. Alle anderen Arbeiten, auch der Bau neuer Auswandererschiffe, wurde eingestellt. Die frei werdenden Kapazitäten wurden anderweitig genutzt. Aufgrund der neuen Tatsachen hatte man beschlossen, die Anzahl der Großschiffe zur Rettung der Menschen zu erhöhen. Insgesamt sollten nun 12 dieser Giganten sowie zwei Hantelschiffe gebaut werden. Sie sollten das Herzstück einer riesigen Armada bilden. Um sie herum würden kleinere, schnelle Erkundungsschiffe und Verbindungsschiffe fliegen, die ständig auf der Suche nach Planeten für eine eventuelle Besiedlung waren. Doch wie sollten diese Schiffe aussehen, welche Form war die Idealform? Darüber rätselte man lange und fand sie letztendlich in der Kugel. Nur ihre geometrische Form konnte als ideal bezeichnet werden. Sie allein bot das größte Volumen.

Kein Quader, kein Würfel, keine Pyramide brachte mehr Raum. Mithilfe modernster Computertechnik wurde das ideale Maß an Nutzlast, Staumöglichkeiten und Belastbarkeit ermittelt. Nach wochenlangen Berechnungen zeigte der Monitor ein Bild, das an die Grenzen des Machbaren stieß. Die Generationenschiffe sollten einen Durchmesser von 1.600 Metern haben. Unter der Hülle selbst gab es zahllose Räume, die alles enthielten, was für den Flug von rund einer Million Menschen in die Ewigkeit benötigt wurde. Vollkommen autark würde es ohne jeden Versorgungshafen über mehr als 20.000 Jahre ununterbrochen durch das All gleiten.

Obwohl die zwölf Schiffe an sich bereits wahre Titanen darstellten, wirkten sie gegen die zwei Hantelschiffe klein. Hier wuchsen die Planungen in Dimensionen, die selbst die größten Optimisten zum Zweifeln brachten. Man stelle sich zwei Kugeln von je zweitausend Metern Durchmesser vor. Verbunden wurden diese Gebilde von einer Röhre, die hundert Meter im Durchmesser und fünfhundert Meter in der Länge hatte. In dieser Röhre würde man eine gewisse Schwerkraft simulieren, die sich um die Hochachse drehte und damit Gravitation um die Erdschwere erzeugte. Im Notfall konnte sie in wenigen Minuten als eigenständige Einheit von den beiden Kugeln gelöst werden. So wurde aus einem drei Schiffe. Die Aufgabe der Hantelschiffe galt fast ausschließlich der Versorgung der Generationenschiffe. Hier würde es Treibhäuser, Viehfarmen und künstliche Wälder geben. Erinnerungen an die Erde. Auf ihr konnten sich die Menschen für kurze Zeit der Illusion eines Planeten hingeben. Damit bildeten diese Schiffe einen wichtigen psychologischen Beitrag, denn niemand war in der Lage, ein ganzes Leben in einer stählernen Kugel zu verbringen, ohne wenigstens hin und wieder ein bisschen Abwechslung zu bekommen.

Für die Raumaufteilung innerhalb der Schiffe sorgte ein eigenes Team. Ihm oblag die sinnvolle Gestaltung und optimale Ausnutzung jedes noch so kleinen Winkels. Wo welche Einrichtung auf welchem Raum und welcher Etage benötigt wurde, um einerseits genügend Privatsphäre, andererseits eine enge Verbundenheit der Besatzung zu schaffen, war ihr vordringliches Ziel. Dabei bildeten die unveränderbaren Gegebenheiten den wichtigsten Anhaltspunkt. So sah die Planung vor, das Kommandozentrum der Schiffe im absoluten Zentrum einzubauen. Von hier aus waren die Schiffe mit zahlreichen Verbindungsgängen und Aufzügen in kürzester Frist erreichbar. Das Zentrum musste so groß sein, das selbst im Falle einer Vernichtung durch Umstände jeder Art die gesamte Besatzung in dieser Umgebung kurzfristig überleben konnte. Das wiederum sorgte für Probleme bei der Dimensionierung und Festigkeit. Meterdicke Panzerplatten aus besonders gehärtetem Stahl bildeten die Basis der Abschirmung. Unter der Kugel befand sich eine weitere Kugel, die für das Antriebsmodul reserviert war. Aufbauend auf dem bewährten Ionenantrieb konnte diese Rettungseinheit mehrere Millionen Kilometer im All bewegt werden, in der Hoffnung, einen Planeten zu finden, wo man sich entweder niederlassen oder von anderen Einheiten geborgen werden konnte. Allein die Realisierung dieses wichtigsten aller Bestandteile hätte Jahre gedauert. Diese Zeit hatte man jedoch nicht. Die Lösung war ein Kompromiss, der schnellstmöglich war. Denn ohne dieses wichtige Modul konnte der Rest des Schiffes nicht gebaut werden, da sich alle anderen Räume um dieses Zentrum bewegten.

Noch schwerer und aufwendiger gestaltete sich die Wahl des Hauptantriebes. Für die Schiffe dieser Größenordnung reichten normale und selbst der modernste Ionenantrieb nicht aus, da er zu viel Brennmaterial mit sich führen musste. Ohne einen entsprechenden Schub konnten die Pläne gleich wieder in die

Schublade gepackt werden. Doch hier spielte der Zufall, oder sollte man besser Schicksal sagen, den Ingenieuren eine Idee aus den Anfängen des Zwanzigsten Jahrhundert in die Hände:

Anfang der Dreißigerjahre des vergangenen Jahrhunderts hatten in Deutschland vorausschauende Techniker nach Alternativen zum herkömmlichen Propellerantrieb gesucht. Dieser Antrieb, so hatten sie herausgefunden, war nur bis zu einem gewissen Grade einsetzbar. Ab einer Geschwindigkeit von ungefähr 600 Kilometern verdichtete sich die Luft vor den Blättern derartig, dass keine weitere Steigerung der Geschwindigkeit mehr möglich war.

Die Forschungen gingen in die verschiedensten Richtungen. Neben dem später eingesetzten Strahlantrieb, der als Düsenantrieb für Jahrzehnte eingesetzt wurde, gab es eine Gruppe, die sich auf vollkommenes Neuland vorwagte. Sie entdeckten, dass die Luft aus Molekülen bestand, die in ihrer Geschwindigkeit jeder anderen Form bei Weitem überlegen waren. Ohne es zu wissen, fanden sie die Grundlage für einen revolutionären Antrieb, dem Neutronenbeschleuniger.

Diese Idee geriet im Lauf der nachfolgenden Jahre in Vergessenheit, da sie zu kompliziert für die damalige Zeit war. Stattdessen setzte man auf Flüssigstoffantriebe, die zum Ende des Zweiten Weltkrieges in Form der V-Waffen Angst und Schrecken verbreiteten. Erst weit nach Kriegsende fand man per Zufall die mittlerweile vergilbten Unterlagen per Zufall in einem Keller wieder.

Aus den Planungen wurde ein Projekt, das sich im Bau des Photonenringbeschleunigers rund um Hamburg niederschlug. Niemand aus der Bevölkerung ahnte, was die Baumaschinen damals im Boden versenkten. Es sah aus wie eine Erdgasleitung und jeder dachte, dass die Hamburger Stadtwerke ein neues Versorgungsnetz bauen würden. Sie hatten mit dieser Annahme nicht ganz unrecht. Tatsächlich hatten die Rohre eine gewisse Ähnlichkeit. Die Rohre bestanden aus einer bleiartigen Umhüllung, dessen Kern aus verdichtetem Kupfergewebe bestand. In diesem leitfähigen Material wurden Protonen bis zur Lichtgeschwindigkeit beschleunigt, um sie an bestimmten Punkten aufeinanderprallen zu lassen. Dabei teilten sie die Moleküle weiter auf und setzten ihre Neutronen frei, deren Struktur und Eigenschaften die Wissenschaftler interessierte.

Die Suche nach dem unbekannten Teilchen wurde zu jener Zeit weltweit betrieben. Der Begriff Quantentheorie machte die Runde und bildete rasch eine eigene Wissenschaft für sich. Quanten galten als winzigste, sich unglaublich schnell bewegende Teilchen, die sich unberechenbar verhielten. Neben dem Projekt in Hamburg suchte man daher im Kaspischen Meer nach anderen Teilchen, die dieser Gruppe zugeordnet werden konnten. Mit einem Neutrinoteleskop sollten sie aufgespürt werden. Neutrinos galten als Bestandteile längst vergangener Sterne, die beim Untergang einer Sonne freigesetzt werden. Sie durchdringen jegliches Material und bergen in sich Informationen ihrer Herkunft. Lange Zeit galten sie als unauffindbar und Hirngespinst einiger Wissenschaftler, bis man sie Ende des Zwanzigsten Jahrhunderts tatsächlich entdeckte.

Doch was haben Protonen, Neutronen und Neutrinos mit einem Antrieb zu tun? Normalerweise gäbe es hier keinen direkten Zusammenhang, der erst viel später erkannt wurde. Alle drei Arten verfügten über eine Gemeinsamkeit. Sie bewegten sich mit Lichtgeschwindigkeit. Als diese Erkenntnis gefunden war, kam man im Hamburger Beschleuniger auf die Idee, Protonen und Neutronen in Massen aufeinanderprallen zu lassen. Bei diesen Versuchen zeigte sich ein nicht absehbarer Effekt. Die Teilchen waren in der Lage ihre Geschwindigkeit auf andere Massen zu übertragen und zu bewegen. Um ihre Entdeckung und damit die neuen Möglichkeiten verständlich darzustellen, verglichen die Wissenschaftler die Wirkung mit zwei Fahrzeugen, die mit hoher Geschwindigkeit aufeinanderprallten. Die dabei freigesetzte Energie musste sich irgendwie abbauen, was normalerweise in der Verformung der Fahrzeuge geschah. Bei den Teilchen hingegen drückte diese kinetische Energie so lange gegen eine andere Masse, bis sie aufgebraucht war. Einzeln für sich beträgt die Energieausbeute nur wenige Millionstel Pont. Erfolgt hingegen ein regelrechter Massenaufprall, so reichte die Ladung, um größere Gegenstände zu beschleunigen.

Genau diese Eigenschaft wurde nun in den Generationenschiffen genutzt. An der dicksten Stelle der Schiffe wurden ähnlich wie in Hamburg Ringe um das Schiff gelegt. Durch die überall im Weltall vorkommende Ansammlung von Neutronen und Protonen verfügte man über ein unbegrenztes Treibstoffreservoir. Mittels starker Magnetfelder leitete man sie in den Beschleuniger, wo sie aufeinanderprallten und so diese Schiffe in Bewegung setzten. Das Prinzip war so effizient, das diese Schiffe bis nahe an die Lichtgeschwindigkeit beschleunigt wurden, ohne dass man eigenen Treibstoff mitführen musste. Durch entsprechende Dosierung der Kollisionsmasse konnte die Geschwindigkeit jederzeit erhöht oder gesenkt werden. Mit der Lösung des Antriebs stand jetzt nur noch die Zeit als einziges Hindernis im Wege. Allen, die mit den Plänen vertraut waren, war klar, dass es sehr eng würde. Um Platz für Neubauten zu haben, beschloss man, die fertiggestellten Schiffe im freien Raum zu beladen und auszurüsten. Sobald diese aufwendigen Arbeiten abgeschlossen waren, begann man damit, die vorgesehene Anzahl an Menschen an Bord zu bringen und das Schiff zum Rande des Sonnensystems auf einer Umlaufbahn zwischen Neptun und Pluto zu parken. Hier sollte sich im Laufe der Zeit die gesamte Flotte einfinden, um nach Fertigstellung des letzten Schiffes gemeinsam den Weg in die Unendlichkeit anzutreten.

Man hatte diese große Entfernung aus Sicherheitsgründen gewählt. Sollte die Sonne früher als erwartet explodieren, so war wenigstens ein Teil der Menschen in Sicherheit, da die zu erwartende Schockwelle in dieser Entfernung nur noch geringe Auswirkungen haben würde. Von nun an galten diese Schiffe als einzige Rettung und wurden mit allen zur Verfügung stehenden Mitteln forciert. Alle anderen Projekte und Möglichkeiten begrub man für immer.

DER MARS AM 14. SEPTEMBER 2016, 9 JAHRE 6 MONATE VOR DEM ENDE

Als man von den Absichten der Erde erfuhr, fragten sich Morgan und Freemond nach dem Grund für diese Entscheidung? Was hatte zur Aufgabe des Projekts geführt? Hatte ein Interessenkonflikt zwischen Befürwortern und Gegnern der Besiedlung bestanden? Man begann nachzuforschen. Gleichzeitig wurde ihnen klar, dass man von nun an auf sich allein gestellt war. Es blieb somit ein Weg. Man musste die eigenen Möglichkeiten und Mitteln nutzen, um zu überleben. Die Bewohner ergriffen die Initiative. Schließlich verfügte man über ein eigenes Potenzial hochbegabter Spezialisten. Sie übernahmen nun im Rahmen der Möglichkeiten und mit Beschluss des Rates den raschen Ausbau der Siedlung und Industriezentren. Der Schaffensdrang aus den Anfängen kehrte zurück und verdrängte die aufgekommene Stimmung aus Gleichgültigkeit.

Die Menschen nahmen ihr Schicksal wieder selbst in die Hand, statt auf Hilfe von außen zu hoffen.

Der Mars veränderte nachhaltig sein Gesicht. Neue Ressourcen wurden erschlossen und genutzt, neue Ideen geboren und in zahlreichen Projekten umgesetzt. Der Wille zum Überleben wirkte wie ein Motor, der das ganze Getriebe in Bewegung versetzte.

Obwohl man sich als unabhängig von der Erde bezeichnen konnte, setzten Freemond und Morgan dennoch auf weitere Nachforschungen. Aus den spärlichen und andeutungsweisen Informationen zeichneten sich die ersten Konturen eines Bildes ab. Aus ihnen zog man eigene Rückschlüsse, die langfristig Konsequenzen für das Leben auf dem Roten Planeten hatten. Bei den wöchentlichen Versammlungen trug man diese Ermittlungen im großen Saal vor und reicherte sie mit eigenen Erkenntnissen an. Langsam aber sicher baute sich ein klares Bild auf. Man erkannte, dass die Erde sie abgeschrieben hatte. Warum und wieso, darüber herrschte noch Unklarheit. Nun lag es an den Bewohnern der Siedlung, die Initiative zu ergreifen. Ohne langes Zögern machte man sich ans Werk.

Die Erde, 25. November 2016.
9 Jahre 4 Monate vor dem Ende
Nach dem schweren Sonnensturm zeigte sich die wahre Natur des Menschen. Anstatt in Resignation und Depression zu verfallen, flammte an vielen Orten Tatendrang auf. Man ließ sich nicht unterkriegen. So begannen sie mit dem erneuten Aufbau der Lebensgrundlagen. Modernste Industrieanlagen und Städte entstanden aus dem Schutt. Mit jedem verbauten Stein, mit jedem fertigen Gebäude, mit jeder aufleuchtenden Glühbirne

erholten sich die Menschen von dem Schock. Es sah so aus, als würde man überleben. Was man nicht ahnte, war die Tatsache, dass tief unter ihren Füßen die Erde selbst zum nächsten Schlag ausholte.

ISLAND
IN DEN FRÜHEN MORGENSTUNDEN DES 27. NOVEMBER 2016

Die Bewohner der Insel waren schon einiges gewohnt. Lebten sie doch auf einer Insel von Feuer und Eis, denn das Eiland lag auf einer Störungslinie. Hier schob sich die Atlantische Platte unter die Eurasische, was immer wieder zu Vulkanausbrüchen führte. Normalerweise lief es so ab, dass sich eine Spalte in der Erdkruste bildete, die glutflüssige Lava ausspie. Dann bildete sich ein Kegel mit dem üblichen Schlot an der Ausbruchsstelle, während die Spalte selbst zur Ruhe kam. Der Görengrund war einst auf einer solchen Spalte entstanden. Mit seinen 2500 Metern war er ein normaler Vulkan, der regelmäßig ausbrach und als berechenbar galt, bis zu diesem Tage. Als die Bebenwelle das Erwachen des Berges ankündigte, glaubte man an eine der bisherigen Eruptionen. An beiden Seiten des Berges bildeten sich riesige Spalten, die Feuer und Rauch spuckten. Auch damit hatte man keine Probleme. Man erwartete nun, dass die Spalte ihre Fördertätigkeit bald aufgab und sich die Hauptaktivität wieder auf den Berg zurückverlagern würde, doch hier irrte man. Die Spalte wurde noch breiter. Zum Ende der Entwicklung stürzte der Görengrund in die Spalte. Er wurde regelrecht verschluckt. Dort wo einst der Berg gewesen war, gähnte nun ein Schlund bis tief ins Innere der Erde. Es bildete sich kein neuer Berg, sondern die Spalte blieb weiterhin aktiv.

ALASKA MT. MANYMORE ZUR GLEICHEN ZEIT

Der Manymore war über Jahrtausende das Wahrzeichen der kleinen Stadt am Fuße des Berges gewesen. Er galt für viele Vulkanforscher als erloschen. Nun plötzlich kündigten Beben nahe der Oberfläche sein Erwachen an. Die Erfahrungen mit dem St. Helens wurden wach und die Stadt evakuiert. An diesem 27. November explodierte die Spitze des Berges mit lautem Getöse. Die Eiskappe wurde verflüssigt und strömte als Schlammlawine talwärts. Die kleine Stadt verschwand für immer.

FRANKREICH, VULKANKETTE DER VOGESEN, EBENFALLS AM 27. NOVEMBER

Die Mineralquellen in der Region galten als ein natürlicher Schatz dieses Gebiets. Seitdem man die Heilwirkung erkannt hatte, hatten sich zahlreiche Betriebe hier angesiedelt. Kurstätten mit Weltruf entstanden. Selbst der Sonnensturm war für viele Gäste nur eine willkommene Abwechslung gewesen und clevere Geschäftsleute versuchten, hier ihren Profit zu machen.

Als sich jedoch die Anteile des gelösten Schwefels bei den täglichen Proben deutlich erhöhten, gab es Alarm. Irgendetwas schien sich auf dem Grund der Quellen zu verändern. Erhöhte Schwefelwerte deuteten auf vulkanische Tätigkeit tief unter der Erdoberfläche hin. Was war dort los? Niemand konnte die Frage beantworten. Man beschloss, Fachleute zurate zu ziehen, um das Rätsel zu lösen.

Wenige Tage später trafen sie ein. So rasch wie nur möglich stellten sie Seismometer auf, um jede noch so kleine Bebentätigkeit festzustellen. Zusätzlich entnahmen die Wissenschaftler

Wasserproben aus den Tiefenbrunnen, um sie zu analysieren. Als die ersten Proben an die Oberfläche kamen, sahen sie zu ihrem Entsetzen eine bräunliche Brühe, die nach verfaulten Eiern stank. Schlagartig wurde ihnen auch ohne weitere Bestimmung der Bestandteile klar, dass sich dort unten die Erdschichten verändert hatten. Zu deutlich waren die Anzeichen einer bevorstehenden Wiederaufnahme vulkanischer Tätigkeiten. Die sonst so anmutig dastehenden Berge mit ihren wassergefüllten Kratern würden wieder aktiv.

Um jedoch hundertprozentig sicher zu sein, wurden kleine Sprengungen und Ultraschallmessungen in geringer Tiefe vorgenommen. Als die langen Papierstreifen vor ihnen lagen, sahen sie, was dort unten los war. Es bestätigte ihre Vermutungen. Zwanzig Kilometer unter ihren Füßen hatte sich ein Riss in der Erdkruste gebildet und aus diesem bahnte sich eine mehrere tausend Grad heiße Magmablase ihren Weg an die Oberfläche. Die uralte Narbe zwischen eurasischer und atlantischer Platte schien aufgebrochen zu sein. Verfolgte man diese Narbe weiter, so müssten auch an anderen Stellen der imaginären Linie Veränderungen zu beobachten sein. Diese Verwerfung konnte optisch verfolgt werden. In Richtung Nordost standen die Eifelvulkane und hinter ihr die Großstädte wie Köln, Düsseldorf, Aachen und das angrenzende Ruhrgebiet. Wenn die Hypothese stimmte, musste man hier die Beweise finden. So rasch wie nur eben möglich wurde das deutsche Team benachrichtigt, um Messungen auszuführen. Tatsächlich bestätigten sich die düsteren Prognosen der Geologen. Die alte Verwerfungslinie, die sich entlang des Rheingrabens zog, wurde instabil und seismisch aktiv!

Es schien so, als würden alle Feuerberge der Erde sich anschicken, wie auf ein gemeinsames Signal hin auszubrechen.

Der Feuergürtel rund um den Pazifik, alte und neue Verwerfungen, Hot Spots, die heißen Stellen in der Erdkruste, sie alle gerieten in Aufruhr.

SITZ VON DÄDALUS UND IKARUS, 08. APRIL 2017
8 JAHRE 11 MONATE VOR DEM ENDE
Seit man wusste, dass die Zeit ablief, beobachteten ständig mehrere Gruppen beider Projekte die fortschreitenden Entwicklungen. Nur so konnte man auf Probleme und Ereignisse unverzüglich reagieren. Der fortschreitende Prozess auf der Sonne wurde rund um die Uhr überwacht. Still und leise hoffte man, dass er sich verlangsamen würde. Man verglich die Werte mit neusten Annahmen, doch stellte sich keinerlei Veränderung ein. Immer wieder sahen sie auf die großen blutroten Zahlen der rückwärts laufenden Uhr. Jede Sekunde, die verstrich, ohne dass sich etwas veränderte, war qualvoll. Wie gerne hätte manch einer von ihnen sie einfach abgeschaltet und so die Zeit angehalten. Es war ein grausames, langsames Sterben.

Allein der Gedanke, alles geheim halten zu müssen schlug sich auf die Stimmung der Delegierten nieder. Zu dem physischen Druck, alles zu tun, was zu tun war, gesellte sich eine unglaubliche psychische Belastung. Die Verantwortung schlug manch einem von ihnen regelrecht auf den Magen. Geschwüre, Schlaflosigkeit und andere Erkrankungen waren eindeutige Zeugen von Stress. Wie schwer war es, sich als ahnungslos hinzustellen und den Menschen vorzugaukeln, es würde alles wie bisher weitergehen? Ohne die vielen zu lösenden Probleme hätte manch einer von ihnen aufgegeben. So aber musste man sich auf die Aufgaben konzentrieren. Die eigene Gesundheit wurde in den Hintergrund gestellt und die Leiden wurden überdeckt.

Ansonsten lief alles wie geplant. Die ersten Schiffe nahmen deutliche Konturen an. Zurzeit wurden acht der Giganten gleichzeitig gebaut. Wenn es nachts dunkel war, konnte man sie am Himmel als helle Punkte erkennen. Bei zwei von ihnen wurden im nächsten Monat der Triebwerksring installiert und ein erster Probelauf mit geringster Energie getestet. Dann musste sich zeigen, ob die Beschleuniger das hielten, was man von ihnen erwartete. Mit ihrer Fertigstellung rechnete man bis Juli dieses Jahres. Danach erfolgte die Ausrüstung. Spätestens Anfang 2018 würden sie auf ihre Parkposition fliegen. Noch während dieses Fluges begann der Bau der letzten Schiffe und letztendlich die Kiellegung der beiden Hantelschiffe, Fähren und Erkundungsschiffe kamen als letzte Neubauten an die Reihe. Die Zeit wurde sehr eng.

Der Mond am 15. Mai 2017
8 Jahre 5 Monate vor dem Ende

Die Entfernung zur Erde nahm fast täglich zu. Schon jetzt war der Weg für die Schiffe zu den Raumstationen deutlich länger als vor einem halben Jahr. Fast fünf statt drei Tage benötigte man für den einfachen Flug. Um dennoch die erforderlichen Mengen an Material zeitgerecht anzuliefern, stellte man regelrechte Züge hoch über der Oberfläche zusammen. Es waren Miniausgaben der Marsversorger. Die Bauteile wurden einfach an verschiedenen Punkten zusammengeheftet und anschließend von den Schiffen zur Station geschoben. Durch diese Vorgehensweise ersparte man die Abdeckung mit einer Hülle. Auf solch kurzen Distanzen konnte man darauf verzichten. Die Länge der Züge wuchs mit jedem Kilometer Entfernung zur Erde. Einige gelangten weit über eintausend Meter Länge und enthielten zahllose vorgefertigte Bauteile. Sie brauchten nur noch vor Ort an der entsprechenden Stelle eingefügt werden.

Durch diese Maßnahme wuchsen die Schiffe schneller als erwartet.

Die Erde, 19. Mai 2017

Die Nachricht schlug ein wie eine Bombe. Auf der ersten Seite einer bekannten Zeitung stand in großen schwarzen Lettern: „Ist der Weltuntergang nahe?" Darunter, etwas kleiner, schrieb der Autor über seine Vermutungen. Wenn es stimmte, was dort zu lesen war, musste ein Geheimnisträger geplaudert haben.

DIE ERDE AM SELBEN TAG SITZ VON DÄDALUS UND IKARUS

Dr. Meier hatte zu einer Krisensitzung gerufen. Der Saal war bis auf den letzten Platz gefüllt. Als er sich ans Rednerpult stellte, sah er mit ernster Mine in die Runde. Es wurde still im Saal, als er begann. „Sehr geehrte Damen, sehr geehrte Herren. Der Grund unserer heutigen Zusammenkunft ist ein sehr ernster. Unser Geheimnis vom bevorstehenden Ende ist keines mehr."Anklagend hob er die Zeitung in die Höhe. „Ich weiß nicht, wer von Ihnen der Zeitung das Interview gegeben hat. Es interessiert mich auch nicht, denn derjenige von Ihnen wird es am Ende selbst zu verantworten haben, was nun geschieht. Wir, die Führung von Dädalus und Ikarus, haben bereits über die Medien ein Dementi verbreiten lassen. Wir taten es im Interesse der Menschheit, um auch weiterhin Ruhe und Frieden zu haben. Wir logen, damit es keine Panik gibt. Wir verschleierten der Menschen wegen. Doch wie ich fragen sie: Wie lange können wir die Folgen noch aufhalten? Wann wird der nächste findige Journalist weitere Fakten erfahren? Wer ist der Nächste, der redet? Ich verstehe ja Ihre Nöte, doch lassen Sie sich nicht verführen zu reden, Sie würden eine Panik auslösen, wie sie dieser Planet noch nicht erlebt hat." Damit endete die kurze Ansprache von Dr. Meier.

Der Leiter des Projekts Dädalus Dr. Beriot kam als nächster zu Wort. „Sehr geehrte Anwesende, die aktuelle Entwicklung der Lage bürdet uns allen eine große Last auf. Wir müssen in den nächsten Wochen und Monaten entscheiden, wer in Zukunft noch leben darf und wer sterben muss. Mit unseren begrenzten Mitteln können wir höchstens 15 Millionen Menschen vor dem sicheren Tod bewahren. Wer sind diese 15 Millionen? Wer sucht sie aus und was wird aus dem Rest? Diese Fragen sollten wir hier und heute klären, denn angesichts des Zeitplans werden die ersten in wenigen Monaten die Erde verlassen. Lassen sie mich zum Selektionsverfahren einiges anmerken. Aus den gewonnenen Erfahrungen der Vergangenheit wissen wir, dass eine Mischung aus möglichst vielen Individuen wünschenswert ist. Die Erkenntnisse aus der Genforschung fordern es geradezu. Wir dürfen nicht den Fehler machen, einer Kultur oder einem Volk den Vorzug zu geben. Es mag am Anfang auch viele Vorzüge geben, so sollten wir nicht vergessen, dass erst unsere Nachkommen in fernster Zukunft ihr Ziel erreichen werden. Bei einer engen genetischen Verwandtschaft würden sich im Laufe der Reise nicht nur die positiven, sondern auch die negativen Eigenschaften der Menschen potenzieren. Daher plädiere ich für eine möglichst breite Zusammensetzung. Jedes Schiff muss individuell für sich aus Menschen aller Kontinente bestehen. Das Geschlechterverhältnis sollte des Weiteren ausgewogen sein. Es wäre fatal, wenn die Menschheit kurz vor Ende der Reise nur aus Männern oder Frauen bestehen würde. Des Weiteren sollten sie zu Beginn der Reise in einem Alter sein, wo sie noch Nachkommen zeugen können. Hierdurch begrenzt sie die Auswahl abermals. Wir von Dädalus haben in den letzten Wochen und Monaten intensiv über das Idealprofil der

Auswanderer nachgedacht und sind zu folgenden Schlüssen gekommen:

Erstens: Es kommen nur Menschen im Alter bis fünfunddreißig Jahre infrage, ausgenommen sind Spezialisten, die in der Anfangszeit für den Betrieb der Schiffe und die Aufrechterhaltung der Ordnung Sorge zu tragen haben.

Zweitens: Menschen, die in der Vergangenheit durch aggressives, aufrührerisches Verhalten aufgefallen sind, werden von der Reise ausgeschlossen. Gleiches gilt für Personen, die eine Gefahr für die Auswanderer in weitestem Sinne darstellen. Die Rückführung der Rebellen vom Mars sollte uns eine Warnung sein. Wir können so ein Verhalten auf dem engen begrenzten Raum in keiner Weise tolerieren.

Drittens: Ausgeschlossen werden Menschen wo vererbliche Krankheiten in den letzten zwei Generationen aufgetreten sind. Dabei haben wir das Problem des Nachweises. Ebenso Menschen die bereits jetzt erkrankt sind oder wo Erkrankungen in naher Zukunft abzusehen sind. Das gilt insbesondere für Personen aus Regionen, wo in der letzten Zeit Seuchen jeder Art aufgetreten sind. Wir können es uns nicht erlauben, dass Krankheiten an Bord ausbrechen, die zum Tode einer ganzen Besatzung führen. Bevor nur ein Mensch das Schiff betritt, muss er sich einer umfangreichen und ausführlichen ärztlichen Untersuchung unterziehen. Wir schlagen vor, diese Einrichtungen in kürzester Frist einzurichten, damit Zeit genug für die Ergebnisse bleibt. Hat es eine Person geschafft, diese Untersuchungen mit positivem Ergebnis zu durchlaufen, so wird er in ein abgeschirmtes Areal überführt. Hierdurch sollte verhindert werden, dass sich im Nachhinein Krankheiten ausbreiten. Während dieser Quarantäne wird er weiterhin beobachtet. Wir denken über einen Mindestaufenthalt von drei Monaten nach. Gleichzeitig können wir so das natürliche Verhalten beobachten und notfalls einen nachhaltigen Ausschluss einleiten.

Viertens: Es werden nur Personen mitgenommen, die sich freiwillig, ohne jeden Druck von außen, entscheiden, die Reise anzutreten. Dabei sollten jüngere Familien mit höchstens zwei Kindern zusammenbleiben. Wobei auf ein ausgewogenes Verhältnis der Geschlechter zu achten ist. Ferner sollten sich keine größeren Familienverbände an Bord befinden. Hierdurch soll eine Vorteilnahme einzelner Sippen vermieden werden, da es zu Konflikten führen muss. Vor der Eignungsprüfung ist daher nachzuweisen, wie die Verwandtschaftsverhältnisse aussehen. Es werden keine Onkel, Tanten, Neffen und Nichten einer Familie mit an Bord kommen.

Fünftens: Weder die hier Anwesenden noch irgendein Politiker wird auf die Reise gehen, ausgenommen Ordnungskräfte. Ich bin mir im Klaren über unser Schicksal. Auch ich hätte gerne den Rest meines Lebens in Ruhe, anstatt in der Gewissheit des baldigen Untergangs verbracht. Trotzdem werden Sie und ich unsere Aufgabe bis zum Schluss durchstehen. Wir werden uns nicht bestechen oder sonst in irgendeiner Form beeinflussen lassen. Denken Sie daran: In spätestens acht, wenn wir Glück haben in neun Jahren nützt ihnen das Geld nichts mehr. Es wird wie die Erde verbrennen. Nach Beendigung unserer Tätigkeit, die sich durch den Abflug des letzten Schiffes begrenzt, kann jeder tun oder lassen, was er will. Ich werde jedoch niemals zulassen, dass wir durch unser Wissen einen Vorteil für uns ziehen. In Kürze wird eine eigens ausgewählte Schutztruppe die Auserwählten in sicheren Gewahrsam nehmen. Sie ist angewiesen, alle anderen, wer es auch sei, notfalls mit Waffengewalt abzuweisen.

Sechstens: Um die Auswahl der Auswanderer so diskret wie möglich zu gestalten, werden in den nächsten Tagen überall auf der Welt Freiwillige für ein exterrestrisches Unternehmen gesucht. Die Anzeigen erscheinen im Fernsehen, Radio, Zeitungen und dem Internet. Die Bewerber werden an ortsansässigen Sammelpunkten auf die genannten Kriterien hin überprüft. Erst wenn sie diese Hürde genommen haben, erfolgt die Überstellung in eines der fünf Isolationslager, wo eine erneute Überprüfung stattfindet. Erst wenn sie hier die Eignungstests bestanden und schriftlich ihren Wunsch erklärt haben, eine sehr lange Reise anzutreten. Es wird ihnen freigestellt, jetzt noch Abstand zu nehmen. Es wird ihnen aber auch gesagt, dass es anschließend keine weitere Möglichkeit gibt. Ihre Entscheidung muss unwiderruflich sein. Ist diese Entscheidung gefallen, werden sie über die wahren Hintergründe aufgeklärt.

Sobald ein Schiff voll ausgerüstet ist, werden die Auserwählten mit ganz normalen Versorgungsflügen an Bord gebracht. Diskretion ist das oberste Gebot der Stunde. Wir wollen keine weitere Panik auslösen. Ich bitte Sie nun um ihre Zustimmung für die von uns erarbeiteten Vorschläge."

Dr. Beriot trat vom Rednerpult zurück und begab sich auf seinen Platz. Im Saal herrschte vollkommene Stille. Jeder der Anwesenden wusste, dass er mit seiner Zustimmung sein eigenes Todesurteil unterschrieb. Konnte man einem Menschen eine derartige Last auferlegen? Gab es Alternativen zu den von Beriot aufgeführten Plänen, mit denen man einen Fluchtweg offenhielt? Diese und viele andere Gedanken gingen den Anwesenden Männern und Frauen durch den Kopf. Die Spannung im Saal nahm zu, als der Vorsitzende um die Abstimmung bat. Er wies darauf hin, dass für eine Zustimmung eine Zweidrittelmehrheit erforderlich sei.

Vor jedem der Anwesenden gab es zwei kleine Schalter. Einen roten für Ablehnung, einen grünen für Zustimmung. Durch eine kaum sichtbare Handbewegung entschied jeder für sich über sein ganz persönliches Schicksal. Wie gebannt sah mancher von ihnen auf diese beiden Knöpfe. Vielleicht stimmte ja der Nachbar mit nein, während man selbst zustimmte.

Viele hundert Arme bewegten sich nach vorn und drückten einen der beiden Knöpfe. Es war vollbracht. Jetzt konnte man nur noch abwarten. Die Gegner, dass ihr Veto ausreichte, um den Plan zu stürzen, die Befürworter, dass durch ihr Tun wenigstens einige Menschen eine Zukunft fernab des Heimatsystems finden würden. Ihnen war klar, dass selbst ihre Urenkel den ersehnten Tag der Ankunft auf einer fremden Welt nicht erleben würden.

Minuten vergingen, während im Hintergrund das automatische Zählwerk arbeitete. Unsichtbar und unbestechlich, ohne jede Gefühlsregung registrierte es die Stimmen und speicherte sie bis zu dem Moment, da der Vorsitzende das Ergebnis auf der großen digitalen Tafel anzeigen ließ. Jeden Moment musste es so weit sein. Dann leuchteten die roten und grünen Zahlen hoch über den Köpfen der Männer und Frauen auf. Sechsundneunzig Prozent hatten dem Plan zugestimmt, vier abgelehnt. Das war eine klare und mehr als eindeutige Antwort. Jetzt wo man begriff, was man mit diesem einzigen Fingerdruck in Gang gesetzt hatte, standen die Männer und Frauen auf. Sie applaudierten sich selbst und beglückwünschten sich zu ihrer mutigen Entscheidung.

Beriot sah mit Tränen in den Augen die Bestätigung seiner Rede. Nie hätte er gedacht, dass die Delegierten seinen Plan in einer derartigen Mehrheit befürworteten. Für ihn und sein Team war es ein überwältigender Erfolg.

Die Mühen der letzten Tage und Wochen wurden mehr als belohnt. Er wusste aber auch, dass die Weichen nun endgültig und für den Rest der verbleibenden Zeit gestellt waren.

DIE ERDE AM 30. MAI 2017

Wie Beriot es angekündigt hatte, erschien überall auf der Welt das Gesuch in den Medien. Schon kurz darauf meldeten die Sammelstellen erste Besucher. Die Vorselektion begann. Viele erfüllten die gestellten Anforderungen nicht und wurden freundlich aber bestimmt abgelehnt. Das Verfahren war so perfekt, dass die Entscheidungen direkt nach der letzten Frage getroffen wurden. Das ersparte den Bediensteten lange Antworten und unbequeme Fragen.

Die Auserwählten hingegen erhielten zur Bestätigung eine kleine, unauffällige Chipkarte. Auf ihr waren die persönlichen Daten gespeichert. Bei ihrer Übergabe wurden sie darauf hingewiesen, diese Karte niemanden zu zeigen, da ansonsten der sofortige Ausschluss erfolgte. Selbst ein Versehen wurde so geahndet. Anschließend gab man ihnen bis zum 24. Juli Zeit, alles Notwendige zu regeln. Sie würden in den Vormittagsstunden von einem Fahrzeug abgeholt. Nur auf ein besonderes Kennwort hin war dem Fahrer die Karte zur Überprüfung auszuhändigen. Ferner sollten sie sich bis zu diesem Tage völlig normal und wie bisher verhalten. Nichts sollte auf eine plötzliche Veränderung in ihrem Leben hindeuten. Damit unterstrich Dädalus die unbedingte Geheimhaltung der Aktion. Von dieser Seite aus hatte man alles getan, um die erforderliche Diskretion zu wahren.

Anders sah es bei jenen vier Prozent aus, die nun meinten, dass ihre Ablehnung die richtige Antwort für Dädalus sein. Sie versuchten, die Medien von der bevorstehenden Aktion zu unterrichten, ohne zugleich den eigentlichen Grund zu verraten, da man ihnen in diesem Falle Meineid vorwerfen konnte. Ihr Handeln fand nur sehr geringes Interesse, denn damit hatten Beriot und seine Mitstreiter gerechnet. Auf Anfragen hin reagierten sie sehr gelassen und bestimmt. So gelang es ihnen, die aufkommende Neugier der Medien bereits im Keim zu ersticken. Dennoch blieb man weiterhin äußerst wachsam. Das Projekt und der Untergang der Erde mussten so lange wie eben möglich geheimgehalten werden, koste es, was es wolle.

DER ERDORBIT AM 02. JUNI. 2017

An Bord der beiden Raumgiganten war es soweit. Erstmalig sollte das neue Triebwerk zeigen, ob es funktionierte. Bei einem Misserfolg müsste man wohl oder übel auf die Ionentriebwerke zurückgreifen, da keine Zeit mehr war, eine Alternative zu entwickeln. Die Triebwerksringe der beiden Schiffe wurden ein letztes Mal überprüft. Sie schienen in Ordnung zu sein. Tief im Zentrum der riesigen Kugel setzte sich der zukünftige Kommandeur in seinen Sessel. Sein Blick glitt hinüber zum Steuermann. „Nun?", fragte er gut gelaunt. „Sind sie bereit das Baby aus der Taufe zu heben?" Der Mann sah ihn an. „Von mir aus kann es losgehen."

„Kommandant an Maschine. Zündung des Ferntriebwerks einleiten."

„Maschine an, Kommandant. Triebwerke sind einsatzbereit. Zündung wird eingeleitet." Im großen Maschinensaal traten die Techniker an ihre Schaltpulte. Sie drückten verschiedene Knöpfe, bewegten Schalter in die erforderlichen Positionen und beobachteten die diversen Anzeigen. Durch diese Vorgänge bauten sich zuerst die erforderlichen gegenpoligen Magnetfelder hoch über ihren Köpfen auf. Die sich bisher frei bewegenden Neutronen wurden so in bestimmte Richtungen geleitet und auf Kollisionskurs gebracht. Immer mehr der unsichtbaren Teilchen beschleunigten, während die Größe der Magnetfelder weiter anwuchs. Durch die Verringerung des Querschnitts wurde es sehr eng und die Teilchen wurden zusammengepresst. Dann erreichten sie die festgelegten Punkte, wo sie zusammenstießen und ihre Aufprallenergie freigaben.

An den Skalen im Maschinenraum wurde der Vorgang genau beobachtet. Langsam stiegen sie in die Höhe und veränderten dabei ihre Farbe. Leuchteten sie zu Beginn nur ganz schwach in grünem Licht, so wurde daraus mit dem Steigen ein gelblicher Farbton. Jetzt stießen die Teilchen in der gewünschten Masse zusammen und verliehen dem Schiff einem merklichen Antrieb. Um das Schiff in der augenblicklichen Position zu halten, wurden die Ionentriebwerke zum Abbremsen gezündet. Schub und Gegenschub hoben sich gegenseitig auf. Dann kam das Kommando aus der Zentrale. „Kommandant an Maschine. Triebwerke abschalten."

„Maschine an Kommandant. Triebwerke werden heruntergefahren."

Die Zeit der Auswertungen begann. Tatsächlich hatten die Triebwerke die Hoffnungen der Konstrukteure mehr als erfüllt. Gerade mal fünfzehn Prozent der möglichen Leistung hatten ausgereicht, ihre Hoffnungen zu bestätigen. In der Zentrale saß ein begeisterter Kommandant. Er sah hinüber zu seinem Steuermann. „Es hat mich in den Fingern gejuckt", gab er unumwunden zu. „Wie gerne hätte ich jetzt das Schiff auf die Reise geschickt." Der Angesprochene nickte verständnisvoll. „Einmal kurz bis rüber zum Saturn und dabei alle bisherigen Rekorde auf einmal brechen" entgegnete er. „Ja, auch ich spürte diese neue Kraft. Schon jetzt freue ich mich auf den ersten echten Testflug."

Nach dem erfolgreichen Test des neuen Antriebs beschlossen die Verantwortlichen den zügigen Einbau in die anderen Schiffe. Je schneller das erste Schiff vollendet war, umso schneller konnten echte Testflüge durchgeführt werden. Man gab entsprechende Order. Zumindest diese Planung war erfolgreich.

Anders sah es bei den Rekruten aus. Irgendjemand musste wohl etwas über den Sinn des Unternehmens herausbekommen haben. Immer häufiger befanden sich unter den Bewerbern Personen des öffentlichen Lebens, die versuchten, ihren Einfluss und ihre Popularität zu nutzen. Verantwortliche Politiker setzten ihre Machtposition ein, um ihre Familien an der Reise teilhaben zu lassen. Beriot sah diese Entwicklung mit größter Sorge. Er und seine Mitstreiter mussten sich etwas einfallen lassen. Daher bat er den Rat um erweiterte Kompetenzen zur Vermeidung der Korruption. Sie wurde bewilligt. Von nun an hatte Dädalus die absolute Gewalt über das Projekt. Der erweiterte Entscheidungsspielraum sollte sich sehr schnell bewähren. Wenn nun jemand glaubte, sich über die klaren Vorgaben der Selektion hinwegsetzen zu können, musste er erkennen, dass es vergeblich war. Da halfen keine Tricks mehr, weder falsche Namen noch verändertes Aussehen oder Strohmänner. Jeder Versuch einer Manipulation wurde aufgedeckt.

Eines der wichtigsten Hilfsmittel waren dabei die Datenbanken der verschiedenen Geheimdienste. Als besonders erfolgreich erwies sich dabei jene des amerikanischen CIA. Hier wurden seit Jahrzehnten pedantisch die Daten von Milliarden Menschen gespeichert und ausgewertet. Oft waren es Informationen über die großen politischen Clans, aber auch die unbescholtener Bürger, die man ohne jeden Grund erfasst hatte.

Anstatt die Daten später, wie es vorgeschrieben war, zu löschen, hatte man sie weiterhin bestehen lassen. Genau diesem Umstand verdankte es Dädalus, dass man weitreichende Recherchen über die einzelnen Sippen lückenlos nachvollziehen konnte. Manch einer der Abgewiesenen war davon ausgegangen, dass er sich hinter diesen unbedeutenden Namen verstecken konnte. Dank der globalen Datenbanken wurden genau diese Zusammenhänge rekonstruiert und aufgedeckt. Das, was man über Jahre hin gefordert hatte, die totale Überwachung der Menschen, wurde für jene, die es nun gerne rückgängig gemacht hätten, zum Verhängnis.

Als dieser Weg nicht funktionierte, wurde es mit Erpressung versucht. „Wir werden den wahren Sinn der Reise an die Öffentlichkeit bringen", drohten sie. Beriot und seine Mannschaft konnte das nicht in ihrer Arbeit beeinflussen. Irgendwann käme es ohnehin ans Tageslicht. Mit jedem Tag, der verging, kam man dem Ziel näher. Sobald die Selektion abgeschlossen war, würden sämtliche untergeordneten Stellen geschlossen und verschwinden. Dann gab es nur noch die Hauptlager. Hier einzudringen, galt als sinnloses Unterfangen. Ausgerüstet mit stärksten Sicherheitskräften, die über ultimative Waffensysteme und Befugnisse verfügten, war man in der Lage, jedem Angriff von außen Paroli zu bieten. Die Lager galten als absolut sicher.

Beriot und seine Mannschaft hofften, dass sie nie ihre wahre Macht demonstrieren müssten. Es war ihm zuwider, gegen Menschen vorzugehen, nur weil einige wenige meinten, so die ihnen angeblich zustehenden Rechte durchzusetzen. Er hasste solche Menschen aus tiefstem Herzen. Doch würde er im Ernstfall die entsprechenden Befehle geben? Die Antwort war eindeutig ja. Wenn ihm keine andere Wahl blieb, gäbe er den Befehl, die Auserwählten zu schützen, egal mit welchen Mitteln.

In weniger als acht Jahren war sein Leben ohnehin zu Ende. Bis dahin hatte er eine Aufgabe, die es zu erfüllen galt und keine Macht der Erde würde ihn davon abhalten.

DER MOND, 23. JULI 2017, 8 JAHRE 3 MONATE VOR DEM ENDE

Die letzten Menschen gingen in diesen Tagen an „Bord" des Mondes. Sie richteten sich in den Quartieren, so gut es ging, ein. Jeder von ihnen wusste, dass er die Erde niemals wiedersehen würde. Trotz dieser Erkenntnis blieb man ruhiger, als die Psychologen vermutet hatten. "Ihr werdet sein wie Maulwürfe", hatte man versprochen und so geschah es auch. Von nun an lebten sie in einer künstlichen Umgebung auf einem natürlichen Himmelskörper. Tausende von Jahren und Hunderte von Generationen später erhoffte man, seinen Nachkommen eine neue Erde präsentieren zu können. Das war ihre Hoffnung und der Sinn ihres restlichen Lebens.

Während sich die Menschen so an ihr neues Zuhause gewöhnten, begannen die letzten Vorbereitungen zur Schließung des Mondes. Schon Monate zuvor waren die riesigen Kraftwerke auf die erforderliche Leistung hochgefahren worden. Nur durch sie konnte jene Energie erzeugt werden, die das Überleben der Besatzung sicherte. Sie gaben ihnen Licht und Wärme. Sie versorgten das hochempfindliche Ökosystem und leiteten zugleich den Prozess der Fotosynthese der Pflanzen ein, ohne das ein Überleben ausgeschlossen war.

Jetzt, wo alles bereit war, konnten die Eingänge ins Innere geschlossen werden. Als von der Erde die Anordnung kam und sich die gewaltigen Stahltore langsam aufeinander zu bewegten, wurde den Bewohnern klar, dass man für immer Abschied nahm. Der Mond wurde zu einem hermetisch abgeschlossenen

Himmelskörper. Nur die großen Sendemasten an seiner Oberfläche blieben sichtbar. Äußerlich einem leblosen Felsbrocken gleich, würde er durch das Universum gleiten, einzig allein den Gesetzen der Gravitation unterworfen.

Wenige Tage später geschah das, was Dr. Meier und sein Team lange vorausgesagt hatten. Der Trabant löste sich endgültig aus dem Anziehungsbereich der Erde. Über Milliarden Jahre hinweg galt er als treuer Begleiter, als vertrautes Gebilde. Nun aber führte sein Weg fort. Aus der lang gezogenen Ellipse wurde eine gekrümmte Linie, die nicht mehr um die Erde führte.

Von nun an gab es auf der Erde keine Gezeiten mehr. Sie waren seit dem Abdriften des Mondes erheblich geringer geworden, was zu Veränderungen in jenen Gebieten führte, wo sich Lebewesen auf Ebbe und Flut eingestellt hatten. Diese Tierarten sollten in kürzester Frist vom Angesicht der Erde verschwinden. Viel gravierender sollte sich die verlangsamte Drehung der Erde auswirken. Hatte ein Tag vor dem Verschwinden des Mondes vierundzwanzig Stunden gehabt, so verlängerte sie die Zeit einer Umdrehung stetig. Jetzt, wo der Mond keinerlei Einfluss mehr auf die Erde hatte, dauerte ein Tag nicht vierundzwanzig, sondern zweihundertvierzig Stunden. Trotz dieser neuen Situation behielt man die seit Jahrtausenden bestehende Zeitrechnung bei. Es kam somit vor, dass es um zwölf Uhr mittags durchaus stockfinster sein konnte, ebenso dass gegen vierundzwanzig Uhr die Sonne hoch am Himmel stand. Diese verlangsamte Drehung bedingte zugleich, dass die einzelnen Landstriche viel länger der Sonnenstrahlung ausgesetzt waren, was zu einer zusätzlichen Erwärmung der Oberfläche führte. Wenn der Mensch überleben wollte, musste er sich entweder den neuen Gegebenheiten anpassen oder untergehen.

Es blieb ihm keine andere Möglichkeit.

DER ERDORBIT AM 29. NOVEMBER 2017
7 JAHRE 11 MONATE VOR DEM ENDE

Mit Hochdruck war in den letzten Wochen und Monaten an der endgültigen Fertigstellung des ersten Generationenschiffes gearbeitet worden. Mit seiner Fertigstellung am 15. November begann nun die eigentliche Eignungsprüfung. Am heutigen Tage sollte ein neues Kapitel der Raumfahrt aufgeschlagen werden. Jeder an Bord des Giganten war sich des Moments bewusst, so auch Kapitän George Bennester. Ihm oblag die Ehre, sich in die Geschichtsbücher einzutragen. Als erster Mensch würde er mit einem bemannten Raumschiff alle bisherigen Geschwindigkeitsrekorde brechen. Das neue Triebwerk sollte erstmalig unter Volllast erprobt werden, um zu zeigen, was in ihm steckte. Tagelang hatte man über die Flugroute nachgedacht, denn um das Schiff unter maximalen Bedingungen zu testen, brauchte man sehr viel Platz. So entschieden sich die Verantwortlichen für einen Flug um den Uranus herum. Nebst der natürlichen Bahnkrümmung betrug die Reisestrecke rund 6 Milliarden Kilometer. Das Licht selbst benötigte hierfür etwas mehr als 5,5 Stunden. Da das Schiff nicht sofort mit dieser Geschwindigkeit flog, veranschlagte man für den Flug etwas mehr als 24 Stunden. Bisherige Sonden hatten für die gleiche Strecke oft Jahrzehnte benötigt. Eine ungeheure Spannung machte sich in den letzten Minuten vor dem Start breit.

Um 13.45 Uhr mitteleuropäischer Zeit fiel eine Zuleitung nach der anderen zwischen dem Schiff und der Station ab. Wie riesige Nabelschnüre hatten sie es während der ganzen Bauzeit mit Menschen und Material versorgt. Es war an der Zeit, ihm die Freiheit zu schenken.

„Schiff ist frei", meldete der Navigator. „Schiff auf Abstand bringen", befahl nun Bennester. Langsam entfernte sich der stählerne Koloss von der Station. Als er gut dreitausend Meter entfernt war, zündete zunächst das Ionentriebwerk, um ihn auf eine sichere Entfernung zu bringen. Langsam aber stetig wurden Millionen Tonnen von Stahl auf Distanz gebracht. Dann schaltete das Triebwerk ab. Bennester gönnte sich einige Minuten Ruhe. Es war mehr ein symbolischer Akt als ein notwendiger. In wenigen Sekunden würde sich ein Traum erfüllen.

„Einleitung der ersten Zündungssequenz", sprach er mitten in die erwartungsvolle Stille hinein. Wie schon beim ersten Test, bauten sich die gegenpoligen Magnetfelder auf. „Magnetfelder aufgebaut. Schiff ist klar zum Start", meldete der Maschinenraum. Bennester nickte seinem Steuermann zu. „Dann lasst uns doch mal sehen, was unser Baby kann."
„Einleitung der Hauptzündung", sprach er und leitete damit den endgültigen Startvorgang ein. Von nun an würden unbekannte Gewalten entfesselt und das Schiff fortbewegen. In den großen Triebwerksringen kollidierten Unmengen an Neutronen, um ihre Energie freizusetzen.

In den Kontrollstationen und überall dort, wo man es beobachten konnte, sahen die Menschen hinauf zum Himmel, wo die beiden Objekte optisch noch sehr nah beieinander standen. Dann aber wurde eines von ihnen immer kleiner und verschwand nach wenigen Minuten. Tief unten im Maschinenraum zeigten die farbigen Skalen die Leistung des Triebwerks an. Von grün über gelb bis hin zu einem leichten Rotton standen die Säulen der Amplituden auf den Anzeigen. Gebannt sahen die Männer darauf. Hier unten bemerkte man eine rasche Zunahme der Gravitation, mehr nicht. Oben im Kommandostand hingegen sahen die Verantwortlichen das wahre Bild der

Beschleunigung. Entfernung zur Erde 1,5 Millionen Kilometer hieß es nach zehn Minuten. Bennester rechnete im Kopf nach. Konnte es wahr sein, was der Navigator meldete? Wenn das stimmte, so bewegte man sich mit zweitausendfünfhundert Kilometern pro Sekunde oder Neumillionen Kilometern pro Stunde vorwärts. Was für ein Tempo! Er lächelte vor sich hin, was vom Steuermann bemerkt wurde. „Was gibt es zu lachen", erkundigte er sich?

„Wissen Sie, woran ich gerade denken muss? Als die Amerikaner 1969 zum Mond flogen, brauchten sie fast drei Tage bis dorthin. Wir legen die gleiche Strecke in knapp drei Minuten zurück. Das ist doch Wahnsinn! Dabei ist dieses Schiff millionenfach größer als die alte Saturn V Rakete. Bin mal gespannt, wie es weitergeht. Geben sie dem Pferdchen mal ordentlich die Sporen!" „Wird gemacht Kapitän!"

Siebzig Minuten nach dem Start kreuzte das Schiff die Umlaufbahn des Mars. Der Planet selbst war nicht zu sehen, da er auf der gegenüberliegenden Seite der Sonne stand. Das Schiff bewegte sich jetzt mit 15.476 Kilometern pro Sekunde vorwärts, das entsprach 55.714.286 Kilometer pro Stunde und noch immer wurde es schneller. 6 Stunden 15 Minuten nach dem Start sah die Besatzung Jupiter unter sich. Deutlich waren die drei großen Monde Io, Europa und Ganymed erkennbar, doch noch nie, seit der Mensch die Raumfahrt entwickelt hatte, flog eine Besatzung an ihnen vorbei. Die anderen 13 Monde und der Gesteinsgürtel aus Milliarden von Felsen gelangten ins Sichtfeld. Aus Sicherheitsgründen flog man gut 400.000 Kilometer über ihn hinweg, um ihnen so aus dem Weg zu gehen.

Die Entfernung zu Erde betrug jetzt 778.000.000 Kilometer. Das Schiff selbst hatte auf über 36.000 Kilometer pro Sekunde beschleunigt. War das die Endgeschwindigkeit? Wenn ja, wäre

es für astronomische Verhältnisse viel zu langsam! Bennester geriet in einen Rausch. Obwohl er ursprünglich vorhatte, das Schiff ganz behutsam einzufliegen reizte es ihn zu sehr. „Kommandant an Maschine. Triebwerk auf Maximalleistung hochfahren!"
„Maschine an Kommandant. Haben wir richtig verstanden? Sollen wir das Triebwerk auf Maximum bringen? Bitte um Bestätigung."
„Kommandant an Maschine – Sie haben richtig gehört, zeigen Sie, was es kann!"

Wie befohlen veränderten die Techniker die Einstellungen. Aus dem Säuseln hoch oben im Ring wurde ein Raunen und danach ein helles Pfeifen. Die Amplituden erstrahlten nun am oberen Ende der Skala in grellstem Rot. „Maschine an Kommandant – Triebwerk arbeitet mit 98 % Volllast. Empfehlen, nicht noch stärker zu beschleunigen. Uns gehen hier die Knochen weg."
Bennester willigte ein. Auch er bemerkte die deutliche Schwere seines Körpers, als die freigesetzten Gewalten ihn in den Sessel pressten. Drüben auf der Gravitationsanzeige schoss der Zeiger auf nahezu 6 G. Das war sechsfache Erdschwere.

Wie von einem dahinrasenden Katapult abgeschossen, jagte das Schiff in Richtung Saturnbahn. Nun zeigte das neue Triebwerk, wozu es fähig war, wenn man es so ließ, wie es wirklich konnte.
48 Minuten nach dem Befehl erreichte das Schiff die Saturnbahn in einer Entfernung von 652 Millionen Kilometern. Die Geschwindigkeit lag jetzt unter Volllast bei über 226 Tausend Kilometern pro Sekunde und damit bei Dreiviertel der Lichtgeschwindigkeit. Bei dieser Fahrstufe wurden die Himmelskörper rasend schnell kleiner. Um das Testziel, die Umlaufbahn es Uranus, zu erreichen, benötigte das Schiff knapp

106 Minuten. Erst hier, fast drei Milliarden Kilometer von der Erde entfernt, ließ Bennester die Geschwindigkeit drosseln und das Schiff in einem weiten Bogen wenden.

Auf den Bildschirmen erschien ein kleiner gleißender Punkt, die Sonne. Man wollte es kaum glauben, dass man genau wegen ihr dieses Raumschiff gebaut hatte. Sie sah so harmlos, so unscheinbar aus und doch barg sie eine tödliche Gefahr für die Menschheit.

Bennester ließ das Bild auf sämtliche Monitore im Schiff übertragen, damit alle es sehen konnten. Für die nächste Viertelstunde herrschte nur stummes Staunen an Bord. Langsam begriff selbst der Letzte, dass man mit diesem Flug eine Pionierleistung vollbracht hatte. Noch nie waren Menschen so weit ins All vorgedrungen. Noch nie hatte er die äußeren Planeten so nahe vor Augen gehabt. Es schien unglaublich und doch war man hier. Für den normalen Menschen stellte es eine ungeheure Entfernung dar. Für die Astronomen hingegen war es ein Schritt gerade mal aus der Haustüre hinaus. Mehr nicht. Später, wenn alle Schiffe fertiggestellt waren, gab es kein Zurück mehr. Dann würde der Weg über Jahrtausende hinein immer nur geradeaus lauten. Erst dann würde der Mensch in seiner Not den ersten wahren Schritt gehen.

„Maschine klar zum Rückflug. Bringen sie uns heim", sprach Bennester und holte damit die Mannschaft zurück in die Realität. „Maschine an Kommandant – welche Fahrstufe"?
„Kommandant an Maschine. Gehen sie auf 60 Prozent der Lichtgeschwindigkeit. Abbremsen ab Marsbahn. Kursermittlung erfolgt durch den Navigationsrechner. Auf geht's, lasst uns heimkehren!"

Gut 20 Stunden nachdem das Schiff aufgebrochen war, alle bisherigen Rekorde mit nur einem Flug zu überbieten, flog es vorsichtig und behutsam auf die Station im Erdorbit zu. Millimetergenau fand es jenen Punkt, den es vor fast einem Tag verlassen hatte. Als die zahlreichen Rampen ausfuhren, um es zu befestigen, warteten bereits die Vertreter von Dädalus und Ikarus auf die Besatzung. Sie waren aus Sicherheitsgründen auf der Erde geblieben. Manch einer von ihnen hätte gerne diesen Erstflug mitgemacht, um so zumindest ein letztes Mal das Sonnensystem in seiner ganzen Pracht zu sehen. Doch dafür blieb ihnen keine Zeit. Ein viel größeres Problem verlangte die unbedingte Anwesenheit aller Delegierten.

Die Erde am 02. Dezember 2017
7 Jahre 10 Monate vor dem Ende, Sitzungssaal Dädalus und Ikarus

Abermals ging es an diesem Tage um das Problem der Geheimhaltung. Obwohl ausdrücklich die Anwesenheit aller Mitglieder des Rates angeordnet war, fehlten jene, die sich gegen den Plan von Dädalus entschieden hatten. Statt hier der Sitzung beizuwohnen, machten sie Front gegen das Projekt. Zunächst war ihre Tätigkeit kaum aufgefallen, da die Dementi stets gewirkt hatten. Nun jedoch gelangten Informationen über die zentralen Lager der Auswanderer an die Öffentlichkeit, die nur von Insidern stammen konnten. Obwohl auch deren Sinn auf das Schärfste dementiert wurde, schossen sich die Medien auf das Thema ein. Fast täglich kamen präzise Anfragen über den Sinn und Zweck der Lager. Langsam aber sicher wusste man nicht mehr, was man sagen sollte.

DIE ERDE AM 09. DEZEMBER 2017

In den frühen Morgenstunden platzte die Bombe. Auf den Titelseiten der großen Blätter stand dick und fett die Schlagzeile: Der Weltuntergang ist nahe – das Ende der Welt schlägt in sieben Jahren!" Der Artikel führte ein Gespräch mit einem der Ratsmitglieder auf, der über die Evakuierung berichtete. Jetzt wussten die Menschen, was auf sie zukam. Die Telefone im Hauptgebäude der beiden Institutionen standen von nun an nicht mehr still. Politiker und alle, die meinten, unbedingt mit auf die Reise gehen zu müssen, stellten sich gegen die Projekte. Manche von ihnen forderten die Auflösung von Dädalus und Ikarus. Sie begründeten es damit, dass es Sache der Politiker sei, zu entscheiden, wer leben und wer sterben musste. In fanatischen Reden forderten sie, dass nur die Elite, zu der man sich selbst zählte, mitfliegen durfte, während der nichtssagende Bürger bleiben sollte. Als Hauptargument führten die Redner ihre Privilegien an. Schließlich hatte man sich über Jahre für das Volk eingesetzt und damit das Recht auf ein Überleben erworben.

Diese Einstellung fand jedoch wenig Gegenliebe in der Bevölkerung. Im Gegenteil. Die Stimmung wurde gereizt. Jetzt schimpfte das Volk auf all jene, die bevorzugt behandelt werden wollten. Der Ruf nach einer Volksabstimmung machte die Runde. Vereinzelt gingen die Menschen auf die Straße, um so ihrem Wunsch Nachdruck zu verleihen. Der Erfolg blieb zunächst aus. Dann aber wurden es mehr und mehr. Der Druck auf die Politiker wuchs zusehends. Einige der Führenden begannen, darüber nachzudenken, ob man nicht zum Schein eine solche Abstimmung zulassen sollte, um das Volk zu beruhigen. Wenn es nicht im eigenen Sinne war, konnte man immer noch einen anderen Weg einschlagen.

In Österreich und der Schweiz wurde am 22. Dezember solch

eine Abstimmung zugelassen. Die Schweizer Eidgenossen sahen sich gerne als Vorreiter in Sachen Demokratie. Als das Ergebnis am 28. Dezember veröffentlicht wurde, war klar, wie das Volk dachte. Bei einer Wahlbeteiligung von 89,5 % entschieden sich fast 90 % aller Berechtigten gegen den Willen der Politiker. Führende Wahlforscher ermittelten, dass sich diese Tendenz weltweit bestätigen würde. Daher beschlossen die Verantwortlichen, solche Abstimmungen nicht weiter zuzulassen. Je nach Staatsform war man ja schließlich vom Volk für einen gewissen Zeitraum gewählt worden, oder gehörte in den wenigen kommunistischen Staaten der Führungselite an, auf die das Volk keinen Einfluss hatte. In dieser Zeit konnte man dafür sorgen, dass es nie wieder zu einer Wahl kommen würde, was zu einer Diktatur in vielen Staaten führte.

Doch so leicht ließ sich das Volk nicht einschüchtern. Da ihre Demonstrationen nicht den gewünschten Erfolg brachten, griffen sie zum Mittel des Generalstreiks. In vielen Ländern legten die Männer und Frauen die Arbeit auf unbestimmte Zeit nieder, was rasch zu wirtschaftlichen Engpässen führte. Vielleicht konnte man ja auf diese Weise zeigen, wer die wahre Macht im Staate war. Langsam wurde aus dem politischen ein wirtschaftliches Desaster.

Der Mars, 04. Januar 2018
7 Jahre 9 Monate vor dem Ende
In den letzten Wochen und Monaten hatten Freemond und seine Anhänger über das Verhalten der Erde nachgedacht. Dank der Funkverbindung stand man ständig auf dem neusten Stand. So hatte man den Start des ersten Großraumschiffes durchaus mitbekommen, ebenso wie sich die Eskalation auf der Erde entwickelte. Jetzt war man froh, nicht mehr diesem System

anzugehören. Hier auf dem Mars gab es eine echte Demokratie. In regelmäßigen Ratsversammlungen konnte jeder seine Meinung vorbringen und durch Abstimmung überprüfen lassen. Von diesem System, so war klar, würde man nie abrücken. Es bildete die Urzelle der Gemeinschaft.

Auf der Ratssitzung an diesem Tage wurde ein eigenes Forschungsprojekt beschlossen. Es diente der Feststellung, inwiefern der Mars von der sich anbahnenden Katastrophe direkt betroffen war. Da man über hervorragende Astronomen verfügte, bat man diese um ihre Stellungnahme. Innerhalb eines Monats sollten sie grundsätzlich in der Lage sein, eine Bewertung und Aussicht abzugeben. Dabei sollten sie sich auch der Erkenntnisse von Ikarus bedienen, sofern man von dort Informationen bekam. Ohne langes Zögern machte man sich ans Werk.

DIE ERDE AM 18. JANUAR 2018

Als die Anfrage vom Mars bei Ikarus eintraf, war man zunächst ratlos und wusste nicht, wie man reagieren sollte. Man hatte den Mars schlicht und einfach vergessen. Es gab eine längere Diskussion, an deren Ende Dr. Meier entschied, dass auch die Menschen dort ein Anrecht auf die Informationen hatten. Noch am selben Tage übertrugen die Antennen die Daten zum Roten Planeten. Was man aus ihnen ablesen konnte und welche Schlüsse man zog, sollte man dort entscheiden.

Der Mars, 12. Februar 2018
7 Jahre 8 Monate vor dem Ende

Die Forscher hatten ihre Zeit genutzt und alle nur erdenklichen Informationen gesammelt. Stück für Stück entstand ein klares Bild der Zukunft. Dank Ikarus sah man die genaue Entwicklung vor sich, nur mit dem Unterschied, dass die Daten für die

Erde berechnet waren. In tage- und nächtelanger Arbeit wurden sie so umgearbeitet und ergänzt, dass sie für den Mars anwendbar wurden. Wie einst auf der Erde erschraken die Männer und Frauen aufs Heftigste, als sie das wahre Ausmaß der Veränderungen erkannten.

Als die Männer und Frauen des Teams an diesem Tage ihre Präsentation im großen Saal vorführten, herrschte absolute Stille. Rasch stellte man klar, dass auch der Mars in Mitleidenschaft gezogen würde. Dabei würde er im Gegensatz zur Erde höchstwahrscheinlich nicht verbrennen, sondern durch die enorme Druckwelle aus seiner Bahn geschleudert, um anschließend als toter Felsbrocken durch das Universum zu taumeln. Es blieb nichts anders übrig als den Planeten so rasch wie möglich zu evakuieren und umzusiedeln. Bloß, wo sollte man hingehen? In wenigen Jahren hörte das ganze Sonnensystem auf zu existieren. Jetzt wurde auch klar, warum man von der Erde her auf weitere Schiffe zum Mars verzichtete. Es wäre sinnlos gewesen, denn beide Planeten waren nach dem derzeitigen Stand todgeweiht.

Empörung machte sich im Saal breit, als man erfuhr, dass die Erde schon längst eine entsprechende Nachricht hätte senden können, um die Siedler anzuhalten, eigene Rettungsmaßnahmen einzuleiten. Ihnen wurde klar, dass man sie als einkalkulierten Verlust abgeschrieben hatte. „Das sieht ihnen ähnlich", rief einer der Anwesenden. „Immer denken die nur an sich. Es schert sie nicht, was aus uns wird." Diese Ansicht wurde von den anderen vorbehaltlos geteilt. Es wurde klar, dass man, wenn man überleben wollte, so rasch wie möglich handeln musste, denn auch für den Mars lief die Zeit ab. So beschloss der Rat an diesem Tage, ein eigenes Raumfahrtprogramm zur Rettung aufzulegen.

Es sollte ähnlich dem der Erde in massigen Großraumschiffen erfolgen. Einzig allein das Antriebsproblem stellte dabei ein Hindernis dar, denn die Technologie des Neutronenbeschleunigers war ihnen gänzlich unbekannt. „Wenn sie uns wenigstens die Pläne zukommen lassen würden", ereiferte sich der Rat. Freemond versprach, sich darum zu kümmern. Falls nicht, würde man hier auf dem roten Brocken dem Ende entgegensehen. Eine Flucht mit den bisherigen Antrieben war nicht nur ausgeschlossen, sie war auch angesichts der Gewalten sinnlos.

DER ERDORBIT AM 28. FEBRUAR 2018
An diesem Tage wurden die letzten Schiffe der ersten Baugruppe vollendet. Man begann mit der Endausrüstung. Vorsichtig lösten sich die Giganten aus der Werft, in der sie einst geschaffen wurden. Mit ihnen standen nun acht der zwölf Schiffe unmittelbar vor ihrer Indienststellung. Für ihre Materialaufnahme plante man weitere zwei Monate. In dieser Zeit sollten nun nach und nach die ausgewählten Menschen an Bord kommen. Der Auszug der Menschheit trat in das entscheidende Stadium.

DIE ERDE: HAUPTLAGER DER AUSWANDERER AM 11. MÄRZ 2018
7 JAHRE 7 MONATE VOR DEM ENDE
Es war so weit: Fast acht Millionen Menschen machten sich für ihren Transport hinauf in die Umlaufbahn der Erde bereit. In den letzten Tagen und Wochen waren sie hier in die Hauptlager nahe der drei großen Abschussrampen gebracht worden. Jetzt, wo die 8 Schiffe startbereit waren, kam der Moment, an dem sie den letzten Schritt tun sollten.

Manch einem der Auserwählten wurde erst jetzt klar, dass es ernst wurde. Sollte man tatsächlich die Erde verlassen, um irgendwo dort oben in einer gigantischen Stahlkugel den Rest des Lebens zu verbringen, ohne jemals wieder festen Boden unter die Füße zu bekommen? Für manch einen schien es unvorstellbar, dass er in wenigen Tagen tatsächlich genau diesen Weg beschreiten würde.

Während man hier in den Lagern auf den Transport wartete, hatte ein jeder von ihnen die letzte Gelegenheit, sich ausführlich über das, was ihn erwartete, zu informieren. Ein Stab aus Ärzten, Psychologen und Ingenieuren hatte sich ihrer angenommen, um jede Frage zu beantworten. Mit ihnen zusammen entwickelte die Führung ein ganz spezielles Persönlichkeitsprofil, um sie zu einer ganz eigenen Gruppe zusammenzubringen.

Zu festen Zeiten wurden in den großen Sälen visuelle Eindrücke angeboten. Wer wollte, konnte die Schiffe bereits jetzt besser kennenlernen, denn dreidimensionale Führungen mithilfe der Cyberspace Projektionen vermittelten ein äußerst anschauliches Bild. Mit ihnen konnte man virtuell in den Schiffen umherwandern und sich mit ihren Einrichtungen vertraut machen. Dabei wurden je nach Person bestimmte Bereiche zugänglich gemacht beziehungsweise gesperrt. Die zentralen Versorgungssysteme und die Kommandoeinheit im Zentrum der Schiffe blieben für viele tabu. So versuchte die Führung, Sabotageakten vorzubeugen. Insgesamt standen den Auserwählten fast neunzig Prozent aller Bereiche offen. Niemals sollten sie den Eindruck bekommen, sie wären auf irgendeine Art und Weise eingesperrt. Es sollte alles so normal wie eben möglich ablaufen. Der Vierundzwanzig-Stunden-Tag und das Jahr mit 12 Monaten und 365 Tagen bildete den natürlichen Zyklus in der neuen Umgebung. Diese und viele andere Gewohnheiten,

Maßeinheiten und andere Dinge blieben so, wie sie bisher waren. Mit einer großen Ausnahme:
Die Schwerkraft im Innern der Schiffe war um etwa 0,2 Prozent geringer als auf der Erde. Im Falle, dass das Schiff plötzlich über dieses Maß beschleunigen musste, gab es auf jedem Deck sogenannte Schwerekammern. Sie mussten im Falle des Alarms unverzüglich von jedem an Bord aufgesucht werden. Die Kammern selbst bestanden aus einer Art Liege. Sobald man auf ihr lag, legten sich Gurte um den Leib und eine durchsichtige Hülle verschloss die Kammer hermetisch. Ein Geflecht aus unzähligen Federn unter der Liege sorgte dafür, dass Andrücke bis zum Sechsfachen der Erdschwere auch über längere Zeit problemlos absorbiert wurden. Sobald das Schiff wieder auf ein normales Niveau zurückgekehrt war, hoben sich die Hauben von selbst. Diese und die anderen Sicherheitsmaßnahmen würden die Ankömmlinge kennenlernen, sobald sie das Schiff betraten.
Ferner stand pro hundert Menschen ein Helfer für Fragen zur Verfügung. Seine Aufgabe bestand im Anfang darin, die Neuankömmlinge mit den zahlreichen Einrichtungen des Schiffes vertraut zu machen. Sie sorgten für die Verbindung zu anderen Gruppen und halfen bei aufkommenden Problemen ebenso wie bei Auseinandersetzungen. Schlichtweg waren sie Mädchen für alles an Bord. Sie waren immer die erste Anlaufstation.

DER ERDORBIT AM 12. APRIL 2018
7 JAHRE 6 MONATE VOR DEM ENDE
Dröhnend und mit fauchendem Feuerschweif hoben seit den frühen Morgenstunden die Transporter von den drei Basen ab. Für viele der Menschen an Bord dieser Zubringer war es der erste und letzte Flug hinauf ins All. Sie würden nie wieder ihren Fuß auf die Erde setzen.

Sechs Stunden später erreichten die Transporter ihre Ziele, die Hangars der Schiffe. Hier entluden sie ihre Fracht an Menschen und Material, um anschließend zurück zur Erde zu fliegen, um erneut beladen zu werden.

ZENTRALE IKARUS, AM 18. APRIL 2018

Der Bericht über den aktuellen Status der Sonne wurde an diesem Tage den Delegierten vorgelegt. Sinn dieses monatlichen Rituals war die Angleichung der Entwicklung mit der großen Digitaluhr. Bei außergewöhnlichen Ereignissen konnte so das verbleibende Zeitfenster entweder verkürzt oder verlängert werden, was für die anstehende Evakuierung von größter Wichtigkeit war. Als Dr. Meier die aktuellen Daten vortrug, wurde jedem klar, dass es keinerlei Hoffnung auf einen Zeitaufschub geben würde. Die neue Sonne im Kern wuchs konstant mit derselben Geschwindigkeit. Das langsame Aufblähen des Sterns durch den inneren Druck lag innerhalb der Toleranz und würde sich so lange fortsetzen, bis der Druck zu groß war. Dann käme der Moment, vor dem sich alle fürchteten. Der letzte Tag des Menschengeschlechts auf Erden.

Während bei Ikarus somit alles im normalen Rahmen verlief, hatte die Gruppe rund um Dr. Beriot ganz andere Probleme. Erst jetzt, wo mit dem Bau der letzten Schiffe und insbesondere des Versorgers begonnen werden konnte, stellte sich heraus, dass mit den zur Verfügung stehenden Rohstoffen das Ziel niemals erreicht werden konnte. Anders gesagt, die Ressourcen der Erde neigten sich dramatisch dem Ende entgegen. Der Grund hierfür lag, wie man später feststellte, in einem Rechenfehler bei der Beschaffung. Stets war man davon ausgegangen, den Mond als Quelle mit einzubeziehen. Durch die Schließung des Trabanten fiel genau dieser Faktor heraus. Ein Fehler, den man schlichtweg übersehen hatte und der das ganze Projekt gefährden konnte. Bei der aktuellen Situation musste man entweder auf eines der Generationenschiffe oder den Versorger verzichten. Letzterer war unbedingt für die Gemeinschaft erforderlich, da die anderen Schiffe nicht in der Lage waren, die Eigenversorgung über den geplanten Zeitraum von mindestens zwanzigtausend Jahren aufrechtzuerhalten.

Woher sollte man die benötigten Rohstoffe nehmen, wenn sie nicht vorhanden waren? Eiligst bildete man eine Arbeitsgruppe, die das Problem lösen sollte. Sie bestand aus Experten des Beschaffungswesens. Sie kannten jeden Kniff und jeden Trick. Von einigen der Gruppe sagte man, sie würden selbst das letzte Erzkörnchen in einer Wüste aus Sand ausfindig machen. Doch selbst sie schafften es nicht, die erforderliche Menge zu beschaffen. Die wichtigsten Minen der Erde und die zahllosen Halden aus ehemaligem Schrott und Abfall waren entweder bereits abgebaut oder durch den Sonnensturm unbrauchbar geworden. Hier auf der Erde gab es definitiv nichts mehr, was man verwenden konnte. So streckte die Gruppe ihre Fühler in die nähere Umgebung um den Blauen Planeten aus. Jede erdenkliche Möglichkeit der Materialbeschaffung wurde durchdacht, doch auch hier blieb das Ergebnis negativ. Es gab keine Meteore in erreichbarer Nähe, die man beispielsweise ausbeuten konnte.

Im frühen Planungsstadium, damals als man sich mit der Idee der Schiffe befasst hatte, dachten einige daran, sich der Schätze im Asteroidengürtel rund um Jupiter zu bedienen. Der utopische Plan sah vor, mit dem ersten fertiggestellten Schiff dort die erzhaltigen Brocken regelrecht einzusammeln, um sie auf der Erde auszubeuten. Nach dem Sturm aber wagte sich kein Schiff auch nur noch in die Nähe dieses Gürtels.

Das Gleichgewicht war derartig verändert worden, dass die Gefahr einer Kollision zu groß war. Damit schied auch diese Quelle aus. Man konnte es nicht riskieren, ein Schiff dorthin zu entsenden.

Die Lösung des Problems kam, als sich einige der Spezialisten an die Mitarbeiter von Ikarus wandten. Wenn sich jemand am Himmel und den dort befindlichen Objekten auskannte, dann die von Ikarus. Hier hatte man tatsächlich eine Quelle parat, die mehr als ausreichte, um die Schiffe zu bauen. Sie verwiesen auf die enormen Erzvorkommen auf dem Mars! Damit ergab sich ein neues Problem. Wie sollte man die dortige Kolonie dazu bewegen, ihnen die benötigten Rohstoffe zu überlassen, ohne dass man dort nach dem Verwendungszweck fragte? Man beriet sich erneut mit Ikarus. Hier versprach man, sich der Angelegenheit anzunehmen und mit den Marsmenschen Kontakt aufzunehmen. Da die Zeit drängte, arbeiteten ab jetzt beide Gruppen gleichzeitig an der Lösung des Problems.

DIE MARSKOLONIE AM 03. MAI 2018
7 JAHRE 5 MONATE VOR DEM ENDE

Freemond und Morgan traten vor die Menschen im großen Saal. Ihr Blick war, nun da man wusste, dass ihre neu gewählte Heimat wie ihr Ursprung dem Tode geweiht war, sehr ernst und besorgt. Wie schon bei der letzten großen Sitzung hatte man keine Lösung für die Rettung der Kolonie anzubieten, es sei denn, man würde das Angebot der Erde so modifizieren, dass man den begehrten Antrieb für ein Schiff erhalten würde. Genau über dieses Problem wollte man in der Versammlung sprechen und diskutieren.

Zunächst berichtete Freemond über die Anfrage der Erde. Er hatte zunächst den Ahnungslosen gespielt und so getan, als wüsste er nichts von dem bevorstehenden Untergang.

Dabei hätte er am liebsten die Menschen von der Erde für ihr Verhalten verflucht. Als das Gespräch konkreter wurde und man über die Lieferung von mehreren Milliarden Tonnen Erz sprach, wollte Freemond Genaueres wissen, so wie es Ikarus vorhergesehen hatte. Dort versuchte man, sich herauszureden. Man stellte es so dar, als wollte man einfach eine dauerhafte Handelsbeziehung mit dem Mars aufbauen. Dabei wusste Freemond doch den wahren Grund nur zu genau. Die Erde hatte einen Engpass, den man dank der Reserven des Mars ausgleichen wollte. Dass hier einzig und allein die Erde von dem Transfer profitierte, war ihm vollkommen klar. Freemond hatte daher zunächst nach Gegenleistungen gefragt, denn umsonst würde er freiwillig nicht ein Gramm der begehrten Erze herausgeben. Was man ihm anbot, war jedoch vollkommen inakzeptabel, denn was nützten dem Mars Nahrungsmittel und Maschinen, wenn der Planet einst zerplatzen würde. Daher lehnte er das Angebot vorsichtig ab. Er wollte keine Provokation mit der Erde. Um sich dennoch kompromissbereit zu zeigen, versprach er die Einberufung des Rates. Sobald hier eine Entscheidung vorlag, würde er sich wieder melden. Bewusst teilte er mit, dass man sich nur einmal im Monat traf, da andere Arbeiten wichtiger waren als die Anfrage der Erde. Durch diesen psychologischen Schachzug brachte er die Erde in Zugzwang. Er wusste zu genau, dass man am liebsten sofort mit dem Abbau der Erze begonnen hätte.

Mit diesem Bericht trat er vom Rednerpult zurück, um Morgan das Wort zu überlassen. Dieser kam rasch zum Kern der Angelegenheit. Er schlug vor, den Abbau der Erze zu erlauben, wenn die Bewohner des Mars als Gegenleistung ein komplettes Schiff nebst dem Protonenantrieb erhielten. Das Schiff, so seine Vorstellungen, musste die Bewohner komplett aufnehmen können und über eine Eigenversorgung verfügen.

Nur unter dieser Bedingung würde man den Handel eingehen. Er bat um Abstimmung für seinen Vorschlag.

Im Saal kam es zu heftigen, teils sehr kontrovers geführten Diskussionen. Viele der Anwesenden wollten dem Vorschlag zunächst nicht zustimmen. Sie vertraten die Ansicht, dass die Erde und der Mars samt aller Bewohner lieber zum Teufel gehen sollten, als Strafe dafür, dass man sie nicht über die Ereignisse informiert hatte. Andere wiederum sahen die Angelegenheit wesentlich nüchterner und stimmten dem Vorschlag von Morgan zu. Bei der Abstimmung erzielten die Befürworter eine leichte Mehrheit, die reichen würde, doch das war dem Vorsitz des Rates zu wenig. Nur wenn zwei Drittel aller Bewohner zustimmten, würde man Freemond beauftragen, die Verhandlungen weiterzuführen. Bis dahin galt es als Ablehnung. Was aber für Argumente sollte man vorbringen, um diese Mehrheit zu erreichen? Konnte man die Erde zu weiteren Zugeständnissen bewegen und vielleicht so die Gemüter dazu bringen, sich dem Vorschlag anzuschließen? Was war, wenn man auf der Erde nicht bereit war und diesen Versuch als Erpressung wertete? Würde man versuchen, sich mittels Waffengewalt der Schätze zu bemächtigen? Die Mittel dazu hatte man.

Diese Überlegungen trug Freemond vor, damit man ein Ergebnis erzielte, das allen gerecht wurde. Die Vorschläge waren teilweise so irreal, dass sie mit Sicherheit auf Ablehnung stießen. So forderten einige der Anwesenden, dass sich die Erde dem Willen der Bewohner vom Mars unterwerfen sollte. Nur dann wäre man bereit, den Plan positiv zu bewerten. Andere verlangten nicht ein, sondern zwei Schiffe, damit man auf der Reise in die Unendlichkeit genügend Platz hatte. Solche und viele andere, teilweise fanatische Ideen wurden vorgetragen.

Freemond und Morgan hörten sie sich an. Sie wussten, dass vieles von dem, was sie hörten, niemals erfüllt würde. Am Ende des langen Wortgefechts stand fest, dass man versuchen würde, der Erde ein bereits fertiggestelltes Schiff als Gegenleistung abzuverlangen. Dieses Schiff würde die Rohstoffe vom Mars zur Erde transportieren. Damit hatte man zugleich die Gelegenheit sich mit ihm vertraut zu machen. Bei den Flügen zwischen den beiden Planeten blieb genügend Zeit das Schiff zu testen. Falls dieser Vorschlag seitens der Erde abgelehnt würde, stand fest, dass es zu keiner Lieferung käme. Mit dem Beschluss wandte sich Freemond an die Erde, um sie von ihren Forderungen in Kenntnis zu setzen.

ZENTRALE DÄDALUS AM 12. MAI 2017
Der Mars hatte seine Bedingungen genannt. Aus dem Gespräch war klar hervorgegangen, dass man um die aktuelle Situation besser Bescheid wusste, als man angenommen hatte. Ein ganzes Großraumschiff gegen die Lieferung des benötigten Materials war eine horrende Forderung, der man nicht so einfach nachgeben konnte. Daher verzichtete man zunächst auf eine direkte Zusage und informierte die Entscheidungsträger über das Gespräch.

SITZUNGSSAAL DER VEREINTEN NATIONEN, VERSAMMLUNG DES WELTSICHERHEITSRATES AM SELBEN TAGE
Berliot hatte soeben die Entscheidung vom Mars vorgetragen. Nun war es Sache der Versammlung, über Ablehnung oder Zustimmung zu entscheiden. Der Grundtenor war bereits durch empörende Zwischenrufe klar erkennbar geworden. Die Forderung konnte so auf keinen Fall akzeptiert werden. „Dann verzichten wir eben auf ein Schiff", forderte der amerikanische Vertreter. „Wegen einer Million Menschen mehr oder weniger sollten wir doch kein großes Aufheben machen." Im weiteren Verlauf seiner Rede stellte er unmissverständlich klar, dass

eines der Schiffe unbedingt den Mitgliedern der verschiedenen Regierungen vorzubehalten sei. Schließlich gehörte man wie die ausgebildete Besatzung der Schiffe zum Führungskader und der würde auch in Zukunft für die Entscheidungen benötigt.

Beriot wurde es zu viel. Warum müssen diese Männer und Frauen immer nur an sich denken?, fragte er sich. Konnte es nicht einmal nach dem gehen, was man vor langer Zeit beschlossen hatte. Er war gewillt, die ihm erteilte Vollmacht über die Auswahl anzuwenden. „Es wird nicht einer der hier Anwesenden jemals eines der Schiffe betreten", machte er deutlich und stellte damit klar, dass auch er bleiben würde. Seine weiteren Ausführungen wurden dauernd durch Zwischenrufe gestört und so protestiere er auf seine Weise: Er schwieg innerhalb seines Vortrages. Die Anwesenden sahen ihn an. Was fiel diesem Mann ein? Wer war er denn schon? Ein kleiner Mensch, dem man in einer schwachen Stunde die Verantwortung eines gigantischen Projekts übertragen hatte, mehr nicht. Der Mann musste doch wissen, dass man selbstverständlich nicht hier auf der Erde zugrunde gehen wollte. Und nun stemmte der sich gegen jene, die ihn auf seine Position gehoben hatten. Wie konnte er das wagen?

Trotz des Tumults blieb Beriot auf seinem Standpunkt und versuchte, zum Grund der Versammlung zurückzukehren. Es war vergebens, denn in der jetzigen Stimmung würde es keine konstruktiven Vorschläge geben. Er trat daher vom Pult zurück und kehrte ohne ein weiteres Wort in sein Büro zurück.

Hier wartete er, bis man ihn erneut rief. Es vergingen Stunden, doch wenn Beriot über eine Eigenschaft verfügte, dann war es Beharrlichkeit. Nein, er würde bleiben. Sollten sie sich doch die Köpfe einschlagen. Am Ende wäre man wieder genau an jenem Punkt angelangt, wo man begonnen hatte.

Er beschloss, es von nun an immer so zu halten. Nur so konnte er die Politiker im Zaume halten.

Unter diesen entbrannte weiterhin eine heftige Diskussion. Meinungen, wie sie kontroverser nicht sein konnten, trafen aufeinander und heizten die Stimmung gefährlich auf. Manch einer von ihnen hätte am liebsten seinen Stuhl genommen, um ihn dem politischen Gegner über den Kopf zu ziehen. Die Angst vor dem Untergang überlagerte die Vernunft.

Das wusste auch Beriot. Er selbst hatte lange überlegt, ob er nicht seinen Vorteil aus der Situation ziehen konnte. Es wäre ihm ein Leichtes gewesen, sich seinen Platz auf einem der Schiffe zu sichern. Schließlich hatte man ihn mit einer Generalvollmacht ausgestattet, die ihn zu jeder Handlung ermächtigte. Er hatte von diesen Gedanken Abstand genommen. Nein, er würde das Ende hier auf der Erde erleben und nirgends anders. Seine Arbeit, seine Planungen, all das, wofür er die ganzen Jahre gelebt hatte, das wollte er zu Ende führen. Wenn er viel Glück hatte, würde der Tod ihn mitten in seiner Arbeit überraschen. So plante er zumindest. Warten auf den Tod? Nein, das konnte er sich nicht vorstellen. Er hoffte nur, dass es am Ende schnell und schmerzlos geschah. Am besten wäre es von einer auf die andere Sekunde.

Die Menschen dort im großen Saal sahen das hingegen ganz anders. Sie wollten nicht sterben, sie wollten leben. Es war ihnen egal, wie, nur dass es weiterging, stand im Vordergrund. In dieser panischen Angst vor dem Tod verloren viele den Verstand und verließen den Saal. Sie kehrten auf dem schnellsten Wege heim zu ihren Regierungen, um hier über die abgebrochenen Verhandlungen zu berichten und entsprechende Maßnahmen zum jeweiligen Vorteil einzuleiten.

Die Allianz bröckelte zusehend auseinander und die Eigeninteressen gewannen die Oberhand. Dass man durch dieses Verhalten nichts gewonnen hatte und eine unkontrollierbare Situation heraufbeschwor, war vielen egal.

Daher wartete Beriot vergebens darauf, dass man ihn anrief, um die Arbeit wieder aufzunehmen. Um aber nicht untätig zu sein, begab er sich zu seinen Mitarbeitern von Dädalus, um wenigstens von dieser Seite etwas zu unternehmen.

Hier sah man die Angelegenheit vollkommen anders. Schließlich waren hier Wissenschaftler und keine Politiker am Werke. Sie erkannten sehr wohl die Möglichkeiten einer kooperativen Zusammenarbeit. Sie dachten weiter und erkannten die Zusammenhänge ohne politische und egoistische Motive. Die Lieferungen vom Mars waren im jetzigen Stadium unumgänglich. Mit den acht großen Schiffen würde man das benötigte Material in nur einem einzigen Flug herbeischaffen können. Wenn der Mars bereit wäre, eine eigene Delegation an Bord eines der Schiffe zu beordern, um die Einhaltung der Forderung nach einem eigenen Schiff zu überwachen, wäre viel gewonnen. Beriot und seine Männer würden versuchen, die Menschen auf dem Roten Planeten zu überreden auf ein im Bau befindliches Schiff zuzugreifen. Wenn dieser Coup gelänge, wäre allen geholfen. Beriot beschloss daher, einen Alleingang zu riskieren. Er wusste, dass es eng würde, wenn das Ziel der Rettung gelingen sollte. Er nahm die Verbindung zum Mars auf und akzeptierte das Angebot mit der Modifikation des Schiffes.

Nach etwas mehr als zwölf Stunden kam Freemonds Antwort. Er hatte sich abermals mit den Mitgliedern des Rates getroffen und unter größtem Verhandlungsgeschick eine Einigung erwirkt. Der Mars wäre unter den Bedingungen von Beriot bereit, die Lieferung auszuführen. Voraussetzung dabei war, dass es zu keiner militärischen Aktion gegen den Roten Planeten kam und dass die Arbeiten von seinen Leuten überwacht wurden. Außerdem verlangte Freemond eine feste Garantie auf das Schiff. Wie diese aussehen konnte, darüber musste im Detail entschieden werden. Da die Zeit eilte, bot Beriot an, dass er selbst zum Mars aufbrechen würde, um sich mit Freemond zu treffen und die entsprechenden Verhandlungen zu führen. Mit dieser Geste wollte er der wohlwollenden Zusammenarbeit zwischen Dädalus und dem Mars eine besondere Note geben. Freemond nahm das Angebot umgehend an. Erstmals würde er so jenen Menschen kennenlernen, der ihn hierhergebracht hatte. Er würde ihm zeigen, wie eine wahre Demokratie aussehen konnte. Sobald wie möglich würden sich die beiden gegenüberstehen.

DER ERDORBIT, 29. MAI 2017

Beriot war es etwas mulmig. Noch nie hatte er die Erde verlassen. Für ihn war es eine Art Staatsbesuch, der erste und letzte in seinem Leben. Kurz bevor er die Fähre bestiegen hatte, ließ er durch seinen Stellvertreter seine Absicht an die Regierungen verbreiten. Er hatte es bewusst getan, damit man nicht lange über seine Absicht diskutieren konnte. Als er Stunden später das riesige Schiff durch das Aussichtsfenster aus nächster Nähe sah, spürte er so etwas wie Stolz in sich. Schließlich schwebte der Gigant dank seiner Anstrengungen hier vor seinen Augen.

Als die Fähre in einem der riesigen Hangars einschwebte, wartete dort bereits der Kommandant des Schiffes, um ihn zu begrüßen. „Willkommen an Bord, Dr. Beriot", begrüßte er ihn. „Mein Name ist Björn Alsström. Es ist uns eine besondere Ehre, Sie bei uns begrüßen zu dürfen. Falls Sie es wünschen, werde ich ihnen persönlich das Schiff während unseres Fluges zum Mars zeigen." Beriot willigte ein. Doch zuvor wollte er so schnell wie möglich starten. Seine Eile war nicht unbegründet, denn so nah bei der Erde konnte es jederzeit passieren, dass man ihn zurückrief an seinen Schreibtisch und das musste unter allen Umständen vermieden werden.

Seit er seinen Plan gefasst hatte, den Mars zu besuchen, war das Schiff mit zusätzlichem Gerät für den Erzabbau ausgestattet worden. In den Hangars standen riesige Maschinen bereit. Sie würden zur Oberfläche geschafft, um an den ausgewiesenen Punkten unverzüglich ihre riesigen Schaufeln in den Boden zu rammen. Achtzehn der großen Schaufelradbagger standen dafür zur Verfügung. In Spezialcontainern würden sie auf die Oberfläche gelangen. Zum Abtransport der Fracht würden die Fähren aus der Zeit der Versorgung vom Mond zum Einsatz kommen. Nur sie waren in der Lage auch größere Mengen in die unersättlichen Laderäume des Schiffes zu bugsieren.

So begaben sich Beriot und die Verantwortlichen so rasch wie möglich zur Brücke tief im Innern des Schiffes. Auf dem Weg dorthin erhaschte er einen winzigen Ausschnitt dessen, was das Schiff in sich barg. Alsström führte ihn durch verschiedene Korridore, Aufzüge und Gänge. Erst nach etwas mehr als zehn Minuten standen sie vor einer grellroten, durch Wachen gesicherten Panzertüre. Als man die Gruppe sah, standen sie stramm, was Beriot ein wenig amüsierte. Er hatte für militärische Zeremonien, sowie überhaupt für Waffen, nichts übrig. Er war ein Mensch, der den Frieden über alles andere stellte. Dann aber erklärte ihm Alsström den Sinn dieser Einrichtung und Beriot verstand. Einer der Männer legte seine Handfläche auf einen verborgenen Sensor. Die Türe glitt lautlos nach beiden Seiten auf. Erstmals blickte Beriot mit eigenen Augen in das

Zentrum eines solchen Schiffes. Was er sah, beeindruckte ihn sehr.

Vor ihm lagen mehrere kreisrunde Gänge, die sich wie ein Trichter ins Zentrum des Saales schlängelten. Die Wände waren mit unzähligen Computern und Anzeigen versehen, vor denen Menschen standen. Je näher diese Anzeigen zum Zentrum lagen, umso wichtiger war ihre Bedeutung. Im innersten Ring, rund um die Plätze des Kommandanten, standen vier besondere Konsolen. Alsström erklärte ihm die Bedeutung. Normalerweise gab es nur drei Sitze. Im absoluten Zentrum war sein Sitz, rechts davon die des Steuermannes und links die des Navigators. Der vierte war extra für diesen Flug aufgestellt worden. Er bat Beriot, ihn zu begleiten. Gemeinsam gingen sie über mehrere Stufen auf diese Plätze zu.

Als sie ankamen, bat Alsström Beriot, auf diesem besonderen Sessel Platz zu nehmen. „Sie und Ihre Mitarbeiter von Dädalus waren es schließlich, die die Idee und den Gedanken für diese Schiffe hatten. Daher gebührt es Ihnen auch, den heutigen Flug zu starten." Beriot erkannte die Bedeutung dieser Worte. Sie waren als Hochachtung vor seiner Person gedacht. Doch wie sollte er das Schiff steuern? Er hatte keinerlei Ahnung von der Aufgabe, was er unumwunden zugab. „Geben Sie einfach das Startsignal. Es wäre uns eine besondere Ehre." Beriot sah den Mann an und wusste zugleich, dass er von allen hier in der Zentrale bewundert wurde. Etliche Augen sahen auf ihn und warteten auf seinen Befehl. Er überlegte, welche Worte er für diesen Flug wählen sollte. Sie sollten wohl formuliert und zugleich passend sein. Andererseits nicht zu ausschweifend. So sprach er nach einigen Sekunden Bedenkzeit: „Lassen sie uns losfliegen. Bringen sie uns zum Mars."

Der Kommandant übernahm die Order und gab die Befehle. „Schiff ausklinken. Auf Sicherheitsabstand mit den Manöverdüsen." Der Steuermann drückte einige Knöpfe. Ohne dass jemand es bemerkte, entfernte sich das Schiff von der Station. Wenig später kam die Bestätigung. „Schiff hat Sicherheitsabstand erreicht."

„Steuermann, gehen Sie auf Marskurs. Schiff auf dreiviertel Schub. Los geht's." Unverzüglich reagierte der Steuermann. „Brücke an Maschine. Auf dreiviertel Schub mit dem Photonentriebwerk."

„Maschine an Brücke. Schub wird aufgebaut. Triebwerke gehen auf dreiviertel Schub."

Als sich in den Triebwerksringen die Kräfte entluden, spürte jeder an Bord die ansteigende Gravitation der Beschleunigung. Beriot wurde ganz behutsam in seinen Sessel gepresst. „Wir werden heute etwas langsamer als normal beschleunigen", erklärte Alsström. „Schließlich haben wir einen besonderen Gast an Bord. Daher sollte nicht mehr als der dreifache Andruck aufkommen, obwohl wir in einem Testflug bis zum achtfachen gegangen sind. Unsere Endgeschwindigkeit wird bei gut 170.000 Kilometern pro Sekunde liegen, die wir ungefähr in 45 Minuten erreichen. Bis zum Mars sind es heute etwas mehr als 95 Millionen Kilometer. Für diese Strecke benötigen wir inklusive Beschleunigen und Abbremsen nicht mehr als zehn Stunden."

Als Beriot sich dieser Zahlen bewusst wurde, ahnte er, was er und sein Team vollbracht hatten. Noch wenige Jahre zuvor wäre man unter günstigen Bedingungen mehr als ein Jahr unterwegs gewesen. Mit dem Photonenbeschleuniger als Antrieb schrumpften die Entfernungen zusammen. Es dauerte nicht viel länger als eine Busfahrt von New York nach Chicago.

Er wurde in seinen Gedanken unterbrochen. „Falls sie es möchten, zeige ich ihnen jetzt das Schiff", bot ihm Alsström an. Beriot willigte ein.

Während der nächsten Stunden kam er nicht mehr aus dem Staunen heraus. Hinter jeder Biegung, jeder Türe, erwartete ihn Unglaubliches. Allein die Unterkünfte für die Ausgewählten gingen über mehrere Decks. Um sie zu versorgen, standen unzählige Möglichkeiten zur Verfügung. So gehörten Schwimmbäder, Kinos, zahlreiche Räume zur Versorgung und zum Arbeiten ebenso zur Ausstattung wie Werkstätten für jeden erdenklichen Beruf. In einer eigenen Sektion waren der Forschungsbereich und die Krankenstation untergebracht. Hier zeigte ihm der Kommandant einen besonderen Raum, mit dem Beriot zunächst nichts anfangen konnte. Hinter einer Glasscheibe sah er zahlreiche kleine Betten auf Rädern.
„Das ist die Abteilung für die Neugeborenen", wurde ihm erklärt. Daran hatte Beriot nicht gedacht. Sein Flug würde maximal mehrere Stunden dauern, doch dieses Schiff sollte schon recht bald in die Unendlichkeit aufbrechen, um eines Tages eine neue Bleibe für die Menschheit zu finden. Viele tausend Generationen später hoffte man, das Ziel zu erreichen. Für ein menschliches Leben eine viel zu lange Zeitspanne. Es würde nicht mehr allzu lange dauern und die ersten Menschen würden hier im Schiff geboren und sterben, ohne jemals einen Fuß auf einen Planeten gesetzt zu haben.
Sein Führer erkannte wohl, was er dachte, und brachte ihn an einen ganz anderen Ort. Hier sah Beriot eine schlichte Einrichtung. Der Ort schien vollkommen ruhig zu sein. Etwas Magisches ging von ihm aus. In der Mitte des Raumes befand sich eine dicke Säule aus poliertem Stahl, die mit einer Türe versehen war. „Hierher wird jeder kommen, der einst gestorben ist", wurde ihm erklärt. „Sobald der Tote verabschiedet wurde, wird der Leichnam durch diese Türe geschoben. Dahinter befindet

sich eine komplexe Recyclingabteilung. Alles, auch unsere Toten, werden weitestgehend in den Rohstoffkreislauf zurückgeführt. Nur so sind wir in der Lage, das Schiff über den geplanten Zeitraum ohne jede Versorgung von außen zu fliegen. Nur ein winziger Teil muss vom Versorger ergänzt werden. Das gilt hauptsächlich für die Nahrungsmittel, obwohl wir auch an Bord eine Menge davon auf synthetische Weise erzeugen. Sie sehen, wir haben etwas geschaffen von dem man auf der Erde nur träumen kann, die perfekte Wiederverwertung."

Beriot stimmte zu. Ja, hier auf dem Schiff gab es vieles, was man auf der Erde nicht kannte. Das lag häufig an wirtschaftlichen Interessen. Schließlich mussten möglichst viele Waren verbraucht werden, um den Motor der Wirtschaft am Laufen zu halten. Hier an Bord brauchte man keine Wirtschaft. Hier brauchte man Beschäftigung und Arbeit als wichtiges psychologisches Mittel gegen aufkommenden Frust und Langeweile. Er war sich sicher: Im Laufe der Generationen würde sich hier ein Mensch entwickeln, dessen Vorstellungen sich vollkommen von denen auf der Erde unterschied. Das Verständnis füreinander und der Umgang mit den zur Verfügung stehenden Mitteln musste zwangsläufig zu einem anderen Menschentyp führen.

Beriot war erpicht darauf, noch mehr vom Schiff zu sehen und bat darum, weiterzugehen. Während der nächsten Stunden stellte er zahllose Fragen und bat um Erklärungen. Es schien, als wollte er das neue Wissen in sich aufsaugen wie ein Schwamm, obwohl er die große Reise nie antreten würde. Ein wenig Wehmut machte sich breit. Wie gerne hätte er die erste der Generationen begleitet, doch sein Entschluss, sein Ende auf der Erde zu erleben, stand wie sein Wort, das er einst gab. Hätte er geahnt, was sich während seiner Abwesenheit hinter seinem Rücken abspielte, sein Entschluss wäre ins Wanken gekommen.

DIE ERDE ZUR GLEICHEN ZEIT

Ohne dass die Mitglieder von Dädalus etwas mitbekamen, begannen viele Politiker damit, ihre ganz eigene Zukunft zu gestalten. Sie wollten nicht tatenlos zusehen, wie andere weiterleben würden, während man selbst unterging. Da eine politische Lösung nicht erreicht werden konnte, begannen jene, die über die Mittel verfügten, auf militärische Art zu handeln. Sie schickten sich an, mit Waffengewalt ihr Recht auf ein Überleben zu nehmen. Viele der einst aufgegebenen unterirdischen Raketensilos wurden unauffällig bemannt. Ausgemusterte U-Boote verließen klammheimlich ihre Häfen und verschwanden in den Tiefen des Meeres. Geheime Flugplätze verwandelten sich in menschliche Ameisenhaufen. Sicher, man hatte einen Vertrag unterschrieben, der jede Gewaltanwendung gegenüber anderen untersagte. Doch was scherte es einen, wenn Gewalt der letzte Ausweg war? Die alten Atommächte rasselten mit den Säbeln der Neuzeit. Es schien nur noch eine Frage der Zeit zu sein, bis ein führender Politiker nervös auf den roten Knopf drückte, um so der Menschheit ein vorzeitiges Ende zu bereiten. Selbst wäre man ja nicht betroffen, da man zuvor mit einer Fähre zu den wartenden Schiffen im Orbit fliegen würde. Sollte doch der Rest im Feuer der aufschießenden Atompilze vergehen. Manche sahen es als barmherzig an. Ein kurzer Druck auf den Knopf und ohne jede Vorwarnung käme der millionenfache Tod. Die Menschen würden es kaum mitbekommen, dass sie starben. Sie würden in kürzester Frist verbrennen oder verdampfen. Eine Vorstellung, die sich doch jeder nur wünschen konnte. Es wäre zumindest besser als das Warten, da man ohne jede Möglichkeit der Flucht auf die Explosion der Sonne warten musste. Die Pläne schienen perfekt zu sein, und doch hatten jene, die sie ausführten, eine Kleinigkeit übersehen.

DER ERDORBIT AUF EINER ENGEN UMLAUFBAHN, EBENFALLS ZUR GLEICHEN ZEIT

Hoch oben über der Erde auf einer engen Kreisbahn schwebte ein kleines, silbernes Objekt. Einst in der Zeit des Kalten Krieges zur Überwachung des Gegners entwickelt, flog es immer noch. Viele andere dieser einstigen Frühwarnstationen waren längst vom Himmel gefallen oder während der Sonnenstürme im All verschwunden. Diese kleine Kugel aber hatte man übersehen. Irgendwann war das für ihn zuständige Kontrollzentrum aufgelöst worden. Obwohl sie ununterbrochen ihre Daten zur Erde sendete, hörte sie niemand mehr. Rings um die kleine Kugel herum wuchsen Giganten in die Höhe. Man hatte sie zwar bemerkt, doch als Weltraumschrott abgetan. So entging sie ihrer Zerstörung. Nur ein einziger Mensch auf der Erde hatte sie nie vergessen: Dr. Beriot vom Projekt Dädalus!

Er hatte sie in weiser Voraussicht stillschweigend in Ruhe gelassen und niemals ihre Existenz erwähnt. Sie, diese kleine Kugel, war seine Trumpfkarte für den Fall, dass etwas Außergewöhnliches auf der Erde geschah. Die Sender der Kugel waren auf eine geheime nur Beriot bekannte Frequenz abgestimmt worden. Der Empfänger stand im Zentrum von Dädalus in seinem Schreibtisch. Unmittelbar vor seiner Reise zum Mars hatte er diesen so umprogrammiert, dass er selbst dort eine Nachricht erhalten konnte. Nur er allein wusste um diesen seinen ganz persönlichen Außenposten und das war gut so.

Als die Kugel mit ihren Sensoren den nordamerikanischen Kontinent überflog, erfassten sie Aktivitäten, die eindeutig auf eine militärische Aktion hindeuteten. Die Reaktoren einer jeden Rakete, eines jeden Atom-U-Bootes sendeten eine sehr eng begrenzte Strahlung. Genau diese wurde nun erkannt. Gemäß ihrer Programmierung gab die Kugel das Signal an Dädalus weiter, wo es unverzüglich auf das Handy von Dr. Beriot weitergeleitet wurde.

DER MARS AM 30. MAI 2017

Tief unter ihnen zog der Rote Planet träge dahin. Vor wenigen Minuten war das gigantische Schiff in eine nahe Umlaufbahn eingeschwenkt. Beriot sah das ankommende Bild der Außenkameras auf dem großen Monitor vor sich. Über die Sprechfunkverbindung hatte man längst Kontakt mit der Station dort unten aufgenommen. Nach dem Austausch einiger Höflichkeitsfloskeln kam man rasch zum Punkt der Angelegenheit. Freemond hatte eine äußerst erzreiche Stelle in der Nähe der Siedlung ausgewiesen. Sie allein würde reichen, den erforderlichen Bedarf zu decken. Die schweren Bagger in ihren Containern wurden ausgeklinkt und schwebten zur Oberfläche hinab. An Bord einer weiteren Fähre sollten Beriot und einige der Besatzung zur Station herunterkommen.

Gerade als man sich auf den Weg durch das riesige Schiff zum Hangar machte, klingelte Beriots Handy. Er nahm es in die Hand, denn mit Dädalus war vereinbart worden, dass er nur in ganz dringenden Notfällen erreichbar war. Er drückte auf den Empfangsknopf. Statt der erwarteten Stimme jedoch vernahm er einen Signalton. Es klang wie ein Morsesignal aus der Vergangenheit. Beriot blieb mitten im Gang stehen. Er hatte mit vielem gerechnet, doch dieses Signal überraschte ihn über alle Maßen. Ohne lange zu überlegen, wusste er, was es bedeutete. Er sah Alsström an. „Wie schnell können wir eine Verbindung zur Zentrale von Dädalus aufbauen?", fragte er direkt und mit ungewöhnlicher Schärfe. „Sofort" lautete die kurze Antwort. „Stellen Sie die Verbindung her. Bitte beeilen Sie sich", entgegnete Beriot. Noch während der Funker den Befehl erhielt, rannte Beriot zurück in die Zentrale. Kaum dass er ankam, vernahm er die überraschte Stimme seines Stellvertreters. „Was gibt es so Dringendes?", fragte er erstaunt.

Beriot berichtete von seinen Vermutungen, ohne die Quelle der Information preiszugeben. „Und sie sind sich ganz sicher?", kam nach einigen Minuten die Rückfrage.

„Ja", war Beriots knappe Antwort. Er verfluchte, dass er so weit von der Erde weilte. Fast acht Minuten brauchte eine Nachricht für den Weg hin und zurück. Zeit, die in der momentanen Situation mehr als zu lang war. Jederzeit konnte irgendein wild gewordener Mensch dort unten auf die Knöpfe drücken. Er würde es erst vier Minuten später erfahren. Er verfluchte den Tag, da er nicht für Ruhe und Ordnung gesorgt hatte. Er verfluchte sich selbst und seinen Glauben an die Menschheit. Dann, während er so dastand, wurde ihm klar, dass diese Menschen dort auf der Erde zwar vieles tun würden, jedoch keinen Selbstmord verüben. Sie würden versuchen, sich in Sicherheit zu bringen und erst danach auf die Knöpfe drücken. Doch wohin sollten sie gehen? Es gab nur einen Weg. Die Generationenschiffe hoch über der Oberfläche! Sie würden versuchen, mithilfe von Raumschiffen dorthin zu gelangen. Erst wenn sie an Bord waren, käme der Befehl zum Abschuss der Atombomben. Es gab keine andere Schlussfolgerung. Was aber konnte er, Beriot, tun, um das zu verhindern? Er überlegte erneut. Dann nahm er das Mikrofon in die Hand. „Stellen Sie fest, ob auf den Basen irgendwelche Schiffe gestartet sind, die keine Versorgungsgüter für die Schiffe geladen haben. Beeilen Sie sich, ich warte." Minuten vergingen, während Beriot wie ein gehetztes Tier hin und her lief. „Wo bleibt die Meldung?", sprach er verärgert vor sich hin.

Alsström sah den Mann an. Er hatte das ganze Gespräch nur am Rande mitbekommen und trotzdem wusste er um den Ernst der Lage. Was wäre, wenn die Erde bei der Rückkehr nur noch ein atomar verseuchter Brocken wäre? Was konnte er tun, um das zu verhindern? Er sah sich um. Die Männer und Frauen an den Konsolen beobachteten ihn. Ein einziges Wort würde genügen, sie zum Handeln zu bringen. Dann kam die Nachricht von der Erde.

„Dr. Beriot bisher ist nichts über den Start anderer als den Versorgungsschiffen bekannt. Lediglich scheint es Vorbereitungen dieser Art an verschiedenen Stellen zu geben. Vermutlich wird es bis zum Abschuss der Schiffe noch zehn bis zwanzig Stunden dauern." Beriot war erleichtert und entsetzt zugleich. Also würde es ernst werden. Er begann zu rechnen. Wenn die Schiffe unterwegs waren, brauchten sie inklusive dem Andocken an die Stationen noch weitere fünf bis sechs Stunden. Blieb im günstigsten Fall ein ganzer Tag. Dann würden die Knöpfe gedrückt und das Ende der Menschheit eingeleitet. Oh diese verdammten Narren! Wie konnte man so egoistisch sein! Sie hatten nur auf den Moment gewartet, bis er auf seine Reise zum Mars ging. Sie wussten zu genau, dass sie in seiner Anwesenheit nichts tun konnten. Die Mission zum Mars schien für die Politiker ein Glücksfall zu sein. Hier, soweit draußen, konnte er nur zusehen. Eingreifen war aufgrund der enormen Entfernungen nicht möglich. Ja, sie hatten es clever eingefädelt.

„Wir könnten in gut vier Stunden im Erdorbit sein", merkte Alsström gedankenverloren an. Beriot sah den Mann an. Hatte er seine Gedanken erraten? Es schien so. Doch wie konnte das möglich sein? Auf der jetzigen Reise hatte man mehr als das Doppelte der Zeit benötigt. Beriot fragte nach. „Wir riskieren, mit maximaler Beschleunigung bis nahe an die Lichtgeschwindigkeit zu gehen. Erst im letzten Moment bremsen wir das Schiff mit allen Triebwerken gleichzeitig ab. Während sie dort auf die Antwort warteten, habe ich es durchgerechnet. Wenn wir zwei Minuten mit äußerster Kraft fliegen, bleiben uns 110

Minuten zum Beschleunigen und die gleiche Zeit zum Abbremsen. Mithilfe der Schwerekammern müsste die Besatzung die ungeheuren Andruckwerte überstehen. Wir lassen sie bis zur Erde in diesen Kammern und übergeben dem Computer die Steuerung. Für die Vorbereitungen brauchen wir bei einem Alarmstart ganze Fünf Minuten. Was halten sie von dem Plan"? Beriot sah den Mann abermals entgeistert an. Ja, das wäre für die Aggressoren eine herbe Überraschung, wenn er so ganz urplötzlich wieder in der Nähe erschien. Während der Zeit in der Schwerekammer konnte er schon mal über Maßnahmen nachdenken, welche die Pläne der Politiker verhinderten.

„Gut. Ich bin einverstanden. Schicken sie kurz eine Nachricht zu Freemond. Er soll nicht glauben, dass wir unhöflich sind. Danach starten sie unverzüglich." Der Angesprochene gab dem Funker Bescheid, während er selbst in die Bordsprechanlage seine Befehle sprach. „Alle Mann sofort in die Schwerekammern. Navigator geben Sie den Kurs zur Erde bei maximaler Beschleunigung unter Berücksichtigung der Gravitationswerte in den Computer. Maschine – Schiff vorbereiten für Maximalschub. Dies ist ein Befehl."

Während die Männer und Frauen den Anordnungen so rasch wie möglich Folge leisteten, schickte der Mars noch eine kurze Nachricht zu ihnen herauf. „Viel Glück, Dr. Beriot, und retten Sie die Erde vor diesen Wahnsinnigen. Wir hoffen, Sie kommen bald zu uns zurück, damit wir auf den Erfolg anstoßen können."

Beriot selbst bekam es kaum noch mit. Der Kommandant hatte ihm eine Kammer direkt in der Nähe der Zentrale zugewiesen. Kaum dass er lag, legten sich die Gurte um seinen Leib und die durchsichtige Hülle über ihn. Es wurde ganz ruhig.

In den Triebwerksringen hingegen tobten unvorstellbare Gewalten. Im Falle eines Alarmstarts verzichtete man auf den langsamen Aufbau der Magnetfelder. Sie wurden schlagartig auf maximale Stärke geschaltet und damit der Photonenkanal auf die erforderliche Dichte zusammengezwängt. Noch während dieser Vorgang anlief, zündeten die Ionentriebwerke und rissen das Schiff auf Erdkurs. Die aufkommende Beschleunigung presste die Menschen in den Kammern auf ihre Lager. Als zusätzlich das Photonentriebwerk auf volle Leistung hochfuhr, zeigten die Instrumente an den leeren Konsolen das Zehnfache des Normalwertes an. Dank der Schwerekammern konnten die auftretenden Kräfte zu mehr als achtzig Prozent absorbiert werden. Der Rest war für die Menschen leicht zu verkraften. Immer schneller schoss der stählerne Gigant in Richtung Erde. Dann kam jener Moment, der als kritisch galt. Das Schiff raste für gut zwei Minuten am Rande der Lichtgeschwindigkeit! Die vor Langem durch Albert Einstein prognostizierte Raum-Zeit-Veränderung blieb bei diesem Wert jedoch aus. Erst bei exakt dreihunderttausend Kilometern und einem Flug über einen langen Zeitraum trat dieses Phänomen auf.

IN DER NÄHE DER ERDE NICHT GANZ ZWEI STUNDEN SPÄTER

Der Computer hatte auf die Nanosekunde den Bremsvorgang eingeleitet. Grelle blaue Flammen jagten aus den Schlünden der Triebwerke und verzögerten es. Bis zur Anpassung an die Erddrehung würden sie brennen und das Schiff so an seinen Ausgangspunkt manövrieren. Als das Schiff so weit verzögerte, dass die Gravitation für Menschen ungefährlich war, hoben sich die Hauben der Schwerekammern. Man war wieder daheim.

DER ERDORBIT AM 31. MAI 2017

Zwei Tage nach dem Antritt seiner Reise kehrte Beriot in die

Zentrale des Schiffes zurück. Während der letzten vier Stunden hatte er nachgedacht und eine Lösung des Problems erarbeitet. Nach einem kurzen Gespräch mit Dädalus gab er den Befehl, sämtliche Schiffe und Stationen zu beschleunigen und sie auf eine wesentlich höhere Umlaufbahn zu bringen. Seinem Befehl kamen die verwunderten Besatzungen unverzüglich nach, denn Beriot machte erstmals von seinen Befugnissen Gebrauch. Obwohl es recht eng im Orbit zuging, gab es bei der veränderten Situation keine Kollisionen. Nach mehreren Stunden war es geschafft. Alles, was einst von Dädalus hier oben über der Erde gebaut worden war, befand sich nun auf einer Entfernung von tausend Kilometern und damit außerhalb der Reichweite von normalen Raketen und Fähren. Der Weg in die Sicherheit war schlagartig versperrt worden.

Die Erde zum gleichen Zeitpunkt

Auf der Abschussbasis von Cape Kennedy war soeben eines jener Schiffe gestartet, das mit den Politikern und anderen, sich als elitäre Menschen bezeichneten, besetzt war. Das Ziel: die Schiffe in der erdnahen Umlaufbahn. Schon frohlockte die Gesellschaft an Bord, dass ihr Plan aufging, als sich das angestrebte Ziel plötzlich entfernte. Beriots Anweisung kam in letzter Sekunde. Trotz verstärktem Schub gelang es der Fähre nicht, das sich entfernende Objekt einzuholen. Der verantwortliche Pilot gab diesen neuen Umstand an seine Passagiere weiter.

Nach zehn Minuten war der Treibstoff restlos verbraucht. Die Fähre war nun im Weltraum. Schwerelosigkeit kam auf und manch einer der Gäste an Bord erlitt die Weltraumkrankheit. Übelkeit und Erbrechen waren die Folge. Die Ausscheidungen schwebten durch den großen Raum. Damit hatte nicht einer gerechnet. Jeder von ihnen war der Ansicht, ein Flug ins All wäre wie der in einem Flugzeug. Erst jetzt, da es zu spät war, erkannten sie ihren Irrtum. Angst und Panik machten sich breit. „Tun sie doch etwas", beklagte sich einer der Passagiere. Der Pilot sah ihn an. „Was denn? Ich kann die Station nicht erreichen. Sie liegt außerhalb unserer Reichweite. Um dorthin zu gelangen, müssten sie aussteigen und schieben." Der Mann wurde ungehalten. „Bin ich der Pilot oder Sie? Haben Sie nicht gesagt, es wäre ein Kinderspiel, die Station zu erreichen?"

„Ja, wenn sie dort wäre, wo sie noch war, als wir starteten schon, doch jetzt sehen Sie doch selbst." Der Mann sah durch die dicken Scheiben. Fast zum Greifen nahe erkannte er die riesigen Kugeln und doch waren sie viel zu weit fort, als dass man sie erreichen konnte. Was sollte man nun tun?

„Beriot, an die Fähre dort unten. Bitte melden sie sich!" Der Pilot hörte erstaunt diese Aufforderung. Hatte er richtig gehört? Der Name Beriot war jedem Raumfahrer bestens bekannt. Es war der Chef von Dädalus! Er musste ganz in der Nähe sein. Zu deutlich war die Identifikation der Fähre. „Beriot an die unbekannte Fähre. Bitte melden Sie sich!" Abermals kam die Aufforderung. Gerade wollte der Pilot das Mikrofon in die Hand nehmen, als es ihm entrissen wurde.

„Fähre an Beriot. Mein Name ist Smith von der Regierung der Vereinigten Staaten von Amerika. Was wollen Sie von uns?"

„Ach, Mister Smith. Sie sind doch der Verteidigungsminister. Was haben Sie denn hier oben im Weltall verloren? Sie wollten wohl ein wenig Krieg spielen, oder irre ich mich? Tut mir leid, aber ich muss sie leider daran hindern."

„Smith an Beriot. Wie kommen Sie denn auf diesen Gedanken?"

Beriot antwortete mit ganz ruhiger Stimme, obwohl er seinem unsichtbaren Gegenüber am liebsten an den Kragen gegangen wäre. Seine Wut auf ihn und seine Kumpane war grenzenlos.

„Sagen wir es mal so. Ich habe Informationen, dass Sie ihre nuklear betriebenen U-Boote, die alten Raketensilos und ihre geheimen Flugplätze für Atombombenträger wieder in Betrieb genommen haben. Des Weiteren weiß ich, dass Sie an Bord eines der Schiffe gelangen wollten, die bedauerlicherweise zu weit fort sind. Ich weiß ferner, dass Sie vorhatten, ihre Waffen zu starten, sobald Sie sich in Sicherheit glaubten. Reicht das oder muss ich Ihnen noch mehr erzählen?"

Smith machte eine Pause und sah in die Gesichter der anderen. In ihren Augen las er ein ungläubiges Erstaunen. Woher zum Teufel wusste der Mann von ihren Plänen? Wer hatte da denn nicht dicht gehalten? Bevor er darüber nachgrübeln konnte, meldete sich Beriot erneut.

„Nun? Sie sind erstaunt. Wäre ich auch an Ihrer Stelle. Doch warum um den heißen Brei lange herumreden. Geben Sie es doch zu. Sie wollten den Rest der Menschheit durch einen Atomschlag vernichten. Doch nicht nur Sie allein. Ich weiß, dass auch die anderen Atommächte den gleichen Plan hatten, nur um dafür zu sorgen, dass Sie und die anderen sich heimlich davonstehlen konnten. Sie und die anderen haben sich doch schon immer gegen die Entscheidung des Rates gewandt und klargemacht, dass man mit der Mehrheitsentscheidung gegen Sie nicht einverstanden war. Als Sie merkten, dass Sie niemanden umstimmen konnten, dachten sie an eine militärische Lösung. Mann sind Sie so dumm oder tun Sie nur so? Ich kenne Ihre Pläne und weiß, dass Sie am liebsten sofort den Abschusscode aktivieren möchten. Doch was sollte es Ihnen nützen? Sie hängen jetzt hier oben im Orbit und der einzige Weg geht bedauerlicherweise nur zur Erde zurück. Geben Sie auf."

Beriot hatte sich in Rage geredet. Seine Wut kannte keine Grenzen. Am liebsten hätte er die Fähre gekapert, um Smith und die anderen zu einem Weltraumspaziergang einzuladen, allerdings ohne Schutzkleidung. Gleichzeitig fragte er sich, wie man dort drüben reagieren würde, jetzt wo man wusste, dass er ihr Komplott aufgedeckt hatte?

Mitten in diese Gedanken meldete die Ortung des Schiffes weitere kleinere Objekte im All. Es handelte sich um weitere Fähren, die von verschiedenen Orten auf der Erde zu den Schiffen wollten. So wie es aussah, versammelten sich alle führenden Politiker und Wirtschaftsbosse zu einem letzten Stelldichein. Beriot befahl, sie zu beobachten. Erst wenn er mit dem Amerikaner fertig war, würde er sich um die anderen kümmern.

„Lassen sie uns an Bord Ihres Schiffes. Ich befehle es Ihnen!", rief Smith ins Mikrofon. Beriot überlegte. Nein, das würde er bestimmt nicht erlauben. Dort, wo sie jetzt waren, gefielen sie ihm am besten. Gefesselt in einer Umlaufbahn um die Erde. Dieser Ort war besser als jedes Gefängnis auf der Erde oder eine Arrestzelle an Bord des Schiffes.

„Bedaure, Mister Smith, aber den Gefallen kann ich Ihnen nicht tun. Es sei denn, Sie und die anderen kämen als Gefangene hierher."

„Was bilden Sie sich ein? Ich bin der Verteidigungsminister der USA und Sie?"

„Ich bin Dr. Beriot. Leiter des Projekts Dädalus. Jener Institution, die auch Ihr Präsident ermächtigt hat, die Menschheit zu retten. Ich kann mir durchaus vorstellen, dass Sie mich jetzt am liebsten entmachten würden, um ihre Ziele durchzusetzen. Leider ist es dafür zu spät. Also geben Sie auf. Sobald wir auf der Erde sind, werden Sie und die anderen vor ein ordentliches Gericht gestellt und angeklagt."

„So, so, ich werde angeklagt und weshalb?", entgegnete Smith

„Wegen versuchten Völkermords, persönlicher Vorteilnahme und Verbrechen gegen die Menschlichkeit. Alles in allem haben Sie gegen die Haager Konventionen in mindestens drei Punkten verstoßen. Das reicht, um Sie für den Rest ihres Lebens hinter Gitter zu bringen. Wenn Sie Glück haben, sterben Sie ja schon früher."

So, nun war es raus. Beriot hatte klar gesagt, was er tun würde, sobald die ganze Gesellschaft in seiner Gewalt war. Er wusste, dass die Menschheit auf seiner Seite war, denn seine Entscheidungen waren stets per Mehrheitsentschluss im Rat der UN abgesegnet worden. Er wartete auf erneute Antwort von Smith.

„Weitere Flugobjekte auf Erdkurs", meldete der Navigator erneut. „Ja ich weiß", entgegnete Beriot. „Es sind die Fähren der anderen. Das haben Sie mir schon gemeldet und ich habe es nicht vergessen."

„Bedaure Sir, aber es sind keine Fähren. Es sind militärische Raketen. Mindestens zweihundert Objekte, vermutlich ausgestattet mit Atomsprengköpfen. Sie nehmen Kurs auf unsere Position. Sie müssen an verschiedensten Stellen auf der Erde gestartet sein. Vermutliche Ankunftszeit sieben Minuten."

Beriot sah den Navigator entsetzt an. Konnte das wahr sein? Hatte Smith den Kopf verloren und auf die Knöpfe gedrückt. „Kommandeur, bringen Sie uns außerhalb der Reichweite dieser Dinger." Eine Reihe von Befehlen folgte und das Schiff zog sich weiter zurück.

„Wenn ich mir eine Bemerkung erlauben darf", sprach der Kapitän Beriot an. „Es wird uns nicht viel nützen. Wenn diese Sprengköpfe hier oben explodieren, vernichten sie die anderen Schiffe." Das sah Beriot ein. Was aber konnte er tun? Im Prinzip hatte die Gewalt über die Vernunft gesiegt.

„Es gäbe einen Weg, sie vom Himmel zu holen, bevor sie eine Position erreichen, wo sie hochgehen können", räusperte sich der Kommandant.

„Was schlagen Sie vor? Schnell Mann, bevor uns die Erde um die Ohren fliegt."

„Wenn Sie erlauben. Unser Schiff arbeitet mit einem Photonenbeschleuniger als Antrieb. Wenn wir unser Schiff nun so drehen, dass die Teilchen auf den Steuerungsmechanismus der Raketen treffen, würde dieser zerstört. Zugleich aber und das ist das Besondere an den Protonen, verändert sich die Struktur des Sprengkopfes. Es neutralisiert die Ladung und macht sie harmlos. Es wäre so, als würde da jemand mit harmlosem Lehm nach uns werfen", erläuterte der Mann.

„Und woher wissen Sie das so genau", wollte Beriot wissen.

„Bevor ich zum Kapitän dieses Schiffes wurde, habe ich in Hamburg an dem damaligen Beschleuniger mitgearbeitet. Erinnern sie sich an den Störfall von Brunsbüttel Mitte der neunziger Jahre? Damals waren versehentlich Protonen ausgetreten und hatten das Kraftwerk getroffen. Wir dachten, es würde explodieren und ein neues Tschernobyl geben. Stattdessen aber kam die Kernspaltung im Reaktor vollkommen zum Erliegen. Brunsbüttel ist, wie Sie wissen, kurz darauf abgeschaltet worden. Der wahre Grund war nicht ein außer Kontrolle geratener Reaktor, sondern die unbrauchbaren Brennstäbe. Sie wurden damals nach Gorleben in den Salzstock verfrachtet. Doch hätte man sie genauso gut ohne jedes Risiko auf jeder normalen Müllhalde unterbringen können. Wir, das gesamte Team wurden damals zum Schweigen verurteilt, denn wir hatten versehentlich ein wirksames Mittel gegen den Angriff mit Atomwaffen gefunden. Das Zeug strahlte nach dem Protonenbeschuss überhaupt nicht mehr. Wenn wir nun die Raketen ebenso beschießen, dürften die Verantwortlichen eine böse Überraschung erleben."

Beriot überlegte nur kurz. Er konnte nur hoffen, dass der Mann recht hatte. Für lange Forschungen war jetzt keine Zeit mehr. Er stimmte zu und setzte alles auf seinen letzten Trumpf. Das Schiff näherte sich rasch jener Position, wo die Objekte in die Reichweite der Photonentriebwerke gelangten. Auf den Punkt genau legte es den todbringenden Geschossen einen unsichtbaren Sperrriegel aus Protonen in den Weg. Das Ganze dauerte nur wenige Sekunden. Dann war es vorbei. Das Schiff blieb an Ort und Stelle. Es wartete demonstrativ auf den Atomschlag.

Etwas weiter entfernt versuchte ein in Panik geratener Verteidigungsminister verzweifelt, die Bomben zu zünden. Er hatte mitbekommen, wie das ihm unbekannte Schiff plötzlich wieder näherrückte. Es schien Selbstmord zu sein, denn es wartete regelrecht auf seine Zerstörung. Doch nichts dergleichen geschah. Die Raketen erreichten den Zenit ihrer Bahn und stürzten danach zurück in Richtung Oberfläche, ohne dass auch nur eine Rakete ihre tödliche Fracht freisetzen konnte. Es sah aus wie bei einer Feuerwerksrakete, die keine funkelnden Lichteffekte freigab. Ein langer Feuerschweif, dann ein Dahingleiten der metallischen Körper, sonst nichts. Nur das Verglühen beim Eintritt in die Erdatmosphäre zeugte vom Ende des misslungenen Attentats.

Alsström, Beriot und der Rest der Mannschaft hatten das Schauspiel mit Spannung beobachtet. Sie wussten, dass ihr Tun einem Kamikazeunternehmen gleichkam. Während die todbringenden Geschosse nach und nach abstürzten, saß Alsström ganz ruhig und mit einem wissenden Lächeln auf seinem Stuhl. Diese Sicherheit hatte sich auf die anderen in der Kommandozentrale übertragen. Nur Beriot dachte schon weiter. Er wusste, dass er in diesem Spiel seinen wichtigsten Trumpf ausgespielt hatte, einen Trumpf, der ihm in Form des Kommandanten zur Seite stand. Diesem Mann allein gebührte seine und die Rettung aller noch lebenden Menschen auf der Erde. Hätte er nicht auf sein umfassendes Wissen und seine Erfahrung zurückgegriffen, so gäbe es kein Leben mehr dort unten. Die abgefeuerten Geschosse hätten es mehrfach vernichtet. Aber nicht nur das: Viele der anderen Schiffe wären ebenfalls ausgelöscht worden und das Ganze nur, weil einige wenige meinten, die

Macht erlaube es ihnen, über Leben und Tod zu entscheiden. Beriot war sichtlich erschüttert.

Nicht weit von ihnen entfernt, an Bord der Fähre, herrschte hingegen Angst und Panik. Auch hier hatte man hoch gepokert und alles verloren. Was würde nun aus ihnen? Smith, der für seine harte Gangart im Senat der USA bekannt war, tobte und fluchte. Wie konnte das geschehen? Ungläubig sah er immer wieder durch das Fenster auf die silberne Kugel. Dieses Schiff war doch unbewaffnet und doch hatte es den Ansturm der tödlichen Armada standgehalten. Über welche ihm unbekannte Technik verfügte es? Hatte man klammheimlich ohne sein Wissen Abwehrwaffen an Bord installiert? Es musste so sein, denn ansonsten musste an seiner Stelle der Rest einer Explosionswolke stehen. Noch immer blieb das Schiff stumm. Es schien so, als wäre es innerlich gestorben.

Dass das nicht der Fall war, lag daran, dass Beriot in aller Ruhe überlegte. Jetzt, wo das Waffenpotenzial der USA nicht mehr existierte, wartete er auf die Atomraketen der anderen Mächte. Doch nicht eine einzige weitere Rakete wurde am Boden gezündet. Die Demonstration der Überlegenheit des Schiffes musste die anderen Politiker zu der Überlegung gebracht haben, dass jeder weitere Angriff auf das Schiff sinnlos war. Da verhielt man sich besser ganz still und leise, in der Hoffnung, übersehen zu werden.

Minuten vergingen, während es ganz ruhig an Bord des Generationenschiffes wurde. Nur in der Kommandozentrale arbeitete fieberhaft der Leiter von Dädalus. Er wusste, dass er hier und jetzt ein für alle Mal klarmachen konnte, dass es sinnlos war, sich mit dieser Institution anzulegen, dass er, Beriot, die ihm erteilten Befugnisse stets zum Wohle aller einsetzte, sofern sich hierdurch ein Vorteil ergab. Was geschehen war, konnte er nicht mehr rückgängig machen und so wollte er dafür sorgen, dass niemals wieder jemand versuchte, einen erneuten Versuch zu unternehmen. Es musste im Sinne der Menschheit hier und jetzt, hoch über der Erde, ein Exempel statuiert werden. Doch wie sollten die Menschen dort unten erfahren, wie knapp sie einer Katastrophe entgangen waren? Wie sollten sie begreifen, dass einige wenige skrupellos genug waren, ihren Vorteil selbst unter dem Einsatz der schlimmsten je von Menschen erdachten Waffen zu suchen? Es gab nur eine Möglichkeit.

Beriot sah zu Alsström herüber. „Können Sie dafür Sorge tragen, dass ich in sämtlichen Medien wie Funk und Fernsehen zu hören und zu sehen bin?" Alsström nickte. „Mit den uns zur Verfügung stehenden Mitteln sind wir in die Lage, fast alle Sender dort unten zu überlagern und somit Ihre Ansprache zu senden. An Bord verfügen wir über eine eigene Fernsehstation. Wenn Sie mir bitte folgen würden." Der Mann gefiel Beriot. Er gehörte zu jenen, die nicht lange über eine Sache redeten, sondern handelten.

Wenige Minuten später wurden alle Sendungen im Radio und Fernsehen unterbrochen. Die Menschen an den Geräten sahen einen Mann, der den meisten vollkommen unbekannt war. „Guten Tag, guten Abend, oder auch gute Nacht ihr Menschen auf der Erde, wo immer Sie auch sind. Mein Name ist Beriot. Ich bin der Leiter des Projektes Dädalus, das Ihnen vielleicht etwas sagt. Falls nicht, möchte ich Ihnen kurz unsere Aufgabe etwas näherbringen, um mich so für die Störung ihres normalen Tagesablaufs zu entschuldigen." Beriot skizzierte in einem kurzen Vortrag die Funktion von Dädalus, ohne zu sehr ins Detail zu gehen. Anschließend wussten die Menschen, dass er zu denen gehörte, die in verantwortungsvoller Position für das

Auswanderungsprojekt tätig waren. Nach dieser Einführung kam Beriot zum Kern seines Anliegens. Seine Worte offenbarten den ahnungslosen Menschen jene Gefahr, in der sie bis vor wenigen Minuten geschwebt hatten, ohne es zu merken. Er sagte aber auch, dass der Angriff mit Atomwaffen gegen die Menschen dank des Eingreifens von Dädalus abgewendet werden konnte.

Viele der Zuschauer sahen voller Entsetzen in ihre Geräte. Wenn das stimmte, was der Mann dort sagte, hatten die Regierenden der Welt den Verstand verloren. Noch bevor sie weiter nachdenken konnten, sprach Beriot weiter:

„Von allen, die darauf gehofft hatten, dass ihr Schlag gegen die Menschen erfolgreich sein würde, hat einer es gewagt, auf den berühmten roten Knopf zu drücken. Dieser eine ist ausgerechnet Mister Smith, seines Zeichens der Verteidigungsminister der Vereinigten Staaten von Amerika. Er glaubte, damit das Projekt Dädalus zu zerschlagen und sich eines der Generationenschiffe zu bemächtigen. Dank des äußerst fähigen Kopfes von Herrn Alsström ist es gelungen, sein Tun zu vereiteln. Ich bin zwar der Leiter des Projekts Dädalus, aber diesem Mann verdanken Sie, dass Sie noch leben. Ihm gilt unser Respekt vor seinem Mut und seiner Entscheidung. Herr Alsström die Welt steht in Ihrer Schuld. Im Gegensatz zu Herrn Alsström klage ich hier vor aller Augen Mr. Smith an. Er wollte die Welt in Schutt und Asche legen, nur um seines persönlichen Vorteils wegen. Ich klage ihn im Auftrag der Menschheit wegen versuchten Völkermords in Millionen Fällen an. Ich weiß, dass Sie dort unten auf der Erde für solch ein Vergehen nur eine Strafe kennen, den Tod! Daher werde ich nach Beendigung dieser Ansprache das Schiff hier ganz in der Nähe beschlagnahmen und die Insassen verhaften lassen. Anschließend wird er vor das UN-Tribunal geführt, wo ihm ein ordentlicher Prozess gemacht wird, an dessen Ende eine lebenslange Haftstrafe stehen muss. Sie werden sich sicherlich fragen, warum ich nicht die Todesstrafe fordere? Die Antwort lautet: Ich bin gegen die Todesstrafe. In lebenslanger Haft hat Mister Smith genügend Zeit, über sein Handeln nachzudenken."

Beriot machte eine Pause. Er wollte, dass den Menschen klar wurde, wie er mit Verbrechern umging. Danach sprach er noch einige Schlussworte und verabschiedete sich. Das unterbrochene Programm erschien wieder auf den Sendern.

Noch während seiner Rede begann man an Bord mit der Durchführung des Befehls. Mehrere kleine Schiffe machten sich auf den Weg zur Fähre, die nur wenige Kilometer entfernt im Orbit hing. Ganz langsam, so wie ein Raubtier, das sich an seine Beute heranschleicht, näherten sie sich.

Dort hatte man über Bordfunk die Rede Beriots genau verfolgt. Als Smith klar wurde, was auf ihn zukam, geriet er in Panik. Er wollte nicht vor aller Welt als Terrorist gegen die Menschheit angeklagt werden. Er wollte nicht in einem Schauprozess als Hauptdarsteller erscheinen. Er wollte nicht als der Bösewicht dastehen. Doch genau das war nun, da sich die Schiffe näherten, der Fall. Er überlegte. Wie konnte er dieser fatalen Situation entfliehen und seine Ziele erreichen?

Hier in der Schwerelosigkeit schien es keine Lösung auf diese Frage zu geben. In seiner Ausweglosigkeit begann er, wahllos um sich zu schlagen. Die anderen wurden durch seine harten Schläge überrascht und begannen, hilflos durch das Schiff zu treiben, bis ihre Masse von den Wänden des beengten Raums abgebremst wurde. Smith schien von Sinnen zu sein. Rücksichtslos bahnte er sich einen Weg zum Sitz des Piloten. Seine Augen rollten, als er ihn anschrie: „Mann, tun sie etwas! Bringen sie uns fort von hier. Ich will nicht an Bord der anderen Schiffe!"

Während er so herumschrie, trommelten seine Fäuste auf den angeschnallten Mann. Dieser versuchte, sich so gut wie möglich zu wehren. Er hob die Hände, um die brutalen Schläge abzufangen. Wenn er nur nicht durch die Gurte behindert wäre. Verzweifelt versuchte er, den Knopf zum Lösen der Fesseln zu finden, was bei dem Trommelfeuer der Schläge nicht einfach war. In dieser Bewegung geriet er an einen der zahllosen Hebel im Cockpit. Hierdurch löste er den Mechanismus zum Öffnen der Außenluke des Schiffes aus.

Das Zischen war im ganzen Schiff zu hören. Auch Smith vernahm es und sah sich ängstlich um. Sein Blick suchte die Quelle der Ursache. In dem Moment, da er sie erkannte, wusste er um die Lösung seines Problems. Er ließ von dem Piloten ab und schwebte, so gut er konnte, auf die Luke zu. Gerade als er sie erreichte, schwang sie auf. In Sekundenschnelle entwich die Luft aus dem Schiff. Durch den Sog wurden Smith und die anderen hinausgerissen. Ihre Lungen implodierten sofort. Das letzte Bild vor seinem Tod war die unter ihm herziehende Erde und die sich nähernden Schiffe. Dann war es vorbei. Edward Smith starb und mit ihm jene Verschwörer, die er von seinem Weg überzeugt hatte. Sie alle entschwanden in Richtung Erde, wo sie Minuten später in die Atmosphäre eintauchten und verbrannten. Das Schicksal, welches er anderen zugedacht hatte, wurde sein eigenes.

Weitab im Beobachtungsraum des Generationenschiffes hatte Beriot die Geschehnisse mit angesehen. Eigentlich hätte er entsetzt sein müssen über die Handlungsweise des Mannes, doch wollte dieses Gefühl nicht in ihm aufkommen. Ja, er hatte insgeheim mit dieser Entwicklung gerechnet. Schließlich kannte er diesen Menschentyp aus zahllosen Begegnungen. Sie waren ihm mehr als zuwider. Nach außen spielten sie ohne Rücksicht ihre Macht zum eigenen Vorteil aus. Doch wehe sie gerieten unter Druck.

Dann wurden sie kopflos und neigten zu überhasteten Handlungen, wie das Beispiel Smith bewies. So war es bei fast all jenen, die in ihren jetzigen Positionen saßen. Er kannte nur ganz wenige Ausnahmen. Beriots Blick fiel wieder auf den Bildschirm. Die Reste der Fähre verglühten und damit die Hoffnungen eines Mannes, der glaubte, allmächtig zu sein. Jetzt blieben nur noch jene Schiffe, von denen er wusste, dass auch sie mit Regierungsvertretern besetzt waren. Wie würden sie reagieren, nachdem sie gesehen hatten, wie machtlos sie doch waren. Würden auch sie den Kopf verlieren und die ihre Waffenarsenale zünden? Beriot hoffte inständig, dass sie nach dem stattgefundenen Exempel wieder zur Vernunft kamen und zur Erde zurückkehrten. Falls nicht, würde er abermals den Befehl erteilen, die Schiffe abzufangen oder bei Gegenwehr zu zerstören. Um Gewissheit zu bekommen, ließ er sich eine Verbindung zu den Schiffen herstellen.

Nach einem kurzen aber sehr heftigen Wortwechsel gelang es Beriot, die Besatzungen zum Einlenken zu bewegen. Er hatte ein klares Ultimatum gestellt. Zur Unterstreichung näherte sich sein Schiff langsam den Fähren. Er wollte nicht noch einen Fehlschlag hinnehmen. Dann aber meldete die Ortung, dass drüben ein eindeutiger Kurs in Richtung Erde eingeschlagen wurde. Die Gefahr eines Atomschlags gegen den Rest der Menschheit schien gebannt. Um jedoch für den Rest der verbleibenden Zeit ein für alle Mal Ruhe zu haben, beschloss Beriot, so schnell wie möglich den Sicherheitsrat einzuberufen, um den unüberlegten Handlungen jener Machtinhaber einen Riegel vorzuschieben.

DIE ERDE AM 12. JULI, 2017, GEBÄUDES DES WELT-SICHERHEITSRATES, 7 JAHRE 4 MONATE VOR DEM ENDE
Fast einen ganzen Monat über hatten sich die Mitarbeiter von

Dädalus für ihre Beratungen Zeit gelassen. An diesem 12. Juli lud Beriot die Weltpresse ein, damit sie Zeuge für die ultimative Sitzung des Rates aller Staaten wurden. Er wollte ein für alle Mal Klarheit schaffen und gleichzeitig Schluss machen mit der Geheimniskrämerei um den bevorstehenden Weltuntergang. An diesem Tage sollte die Welt erfahren, was auf sie zukam. Obwohl Beriot von seinem Beraterstab vor der totalen Offenlegung der bevorstehenden Ereignisse gewarnt wurde, blieb er bei seiner Einstellung. Ja, er nahm sich vor, noch weiter zu gehen und hatte daher die führenden Mitarbeiter von Ikarus gebeten, einen Vortrag über die letzten Tage der Erde vorzubereiten.

Pünktlich um 09.30 Uhr Ortszeit betrat Beriot das Podium im großen Saal des Gebäudes. Äußerlich gefasst, kämpften in seinem Innern die verschiedensten Gefühle. Wie sollte er den Menschen vermitteln, dass sie ihre Heimat, die sie seit Menschengedenken bewohnten, verlieren würden? Mit welchen Worten sollte er sie auf das Unausweichliche vorbereiten? Es wurde ganz ruhig und still im Saal, als Beriot tief Luft holte. Sein Blick fiel auf die zahlreichen Mikrofone und Kameras vor ihm. Dann begann er zu reden:

„Sehr verehrte Anwesende, liebe Mitbürger überall auf der Erde, wo immer Sie mich auch hören und sehen. Mein Name ist Beriot, ein Name der vielen von ihnen nichts sagen wird. Ich bin der verantwortliche Leiter des Projekts Dädalus. Seit Jahren verbindet sich mit diesem Namen ein Stab aus zahllosen Wissenschaftlern, der bisher im geheimen agierte. Die Vorkommnisse in den letzten Tagen und Wochen veranlassen mich heute, das Geheimnis um dieses Projekt aufzuheben und an die Öffentlichkeit zu treten. Seit der Gründung von Dädalus im August des Jahres 2004 beschäftigen wir uns mit einem Ereignis, das vielen von Ihnen unfassbar und visionär erscheinen und dennoch in absehbarer Zeit eintreten wird. Die ersten

Auswirkungen haben Sie ja bereits in den vergangenen Jahren mitbekommen. Viele nehmen sicherlich an, es handelte sich um eine von Menschen verursachte Veränderung des Weltklimas, doch das ist bedauerlicherweise nicht richtig. Ich möchte nicht lange um den heißen Brei herumreden, obwohl ich lange Zeit nach den richtigen Worten gesucht habe, Ihnen die anstehende Katastrophe so erträglich wie möglich darzulegen. Kurz gesagt: Der Untergang unseres Heimatplaneten steht in absehbarer Zeit bevor."

Beriot machte eine Pause, um seine Worte wirken zu lassen. Dann fuhr er fort: „Wenn Sie Ihren Blick dort auf die rückwärts laufende Uhr richten, dann wissen Sie, wie viel Zeit Ihnen und mir noch bleibt. Es sind jetzt noch ungefähr sieben Jahre und vier Monate. Diese Spanne beruht auf einer Schätzung eines anderen Projekts namens Ikarus, dessen Aufgabe ich Ihnen zum Ende meiner Rede genauer erläutern werde. Beide Projekte zusammen haben gleichsam ein gemeinsames Ziel. Die Rettung möglichst vieler Menschen. Ihnen sind sicherlich nicht die zahlreichen Raumschiffe hoch über der Erde entgangen. Viele von Ihnen glauben, sie wären zur Schaffung einer neuen Heimat für uns Menschen in der Nähe der Erde entwickelt worden. Das ist jedoch, wie so viele andere Gerüchte um den Sinn und Zweck dieser Schiffe, falsch. Sie wurden geschaffen, um Millionen Menschen eine neue Heimat weitab von der jetzigen Position der Erde in vielen Tausend Jahren zu ermöglichen. Jene, die sich zurzeit bereits an Bord befinden oder auf dem Wege dorthin sind, wurden nach bestimmten Kriterien ausgewählt. Um einer vorzeitigen Panik vorzubeugen, hatten wir von Dädalus beschlossen, ausschließlich Freiwillige auszuwählen, die den Bedingungen der Selektion entsprachen. Dabei wurde weiterhin das Geheimnis des anstehenden Weltunterganges gewahrt und die Personen erst an den Sammelpunkten mit Fakten betraut. All das taten wir, um eine Panik zu vermeiden. Dazu gehörte auch die Besiedlung des Mars. Doch muss ich zu meinem Bedauern feststellen, dass nach neusten Berechnungen selbst dieser Planet dem Untergang nicht entgehen wird. Um der Besatzung der dortigen Siedlung die Möglichkeit des Entkommens zu bieten, bin ich vor gut zwei Monaten persönlich dorthin aufgebrochen, was nur unter den Eingeweihten bekannt war. Einige von diesen jedoch glaubten, diesen Zeitpunkt zur Umsetzung eigener Interessen ausnutzen zu können. Sie waren der Überzeugung, dass ihnen ein Überleben aufgrund ihres Status zustände. Sie meinten, sich ihr eigenes Recht nehmen zu können, obwohl sie einst dem Verzicht einer Rettung zugestimmt hatten. Um der Menschheit die Qual eines langen Untergangs zu ersparen, wollten jene die restlichen Bewohner der Erde nach ihrem heimlichen Davonstehlen mittels eines totalen Atomschlages vernichten. Bedauerlicherweise erfuhr ich frühzeitig von diesem Komplott und konnte zur Erde zurückkehren. Wie fanatisch jene waren, musste ich allerdings bei meinem unerwarteten Erscheinen erfahren, denn tatsächlich drückte einer dieser sich als privilegiert bezeichnenden Menschen auf die berüchtigten Knöpfe und gab damit das Zeichen zum Start des amerikanischen Atomwaffenpotenzials. Wäre da nicht ein äußerst kluger Kopf an Bord meines Schiffes gewesen, die Erde wäre binnen Sekunden unbewohnbar geworden. Doch so konnten wir die Wirkung der Sprengköpfe neutralisieren und unschädlich machen. Jener Mann hieß Alsström und war glücklicherweise ein ehemaliger Atomwissenschaftler. Ihm und nicht mir verdanken Sie, dass sie mir heute und jetzt überhaupt noch ihre Aufmerksamkeit schenken können. Zu gerne hätte ich diesem Manne hier vor den Augen der Weltöffentlichkeit für seine Verdienste gedankt, doch zog er es vor, lieber an Bord des Schiffes zu bleiben. Ich weiß jedoch, dass er diese Rede von dort oben aus verfolgt und möchte mich stellvertretend für alle Menschen dieser Welt für sein überragendes Können und entschlossenes Handeln bedanken. Lieber Herr Alsström, die Welt steht Ihnen gegenüber in einer Schuld, die sie nie wird tilgen können."

Ein spontaner Beifallssturm unterbrach Beriots Rede. Viele der Anwesenden blickten zur Decke, als ob sie dort den Mann sehen könnten. Es dauerte eine ganze Weile, bevor Beriot mit seinen Erläuterungen fortfahren konnte. Er berichtete über die zu erwartenden Entwicklungen und Veränderungen für die Menschen, ohne dabei panisch zu wirken. Er sprach aus, was viele andere dachten, er sagte nichts von einer Rettung jener, die voraussichtlich verloren waren. Zum Ende seiner mehr als einstündigen Ansprache warnte er all jene, die glaubten, dass von nun an sämtliche Rechtsgrundlagen aufgehoben würden und freie Anarchie herrschen würde:

„Jenen sei gesagt, dass die Regierungschefs sämtlicher Länder auf der Erde beschlossen haben, Recht und Ordnung auch weiterhin aufrechtzuerhalten. Weltweit wurden die Notstandsgesetze in Kraft gesetzt, um so jeglicher Art von Gewalt vorzubeugen. Jeder der glaubt, er könne sich nun nehmen, was er wolle, sollte sich im Klaren sein, dass die verschiedenen Nationalgarden für Ruhe und Ordnung sorgen. Das Leben, wie sie es bisher gekannt haben, wird so weitergehen. Es wird weiterhin gearbeitet und gelebt. Wer glaubt, er könne sich mittels eigener Raumschiffe retten, dem sei gesagt, dass es vergeblich ist. Nur die großen Schiffe dort oben sind in der Lage eine ausreichende Distanz zwischen dem Ort des Ereignisses und einer ungefährlichen Zone zu erreichen, die jenseits der Neptunbahn verläuft. Alles zwischen hier und dort wird bei dem bevorstehenden Sonnenuntergang mit höchster Wahrscheinlichkeit untergehen. Doch möchte ich niemanden zwingen, es nicht zu versuchen, es sei denn, es würde sich dabei um einen gezielten Angriff auf die Schiffe handeln. Es wurde beschlossen, den Bereich um diese als Sperrzone zu betrachten. Jedes Fahrzeug, welches sich unerlaubterweise näher als zehn Kilometer den Schiffen nähert, wird ohne jede Vorwarnung eliminiert. Das Gleiche gilt für die Basen auf der Erde und die Anflugkorridore der Versorger. Ich sage dieses aus dem einfachen Grunde, damit niemand annehmen kann, er könne den reibungslosen Ablauf der Evakuierung stören. Ab sofort werden die genannten Bereiche verstärkt geschützt und beobachtet. Lassen Sie mich nun zum Schluss meines Statements das Wort an Dr. Meier von Projekt Ikarus übergeben. Er wird Ihnen genau berichten, wie weit die Entwicklungen auf der Sonne fortgeschritten sind und wann die kritische Phase beginnt. Anschließend stehen Ihnen die Verantwortlichen von Dädalus und Ikarus für Fragen zur Verfügung."

Mit diesen Worten verließ Beriot das Podium, um Platz für Dr. Meier zu machen. Was bisher im Verborgenen und wenigen Fachleuten bekannt war, kam nun an das Licht der Öffentlichkeit. Insbesondere eine aktuelle Aufnahme der Sonne zeigte die fortschreitende Bildung des neuen Körpers innerhalb des Gestirns. Unübersehbar, in drohend lilafarbenen Schattierungen, sprang es jedem, der ihn sah, ins Auge. Nun war klar, wie die Gefahr dort oben aussah. Auf die Frage, inwieweit die aktuellen Schätzungen mit der angezeigten Zeit übereinstimmten, erläuterte Dr. Meier:

„Wir gehen bei unserer Einschätzung davon aus, dass die neue Sonne spätestens Anfang 2025 die Hülle der bekannten Sonne aufsprengen wird. Wohlgemerkt, es ist nur eine Schätzung auf dem Stand unseres Wissens. Den genauen Zeitpunkt kann niemand exakt voraussagen, da es mit diesem Phänomen noch keinerlei Erfahrungen seitens der Astronomen gibt. Die Grundlage unserer Annahme basiert auf dem inneren Druck des Gestirns. Sobald dieser ein gewisses Maß überschreitet, muss es zwangsläufig zum Abstoßen der alten Hülle kommen. Aktuell ist dabei eine Vergrößerung des Sonnenvolumens insgesamt festzustellen, was zu einer erhöhten Wärmeabstrahlung und damit zu verstärkten Veränderungen des Weltklimas führen muss. Sollte dieser Prozess so gleichmäßig fortschreiten, dürfte die Durchschnittstemperatur auf der Erde jährlich um vier bis fünf Grad zunehmen. Andererseits ist zu befürchten, dass sich der Prozess der Ausdehnung irgendwann in nächster Zeit beschleunigt, da der Innendruck stärker zunimmt als bisher. In diesem Falle ist ein Anstieg der Temperatur um mehr als zehn Grad per anno nicht auszuschließen, was weit über dem liegt, was wir annehmen. In diesem Fall käme das Ende der Erde umso schneller, da alles Leben allein hierdurch gefährdet würde. Die Digitaluhr im Hintergrund ist auf den tatsächlichen Untergang der Sonne ausgerichtet. Sie misst nicht die Zeit, bis das Leben auf der Erde erlischt. Dieser Umstand könnte bereits in drei bis vier Jahren erreicht sein."

Diese Aussage war auch für Beriot eine neue Erkenntnis. Er sah Dr. Meier entsetzt an. Wie konnte der Mann es wagen, erst heute dieses Wissen preiszugeben? Warum hatte man ihn nicht eher informiert, damit er entsprechende Schritte zur Rettung einleiten konnte? Als ob Meier die Gedanken lesen konnte, gab er zu, dass diese neue Entwicklung erst seit gut vierundzwanzig Stunden bekannt war. Er konnte Beriot also gar nicht eher berichten. Dieser beschloss unmittelbar nach Beendigung der Sitzung, entsprechend zu handeln und das Ausbauprogramm der Schiffe drastisch zu beschleunigen. Sein größtes Problem war die Lieferung der benötigten Materialien vom Mars. Er konnte nur hoffen, dass dort die Förderung angelaufen war, um das begehrte Erz zu bergen.

Er wurde unterbrochen, denn Dr. Meier verließ das Podium. Er hatte seinen Vortrag beendet. Nun stürmten die Berichterstatter aus aller Herren Länder mit unzähligen Fragen auf die Mitarbeiter der beiden Projekte ein. Beriot selbst entzog sich ihnen. Für ihn gab es jetzt Wichtigeres als Antworten. Er brauchte

Fakten und das schnell. Er eilte aus dem Sitzungssaal hin zur Funkstation von Dädalus, um sich eine Verbindung zum Mars aufbauen zu lassen.

Dort hatten Freemond und Morgan den Vortrag auf der Erde zeitverzögert verfolgen können. Auch sie wurden vom aktuellen Stand der Erkenntnisse überrascht. In der Zeit, da Beriot aufgebrochen war, die Erde zu retten, hatte man gehandelt und das gelandete Gerät an Ort und Stelle des Abbaugebietes positioniert. Dort nahm es unverzüglich seine Arbeit auf. In den letzten zwei Monaten schürfte man ununterbrochen. Die Mine war so ergiebig, dass bereits jetzt das erforderliche Erz in genügender Menge zur Verfügung stand. Dennoch stellte man die Arbeiten nicht ein, sondern förderte weiter. Jetzt sollte sich diese vorausschauende Arbeit auszahlen.

Als Beriots Anfrage kam, konnte der Mars nicht nur das benötigte Material zur Verfügung stellen, sondern einen derartigen Überschuss liefern, dass man gleich mehrere Schiffe bauen konnte. Um sich lange Transportwege zu ersparen, bot Freemond Beriot an, eine der im Orbit befindlichen Schmelzanlagen zum Mars zu bringen, um so gleichzeitig an zwei verschiedenen Orten mit der Verhüttung und Formung der hochwertigen Erze zu beginnen. Erst jetzt, wo feststand, dass sich das Ende der Erde beschleunigen würde, erkannte man hier, dass es einzig und allein den Menschen vom Mars zu verdanken wäre, wenn man die Zahl der Auswanderer erhöhen konnte. Dort hätte man ja auch genauso gut anders reagieren können und nur die entsprechende Menge für die Großraumschiffe anbieten können, um mit dem verbleibenden Rest eigene Schiffe zu bauen. Dass dem nicht so war, bewies Beriot mit der engen Verbundenheit zwischen den beiden Planeten. Daher stimmte er dem Vorschlag gerne zu.

In der Umlaufbahn des Roten Planeten herrschte ein reger Flugverkehr. Kurz nach dem Gespräch zwischen Beriot und Freemond hatten beide Seiten gehandelt. Ganz ohne Bürokratismus waren die Weichen für die Rettung gestellt worden. Bereits wenige Tage später traten mehrere der Generationenschiffe in die Umlaufbahn um den Mars ein, wo sie unter anderem die Schmelzanlagen und Formwerke ausluden. Auf die bewährte Art und Weise gelangten sie in die Nähe der Siedlung, wo man unverzüglich damit begann, sie einsatzbereit zu machen.

Da eine weitere Eskalation der Mächte auf der Erde nicht zu befürchten war, ließ es sich Beriot nicht nehmen, diesen Flug zu begleiten. Somit bekam die Mission den Charakter eines indirekten Staatsbesuchs. Als Freemond ihn in die Siedlung einlud, um vor dem Großen Rat eine Rede zu halten, konnte ihm Beriot diesen Wunsch nicht abschlagen. Er wusste, dass er auf diese Weise zur Harmonisierung des Verhältnisses zwischen den beiden Planeten entscheidend beitragen konnte. So stellte er vor dem Rat das außerordentlich freundschaftliche Verhältnis der beiden Welten in den Vordergrund seines Referats. Erstaunt vernahmen die Zuhörer, wie er die Bewohner des Mars als gleichrangige Partner bei dem vor ihnen liegenden Projekt einstufte. Damit hatte niemand gerechnet. Stets war man davon ausgegangen, dass die Erde ihre Vormundschaft verteidigen würde. Schließlich stammte man von dort. Dass Beriot es anders darstellte, brachte ihm größte Hochachtung ein. Durch seine Position bei Dädalus sprach er indirekt für die Menschen des Blauen Planeten. Durch sein Wort, seine Einschätzung und seine Entscheidungen beeinflusste er maßgeblich das Wohl und Wehe aller Menschen, egal wo man sich gerade aufhielt. Dabei trat er in keinster Weise als Diktator auf, dem alle zu gehorchen hatten. Im Gegenteil: Sein Name stand für ein kooperatives Verhalten aller. Wäre dieser Mann schon viel eher ins Rampenlicht der Menschheit gerückt, vielleicht wäre der Traum von Terra schon längst realisiert.

Terra, das war die vereinte Erde, ohne Staatsgrenzen, ohne gegenseitiges Misstrauen, ohne Vorurteil dem Nachbarn gegenüber. Terra, das war der Traum vieler Visionäre. Erst jetzt, im Angesicht des sicheren Untergangs, wurde er zur Wirklichkeit und das in Form dieses äußerlich so unscheinbaren Mannes. Während die Aufgabe von Dädalus sich so langsam dem Ende zu neigte, gerieten tief im Innern der Erde die Naturgewalten in Aufruhr.

Die Erde, der pazifische Graben am 14. September 2017, 7 Jahre 4 Monate vor dem Ende

Seit dem Verschwinden des japanischen Atolls zwei Jahre zuvor galt dieser Tiefseegraben als äußerst instabil. Die Bewohner rund um die als Feuergürtel bekannte Region spürten es fast täglich. An kleinere Erdbeben hatte man sich gewöhnt, doch an diesem Morgen schlugen die hochempfindlichen Seismografen urplötzlich bis an die Grenze der Skala aus. Bestürzt und ratlos reagierte man in der großen Bebenwarte nahe dem Kiluea auf Hawaii. Irgendetwas musste dort tief unten am Meeresgrund vor sich gehen, denn nur eine starke Veränderung des Meeresbodens konnte die Geräte in eine derartige Tätigkeit versetzen. Doch wie zum Teufel konnte man feststellen, was dort geschah? Hier vom Observatorium aus konnten nur die Folgen, nicht aber die Ursachen verfolgt werden. Um einen Überblick über die Lage zu bekommen, informierten die Verantwortlichen die Mitglieder von Ikarus.

Auch dort hatte man bereits mitbekommen, dass die Erde erneut in Aufruhr geriet. Als Hawaii die aktuellen Daten direkt vom Ort des Geschehens meldete, beschloss man, ein Bild der betroffenen Region aus dem Weltraum anzufordern. Ein Satellit auf erdnaher Umlaufbahn sollte Aufnahmen im normalen als auch Infrarotbereich machen. Zusätzlich wurde das Gebiet mit Radarstrahlen abgetastet. Mit Letzteren war es möglich, Veränderungen des Bodens auszumachen. Gespannt wartete man auf das Ergebnis.

Als die Bilder eines nach dem anderen auf den großen Bildschirmen im Hauptgebäude von Ikarus projiziert wurden, bot sich den Wissenschaftlern ein unglaubliches Bild. Der Meeresboden des Pazifik war bisher an manchen Stellen über zehntausend Meter tief. Die aktuellen Aufnahmen hingegen zeigten, dass der Meeresboden drastisch anstieg. Innerhalb weniger Stunden hob sich eine Fläche von dem Vierfachen Volumens Europas. „Pangäa kommt an die Oberfläche", lautete die eindeutige Diagnose der Spezialisten. Ungläubigkeit und Erstaunen herrschten im Saal. Pangäa war einst vor vielen Millionen Jahren im Laufe der Plattenverschiebung untergegangen. Er, der einstige Urkontinent, war zerbrochen und in den Kontinenten aufgegangen. Dann, nach dem Aufschlag von Zeus vor mehr als vier Milliarden Jahren, entstand der Pazifik. Die riesige Fläche wurde von den Urmeeren überflutet, um als Pazifischer Ozean in der Gegenwart zu gelten. Mit dem aktuellen Ansteigen der riesigen Fläche aus den Tiefen des Meeres wurden diese Wassermassen verdrängt. Gegen den Druck aus dem Innern der Erde hatte es keine Chance. Doch irgendwohin musste das Wasser. Es bildeten sich riesige Flutwellen von mehreren Hundert Metern Höhe. Diese Tsunamis rasten auf die Küsten Asiens, Amerikas und Australien zu. Milliarden Tonnen von Wasser schlugen brutal auf die Küstengebiete und töteten Millionen von Menschen. Sie vernichteten ganze Landstriche und Staaten. Australien wurde von dieser Sintflut regelrecht überspült. Nichts und niemand konnte sich vor dieser Gewalt retten. Stunden, nachdem die Welle über den kleinsten aller Kontinente hinweg gerast war, herrschte hier absolute Stille. Die großen Metropolen Sydney und Melbourne, Canberra und Adilane, existierten nicht mehr.

Als die Flutwelle auf den amerikanischen Kontinent traf, verschwanden innerhalb weniger Minuten ganze Landstriche. Einzig allein die Rocky Mountains verhinderten, dass sie nach Osten durchbrach und den Mittleren Westen auslöschte. Doch auch so verwüstete sie große Teile des Landes. Wichtige Industriestandorte und historische Städte sollte man von Stund an nur noch aus Überlieferungen kennen. Der Schlag der Welle sollte sich in der Wirtschaft und dem Verständnis der Amerikaner für die eigenen Leistungen widerspiegeln. Erst jetzt erkannte man, dass man die Nase zu Unrecht hochtrug. Die entfesselte Naturgewalt zeigte den USA, wie unbedeutend und klein man doch in Wahrheit war.

Härter und katastrophaler traf es Mexiko und die anderen Staaten Mittelamerikas. Hier im Armenhaus des Doppelkontinents schwappte sie über die schmale Landbrücke bis in den Atlantischen Ozean. Die Reste der alten Azteken, einst von den spanischen Eroberern ausgelöscht, gingen nun für immer verloren. Die Wüste Mexikos verwandelte sich in eine Seenlandschaft. Guatemala und Nicaragua verschwanden unter der Riesenwelle. Die Kraft des Monsters zerfetzte die schmale Brücke zwischen dem Nord- und Südteil. Amerika bestand wie vor Urzeiten wieder aus zwei Teilen.
Ohne die langgezogene Kette der Anden hätte es auch den Südteil böser erwischt. Zwar gab es auch hier zahlreiche Opfer und

Schäden zu beklagen, doch standen sie in keinem Verhältnis zu den Schäden im Norden. Ausschlaggebend war die dünne Besiedlung in den betroffenen Gebieten.

Während die Welle rund um den Pazifik unbeschreibliche Not und Elend brachte, tauchte das Land aus den Fluten hervor. Es schien wie die Wiedergeburt Atlantis zu sein. Aus dem Weltraum heraus konnten die Geschehnisse bestens verfolgt werden. Erst waren es nur einige winzige Punkte, denen eine immer größere Landmasse folgte. Binnen eines Monats bildete sich dort, wo einst die größte Wasserfläche der Erde war, neues Land. Es wurde auf den Namen Pangäa getauft. Der neue Kontinent stabilisierte sich zusehend und sollte bis zum endgültigen Untergang der Erde bestehen. Hawaii hob sich um fast zweitausend Meter und galt als höchster Gipfel des neuen Landes. Zwischen Neuguinea und Australien konnte man trockenen Fußes wandern. Die einstigen Inseln bildeten sich als riesige Hochplateaus aus, deren Gipfel aus feuerspeienden Bergen bestanden. Die Erde hatte ihr Gesicht radikal verändert.

Die Erde: Das Gebiet zwischen Eifel und Vogesen, Ende November 2017, 7 Jahre 2 Monate vor dem Ende
Über lange Zeit hatten die Menschen gehofft, dass die Prognosen der Vulkanologen nicht zutreffen würden. Zwar hatte es auch hier in der letzten Zeit kleinere und größerer Erdbeben gegeben, doch richteten diese nur geringe Schäden an. In der Nacht vom 23. auf den 24. November aber erschütterten mehrere große Explosionen das Gebiet. Die beiden miteinander verbundenen Vulkanketten wurden nach ihrem Schlaf über Millionen von Jahren wieder aktiviert. Das Magma aus den unergründlichen Tiefen der Erde brannte sich durch die Erdkruste.

Als sie mit dem Sauerstoff der Atmosphäre in Berührung kam, entwickelte sich ein hochexplosives Gemisch. In der Sekunde, da es zum großen Knall kam, zerbarsten im Umkreis von hunderten Kilometern sämtliche Fensterscheiben. Wie ein glühendes Fanal, das den beginnenden Untergang einer ganzen Region einläutete, standen die Glutsäulen über den einst erloschenen Kratern. Die Zeit war zu kurz, um groß angelegte Rettungsmaßnahmen durchzuführen, was Tausende von Opfern zur Folge hatte. Wie schon in Amerika löschten die Ausbrüche mehrerer Feuerberge ganze Landstriche aus und überzogen sie mit einer grauen, nach Schwefel stinkenden Masse aus Staub und Steinen. Aachen, Straßburg, Trier und Koblenz, die zahlreichen kleinen Orte in diesem einstigen fruchtbaren Gebiet verschwanden von den Landkarten. Der Rhein, einst als reizvoller Fluss besungen, verließ sein altes Bett, um sich einen neuen Weg zu suchen. Maas und Mosel traten über die Ufer, als sich ihre Flussbetten veränderten. Das Ganze glich einem Albtraum und doch war es Realität. Spätestens jetzt begriffen die Menschen, dass sie sich eine neue Heimat suchen mussten. Diese konnte nur jenseits des Sonnensystems liegen. Die Uhr der Zeitbombe Erde lief unbarmherzig dem Ende entgegen.

Zentrale Ikarus und Dädalus, Februar 2018, 6 Jahre 10 Monate vor dem Ende

Die Umbrüche der vergangenen Monate machte allen Beteiligten klar, wie dringend man den Plan des Auszugs der Menschheit beschleunigen musste. Durch die Flutwellen und Vulkanausbrüche fielen immer mehr der notwendigen Industrieanlagen auf der Erde aus. Viele Fachleute hatte der Tod mitten in der Arbeit überrascht. Es schien so, als ob die Erde sich weigerte, ihre Kinder ziehen zu lassen.

Inzwischen hatte der Mars das seine mit dazu beigetragen, das Materialproblem zu lösen. Mittels der bereits fertiggestellten Schiffe wurde es in kürzester Zeit in den Erdorbit geschafft, hier teilweise geschmolzen, in Form gebracht und zusammengesetzt. Auf der anderen Seite entstanden hoch über dem Roten Planeten drei neue künstliche Monde. Einer davon war den Siedlern vorbehalten, während der Rest als zusätzliches Transportmittel für die Erde bereitgestellt wurde. Mit ihnen sollten weitere Menschen gerettet werden. Die Arbeiten an den Schiffen wurden nach den Vorfällen der Vergangenheit mit höchster Eile betrieben. Jederzeit konnten weitere Ereignisse auf der Erde oder der Sonne die Arbeiten unterbrechen oder gar vernichten. Insbesondere die Warnung von Ikarus spornten die Arbeiter an.

Neben dem Bau der Schiffe oblag Dädalus die Ausrüstung. Ein riesiger Stab von Spezialisten begann mit der Organisation, denn eine sinnvolle Reihenfolge sparte nicht nur Zeit, sondern auch ein späteres Chaos. Jedes Schiff, das komplett ausgerüstet war für den Transport zwischen Mars und Erde und überflüssig war, wurde unverzüglich mit der maximalen Personenzahl versehen und in die Umlaufbahn von Uranus beordert. Hier war der Sammelpunkt der Schiffe. Sobald die Flotte fertiggestellt war, würden sämtliche Schiffe auf einmal das Sonnensystem verlassen. Die Zeit drängte.

Die Erde, 2 Jahre später am 25. April 2020, 4 Jahre 8 Monate vor dem Ende

Die Zeit war für Beriot wie im Flug vergangen. Er arbeitete täglich bis zu achtzehn Stunden. Zu sehr beschäftigte ihn der Gedanke, das Projekt nicht rechtzeitig beenden zu können. Wann immer es möglich war, weilte er hoch oben über der Erde, um die Baufortschritte der verschiedenen Schiffe zu überwachen. Das war leider nur sehr selten der Fall, da seine Hauptaufgabe ihn nur allzu oft an seinen Schreibtisch auf der Erde fesselte. Nur ganz selten, wenn er glaubte, ein wenig Ruhe zu finden, erlaubt sich der Chef von Dädalus einen Ausflug zum Mars, wo er seine Vision einer funktionierenden Demokratie verwirklicht sah. Inzwischen hatte sich zwischen Freemond, Morgan und ihm ein sehr freundschaftliches Verhältnis entwickelt. Wenn Beriot unabkömmlich war, traten sie per Funk oder Briefverkehr in Kontakt. Innerlich hatte sich Beriot dazu entschlossen, seine beiden Freunde zu gleichwertigen Nachfolgern zu ernennen. Er war davon überzeugt, in ihnen die richtigen Männer gefunden zu haben.

Seine Überlegungen waren nicht unbegründet. Irgendwann machte sein Körper diesen ungeheuren Stress nicht mehr mit. Beriot fühlte, dass sich seine eigenen Kräfte dem Ende näherten. Er war ausgebrannt und müde. Wie gerne hätte er sich zur Ruhe gesetzt und anderen seine Arbeit aufgebürdet? Was würde aus Dädalus, wenn er nicht mehr war? Waren Morgan und Freemond in der Lage, das Projekt in seinem Sinne zu erfüllen? Die Antwort konnte Beriot nicht mehr geben.

Eines Morgens wunderte sich seine Sekretärin, dass Beriot mit dem Kopf anscheinend tief schlafend auf seinem Schreibtisch ruhte. Das war ungewöhnlich, denn auch wenn ihr Chef sich hin und wieder eine kleine Pause gönnte, so war er, seitdem sie für ihn tätig war, nie eingeschlafen. Sie rief seinen Namen, bekam aber keine Reaktion. Um sich zu vergewissern, dass er nur schlief, trat sie näher. Dann zerriss ein Schrei des Entsetzens die Ruhe des frühen Morgens. Die anderen Mitarbeiter hasteten an den Ort des Geschehens und fanden den toten Beriot. Der Tod hatte ihn mitten aus seiner Arbeit gerissen. Woran und wie er gestorben war, wusste niemand.

Fest stand: Der wichtigste Mann der letzten Jahrzehnte war tot. Er war gegangen, wie er war. Still und leise. Neben seiner Leiche fand man einen Zettel, auf dem zwei Namen standen: Morgan und Freemond. Jeder bei Dädalus wusste, um wen es sich handelt. Oft hatte Beriot voller Hochachtung über diese Männer gesprochen.

Wie sollte es nun weitergehen, da das Gehirn von Dädalus nicht mehr war, fragte sich mancher? Konnte die Vision des Auszugs der Menschheit ohne Beriot überhaupt fortgeführt werden, oder sollte man sich mit dem Geschaffenen einfach zufriedengeben? Die Antwort auf diese Frage musste klar und eindeutig mit nein beantwortet werden. Es wäre nicht in seinem Sinne gewesen, hätte man jetzt kurz vor der Vollendung aufgegeben. Das Ziel musste unter allen Umständen erreicht werden. Wer aber sollte in die Fußstapfen dieses Mannes treten? Wer war in der Lage, sein Werk fortzuführen? Die Anwesenden sahen auf den Zettel. Das war, nein das musste die Antwort sein. Diese beiden Männer waren in der Lage Neues aufzubauen und zu vollenden, was ihr Chef begonnen hatte. Auf dem Mars hatten sie ihre Fähigkeiten in beeindruckender Weise gezeigt. Ja, sie waren die Auserwählten. Unverzüglich trat man mit der Siedlung dort in Verbindung.

Freemond und Morgan zeigten sich aufs Äußerste betroffen. Ihnen war klar, welch ungeheure Lücke sich mit Beriots Tod aufgetan hatte. Diese zu schließen und so rasch wie möglich zur Tagesordnung zurückzukehren, schien das vordringlichste Ziel zu sein. So kam es, dass die beiden nach vielen Jahren vom Mars zur Erde zurückkehrten, dorthin, von wo sie einst gekommen waren.

Ihre erste Handlung zeigte, dass sie ihren eigenen Weg gingen, denn anstatt Beriot auf der Erde zu begraben, beschlossen sie, seine sterblichen Überreste an Bord eines der Schiffe zu bringen. Dieses machte sich unverzüglich auf den Weg.

Sein Ziel die äußersten Regionen des Sonnensystems. Hier würde der Leichnam nicht im bevorstehenden Sonnensturm verbrennen. Er würde als kleine eigenständige Kapsel durch das Weltall gleiten, immer auf der Suche nach Neuem. Als der Behälter aus dem Riesenschiff katapultiert wurde, um sich auf seine unendliche Reise zu machen, erwiesen ihm die versammelten Anwesenden die letzte Ehre. Sie standen allesamt am großen Monitor in der Zentrale des Giganten. Über die Monitore konnte man den Abflug bestens beobachten. „Leben Sie wohl, Mister Beriot, und finden sie ihr neues Ziel. Wir Menschen werden sie nicht vergessen." Mit diesem Abschiedsgruß endete die Ära eines Mannes, der aus dem Nichts ein Projekt geschaffen hatte, wie es in der Geschichte noch keines gab. Sein Name würde stets in einem Atemzug mit den Großen der Großen genannt werden.

Als wenige Tage später das Schiff zur Erde heimkehrte, wartete auf Freemond und Morgan eine Mammutaufgabe, in die sie sich so schnell wie möglich einfinden mussten. Wochen vergingen, bevor sie auch nur ansatzweise eine Ahnung über die Ausmaße des Projekts hatten. In dieser kurzen Zeit mussten sie sich die Achtung aller zuerst verdienen, was relativ schnell gelang. Ihr fachliches Können, ihr Improvisations- und Organisationstalent, die Art, wie sie Menschen zu Höchstleistungen anspornten, eben all das, was man braucht, um als Führungspersönlichkeit zu gelten, fand schnell die Bewunderung aller. Dabei hatte insbesondere Morgan einen Grundsatz: Geht nicht, gibt's nicht. Was nicht passt, wird passend gemacht. Nach dieser Devise arbeitete von nun an das gesamte Team. Da die Verantwortung von nun an auf zwei Schultern lag, konnten viele Probleme schneller aus der Welt geschaffen werden. Obwohl jeder der beiden für sich selbst entscheiden konnte, hielten sie bei wichtigen Dingen eine kurze Rücksprache, um im

Sinne Beriots zu handeln. Dessen Geist schwebte auch weiterhin unsichtbar über dem Projekt, das mit der Fertigstellung des Hantelschiffs am dreißigsten Mai 2021 beendet war. Der kühne Plan jener, die das Projekt Dädalus ins Leben gerufen hatten, und die Vision eines kleinen Mannes waren Wirklichkeit geworden. Hoch über Erde und Mars schwebten die riesigen Kugeln.

Der Erdorbit am 28. Juni 2021
3 Jahre 6 Monate vor dem Ende

Die Luken sämtlicher Schiffe wurden verschlossen. Die Evakuierung von mehr als zehn Millionen Menschen auf die Schiffe war abgeschlossen. Pünktlich um 14.30 Uhr gaben Freemond und Morgan das Signal zum Aufbruch. Von der Erde aus konnte man sehen, wie die hellen Lichtpunkte langsam davonstrebten. Die Reise ging in Richtung Mars, wo man sich mit den dortigen Schiffen vereinen wollte. Eine Armada aus Flüchtlingen machte sich auf den Weg hin zu einem unbekannten Ziel. Als die Triebwerke die Schiffe aus der Erdumlaufbahn rissen, wurde vielen klar, dass sie nie wieder einen Planeten betreten würden. Sie würden hier an Bord der Schiffe leben, lieben, arbeiten und eines Tages sterben. Sie hatten die Aufgabe, das Leben von der Erde weit hinaus in unbekannte Regionen zu tragen, die sie selbst nicht mehr sehen würden.

Der Mars am 15. August 2021
3 Jahre 4 Monate vor dem Ende

Das erste Etappenziel war erreicht. Hoch über dem Roten Planeten erfolgte der Zusammenschluss der Flotte. Dabei sahen die Ankömmlinge etwas Besonderes. Da man über mehr Material verfügte als für den Bau der Giganten benötigt wurde, hatte man unter Zustimmung von Morgan und Freemond eine Reihe kleinerer Schiffe gebaut. Sie sollten als Himmelsspione fungieren und geeignete Planeten erkunden, die auf der Route der Schiffe lagen. Ihre Ausrüstung erfolgte über die Großschiffe, die sie begleiteten. Dank einer besonderen Konstruktion waren sie in der Lage, mehrere Milliarden Kilometer fernab der Hauptflotte zu agieren. Unter normalen Umständen waren es bis zu zwei Jahre, die sie, ohne eine Basis anzufliegen, unterwegs sein konnten. Die als Marskreuzer bezeichneten Schiffe sollten als Spitze rasch ihrem Ruf gerecht werden. Ohne ihren Einsatz wäre so manch ein Planet auf der langen Reise nie entdeckt worden. Wieder einmal sollten sich die Ahnungen des Mister Beriot bewahrheiten, denn ohne die Zusammenarbeit zwischen ihm und Morgan und Freemond wären diese Spezialschiffe nie gebaut worden.

Am 28. August des Jahres 2001 kam das Startsignal für die Flotte. Nun begann die eigentliche Reise. Als die Schiffe Geschwindigkeit aufnahmen, um sich an Jupiter und Saturn vorbei in Richtung Uranus zu begeben, war es auf dem Mars wieder menschenleer. Nur die Siedlung und das Erzabbaugebiet blieben als Zeuge der ehemaligen Besiedlung des Mars als Relikt zurück. Die gesamte Besatzung selbst flog auf den Schiffen mit in die Unendlichkeit. Hier war eine 100-prozentige Evakuierung möglich gewesen.

Die Erde am 16. September 2021
3 Jahre 3 Monate vor dem Ende
Anders sah es auf der Erde aus. Nun, wo die Schiffe auf Nimmerwiedersehen verschwunden waren, nun, wo niemand mehr für Ruhe und Ordnung sorgte, nun, wo niemand mehr sagte, was zu tun sei, begann das große Chaos.

Die zum Tode Verurteilten unternahmen alles, um sich doch noch zu retten. Anarchie beherrschte das tägliche Straßenbild. Mord und Gewalt regierten und niemand gebot dem Treiben Einhalt. Noch bevor die natürlichen Urgewalten ihre Opfer forderten, taten es die Menschen untereinander. Jene, die nichts hatten, nahmen sich, was möglich war. Wer sollte im Angesicht des bestehenden Endes auch noch Respekt und Achtung haben? Gefängnisstrafen, Geldbußen oder Sanktionen schreckten niemanden mehr ab. Wer über Waffen verfügte, setzte sie ein. Insbesondere die Mächtigen der Erde rissen sich wie Wölfe um die verbleibenden Reste der einstigen blühenden Erde. Als sie ihre Waffenarsenale einsetzten, begann das menschliche Schlussdrama. Der Vorhang zum letzten Akt im Theaterstück um den Untergang der Erde wurde geöffnet.

Während um sie herum alles in Panik und Gewalt versank, arbeiteten die wenigen verbliebenen Mitarbeiter des Projekts Ikarus so gut es ging weiter. Sie waren zum Großteil freiwillig geblieben, denn wann hatte man schon mal die einmalige Möglichkeit, den Untergang einer Sonne aus nächster Nähe zu beobachten? So saßen sie Tag für Tag an ihren Messinstrumenten und verfolgten gespannt die fortschreitenden Veränderungen des Zentralgestirns.

Die Sonne am 29. September 2021

In den letzten Jahren hatte sich der Umfang des Muttergestirns langsam aber stetig vergrößert. Parallel mit der Vergrößerung strahlte die Fläche kontinuierlich immer mehr der eigenen Wärme in den Raum ab. Die neue Sonne im Kern wuchs und wuchs. Ihre Temperatur hatte längst die 100-Millionen-Grad-Grenze überschritten. Wie ein unsichtbares Geschwür machte sich das Gebilde daran, die Sonne von innen aufzufressen und zu zerstören. Es war nur noch eine Frage der Zeit, bis die äußere Hülle dem Druck aus dem Innern nicht mehr widerstehen konnte und fortgeschleudert wurde. Das Drama trat langsam aber stetig in seine letzte Phase.

Die Rettungsschiffe jenseits der Uranusbahn am 03. Januar 2021, 2 Jahre, 11 Monate vor dem Ende

Seit geraumer Zeit standen die Schiffe mit den Überlebenden hier weit außerhalb des Bereichs, wo die Sonne eine direkte Gefahr darstellen konnte. Man hatte diese Position bewusst gewählt, damit sich das Leben an Bord einspielen konnte und die Menschen sich an ihr Leben innerhalb der riesigen Kugeln gewöhnen konnten. Während der ganzen Zeit versuchte man, den Kontakt zur Erde zu halten. So bekamen die Menschen das dort wütende Chaos per Funk mit.

Freemond und Morgan waren, kurz nachdem sie hier weilten, von allen Anwesenden erneut in ihrer Rolle als Leiter der Mission bestätigt worden. Diese Handlung war ihnen sehr wichtig, da sie nur so die Gewissheit hatten, von allen akzeptiert zu werden. Wäre die Wahl gegen sie ausgefallen, so wären sie mit dem Teil, der vom Mars stammte, auf einen eigenen Weg in die Unendlichkeit gestartet. Ihre erste Handlung nach der Ernennung war die Einrichtung des Großen Rates nach dem Vorbild der Marssiedlung. Diese Institution hatte sich bewährt und würde zukünftig, solange die Reise dauerte, in Kraft bleiben. Der Rat selbst bestand aus jeweils fünf gewählten Mitgliedern eines jeden Schiffes.

Als der Rat das erste Mal zusammentrat, galt das Hauptinteresse der Situation auf der Erde. Eigentlich wollte man sich in die Angelegenheiten nicht mehr einmischen. Als aber die Hilferufe immer dringender und die Berichte über die Gewalt immer widerwärtiger wurden, suchte man innerhalb der Flotte nach Möglichkeiten des Eingriffs. Es durfte nicht sein, dass Unschuldige auf jede erdenkliche Weise gequält oder getötet wurden. Was also sollte man tun? Da die Schiffe ausschließlich mit defensiven Abwehrsystemen ausgestattet waren, schied ein gewaltsames Eingreifen gegen die Verantwortlichen aus. Weitere Menschen dort fortzuholen, schien aus Platzgründen ebenfalls unmöglich. Somit blieben nicht viele Varianten, die eine wirkungsvolle Handlung zuließen.

„Es gäbe vielleicht doch einen Weg", meinte Freemond bei der Diskussion. Die Mitglieder des Rates sahen ihn an. „Als wir unsere kleinen Kreuzer auf dem Mars entwarfen, waren einige der Konstrukteure der Ansicht, diese mit Mitteln auszustatten, welche einen eventuellen Angriff vereiteln sollten. Ich spreche hier nicht von einem System zum Angriff, sondern ausschließlich zur Verteidigung. Dieses System ist in der Lage, den von der Erde entwickelten Photonenstrom umzuwandeln und damit zu einem komprimierten Strahl aus eliminierender Materie abzustrahlen. Das System wurde bisher nur als Modell getestet. Ich glaube aber, dass es auch im Original durchaus seine Tauglichkeit hat. Wenn wir nun den Kreuzern Order geben, zur Erde zu fliegen und ihre Strahlen gegen die größten Arsenale zu richten, dann würden jene Kräfte dort in die Schranken gewiesen. Sie sollen durch unseren Einsatz dazu gebracht werden, einzusehen, dass wir nicht tatenlos zusehen."

Der Rat sah ihn an. Sicher, der Einsatz der Kreuzer würde eine böse Überraschung für die Gewalttäter sein. Gleichzeitig aber war die Eröffnung Freemonds eine Überraschung für den Rat. Stets hatte man die Schiffe vom Mars als ebenso harmlos wie die eigenen gesehen. Jetzt aber wandelte sich das Bild. Allein durch die Kreuzer waren die Menschen vom Mars in der Lage, alle anderen zu unterdrücken und ihnen ihren Willen aufzuzwingen.

Als Freemond die prüfenden und nachdenklichen Gesichter sah, versuchte er, die Waffen so gut es ging zu relativieren. Er versprach, sie ausschließlich im Sinne des Rates und unter vollster Zustimmung gegen eventuelle Gefahren für die ganze Flotte einzusetzen. Dass er hier den Vorschlag zum Eingreifen auf der Erde machte, sollte die große Ausnahme bleiben. Er war sogar bereit, die Pläne für das System offenzulegen, um so jedem, der es wollte, Einsicht in dieses moderne Waffensystem zu geben. Er bot ferner an, dass nur der Rat insgesamt bei 100 %iger Stimmenmehrheit den Einsatz befahl. Er bot an, das System der Flotte zu übergeben. Um sicher zu sein, dass er nicht allein für sich sprach, bat er Morgan um Bestätigung, was dieser auch tat.

Diese Geste reichte dem Rat. Es wurde beschlossen, das System gegen die Aufrührer der Erde einzusetzen. Die Erde sollte einen exterrestrischen Eingriff in die Geschehnisse erleben. Auf Freemonds Kommando hin machten sich die schnellen Einheiten auf den Weg dorthin.

DIE ERDE AM 06. JANUAR 2021
Mit aller Vorsicht und geringer Geschwindigkeit waren die schnellen Verbände zur Erde geflogen. Man wollte keines der Schiffe gefährden. Daher wurde ein Kurs gewählt, der hoch über der Bahn von Jupiter und Mars lag. Erst als man diese beiden Planeten hinter sich hatte, stieß man direkt in Richtung Erde vor. Mit jedem Kilometer, den man sich näherte, wuchs die blaue Scheibe an.

Man hörte viele Hilferufe, die auf verschiedensten Frequenzen wahllos ins All gesendet wurden, in der Hoffnung, dass irgendjemand da draußen den Ruf vernahm. Der Inhalt war für die Kommandanten der Schiffe eine zusätzliche Bestätigung zum Einsatz der Schiffe.

Als man am 06. Januar hoch über der Erde eintraf, konnte man eindeutig die Aggressoren identifizieren. Es waren jene Länder, die meinten, beim Auswahlverfahren benachteiligt zu sein. Mit ihren Waffen versuchten sie, zumindest während der verbleibenden Zeit, ihre Macht auszuüben. Zu Boden, zu Wasser und aus der Luft griffen sie ihre Nachbarstaaten an und ließen so ihrer Wut auf Dädalus freien Lauf.

So schnell es ging, traten die schnellen Kreuzer in die Atmosphäre ein. Es war ihnen egal, ob sie geortet wurden, da ihr Abwehrsystem vor konventionellen Waffen keine Scheu zu haben brauchte. Dann schlugen die Schiffe zu. Ungläubig sah man, wie eine Waffenstellung nach der anderen durch die modifizierten Strahlen der Schiffe ausgeschaltet wurde. Egal ob Raketensilo oder Panzer, egal ob U-Boot oder Überwasserschiff, die Kreuzer machten keine großen Unterschiede und kurzen Prozess. Gegen diese Waffe gab es keine Gegenwehr. Die Ziele verdampften und verbrannten binnen kürzester Zeit.

So vergingen nur wenige Stunden, bis das Werk vollbracht war. Die Kreuzer zogen hoch, um sich oberhalb der Atmosphäre zu positionieren. Ihre Hinterlassenschaft und der Überraschungsangriff sorgten für den gewünschten Effekt. Tatsächlich gab es kaum mehr ein Land, das ein anderes angreifen konnte. Zu gründlich hatte die Strafaktion die Überlegenheit der Schiffe demonstriert. Während der nächsten Tage kehrte eine gewisse Ruhe auf der Erde ein. Die Mission war abgeschlossen und die Kreuzer machten sich auf den Weg zurück zur Flotte. Gerettet hatten sie niemanden, denn die Aufnahme von Menschen an Bord war ihnen strikt untersagt worden.

DIE URANUSBAHN AM 16. JANUAR 2021

Die Kreuzer waren zurückgekehrt. Während ihres Fluges waren zahllose Funkgespräche aufgefangen worden, die ungläubig über die Aktion berichteten. Als Folge begann man auf der Erde, wohl über das gegenseitige Vernichten nachzudenken, denn viele versuchten, mit Dädalus und Ikarus in Kontakt zu treten. Hatte der Einsatz vielleicht dazu geführt, dass man begann, nachzudenken? Es wäre im Sinne Beriots gewesen, der immer von einer vereinten Erde geträumt hatte. Sollte es sein, dass dieser Traum während der letzten Jahre zur Realität wurde? Es schien zumindest so. Der Große Rat an Bord bewertete die Aktion im Nachhinein positiv und rechtfertigte den Einsatz als gerechtfertigt im Interesse jener, die zwar zurückbleiben mussten, aber dennoch einen Anspruch auf ein friedliches Leben hatten. Man beschloss, die Erde weiter zu beobachten, um im Notfalle erneut eingreifen zu können. Die Bereitschaft sollte so lange aufrechterhalten werden, bis zu dem Zeitpunkt, da sich der Treck endgültig auf den Weg machte.

Während sich so die Schiffe nahe der Umlaufbahn von Uranus aufhielten, begann sich auf ihnen eine gewisse Routine einzustellen. Jedermann an Bord kannte seine Aufgabe und erfüllte sie, so gut er konnte. Um keine Langeweile aufkommen zu lassen, die letztendlich in eine innere Leere führte, beschloss der Rat immer wieder Projekte, die für Abwechslung sorgten. Zu diesen gehörte die Frage nach dem Verbleib des Mondes.

Nachdem sich der Erdtrabant einst aus der Umlaufbahn gelöst hatte und sich auf seine ganz eigene Reise machte, hatte man jeglichen Kontakt zu ihm verloren. Wie erging es den Menschen dort tief im Innern? Was ist aus ihnen geworden? Diese Fragen sollte ein weiterer Erkundungsflug einiger Kreuzer beantworten. Die astronomische Abteilung wurde beauftragt, den Kurs des Mondes zu berechnen und seine vermutlich genaue Position zu ermitteln. Um alle Bewohner der Schiffe an diesem Projekt teilhaben zu lassen, wurden sämtliche Informationen zugänglich gemacht. Jeder, der wollte, konnte sich seine eigenen Gedanken machen und Vorschläge unterbreiten. Dieser Dialog zwischen der Führung und dem Rest der Besatzung war für Freemond und Morgan sehr wichtig. Nur so konnte die allgemeine Stimmung an Bord genau ermittelt und gegebenenfalls eingegriffen werden.

Wie erwartet gab es reges Interesse an der Mission. Von jedem Schiff kamen Anfragen, ob nicht die Möglichkeit bestände, dass man an dem Unternehmen Luna teilhaben konnte. Medienpsychologen schufen durch entsprechend verfasste Mitteilungen ein Klima der Neugier und Erwartung, was sich sehr positiv auf die allgemeine Stimmung auswirkte. Im Rat wurde beschlossen, dass einigen Personen, die sich besonders für die Allgemeinheit eingesetzt hatten, als Belohnung eine Teilnahme an der Suche ermöglicht wurde. Diese Art der Zuwendung sollte bei zukünftigen Projekten generell eingeführt werden und so die Motivation eines jeden Einzelnen steigern. Alle anderen konnten sich jederzeit über die zahlreichen Informationsquellen mit neuen Mitteilungen versorgen.

Als sich vier der Kreuzer am 25. Februar des Jahres 2021 auf die Suche machten, herrschte in der Flotte eine Mischung aus Angst und Erwartung.

Ein jeder fieberte bei der Entdeckungsreise mit und verfolgte, wann immer möglich, den Start.

Der Mond jenseits der Plutobahn am 4. März 2021
2 Jahre, 9 Monate vor dem Ende

Hier am Rande des bekannten Sonnensystems wurde der ehemalige Trabant der Erde vermutet. Inzwischen, so glaubten die Wissenschaftler, war seine Oberfläche bis auf den absoluten Nullpunkt abgekühlt. Kein Leben konnte bei diesen Werten auch nur den Bruchteil einer Sekunde überleben. In der Zeit, da er langsam durch das Sonnensystem glitt, hatte er unbeschadet den Mars passiert. Als er auf den Gesteinsring rund um Jupiter traf, wurde seine Oberfläche von kleineren und größeren Gesteinsbrocken getroffen und verändert. Dieses Bombardement nahmen seine Bewohner durchaus wahr, doch konnte man den Mond in seiner neuen Bahn nicht beeinflussen. Auf Wohl und Wehe war man der Natur ausgesetzt und hoffte, dass die dicke Oberfläche dem Ansturm standhalten würde.

Während der Durchquerung dieser Zone herrschte allgemeine Spannung, denn es bestand nicht allein die Gefahr der Einschläge, sondern dass der Mond vom Jupiter eingefangen wurde und in eine Umlaufbahn dieses größten aller Planeten gezwungen wurde. Über Tage und Wochen hinweg wurde die Bahn exakt beobachtet. Tatsächlich reichte der Abstand nur minimal, um der Anziehungskraft zu entfliehen. Wie einst die Sonden zu den äußeren Planeten, gab ihnen der Gasriese etwas von seiner Geschwindigkeit ab. Der Swing-by-Effekt wurde unverhofft genutzt und als der Mond den Planeten passierte, flog er mit erhöhter Geschwindigkeit in Richtung Saturn davon.

Jahre später kreuzte er dessen Bahn, ohne dass der Planet selbst in der Nähe war. Danach folgten die Bahnen von Uranus und Neptun, welche problemlos passiert wurden. In dieser Zeit hatte sich das Leben den neuen Gegebenheiten angepasst. Im Unterschied zu den Schiffen besaß man jedoch keinerlei Möglichkeiten, den Mond mit Raumschiffen zu verlassen. Sämtliche Eingänge waren versiegelt und für immer verschlossen. Es gab nicht viel Neues, denn die Beobachtungssysteme zeigten ein eintöniges Bild. Die Führung verstand es nicht, das Leben hier tief unter der Oberfläche positiv zu erhalten. Aus der einstigen Euphorie beim Aufbruch war im Laufe der Zeit Lethargie geworden. Motivation und Willenskraft verwandelten sich in Depression. Die Insassen vegetierten mehr und mehr dahin. Viele derer, die einst frohen Herzens die Reise angetreten hatten, wären am liebsten wieder umgekehrt, was jedoch nicht möglich war. Jetzt stand klar fest, dass die Führung versagt hatte. Das Leben schien hier zu erlöschen und der Mond wieder zu dem zu werden, was er einst war. Ein lebloser Gesteinsbrocken auf dem Weg ins Unbekannte.

Als die Kreuzer ihn am 14. März entdeckten, versuchten sie unverzüglich, einen Funkkontakt aufzubauen. Immer wieder nahmen sie Verbindung auf, ohne eine Resonanz zu erhalten. Es schien, als regiere der Tod auf dem Mond. Damit hatte man nicht gerechnet. Auf Anfrage bei der Flotte wurde beschlossen, eine Landung zu versuchen. Langsam senkten sich die Schiffe hinab zur Oberfläche.

Mit einigen kleineren Shuttles begann die Erkundung nach den ehemaligen Zugängen. Es dauerte viele Stunden, bis man sie endlich fand. Für einen weiteren Kontaktversuch setzte man hier kleine Sprengladungen an, die ausschließlich wie ein Klopfsignal wirken sollten. Vielleicht antwortete ja irgendwer aus dem Innern.

Diese Weise der Kontaktaufnahme war nicht neu. Auf der Erde hatte man sie in ähnlicher Form bei gesunkenen U-Booten erfolgreich eingesetzt. Als die Ladungen zündeten, erzeugten sie Schwingungen, die auch im Innern erkannt werden mussten. Anfangs gab es jedoch keine Reaktion. Die Shuttles kehrten zu den Kreuzern zurück. Es schien so, als ob die Bewohner des Mondes gestorben wären. Wie und woran konnte man nicht ermitteln und würde es auch nie erfahren.

Gerade in dem Moment, wo das Signal zum Rückflug gegeben wurde, meldete sich eine schwache Stimme. „Hallo, ist da draußen jemand?", krächzte es aus dem Lautsprecher. Sofort reagierten die Kommandanten. Erst jetzt erfuhr man, was im Laufe der Zeit geschehen war. Da jeglicher Funkverkehr auch an die Schiffe in der Uranusbahn gesendet wurde, konnte man hier Zeuge des Kontakts werden. Für Freemond und Morgan sollte das Gespräch zu einer Lehrstunde in Sachen Menschenführung werden. Sie erkannten rasch die Fehler jener, die für Menschen an Bord des Mondes verantwortlich waren. Wie aber sollte man aus dem Häufchen Elend, das dort lebte, eine funktionierende Gesellschaft machen, die bereit war, sich neuen Anforderungen zu stellen? Der eiligst einberufene Rat beschloss, es zumindest zu versuchen. Sie ließen Bilder vom Leben auf den Schiffen zum Mond übertragen, um den dortigen Bewohnern eine funktionierende und lebenswillige Gesellschaft zu zeigen. Über Tage hinweg konnte so ganz allmählich das einstige Feuer des Lebens wieder entzündet werden. Man beschloss, so lange es ging, einen dauerhaften Kontakt zwischen beiden Basen aufrechtzuerhalten. Indirekt fühlte man sich auch für die Bewohner des Mondes verantwortlich. Schließlich war man in der gleichen Situation und hatte dasselbe Ziel: eine neue Heimat für die Menschen. Den Kreuzern wurde aufgetragen, entsprechende Einrichtungen auf der Oberfläche des Trabanten zu installieren und danach zurückzukehren. Ein Austausch von Personen sollte wie schon beim Besuch der Erde unterbleiben. Anschließend hatten die Kreuzer zurückzukehren.

Nach Abschluss der Mission, die im Übrigen sehr großes Interesse auf den Schiffen gefunden hatte, war jeder, der es wollte, in der Lage einen Kontakt zum Mond aufzubauen. Sinn dieser Möglichkeit war es, den Menschen auf beiden Seiten klarzumachen, dass man nicht allein im Universum war. Es gab dort Menschen. Was keiner ahnte, war die Tatsache, dass sich zwischen einigen Bewohnern sehr freundschaftliche Kontakte anbahnten. Irgendwann würde dies vielleicht den aktuellen Beschluss der Isolation beider Basen beeinflussen.

Die Flotte jenseits der Uranusbahn am 23. Mai 2021
2 Jahre 7 Monate vor dem Ende
Wie sehr sich die Menschen an Bord der Schiffe füreinander interessierten, sollte sich auch bei den ersten Geburten herausstellen. Als an diesem Tage zwei neue Menschenkinder geboren wurden, war klar, dass man den ersten Schritt für das Leben im Weltraum beschritten hatte. Als besondere Würdigung dieses Ereignisses baten die glücklichen Eltern, Morgan und Freemond als Paten einzutreten, was sie gerne taten.

Die beiden neuen Menschenkinder beherrschten von nun an das Interesse der Medien. Sie waren die neuen Stars und fast jede Regung wurde von ihnen bemerkt. Um mit ihnen den Neubeginn der Menschheit zu verbinden, wurden die beiden auf die Namen Adam und Eva getauft. Die Eltern waren mit den Namen durchaus einverstanden, denn wenn eines Tages in ferner Zukunft die Frage gestellt würde, wie die ersten Kinder

der Flotte hießen, so würde man sie mit diesen Namen beantworten. Rasch wurden die Kinder die Lieblinge der Besatzung und genossen einen besonderen Ruf.

Bei der Taufe, die man aus gegebenem Anlass im großen Sitzungssaal durchführte, stellte Freemond erstaunt fest, dass die Schiffe, auf denen man sich befand, immer nur bei ihrer Kennzeichnung gerufen wurden. Sie hatten keine Namen. Immer hieß es nur YD341 oder YC456. Das musste geändert werden. Wenige Tage nach der Taufe brachte Freemond seine Überlegung bei der Sitzung des Rates ein. Tatsächlich hatte es keiner der Mitglieder groß bemerkt. Als Freemond den Vorschlag unterbreitete, den Schiffen Namen zu geben, fand dieser Vorschlag reges Interesse. Der Rat beschloss, die Suche zu einem riesigen Spektakel auszubauen. Jeder an Bord wurde aufgefordert, sich Namen zu überlegen. Da man das Prinzip der Mehrheitsentscheidung unbedingt beibehalten wollte, gab es mehrere Ausscheidungsrunden. Am Ende würden die Namen verwendet, welche die meisten Stimmen erhielten. Die Menschen wurden erneut in eine Entscheidung einbezogen und machten sich mit Feuereifer ans Werk.

Die Flotte am 14. Juli 2021
2 Jahre, 5 Monate vor dem Ende
In den letzten Monaten war der Namenswettbewerb die treibende Kraft gewesen. Täglich berichteten die Medien über den Verlauf der Wahl. Die Fülle an Vorschlägen übertraf alle Erwartungen des Rates. Neben den Namen von Eltern und Verwandten wurden die Namen der großen Philosophen und Mathematiker eingereicht. Die meisten Vorschläge gingen für eine ganz andere Richtung ein. Hier kristallisierte sich eine eindeutige Tendenz heraus. Es waren die Namen von Planeten und

deren Monde. Fast dreißig Prozent aller Vorschläge votierten in diese Richtung. Innerhalb der verschiedensten Ausscheidungen setzte sich dieser Trend fort.

Als am 14. Juli die Endausscheidung im großen Saal an Bord des Hantelschiffes erfolgte, standen die Namen so gut wie fest. Die anderen Mitbewerber waren aussortiert und verworfen worden. Jetzt ging es nur noch darum, welches Schiff welchen Namen tragen sollte. In einem herrschte absolute Einigkeit. Das große Versorgungsschiff würde auf den Namen „Solaris" getauft. Es bildete wie die Sonne das Hauptelement innerhalb der Flotte und war untrennbar mit ihr verbunden. Die anderen Schiffe hießen Merkur, Venus, Mars, Jupiter, Saturn, Uranus, Neptun, Pluto und Transpluto. Nur bei einem Schiff gab es ein Problem. Sollte man es wirklich auf den Namen Erde taufen? Erde, das hörte sich einfach zu simpel an. Es musste ein anderes Wort gefunden werden. Nach längerem Überlegen und auf Vorschlag des Rates erhielt es den Namen Terra. Hiermit verband man das Symbol der Flotte, denn Terra war die vereinte Erde und genauso sah man die Flotte. Sie war eine vereinte Struktur aus vielen verschiedenen Mentalitäten, aus vielen verschieden Nationen, aus vielen verschiedenen Hautfarben und dennoch gehörten sie zusammen. Ja, mit Terra hatte man die richtige Wahl getroffen.

Wenige Tage später wurden die Namen unter der Anteilnahme aller Besatzungsmitglieder auf die Außenhüllen der Schiffe in den verschiedensten Schriftzeichen angebracht. Von nun an konnte man deutlich die Namen in lateinischer, griechischer, kyrillischer und chinesischer Schrift lesen. Doch damit war das Namensproblem nur zum Teil gelöst, denn einige Schiffe und insbesondere die der Kreuzer, trugen immer noch ihre Typenbezeichnungen. Das aber sollte nicht sein. Ihnen wurden letztendlich auf verschiedene Vorschläge hin die Namen von Monden der Planeten gegeben. Von nun an hießen sie nicht mehr MS454 oder MS455, sondern Io, Ganymed, Luna und so weiter. Aus der namenlosen Flotte wurde auf diese Weise ein Verbund, der namentlich mit dem Heimatsystem verbunden war. Mit dieser historischen Taufe bekam die Flotte ihren eigenen Sinn und Zweck. Ihrerseits waren alle Voraussetzungen geschaffen worden, um endgültig den Aufbruch ins Unbekannte zu wagen. Der Rat hatte beschlossen, den Start an jenem Tage auszuführen, da das Ende des heimatlichen Sonnensystems nahte. Das große Warten begann.

Das Sonnensystem am 26. März 2025. Der letzte Tag!

DIE ERDE, ZENTRALE IKARUS, MORGENS UM 00.15 UHR MEZ

Obwohl es bereits heller Tag war, hatten sich die verbliebenen Mitarbeiter des Projekts allesamt versammelt. Ihr Blick galt ausschließlich der großen Digitaluhr. Dort prangten die roten Zahlen. Sie standen auf 00.00.23.45. Wenn die Berechnungen der letzten Jahre stimmten, musste heute das Ende der Welt kommen. Ein jeder der Anwesenden sah, wie unbarmherzig die letzten Stunden heruntergezählt wurden.

Dass ihre Annahmen berechtigt waren, hatte sich in den letzten Tagen erwiesen, denn die Sonne veränderte sich rapide. Helios hatte eindeutige Aufnahmen gezeigt. Die im Innern wachsende Sonne war so stark geworden, dass sie jederzeit durchbrechen konnte. Jetzt und hier wartete man im Saal von Ikarus auf das Ende.

Sonde Helios in der Umlaufbahn um die Sonne um 00.45 Uhr MEZ

Es war so weit. Die Sonne blähte sich auf und das Chaos begann. Die Sonne blähte sich wie ein überdimensionaler Ballon auf. Ihr Durchmesser und Umfang wuchsen beängstigend. Rasch erreichte ihre Oberfläche die Umlaufbahn des Merkurs.

PLANET MERKUR AUF SEINER UMLAUFBAHN UM DIE SONNE UM 00.51 UHR MEZ

Immer weiter näherte sich die Sonne ihrem erstgeborenen Kind. Die Sonden rund um den Planeten registrierten einen rasenden Anstieg der Temperaturen. Auf der sonnenzugewandten Seite begann Merkur zu brennen. Alles feste Gestein wurde erhitzt und glutflüssig. Die Sonden konnten dem Inferno nur zusehen und ihre Beobachtungen zu Erde melden.

ZENTRALE IKARUS, 01.05 MEZ

Gebannt sahen die Mitglieder von Ikarus auf die ankommenden Bilder. War das, was die Sonden übertrugen, ein Vorgeschmack dessen, was die Erde erwartete? Man sah den eigenen Tod? Angst erfüllte die Menschen. Noch funktionierte die Übertragung hoch über der Oberfläche des Planeten. Die Frage war nur, wie lange noch. Wenn die Sonden ihren Geist aufgaben und keine Bilder mehr sendeten, war man blind und konnte nur erahnen, was geschah. Deutlich wurde man Zeuge des Todes von Merkur. Die einst feste Kruste des Planeten brach in sich zusammen. Milliarden von Tonnen Gesteins gerieten in Bewegung. Hatte man vor Beginn der Eruption gut 400 Grad Celsius gemessen, so zeigten die Skalen der Geräte jetzt Werte von über 10.000 Grad, Tendenz rasch steigend. Dann brach das Bild urplötzlich ab. Die Sonden waren Opfer eines bisher nie beobachteten Infernos geworden. Das Leichentuch verbarg von nun an den endgültigen Untergang des Planeten.

PLANET MERKUR, 01.10 UHR MEZ

Der Planet schien sich zu wehren. Er begann zu taumeln, so als wolle er dem Ungeheuer Sonne entfliehen. Ein vergebliches Unterfangen angesichts des außer Kontrolle geratenen Sterns. Immer mehr seines Gesteins wurde erhitzt, verflüssigt oder verdampft. Merkur fiel in sich zusammen. Dann kam der Moment des endgültigen und unwiderruflichen Aus für Merkur. Der Planet wurde aufgenommen von der Sonne.

Ihr unglaublich starkes Magnetfeld zog ihn rücksichtslos an sich. Als er auf die tosende Oberfläche traf, war er bereits gestorben. Die Asche wurde von der Sonne aufgesogen und verdampft. Einzig ein tiefer Krater, der sich rasch schloss, war kurzfristig das einzige Indiz für das Ende des Planeten. Von dieser Sekunde an gab es nur noch acht seiner Art im Sonnensystem. Die Sonne begann damit, ihre Kinder heimzuholen.

DIE VENUS, 01.13 UHR MEZ

Von nun an galt der Planet der Liebe als nächster Trabant der Sonne. Doch auch ihre Zeit war abgelaufen. Mit rasender Geschwindigkeit brach das Inferno über sie hinweg. Den außer Kontrolle geratenen Urgewalten vermochte der Planet nicht zu widerstehen. Innerhalb weniger Minuten teilte die Venus das Schicksal des Merkurs. Obwohl sie wesentlich größer war, verglühte sie wie ein Streichholz in einem Hochofen. Das Ende des Sonnensystems trat unbarmherzig in die letzte Phase ein. Die Erde, einst als Blauer Planet des Systems und als Einziger mit Leben erfüllt, stand als nächster Gang auf dem Speiseplan des hungrigen Monsters Sonne.

DIE ERDE, 02.13 MEZ

Vor dem Beginn der Veränderung im Jahre 1996 hatte sie sich in einer Entfernung von 149.600.000 Kilometern zur Sonne befunden. Nun aber blähte sich das Muttergestirn ihr entgegen. Innerhalb weniger Minuten kam ihr Ende. Mit der Gewalt von Milliarden überdimensionaler Atomsprengköpfe schob die Sonne ihre Hitzewelle auf die ungeschützte Erde zu. Binnen weniger Minuten erfolgte ihr Ende. Noch bevor die eigentliche Sonnenoberfläche die Erde erreichte, riss die ihr vorauseilende Druckwelle die Atmosphäre davon.

Die verbliebenen Menschen erstickten innerhalb weniger Sekunden. Sie hatten nicht einmal mehr die Möglichkeit, einen Todesschrei auszustoßen. Überwiegend auf der Basis des Kohlenstoffs bestehend, verbrannten sie noch während sie starben. Jene, die glaubten, dem Schicksal zu entgehen und sich tief in die Erde eingegraben hatten, mussten erkennen, dass sie selbst hier den tosenden Gewalten hilflos ausgeliefert waren. Die Höhlen stürzten ein und vernichteten sie.

ZENTRALE IKARUS AM 26. MÄRZ 2025 UM 02.15 UHR MEZ
In der Zentrale von Ikarus hatte man das herannahende Ende erkannt. Hand in Hand ging man dort in den Tod. Sie, die einst das Ende der Erde präzise vorausgesagt hatten, sollten recht behalten. Unmittelbar bevor hier die Menschen starben, sah man auf den Bildschirmen, wie die neue Sonne geboren wurde. Mit dieser Erinnerung an ein einmaliges Erlebnis hörten sie auf zu existieren. Die rote Digitaluhr zerplatzte beim Stand von 00.00.21.45! Bis auf 21 Stunden genau hatte man den Untergang vorausgesagt, eine wissenschaftliche Meisterleistung und die Arbeit vom Millionen Stunden hatten ihre Bestätigung gefunden.

DIE ERDE UM 02.15. UHR, DAS UNWIDERRUFLICHE ENDE
Jener Planet, der einst vor mehr als 4 Milliarden Jahren aus winzigsten Staubpartikeln entstanden war, verbrannte in wenigen Minuten. Einzig und allein wenige Staubpartikel wurden ins All geblasen. Die Legende vom Leben im Sonnensystem begann mit dem Ende der Erde. Was hatte sie alles erlebt:

Angefangen aus dem Zusammenballen zu einem kleinen Gesteinsklumpen, war die Erde geboren worden. Im Laufe von

Millionen von Jahren war daraus ein Planet entstanden, der durch zahllose Einschläge und Kollisionen immer größer wurde. Dann war die Zeit vorbei, dass sie wuchs. Das Baumaterial aus der Entstehungszeit der Erde war aufgebraucht. Nun begann ihre wabernde und glühend heiße Oberfläche, ganz langsam abzukühlen und das Feuer in sich einzuschließen. Ganz langsam drehte sich die nun schwarze Kugel um sich selbst und begann damit, sich um die namenlose Sonne zu drehen. Zu jener Zeit ahnte niemand, dass ausgerechnet hier einst Leben möglich sein sollte. War es Zufall oder eine logische Folge einer chemischen Reaktion? Tief unter der Oberfläche begannen sich die schweren Elemente im Zentrum zu sammeln. Immer wieder brach die Oberfläche auf, um glutflüssiges Material herauszuschleudern. Wie ein Kuchenteig wurde der Planet durchgewalkt, bis sich nach unendlich langer Zeit eine Zone bildete, die stabil blieb.

Die Urerde wäre vielleicht ein toter Felsbrocken geblieben, wenn da nicht jener unglaubliche Zufall gewesen wäre. Ein marsgroßer Planet raste auf sie zu und kollidierte mit der Erde. Als die Kräfte beider Planeten aufeinandertrafen, zerplatzten die beiden Himmelskörper. Es schien, als ob die Natur einen Fehler in der fernen Zukunft korrigieren wollte. Die umherstrebenden Trümmer bildeten eine Art Staubwolke und nur die gegenseitigen Anziehungskräfte vermochten es, daraus zwei neue Himmelskörper zu formen. Die Erde wurde ein zweites Mal geboren. Sie erhielt einen kleineren Begleiter, den Mond.

Abermals verging unendlich viel Zeit, bevor sich die Oberflächen beider Körper abkühlten. Durch die gegenseitige Anziehungskraft drehte sich die Erde nun rasend schnell um sich selbst und schleuderte viele Jahre lang überschüssiges Material fort, bis sich die endgültige Form bildete. Von nun an begann die eigentliche Entwicklung. Entweichende Gase aus dem Inneren des Planeten bildeten langsam eine Atmosphäre. Giftige Dämpfe aus Schwefel, Kohlendioxid und anderen flüchtigen Elementen verhüllten sie. Wann sich aus dieser Ursuppe eine Umgebung bildete, in der Wasser oder gar Sauerstoff vorkamen, ist nie geklärt worden. Doch ohne diese beiden Stoffe wäre die Entwicklung anders verlaufen. Nie hätte die Erde das Leben hervorbringen können, welches sie zu einem einzigartigen Juwel machte.

Mit der zunehmenden Entfernung des Mondes verringerte sich unmerklich die Eigendrehung. Die Erde wurde langsamer. Zu diesem Zeitpunkt sann die Natur nach einer neuen Herausforderung. Bedingt durch die verschiedensten Bestandteile, entstanden erste Molekülketten für etwas Neues. Der erste Einzeller entstand aus vier verschiedenen Bauteilen. Er war die Urzelle und damit der Beginn dessen, was man später als Leben bezeichnen sollte. Waren es am Anfang einfache, oft mikroskopisch kleine Gebilde, so wurden daraus recht komplizierte Wesen. Die Urtiere begannen, die unwirkliche Umgebung zu erobern. Als wichtigste Voraussetzung musste sich zuvor in der Atmosphäre eine einfache chemische Reaktion ereignen. Wasserstoff und Sauerstoff verbanden sich miteinander und es regnete erstmals auf der heißen Oberfläche. Das Wasser verdampfte erneut, bis sich die Oberfläche eines Tages so weit abkühlte, dass der Regen dort blieb.

Aus einzelnen Pfützen wurden größere Lachen und aus ihnen die ersten Seen. In dieser Flüssigkeit hatten sich verschiedene Mineralien gelöst und damit begann die Evolution des Lebens. Die Seen wuchsen weiter. Die ersten Urmeere entstanden so. In ihnen gedieh das Leben zu immer komplexeren Formen.

In Jahrmillionen von Jahren experimentierte die Natur mit immer neuen Lebensformen. Die Wesen wurden größer und größer. Noch beherrschten sie ausschließlich den Lebensraum in den ausgedehnten Wasserflächen. Das Land war ihnen fremd. Als jedoch die Pflanzen ihren Weg dorthin fanden, entstiegen dem Wasser die ersten Lebewesen. Ein neuer Lebensraum wurde erschlossen und Tiere mit Organen, die Sauerstoff atmeten, erschienen erstmals auf der Weltbühne.

In dieser Zeit begann die Natur, eine Rasse zu entwickeln, die für mehr als 100 Millionen Jahre die Erde beherrschen sollte. Die große Zeit der Saurier begann. Durch ein sehr warmes Klima bedingt sollten diese Warmblüter zum Symbol einer ganzen Episode werden. Erst waren sie klein und unscheinbar, doch wurden aus ihnen die größten Lebewesen, die jemals die Erde betreten hatten.

Tonnenschwere Giganten oft friedlicher Natur wälzten sich und stampften über den Boden und hinterließen Fußabdrücke, die selbst in der Neuzeit noch erkennbar waren. Entsprechend den Tieren hatte die Natur für essbare Nahrung gesorgt. Die Urwälder jener Zeit bestanden überwiegend aus Nadelgehölzen. Während diese von den friedfertigen Giganten regelrecht abgefressen wurden, sollten sie selbst durch das größte und gefährlichste Raubtier gejagt werden. Tyrannosaurus Rex galt als Schrecken seiner Zeit. Mit diesem mehr als neun Meter langen, auf zwei Beinen sich fortbewegenden Monster konnte sich keines der Wesen auch nur annähernd messen. Es schien, als ob die Natur mit ihm die Grenze des Machbaren geschaffen hatte.

In seiner Zeit begann die Natur wohl zu erkennen, dass sie es zu weit getrieben hatte. Um diesen Fehler zu korrigieren, begann sie ganz im Kleinen eine neue Spezies zu schaffen, während sie gleichzeitig für Veränderungen in der Umgebung dieser Giganten sorgte.

Immer häufiger traten nun kleine mausähnliche Wesen auf. Die Urväter der Säugetiere und damit der Siegeszug einer neuen Gattung eroberte ganz im Stillen die Erde. Niemals wagten es die ersten dieser neuen Art, sich mit den großen Echsen anzulegen. Daher verhielt man sich still und leise und überlebte so.

Vor 150 Millionen Jahren zerbrach der Urkontinent Pangäa. Die Kräfte aus dem Innern der Erde ließen tiefe Gräben und Risse erscheinen. Amerika, Asien und Australien spalteten sich als eigene Erdteile ab. Es war die Zeit des gewaltigen Umbruchs. Die Luft stank nach Schwefel, der aus zahllosen Vulkanen entströmte. Die Folge war ein Absterben der so wichtigen Nadelbäume. Aus dem einstigen Schlaraffenland wurde ein Gebiet des Hungers. Die großen Echsen strebten den letzten großen Wäldern nach. Um den Untergang zu beschleunigen, schuf die Natur nun Pflanzen mit Blüten, was wiederum den Säugetieren zugute kam. Sie ernährten sich von dieser neuen Pflanze. Über viele Jahren hinweg veränderte sich so das Aussehen der Erde erneut, um am Ende der Saurier durch einen Paukenschlag den Weg frei zu machen.

Als der gewaltige Asteroid im Golf von Mexiko vor 65 Millionen Jahren einschlug, starb im Laufe von wenigen Jahren die Gattung der Saurier endgültig aus. Mit dem Einschlag wurden Milliarden Tonnen Gestein in die Atmosphäre geschleudert; sie verdunkelten den Planeten. Es wurde kalt und nur dank ihrer geringen Größe überlebten die Säuger. Selbst die nun folgende Eiszeit wurde von ihnen gemeistert. Die Saurier aber verschwanden vom Antlitz der Erde für alle Zeiten. Ihre Spezies hatte ausgedient und wurde nicht mehr gebraucht.

Abermals lange Zeit später brachte die Natur ein Wesen hervor, wie es bis dahin noch nicht gelebt hatte. Tief im Schoße

Afrikas begann sein Siegeszug. Die ersten Menschen waren zwar noch primitiv aber sehr anpassungsfähig. Nur dank dieser Fähigkeit konnte er sich den Planeten so gestalten wie noch kein Wesen zuvor. Sein Untergang war zugleich der letzte Tag der Erde.

Als diese in der Sonne am 26. März 2025 verglühte, explodierte die Sonne. Sie stieß ihre alte Hülle ab und jagte sie über ihre eigenen Kinder hinweg. Nichts konnte diesem Sturm aus glühender Materie widerstehen.

Die Flotte in der Umlaufbahn um Uranus am 26. März 2025

Hier aus sicherer Position beobachtete man den Untergang. Noch vor einer Woche hatte man die Sonne als kleinen Lichtpunkt gesehen. Jetzt aber war er riesengroß geworden. Freemond rief eiligst den Rat zusammen. Hier wurde der unverzügliche Start der Flotte veranlasst. Die Kommandanten erhielten ihre ersten Koordinaten. Ziel sollte das Gebiet rund um Alpha Centaurie, gut 3,4 Lichtjahre von der Erde entfernt, sein. Für diese Reise rechnete man etwas mehr als achtzehn Jahre ein, denn die Reiseroute folgte einer langen, gekrümmten Flugbahn.

Als nach irdischer Zeitrechnung um 23.45 Uhr MEZ die Triebwerke aller Schiffe hochgefahren wurden, war dies das Startsignal für den Aufbruch ins Unbekannte. Unmerklich beschleunigte die Flotte. Morgan und Freemond standen beim Start hoch oben in der Aussichtskanzel der Terra. Ihr Blick sah zurück auf jene Stelle, wo sich einst die Erde befand. Stumm und still gedachten sie jener, die dort geblieben und gestorben waren, während man selbst den ersten Schritt in eine ungewisse

Zukunft angetreten hatte. Von nun an war man heimatlos. Heute am letzten Tag hatte man zugleich die erste Seite des neuen Buches der Menschheit aufgeschlagen.

Symbolisch wurden die Uhren der Schiffe auf null gestellt. Mit dem Start der Flotte wollte man auf diese Weise den Beginn eines neuen Zeitalters für die Menschheit festlegen.

E N D E

Epilog

Mehr als 20.000 Jahre zog die Armada der Schiffe auf der Suche nach einer neuen Heimat durch das All. Seit jenem Tage, da man erlebt hatte, wie das eigene Heimatsystem im Feuersturm verging, wurden zahllose Planeten und Sonnensysteme aufgesucht, um jenen Planeten zu finden, auf dem man das neue Geschlecht der Menschen ansiedeln konnte. Würde man eine Welt finden, die den Überlebenden eine neue Bleibe bot? Jahr um Jahr, Generation um Generation verging, während sie immer tiefer in die Weiten der Galaxie eindrangen. Die an Bord lebenden Menschen kannten ihre Heimat nur aus überlieferten Erzählungen und den Bild- und Tonaufzeichnungen. Sie kannten kein Wetter, keinen Sonnenaufgang oder -untergang. Sie wussten nicht, wie es sich anfühlt, über das Gras einer Wiese zu laufen. All das, was einst auf der Erde als selbstverständlich galt, war ihnen völlig fremd. Sie kannten nur das Schiff, ihre Heimat.

Langsam aber sicher veränderte sich die Spezies Mensch. Er gewöhnte sich an die künstliche Umgebung und an die Schwerelosigkeit. Erzählten jene, die den Start einst erlebt hatten, noch häufig von dem Leben auf der Erde, so verblassten die Erinnerungen zunehmend. Die Erde wurde zu einem Mythos, den zu finden man hoffte. Die Legende von einem Ort, wo es Dinge geben sollte, die man nur von Hörensagen kannte, blieb erhalten, obwohl sich kein Mensch an Bord der Schiffe an solch einen Ort erinnern konnte. Der Weltraum mit seinen zahllosen Wundern wurde zur Heimat. Über unermessliche Entfernungen hinweg flog die Flotte auf ein unbekanntes Ziel zu.

Hin und wieder erreichte man einen Planeten, der geeignet erschien, besiedelt zu werden. Einige der Besatzungsmitglieder beschlossen, es zu versuchen, während andere lieber an Bord der Schiffe blieben. Auf diese Weise breitete sich die Menschheit über viele Sonnensysteme hinweg aus. Immer neue Planeten wurden besiedelt. Einige von ihnen überlebten das anstrengende und mühsame Leben unter den natürlichen Bedingungen nicht und vergingen. Andere, und das war die Mehrheit, blühten auf und wuchsen zu blühenden Kulturen heran. Solange es einer Kultur nicht gelang, Raumschiffe zu bauen, die sich mit fast Lichtgeschwindigkeit durch das All bewegten, glaubte man, allein im Universum zu sein. Dann aber brach man auf, um nach den Schwestern und Brüdern zu suchen. Der Mensch, einst durch den Untergang der eigenen Sonne zur Flucht gezwungen, eroberte das Universum.

LESEN SIE MEHR SCIENCE-FICTION VON JOHN BARNS
BEI DEBEHR

2004: Im Kitt Peak National Observatory auf Hawaii wird eine besorgniserregende Beobachtung gemacht - ein Komet, der bald den Namen Apophis tragen soll. Berechnungen zufolge schlägt er 2029 auf der Erde ein. In den kommenden Jahren arbeiten Wissenschaftler, unter ihnen auch John Carter, mit Hochdruck an einem Schutz des Planeten vor der Zerstörung, doch alle Forschungen offenbaren stets nur die Ohnmacht der Menschheit gegenüber der drohenden Gefahr.
Bald kreuzt Apophis die Erdumlaufbahn. Die Menschheit bereitet sich auf den Impact vor. Die Apokalypse steht unmittelbar bevor. Und auch John Carter rechnet mit dem Schlimmsten...
HOCHSPANNUNG verspricht dieser Roman, der die reale Bedrohung unseres Erdballs im Jahr 2029 thematisiert und sich auf wissenschaftliche Recherchen und Fakten stützt.

276 Seiten, 12,95 Euro, ISBN: 9783957531131

Im Jahr 1974 sendete die Menschheit trotz Warnungen namhafter Wissenschaftler Nachrichten über die Existenz unserer Rasse ins All. Fünfzig Jahre später liegt die Erde in Schutt und Asche. Damals suchten wir nach anderen Zivilisationen. Ja, es gibt sie, und sie machten sich auf den Weg zu uns. Ich war einer der wenigen, die nicht ermordet wurden, die nicht als Futter für andere Wesen endeten. Man entführte mich, nahm mich als Sklave mit in die Tiefen der Galaxis, hin zu fremden Welten. Meine Herren waren Räuber, die andere Planeten überfielen. Lassen Sie mich Ihnen davon berichten...

352 Seiten Taschenbuch, 12,95Euro, ISBN: 9783957532749